読者ネットワークの拡大と文学環境の変化

19世紀以降にみる英米出版事情

小林英美　中垣恒太郎 編著

音羽書房鶴見書店

はしがき

「革命と啓蒙の時代」――十八世紀後半からのおよそ一〇〇年間の欧米の文化史的特徴を総括した言葉である。この時代のヨーロッパの「革命」といえば、フランス革命が重要であるが、イギリスでの「革命」といえば、まずは産業革命である。世界に先駆けてイギリスで起こった産業革命の力は、十九世紀のヴィクトリア女王の治世の繁栄に向けての階段を昇っていくこの国の原動力となるからだ。

一方、植民地アメリカのイギリスからの独立戦争も、革命的な事件であった。アメリカは独立を勝ち取り、英語圏文化を継承する独立国として産声を上げ、政治はもちろんのこと、経済や文化における独自性も、徐々に濃くしていく。

そのような時代の歯車を動かす知的原動力の核心は、啓蒙主義思想にあり、その思想は「読書」によって養われた。人々の読書への渇望は、続々と出現する定期刊行物や三文小説の人気、貸本屋などの読書施設の興隆や、ロングマンやコンスタブル等の数多の出版社の起業にも表徴され、卑俗な作品から高尚な作品に至るまで、読書行為は生活に欠かせぬものとなりつつあった。そして読書行為は、新たな時代の作家を創出していく。

この新たな時代の作家は、「不特定多数の読者」という顔の見えない評者への応対を迫られるようになり、それは現代に通じる新たな創作環境への移行を意味した。

本書は、そのような現代的なテーマが生まれた十八世紀後半から二十世紀初頭に及ぶ、読者と出版と文学作品の相互影響関係の変遷を、多様な角度から検証するものである。その検証は、英語圏のどこか一国に偏るものではなく、イングランド、スコットランド、アイルランド、そしてアメリカの各地域の作家と作品を取りあげるもので、文学理論的にいえば、受容理論とトランス・アトランティック理論の広い観点の双方を取りいれたものである。

また、各論文が孤立しないように、各論文の末尾に、その論文についてのコメントを他の論者が残し、それにまた論文執筆者が応答する、「回覧コメントと応答欄」という新機軸も本書の特色である。この装置によって、さながらシンポジウムのような効果を狙ってみた。論文本体とこの新装置をセットで読むことによって、本書の読者は、問題意識をより深める知的刺激を得られるのではないだろうか。

二〇一五年二月の『新潮45』で組まれた特集は、「『出版文化』こそ国の根幹である」であり、目まぐるしく社会が動く現代における読書文化の危うさを痛烈に問うものであった。その目まぐるしさは、冒頭に紹介した「革命と啓蒙の時代」を彷彿とさせ、作家と読者、社会とメディアの関係も、一脈通じるところがあるように思われる。つまり、過去の読書文化のあり方への歴史的探求は、すぐれて現代的な考究であり、創作と読書行為の相互影響関係という普遍的な問題に、何がしかの示唆を導きだす一助に、本書がなることを信じている。

（小林　英美）

目次

第Ⅱ部　アメリカ編

第Ⅰ部

イギリス編

はじめに

「いまや、わが国の淑女はみな本を読むが、これはたいそうな増加ぶりだ」

かのサミュエル・ジョンソン博士の雑感である。これは一七七八年四月のことで、十八世紀後半の読者像の一端を如実に表わすことばであり、その背景には、識字率上昇とそれにともなう読書趣味の流行がある。この流行を牽引したのが、ジョンソン博士も注目した、読書に目覚めた女性たちであったが、彼女たちの中から多数の作家が生まれるのに、さして時間はかからなかった。たとえば小説家であればアン・ラドクリフやジェイン・オースティン、詩人であればシャーロット・スミスやヘレン・マライア・ウィリアムズなど、男女を問わず、後続の作家と詩人に影響をおよぼす者が現れた。

以上の潮流をふまえて、本書では、まず女性詩人をとりまく出版事情と読者環境を、アメリカ滞在経験もあるスコットランドの詩人アン・グラントの事例研究から明らかにする。大西洋を往還する本書のスタンスを示す意味もあって本論を冒頭におくことにした。

不特定多数の読者の増加という新たな文学環境に対応するために、この時代の作家や詩人そして出版社は、様々な対応をみせる。藤原氏は、夭折の詩人ジョン・キーツの事例をとりあげた「コックニー詩派と出版社――十九世紀前半イギリスの出版事情」において、とくに出版社が読者を開拓し、作家を含めたネットワークをつくろうとした、その動機と背景を考究している。

では小説家の状況はどうか。まずは、多数の読者獲得に成功した人気作家サー・ウォルター・スコットの事例である。松井氏は「ウェイヴァリー現象――越境するテクストと十九世紀読者層の創出（および忘却）」において、作品の性格、多様な出版形式、派生的作品という三つの観点を中心にして、越境するテクストとしてのスコット作品を検討し、あわせて、その拡大がいたった先について、考察を展開する。

時代は少し移り、ヴィクトリア女王の時代を代表する小説家チャールズ・ディケンズの事例となる。水野氏は「十九世紀における小説読者の拡大とディケンズ」において、十九世紀における読者層拡大の要因をふまえて、その文学環境の中でディケンズが読者とどうかかわろうとしたかについて概観する。スコットとディケンズという二大人気作家の事例は、アメリカ編でのトウェインという人気作家と対照して読むことによって、新たな知見の展望を得ることができるはずだ。また以上の人気作品には、海賊版が横行した。園田氏のコラム「十九世紀の英米での「海賊版」」では、特に十九世紀の前半のアメリカにおけるイギリス小説の海賊版事情という観点から、アメリカ編との橋わたしをしていただいた。

さて文学作品に対する読者の反応が、定期刊行物書評で如実に現れることは、今も昔も変わらないものである。本書では、閑田氏が「イングランドにおける大衆読者層の形成と拡大」において、大衆読者層の拡大の社会史的背景を詳述した上で大衆向上雑誌が集中して創刊される四〇年代後半に向けての大衆文化の成長過程を論じている。

時代は世紀末から二十世紀初頭となる。イギリス編冒頭からおよそ百年が経過した。まずアイルランドでの動向を明らかにする意義もあり、ジェイムズ・ジョイスの事例を、河原氏が「読者を啓発するジョイス――『ダブリンの市民』に描かれたアイルランド社会の病理――」で論及する。ここでは、とくにアイルランド人作家の複雑な読者観が浮き彫りにされている。そしてジョイスと同時代のヴァージニア・ウルフの事例が、イギリス編の末尾をかざる。吉田氏は、「拡大する読者とヴァージニア・ウルフの「普通の読者」——ウルフのジャーナリズムと評論「斜塔」」において、二十世紀前半の、ウルフをとりまくジャーナリズムや出版の状況、ジャーナリズムに対する考えなどを概観するとともに、ウルフにとっての読者や観客の意義とその重要性を考察している。

ウルフは著書『自分だけの部屋』(一九二九)で、約百五十年前を振り返る。彼女はそこで、女性が詩よりも小説の分野に多く進出していることを指摘し、教育環境と創作環境をその原因にあげている。詩の創作には、確たる技巧の伝統があり、ある程度まとまった時間と労力を要することを理由に挙げているが、実際は、上掲のとおり女性詩人も続々と登場しており、二十世紀初頭の研究状況と先入観が入り込んだ見解と言えよう。本書は、ウルフからさらに八十年以上後の振り返りである。われわれにも先入観や誤解等はあろうが、対象から離れた分だけ、広角の視点にたち、専門家の集団という多角的な視点も得ている。ウルフは「女性作家の増加」という論点であったが、われわれは「読者の拡大」という新たな観点で、十八世紀から十九世紀の詩人や作家たちの文学環境を振り返るものである。

(小林　英美)

予約購読形式出版詩集への定期刊行物書評
——スコットランド詩人グラント夫人の事例研究

小林　英美

一八〇三年、スコットランドのラガン在住の未亡人アン・マクヴィカー・グラント（Anne Macvicar Grant, 1755–1838、以下、『詩集』表紙等で称しているとおり「グラント夫人」とする）の『様々な主題による詩集』（*Poems on Various Subjects, by Mrs Grant of Laggan.* 以下、『詩集』）が、ロングマン社やコンスタブル社等複数の出版社によって、予約購読形式で販売された。この出版は、彼女の経済的苦境を救うための慈善行為であり、幸いにも二二四六名の予約者を獲得した。当時は一般的に一刷五〇〇部であったので、『詩集』の予約者数はその四倍以上であるので大成功と言える。

グラント夫人

この出版を契機にして、グラント夫人は詩人としての創作活動を本格化するが、彼女を後押ししたのは、予約購読出版時の支援者と、出版直後の定期刊行物での好意的な書評であった。有力な支援者の存在は、作家活動の初動において、とくに重要であるが、文壇登場直後から先は、書評がきわめて重要な役割を果たすものである。書評は、作品の世間的評価とそれに比例しうる売り上げに影響を及ぼすと同時に、作家と作品の知名度を上げる広報的な役割も果たす。この『詩集』のように予約購読形式出版の場合、その知名度も評判も、詩人の周辺に限定されていたので、定期刊行物への書評掲載は、その知名度を一気に拡大する契機にもなった。

本論は、グラント夫人の予約購読出版形式詩集への支援の実態を、以下の二つの観点から分析・考察する。まず『詩集』に含まれている予約者購読一覧[1]を分析し、その支援者の実態と読者の国際性、そして読者層拡大の可能性を明らかにする。続いて『詩集』への書評を考察し、その好評に包摂される文学嗜好と国際性を明らかにし、グラント夫人に及ぼした影響について考察するものである。

なおグラント夫人の本格的な文学研究は、現在までのところほとんどおこなわれていないので、本論は彼女が生きた時代と彼女の半生を紹介するところからはじめたい。

一　スコットランドと「イギリス国家」

『詩集』が出版されるおよそ百年前の一七〇七年に、スコットランドとイングランドの統合が果たされた。以来スコットランドのホイッグ派は、「イギリス国家」としての新たな出発とアイデンティティの創造を強く期待した。(Lenman 76) たとえば『四季』(*Seasons*) で有名なスコットランド詩人ジェイムズ・トムソン (James Thomson) の詩「ルール・ブリタニア」("Rule, Britannia!") をその一例と見ることもできよう。この詩は仮装劇「アルフレッド大王」(*Alfred*) の末尾に含まれ、一七四〇年にイングランド作曲家トマス・アーン (Thomas Arne) によって曲をつけられたものである。

ルール・ブリタニア 1798 年出版楽譜

しかしイングランド側にその熱意がなかったため、ホイッグ派のスコットランド知識人・啓蒙主義者たちが、その新たなアイデンティティを生み出す先頭にたつことになった。

政治的には、ジャコバイトによる独立戦争とも言える武力行使が頻発し、自らのアイデンティティを過激なかたちで訴えたが、世紀末にはそれも収束した。文学的には、ジェイムズ・マクファーソン (James Macpherson) の『オシアン詩』(*Poems of Ossian*) やロバート・バーンズ (Robert Burns) の『主にスコットランド方言で書いた詩集』(*Poems Chiefly in the Scottish Dialect*) のように、強くそのスコットランド人としてのアイデンティティを表明したものもあった。グラント夫人の『詩集』は以上の系譜の上に誕生することになる。

『オシアン詩』

二　英仏戦争

一七九八年という年は、ウィリアム・ワーズワス (William Wordsworth) とサミュエル・テイラー・コウルリッジ (Samuel Taylor Coleridge) の共同詩集『リリカル・バラッズ』(*Lyrical Ballads*) が出版されたことで、文学史においても、とくに重要な年として記憶されているが、イギリス政治・外交史においても実は重要な年である。たとえばアイルランドでは、フランス革命の民主主義思想の影響も受けた、統一アイルランド人同盟 (United Irishmen) の武力蜂起が、四月からほぼ毎月の頻度であり、フランスと手を結ぶことが懸念される緊迫した情勢にあった。

ネルソン提督

ナイルの海戦

フレンチ・インディアン戦争

一方で、イギリスにとって対戦国であるフランスの動向も、当然のことながら、一七八九年のフランス革命以来の重大関心事であった。とくに地中海でのナポレオン率いるフランス軍の動向に対しては、イギリス政府はホレイショ・ネルソン (Horatio Nelson) 提督率いる艦隊を差し向けて探査させていた。そして八月一日に、ナイル河口のアブキール湾でついに両軍の戦端が開かれ、ネルソンが重傷を負うも激戦の末にイギリス海軍は圧勝し、勢力を拡大し続けていたフランスをはじめて押しとどめることに成功した (Garlick and Macintyre 1055)。[2] スペイン無敵艦隊を破った十七世紀の海戦と比べて語られたほどのこの歴史的勝利は、フランスと敵対していた諸国に早々に広まり、イギリスでは同年十月の定期刊行物各誌を通してナイルの海戦の詳細が一般に広く知られ、ネルソンは英雄として賞賛され、祝勝ムードは頂点をきわめた。グラント夫人もこのナイルの海戦を描いた「ナイルクランキー」("Nilecrankie") を創作しており、『詩集』におさめている。

それから五年後の一八〇二年にアミアンの休戦協定が結ばれた。だがこれは一時的な休戦にすぎず、緊迫した対仏関係は、一八〇五年のトラファルガーの海戦を経て一八一五年のウォータールーの戦いにいたるまで続く。グラント夫人の詩集は、予断を許さない政治情勢下で出版されたのである。

三　グラント夫人の前半生と詩集出版までの経緯

次に、詩集の出版にいたるまでのグラント夫人の前半生を、『オックスフォード英国人名辞典』(*Oxford Dictionary of National Biography*) の情報からまとめておきたい。

グラント夫人は一七五五年にグラスゴーで誕生したが、三歳から十三歳まではアメリカのオールバニとその周辺で育った。父親のダンカン・マクヴィカー (Duncan Macvicar) が、ハイランド連隊将校として、激化しつつあったフレンチ・インディアン戦争（一七五五―六三年）のために、一七五七年から従軍したからである。当時オールバニにはイギリス植民地連合軍の総司令部があり、一七九七年にニューヨーク州の州都となった。

停戦が成立すると一七六五年に父親が退役した。父親は退役と同時に手に入れた土地のあるアメリカに定住するつもりであったが、健康状態の悪化が原因で、一七六八年に家族全員でスコットランドのグラスゴーに戻った。一七七三年には、ハイランドのネス湖湖畔のフォート・アンガスに転居して、父親はそこの兵舎長となった。

以上のように幼児期に大西洋を渡り、アメリカ大陸辺境の戦地周縁地で生活した少女時代の経験は、グラント夫人の精神的成長と世界観、さらにはのちの創作に、少なからず影響を及ぼしたことであろう。また彼女はそのような環境下で文学的素養を育まれたわけだが、それは母親による旧約聖書での読み書きと、フィリップ・ジョン・スカイラー (Philip John Schuyler)[3] の親族による教育によるもので、そこにはシェイクスピア、ミルトン、ポープ等の諸作品が含まれていた。

トムソン

一七七九年にグラント夫人は、従軍牧師ジェイムズ・グラント (James Grant) と結婚し、教区牧師の妻としてラガンに移る。ハイランド地方の村人は概してよそ者を受け入れない傾向があったが、グラント夫妻はすぐに現地の社会に溶け込むことができた。教区牧師夫妻という社会的立場が影響しただけなく、自分の子供と一緒にゲール語を学んだり、現地の習俗を積極的に受け入れたりしたからだ。グラント夫人の両親はローランド地方出身であったが、上述のようにハイランド地方フォート・アンガスで約六年生活した

バーンズ

ことで、その環境に適応してきたはずだろうし、大西洋を行き来した生活環境のめまぐるしい変化によって、柔軟性も培われてきていたかもしれない。なお、この時のハイランド地方文化受容は、のちの創作で活かされており、たとえば『詩集』にはゲール語の詩の翻訳も含まれている。

一八〇一年に夫が亡くなり、八人の子供とともに残されたグラント夫人は経済的苦境に陥った。グラント夫人の友人たちは、彼女がそれまで戯れに書きためていた詩を、予約購読形式で出版することを勧めた。出版者に経済的リスクが皆無なので出版しやすい手段であった。幸い、社交界の有力者のゴードン公爵夫人 (Duchess of Gordon) の支援を得られた上に、手工業及び芸術振興理事会事務局員で音楽愛好家のジョージ・トムソン (George Thomson, 1757–1851) の協力も得る。彼はバーンズらも参加しているスコットランド歌曲集に、グラント夫人の作品を利用することを念頭においており、積極的に編纂作業に携わって三二編の詩からなる『詩集』の体裁を整えただけでなく、予約購読者の募集にも尽力した (Hadden 20–21)。[4]

四　予約購読者一覧の分析

(一) 予約購読者の居住地

主にグラント夫人の地元であるスコットランド、とくにローランド地方読者が、予約者の大半を占めていることが判明した。具体的にはエディンバラが二六三件、グラスゴーが九九件（七九件＋代理での二〇件）で、圧倒的に多い。ほかは、インヴァネスが三三件、スターリングが二七件、アバディーンが一七件、ラガン四件などのハイランド地方であり、グラント夫人とその支援者と関わりがある者と考えられる。

一方イングランドの読者は、ロンドンが一三一件でエディンバラの約半分ではある。そのほかは、ブリストル一九件、リヴァプール八件である。

なお国外の読者層を見ると、ニューヨークで二件、セイロンで六四件、マルタ島全権大使一件である。ニューヨークの発注者は、グラント夫人がオールバニで少女時代を過ごしていたことから、二冊を注文した者は在米時の関係者か現地の書籍商であることが類推されるが、もう一人は、ジョン・ミッチェル・メイスン (Rev. Mr John Mitchell Mason, 1770–1828) であることがわかった。メイスンはニューヨーク在住の長老教会派牧師で、のちにアメリカにおけるプロテスタント神学教育の規範を著したことでも知られている。またセイロンの予約購読者には連隊関係者が一四件が含まれている。この出版計画は、グラント夫人の救済という慈善目的であるから、この軍関係者の中には、軍人であったグラント夫人の父親と従軍牧師であった夫の人脈が含まれていても不自然ではない。そんな連帯関係者が中核になって、現地の予約者を増やしたもの考えてもよいだろう。

(二) 職業

上述のとおり、グラント夫人の父親が軍人で、夫が従軍牧師であったので、発注者にはこの二人の人脈がはっきりと認められる。たとえば大尉が四六件、少佐が二三件、中尉が一七件、大佐が一四件で、牧師が一〇〇件ある。各種職業別に見ると、作家三〇件、商人二二件、弁護士二二件、国会議員一三件で目立ち、この情報と出身地域と合わせてみると、エディンバラ在住の中流階級が主要な読者であることがわかる。またこの中には、フリーメイスンの多かったオイスター・クラブ会員が含まれていることから、フリーメイスンの関与も考えられる。たとえば『詩集』を二冊購入している弁護士ギャヴィン・ハミルトン (Gavin Hamilton) はフリーメイスンで、かのバーンズの詩集を四〇冊購入したほどの積極的な支援者であり、その親戚のジョン・ケネディ (John Kennedy) もバーンズの詩集を二〇冊購入しているからだ。なお編纂者のジョージ・トムソンはフリーメイスンではない。

(三) 貴族階級および准貴族[5]

ゴードン公爵夫人が、第一の支援者になってくれたことから、六四件もの貴族階級の発注者を得られた。たとえば伯爵夫人は二〇件、伯爵は一六件で、全体的には令夫人が多く、読者としての関心というよりも、慈善目的で発注したものと考えられる。著名なデヴォンシャー公爵夫人ジョージアナ・キャヴェンディッシュ (Georgiana Cavendish, Duchess of Devonshire) も『詩集』を購入している。

(四) 編者トムソンの人脈と著名な作家の購入者

トムソン自身も三冊購入しているが、彼の知人も予約購読者一覧に現れるので、彼がこの出版にいかに尽力したかが伺われる。また劇作家で詩人のジョアンナ・ベイリー (Joanna Bailey) も一冊購入しているが、一八三二年に出版される彼女の『詩選集』の予約購読者と同じ人物が、

デヴォンシャー公爵夫人

ベイリー

ここでも予約しているおり、すでに当時から彼らがスコットランド文壇を影で支えていたことがわかる。[6] なおベイリーの『詩選集』も、グラント夫人の『詩集』と同様に慈善のための予約購読形式出版であった。

著名な作家の購入者は、たとえばスコット (Walter Scott)、ハナ・モア (Hannah More)、それにスランゴスレンの貴婦人として各界にその名を知られたエリナー・シャーロット・バトラー (Eleanor Charlotte Butler, 1739–1829) とサラ・ポンスンビー (Sarah Ponsonby, 1755–1831) らであり、文壇に影響力のある人々が購入していた。上掲のデヴォンシャー公爵夫人のような著名人の予約購読を踏まえれば、グラント夫人の『詩集』は当時の文壇だけでなく、社交界でも話題になっていたと考えることできる。

スランゴスレンの貴婦人

この『詩集』は、もともとグラント夫人を救済する慈善目的で企画されたものであったので、予約購読者の多くが彼女を救うために購入していたことは明らかである。しかしながら、その後の彼女の作家活動から類推すると、この『詩集』は、当時の彼女の窮地を救っただけでなく、実際に彼女の作品を読む読者を生み出す契機となったと言え、『詩集』の定期刊行物書評は、後述するように、読者を拡大する一助となる。

五　定期刊行物と『詩集』の受容

総じてグラント夫人の作風は感情の吐露が目立つ素朴なもので、友人等に宛てた書簡風の作品が散見される。また詩集としてはテーマ的な一貫性はない。しかしながら編纂者トムソンの意向によって、この詩集の中核がハイランド地方の習俗を、共感とともに描出した「ハイランドの人々」だけでなく、『オシアン詩集』やバーンズに言及する作品も収録されていることから、原始主義の嗜好も明確にされた上に、スコットランド発信の詩集という性格が穏健にアピールされている。この特徴はグラント夫人の個々の作品に元来そなわっていた特徴であろうが、それを顕在化させる収録作品選択と編纂の手際に、トムソンの出版戦略の妙を認めることができよう。

この戦略が功を奏したためか、定期刊行物での『詩集』の書評は概ね良好であった。イギリスの定期刊行物での書評は四誌確認できた。すなわち『ニュー・アニュアル・レジスター』誌 (*The New Annual Register*, 24 (1803): 328)、『マンスリー・マガジン』誌 (*The Monthly Magazine*, Suppl., 16 (15 January 1804): 632.)、『アンティ・ジャコバン・レヴュー』誌 (*The Anti-Jacobin Review* (1803)) そして『ブリティッシュ・クリティック』誌 (*British Critic* 1803) である。

このなかで、アメリカの書籍商が直接的に販売にかかわっていたのは、『アンティ・ジャコバン・レヴュー』誌だけであった。書籍商はニューヨークのJ・W・フェンノ (J. W. Fenno) であるが、フェンノは一八〇二年に亡くなっており、引き継いだ息子もすぐにこの仕事をやめているので、『詩集』販売の段階でこの書籍商がアメリカでの『アンティ・ジャコバン・レヴュー』誌の販売にどれだけ貢献していたかは不明である。フェンノの急逝によって名だけが表紙に残っていた可能性も高い。それゆえに、この定期刊行物書評がアメリカの読者におよぼした影響は限定的であり、ほかの定期刊行物と同様に、個人的な輸入や貸本屋等の読書施設を媒体としたものと考えられる。

イギリス内では、前述のように好評を博していたが、その書評の着眼点と好評の理由を抽出して、どのような点で『詩集』が当時の読者に好まれたのかを明らかにしていきたい。

前掲四誌の中で『ニュー・アニュアル・レジスター』誌と、『マンスリー・マガジン』誌の二誌は、趣味の良さや素朴さ等を賞賛しているが、それ以上に特筆すべき主張がなかったので、『アンティ・ジャコバン・レヴュー』誌と『ブリティッシュ・クリティック』誌を、ここではとりあげることにした。

まず保守系でジャコバイトに批判的な『アンティ・ジャコバン・レヴュー』誌が、ジャコバイト的要素を認められなくもないこの詩集に、どのような評価を下したのかが気になるところである。以下はその十月号に掲載された書評の冒頭である。

グラント夫人の才能は確かに素晴らしい。また名声の殿堂の第一位、また第二位さえも、厳正な審判はわれわれに求めさせずにはおかないだろうが、グラント夫人は明らかに詩神ミューズの寵愛をうける者の中でも、ほかに劣らぬ立場を得る資格がある。

以上のように、たいへん好意的な評価を下している。さらに、次のように「良識」(GOOD SENSE)がある点を大文字表記で強調しているところに、本評の特徴の一つがある。牧師夫人であるので、必然的なイメージであるかもしれない。

このご婦人の知的人格のもっとも傑出した特徴は、彼女の著書で明らかなように、思いやりがあり上質な「良識」であるようです。

その「良識」は、事実を正確に把握することに裏づけられた公平性であり、バランスの良い判断ができることであることが、以下のようにも説明されている。

> 概して、グラント夫人は、十分な大胆さと力強さだけでなく、たいへんな正確さと公正さをもって、思考しているようである。（傍点筆者）

反ジャコバンの保守派も納得する「正確」さと「公正」な立場で、スコットランドのハイランド地方を主な舞台とした作品を、「良識」にもとづいて書いているので、批判的な記事が書かれなかったと言える。またこの書評では、以下のように空想性や想像力豊富な点も好評してはいるが、それはあくまでも「知見」と「観察」を基盤にした点を、次のように評価してのものである。

> 「天才」の名を殊に強く付与される、桁外れで限りない力の目立った証拠を、これらの詩は確かに示してはいないが、空想の新鮮さや、表現ならびにイメージの豊かさの中には、多く存在している。彼女の作品は、観察眼の卓越した鋭さで、とてつもなく膨大な量の知見も示している。（傍点筆者）

なおこの詩集の中核である「ハイランドの人々」についても好意的な評価を下しており、保守派にとってこの作品も攻撃対象に値するものではない穏当なものであったと言える。実際、言語的な観点でみても、ゲール語を英語に翻訳したものはあるが、そのままに積極的に使用した作品はない。つまりスコットランドのアイデンティティは維持したままに、表層部分の言語を一貫して英語とすることで、イギリスの一部としてのスコットランドを表徴する形態をとったことも、あからさまな批判を避ける一要素になっていたと考えられる。

次に、保守派でハイ・チャーチ派の『ブリティッシュ・クリティック』誌（*British Critic* 1803）はどうか。「この書の著者は疑いなく詩の天才であり、技能もある」（"The writer of this volume has undoubtedly genius for poetry, and skill in it"）と好意的に評しているが、最初にアンの半生を紹介する。

> スコットランドの遠くてもっともロマンティックな地域の、アソールのブレアから北西に二駅の場所に、小さなラガン湖があり、その境界には同じラガンの名の町あるいは村がある。ここは疑いなく、この詩人の夫であるグラント氏が、牧師として住んでいるところである。（傍点は筆者）

ここで注目したいのは、「スコットランドの（中略）もっともロマンティックな地域」という部分で、スコットランドの「ロマンティック」な要素を強調している点である。『オシアン詩集』やバーンズの作品等にもみられる原始主義への嗜好の系譜がまず認められる。そしてこの原始主義嗜好とグラント夫人のアメリカの辺境地での生活経験によって、スコットランドのハイランドとアメリカ辺境が大西洋を越えて結びつけられるところに、この書評の特性がある。モホーク川付近での少女時代を過ごしたことが、彼女の自然観と嗜好を形成したであろうことが以下のように指摘されており、

> もっとよく知られている彼女の詩集に散見される示唆の数々から、彼女がアメリカで幼少期を過ごしたことがわかる。その場所は、ある時はモホーク川付近で、またある時はオンタリオ湖畔であったが、そこで彼女はおのずと、壮大で見事な自然の景観についての審美眼を吸収したものと思われる。それはその後のスコットランドのアルプスと湖水に囲まれた住まいによって裏づけられる。（傍点は筆者）

この書評のさらなる特徴は、スコットランドのハイランドとアメリカ辺境が、アルプスとも関連づけられる点である。山岳地に崇高 (sublime) を感じとるロマン派的言説をこの書評に見出すこともできよう。このように評者はこの女性詩人を育んだロマンティックな環境に着目しているが、彼女のヒューマニズムを指摘することも忘れていない。原始主義への嗜好が見られる評者は、環境だけでなく、そこに住まう原始的人間をグラント夫人が同じ愛着をもってとらえていたことを明らかにして、この詩人の美点と詩集のたぐいまれなる個性を、読者に示しているのである。

> 彼女はまた、アメリカ原住民族のことを、親族のスコットランド・ハイランドの人々と同様に、親愛の情をもって話し、原住民族のことを、「思いやりのある部族だ」と言って、「彼らの中で住む人々にいつも愛される者たちである」と主張している。

そしてこの書評は、詩集は推奨に値するものとされて結ばれるが、ここで「ウェスト夫人」(Mrs. West) の名が現われる。

> この書は、全体的には、推薦すべきところがたくさんある。そして、ウェスト夫人の作品のように、（中略）女性の天才と良識の顕著な例として残ることだろう。（傍点筆者）

「ウェスト夫人」とは、保守派のイングランド詩人・作家のジェイン・ウェスト（Jane West, 1758–1852）のことで、彼女もまた、『雑録詩集と悲劇作品』（*Miscellaneous Poems, and Tragedy*, 1791）を予約購読形式で出版して成功をおさめ、人気作家となった。同じ予約購読出版形式を利用したグラント夫人の未来を、ウェスト夫人と同様になるよう祈念したのである。

この祈念のとおりに、この出版を契機にしてグラント夫人は詩人として広く知られるようになった。彼女は、スコット、ロバート・サウジー（Robert Southey）、フランシス・ジェフリー（Francis Jeffery）、フェリシア・ヘマンズ（Felicia Hemans）、そしてジョアンナ・ベイリー等の作家や著名人の知己を得て、予約購読形式に頼ることなく『詩集』を一八〇八年までに三版出し、一八〇六年には同じ傾向の『山からの便り』（*Letters from the Mountains*, 1806）を、

サウジー

ジェフリー

ヘマンズ

そして少女時代のアメリカでの思い出を綴った『あるアメリカ人女性の思い出』(*Memoirs of an American Lady*, 1808)を出版し、それぞれ成功をおさめる。またトムソンのスコットランド歌謡集の企画への協力を続け、歌謡集のソングライターとしても重要な役割を占めることになる。

グラント夫人の書評に用いられたキーワードは、「良識」と「公正」等の理性的な要素と、「スコットランド」と「ロマンティック」等の原始主義的な要素であり、それらが、適度なバランスをもって用いられていたことによって、彼女は保守派の批判にさらされることなく、成功をおさめた。このバランスの良さは、編纂者トムソンが『詩集』の作品を選択した段階からのもので、それについてはマッキューも指摘しており (McCue, 228)、トムソンの配慮が成功したことを、書評の反応は意味している。しかしグラント夫人はその著作『一八一三年』(*Eighteen Hundred and Thirteen*, 1814) において、「スコットランド」と「ロマンティック」等の特性を後退させてしまう。彼女は良識ある牧師夫人らしく、スコットランド・ホイッグとして、ここで「イギリス国家」としての国の今後の在り方を説き、イギリスらしさ (Britishness) を顕著にしたからである (Behrendt 203)。

文壇での成功によって、グラント夫人の交流の範囲は、辺境の地ハイランドからスコットランドはもとより、イギリス各界の著名人にいたるまでに大きく拡張した。その社交の拡大をとおして、以前にもまして彼女は時流の影響を強く受けるようになり、結果として「スコットランド」という地域よりも「イギリス」という国家の観点を、より強く意識するようになっていたのであろう。文壇での成功は、皮肉にも彼女の個性を減退させることにつながったのであった。実際、この作品を発表した後、彼女の創作力は衰えていく。一八一五年のウォータールーの戦いの後に顕在化する保守化の予兆に、グラント夫人は触発され、創作力の中核にあった「スコットランド」と「ハイランド」という地域性あるいは辺境性という貴重な個性を弱めるからだ。読者の拡大は、辺境の地の女性詩人の社交と見聞を広げることになったが、結果的には、この詩人の個性を縮小させ、詩人としての生命力を奪う諸刃の剣でもあったのである。

注

＊本稿は平成二十一年度日本学術振興会科学研究費（基盤研究C）により遂行し、イギリス・ロマン派学会第三五回全国大会（於明星大学）で発表したものの一部を、加筆修正したものである。テクストはAnne Macvicar Grant, *Poems on Various Subjects*, Edinburgh, 1803. による。

1　予約購読形式出版の場合、予約者購読者一覧は『詩集』に印刷されており、読者層の分析が可能である。Hidemi Kobayashi, "Subscribers in the Age of Romanticism", *The Bulletin of the Graduate School of Education*, Waseda University, Waseda UP, 2002. Separate Volume 10–11. 155–58. 参照。

2　ファリントンの日誌の記述から、九月九日の時点でネルソン戦死の誤報があるが、極めて高い関心事であったことが明らかである。

3　グラント夫人はスカイラー家との交流を『あるアメリカ人女性の思い出』(*Memoirs of an American Lady*, 1808) として作品化した。なおフィリップ・ジョン・スカイラー (1733–1804) は、オールバニの裕福な開拓者の家系で、フレンチ・インディアン戦争では中隊を率いて戦い、大尉となった後には補給係将校としても活躍する。アメリカ独立戦争では将軍として活躍し、のちにニューヨーク州議会議員、そして合衆国上院議員を務める。

4　トムソンと同時代音楽界についての情報は、Hadden と McCue に拠ったが、とくにオックスフォード大学博士論文である後者から多くの情報を得た。

なお、トムソンによる《スコットランド民謡歌曲集》(*A Select Collection of Original Scottish Airs for the Voice*) は以下の通りである。

《スコットランド音楽博物館》(The Scots Musical Museum)：作曲家プレイエル (Ignaz Joseph Pleyel)、バーンズと、ジェイムズ・ジョンソン編

《スコットランド民謡歌曲集》

第一巻第一部一七九三年、第一巻第二部一七九八年

第二巻一七九九年、第三巻一八〇二年

第四巻第一部一八〇三年、同第二部一八〇五年

第五巻第一部一八一八年、同第二部一八二六年

第六巻一八四一年

5 具体的には以下の通りである。

Lord のみ二九、Sir: 二八（うち Bart: 一三)、Lady のみ五五

Viscount：子爵：五、Viscountess：子爵夫人：二

Earl 伯爵：一六、Countess：伯爵夫人二〇

Countess-Dowager：伯爵未亡人三

Marquis 侯爵：三、Marchioness 侯爵夫人：二

Duke 公爵：七、Duchess 公爵夫人：六（爵位から換算：貴族合計六四）

6 具体的には、ジェイムズ・グラハム、カークマン・フィンレイ、ジェイムズ・ギブソン、ジョン・ゴードン、アレクザンダー・ハミルトン、シャーロット・レノックス令夫人、ジョン・リチャードソン。清水一嘉、小林英美編『読者の台頭と文学者――イギリス一八世紀から一九世紀へ』世界思想社、二〇〇八年、一八五―八六頁。

引用参考文献

Behrendt, Stephen C. *British Women Poets and the Romantic Community*, Baltimore: The Johns Hopkins University Press, 2009.

Garlick, Kenneth and Angus Macintyre, ed., *The Diary of Joseph Farington*, Yale UP, 1979.

Hadden, J. Cuthbert. *George Thomson: the Friend of Burns His Life and Correspondence*, London: J.C. Nimmo, 1898.

Lenman, Bruce P. "Union, Jacobitism and Enlightenment." *Why Scottish History Matters*, ed. Rosalind Mitchison. Saltire Society, 1991.

McCue, Kirsteen. *George Thomson (1757–1851): his collections of national airs in their Scottish cultural context*. Dissertation presented to University of Oxford, 1993.

小林論文へのコメント

三原　穂

一八〇三年に出版されたスコットランドのアン・マクヴィカー・グラント（グラント夫人）の『様々な主題による詩集』に関わる予約購読や書評に焦点をあてることによって、この論考は、読者拡大の事実を明らかにしようとするものである。これのみならず、作家と読者との関係を単純に発信者と受信者としてみなすことが必ずしも正しくないことも教えてくれている。

この詩集に収められた詩作品を生み出したのはグラント夫人という作家であるが、この作品を赤子にたとえるなら、グラント夫人という母体からその赤子を引き出す産婆のような役割を果たしているのが編集者ジョージ・トムソンであろう。赤子をうまく世に生み出させることができるか否かは産婆の技能により決まる。同じように、作家の作品をうまく売り出すことができるかどうかは編集者の腕にかかっていることがわかる。編集者は、作家と読者との間に立って、媒介者として読者を強く意識しながら、作家が作品を生み出す手助けをする。その際、編集者は単に作品を世に引き出すのではなく、作品の嗜好や性格に関して作家に働きかけ指示を出す。このような働きかけの結果、『詩集』は定期刊行物の書評で好評を得ることになった。これは、読者のみならず書評という存在に対して、編集者が強いまなざしを注いだ結果なのではなかろうかと思われるが、この点についてはいかがであろうか。書評も、作家と読者の間にあって、編集者に次ぐ、いわば第二媒介者として機能している。この論考では、読者を拡大させることにおけるこの第二媒介者の重要性が強調されている。『詩集』の読者拡大の成功の原因は、理性的な要素と原始主義的な要素との間で適度なバランスが保たれていることにあったと指摘されている。この成功は、編集や書評といった、第一次そして第二次の媒介のプロセスを経て成し遂げられたものであろう。

文学作品は作家が生み出し、編集者が読者を強く意識してそれを世に引き出し売り込むように努め、書評によって作品自体の質のみならずそのような編集者の努力も評価され、その結果読者が拡大するかどうかが決まる。このように、作家と読者との間にある媒介の多重構造を経てはじめて文学作品は読者に受容されていたことを、グラント夫人の『詩集』に焦点をあてるこの論考を通して理解することができるのである。

コメントへの筆者の応答

三原氏は、拙論の要諦を、巧みな「産婆」の比喩で評しており、拙論の言葉足らずのところを的確に補完していただいたと思う。また「書評の存在に、編集者がことのほか着目した結果ではないか」という氏の問いかけについては、まさに我が意を得たりという思いであり、この編集者の役割は現代に通じるものである。

不特定多数の読者層が増加した十八世紀後半、その動向を探る出版者・編集者、そして作家のまなざしは、まさに「羅針盤」のように定期刊行物の書評に向けられていたと考えられるが、この文学嗜好の「羅針盤」たる書評は、イギリス内にとどまって存在するものではなく、大西洋の向こうにも別に存在する。つまり海の向こうの読者は、国内で発行された定期刊行物と、海外で発行された定期刊行物の影響下にあったのである。その実態についての論証については、紙幅の都合もあり、別の機会にゆずりたい。

作者から託された作品を世に送り出す編者と出版者（出版社）、それを受け取る読者と、その読者の嗜好の方向性を示す羅針盤としての書評——、この多層構造関係を、多角的に解き明かすプロセスが、本研究方法の魅力だと思う。

コックニー詩派と出版社
——十九世紀前半イギリスの出版事情

藤原　雅子

一　詩人と編集者

一九九〇年代以降の新歴史主義的研究の成果をうけ、詩人ジョン・キーツ (John Keats, 1795–1821) に対する見方も、かつての孤独な天才夭逝詩人像から様変わりした。彼を含むコックニー詩派詩人たちの活動を社会的・歴史的文脈の中におき、その創作活動がさまざまなネットワークの中でおこなわれていたことを再確認する動きが顕著になっている。[1] その点で、キーツ詩集の出版を手がけたテイラー&ヘッシー社の存在を無視することはできない。大手書籍商ラッキントンでの修行時代に出会ったジョン・テイラー (John Taylor, 1781–1864) とジェイムズ・オーガスタス・ヘッシー (James Augustus Hessey, 1785–1870) の共同経営によるテイラー&ヘッシー社は、書籍商と製本業を兼ねる出版社で、テイラーが出版部門を、ヘッシーが小売り部門を担当していた。キーツが生前に残した詩集三冊のうち第二作と第三作、そしてハント (Leigh Hunt, 1784–1859)、クレア (John Clare, 1793–1864)、ハズリット (William Hazlitt, 1778–1830)、ラム (Charles Lamb, 1775–1834)、ド・クインシー (Thomas De Quincey,

ジョン・キーツ

1785–1859）らの作品がここから生まれた。一八二一年から二五年までは文芸雑誌『ロンドン・マガジン』誌（*The London Magazine*）の出版元でもあった。社としての歴史は短くほぼ二十年、活発な出版活動がおこなわれたのはそのうちの十年（一八一六～二六年）で、社の規模もバイロン（George Gordon Byron, 1788–1824）の出版社マリーのような大手とは比べるべくもない。しかし、短期間にこの社が出した出版物の点数と質は高く評価できる。[2] テイラーは独自の文学観を持ち、当時論争になっていた諷刺作家ジュニウス（Junius）の正体について文体分析にもとづく論文を発表するなど、文人としての側面を持っていた。彼が多くの作家と交流を持ち、積極的に作品の編集にかかわった理由は彼自身の文学観、特に詩的言語に対する考え方にあり、そこに新しい文学創造への意志を見ることができる。また、この出版社のあり方は、出版、小売り、製本などを兼ねていた出版社が編集に力を入れるようになり近代的な意味での出版社へと変わっていった一つの例でもある。出版社が読者を開拓し、作家を含めたゆるやかなネットワークをつくる役割を担っていた背景について考察する。

一八一七年三月、キーツの第一詩集がオリアー社から出版された後にテイラーははじめて彼に会い、およそ一ヶ月後に第二詩集『エンディミオン』（*Endymion*, 1818）の出版を引き受ける。彼は父親への手紙にこう記した。

> われわれは次のキーツ詩集の出版に合意しました。そして、将来彼が詩集を出すときにも優先権をもつことになります。彼は必ず偉大な詩人になるでしょう。しかし、詩集につけた献辞などに多いに問題があるという点には私も賛成です。今後の作品集にはそれを入れないことになるでしょう。（一八一七年四月十五日）（Chilcott 25）

テイラーはキーツの詩人としての将来性を高く評価しつつ、第一詩集のもつ欠点にも冷静な目を向けていた。ここから、編集者としての彼とキーツの関係がはじまる。テイラーは『エンディミオン』草稿に目を通し、単語の選択に可能な限り代替案を提案するなど推敲に力を貸した。また、序文の初稿が文芸批評と読者への激しい敵意をむき出しにしたものであったため、レノルズ (John Hamilton Reynolds, 1794–1852) を通し、書き直しをさせた。第一詩集がリー・ハントに捧げられたこともあり、テイラーは第二詩集が批判される可能性を察知していたと思われる。ハントはリベラル派の『イグザミナー』紙 (*The Examiner*) を発行するジャーナリスト兼詩人で、王室批判をめぐって投獄された前歴の持ち主であった。テイラーの予感は的中する。一八一八年秋以降、キーツはハントとともに保守派文芸雑誌『ブラックウッズ・エディンバラ・マガジン』誌 (*Blackwood's Edinburgh Magazine*) の連載記事「コックニー詩派について」('On the Cockney School of Poetry') で激しい攻撃をうけた。テイラーはこれら文芸雑誌の動向に鑑み、第三詩集出版の際はさらに積極的な関与をおこなったのである。彼は周囲のレノルズ、ウッドハウス (Richard Woodhouse, 1788–1834)（社の文芸兼法律顧問）らと協力し、作品のテーマ設定、詩集における配列、そして文体の推敲など創作の全過程にかかわり、詩集が読まれるよう力を尽くした。そして予約購読を募り、著者に無断で宣伝文を付与するなど、経営サイドからの安全策もとった。

テイラー＆ヘッシー社が当時まったくの無名であったキーツの出版にここまでかかわった理由はどこにあるのだろうか。キーツの第一詩集は、周囲の友人たちの熱狂的な期待をうけて出版されたものの、注目されず売れ行きも振るわなかったため、テイラーは出版元のオリアー社から残部を引き取っている。『エンディミオン』は、文芸雑誌からの激しい批判にさらされたが、それが理由かどうか、やはり売れなかった。それでもテイラーがキーツの詩集出版から手を引かなかったことは注目に値する。なぜなら、多くの研究者が指摘しているように、もはや詩は売れ筋の商品ではなく、小説の時代がすぐそこまで来ていたからである。

オールティック (Richard Altick) によると、バイロンとスコット (Sir Walter Scott, 1771–1832)、ヘマンズ (Felicia Hemans, 1793–1835) らの例外を除き、十九世紀最初の三十年間にベストセラー、つまり万単位で売れた詩作品はただ二冊、ジョン・キーブル (John Keble) の『協会暦年』(*The Christian Year*, 1827) とロバート・ポロック (Robert Pollok) の『時の歩み』(*The Course of Time*, 1827) で、いずれも宗教詩であり大手からの出版であった (Altick 386–87)。この他にもロバート・ブルームフィールド (Robert Bloomfield) の『農夫の子』(*The Farmer's Boy*, 1800) やトマス・ムア (Thomas Moore) 作品もベストセラーといえるだろう。[3] 一方キーツの詩集は生前どれも初版の五〇〇部を売り切ることができなかった。シェリー (Percy Bysshe Shelley, 1792–1822) も『チェンチ一族』(*The Chenci*) をのぞいては同様である。ジョージ・クラッブ (George Crabbe, 1754–1832) はマリーから『やかた物語』(*Tales of the Hall*) に対し著作権料三〇〇〇ポンドを受け取ったとされるが、マリーはすぐに当代の詩作品の出版を拒否しはじめ、バイロン以外の詩人の著作権を徐々に売却した (St. Clair 166–67)。詩作品がおかれていたこのような状況に対し、小説の売り上げはピーター・ガーサイド (Peter Garside) の指摘によれば一八二〇年から二四年にかけて二五％の伸びを見せている (Garside 38)。発行点数から見ればまだ詩が優勢だったと言えるが、実際には詩集の売り上げのみで生活を成り立たせていた者は少数であり、自費出版が多かった。小説に関してはこの状況があてはまらず、商業的に成立していたことを考えると、時代の転換は明らかである。

出版社の側に詩は売れない、売るなら小説だという認識が生まれていたことは想像がつく。しかし、テイラー＆ヘッシー社は決してこの潮流に乗ろうとはしなかった点で異質である。しかも、社に無名の詩人にかけるだけの経済的裏づけはなかった。同社は、本格的に出版業に乗り出す前の一八〇七年から一八一六年にかけて、小売り部門と出版部門の両方において赤字状態にあったことがわかる (Chilcott 63)。

英仏戦争終結とともにビジネスの気運が高まっていたにせよ、テイラーの試みは無謀だった。自社の不安定な経営状態、そして小説の興隆という二重の圧力にもかかわらず、あえて詩の出版にこだわった背景には、テイラー自身の文学観、特に詩的言語に対する関心が強く働いていたと考えられる。そしてパトロン制度の崩壊、また読者層の拡大とともに、作者と読者の関係が見えなくなりつつあった時代に、出版人が編集者として両者の間をとりもつことによって、新しい読者層の獲得と新しい文学潮流の形成に積極的な役割を果たそうとしたことが、テイラーの例からうかがわれる。

二　編集者の個性——テイラーの文学観

テイラーは当時商業地区として急速に発展しつつあったノッティンガムシャー、レトフォードの書籍商の家に生まれ、地元のグラマースクールに学んだ。裕福な商人や農民、専門職業人の子弟が多くを占めるその学校では、科目として定められていた古典語と神学のほか、カリキュラム拡大を望む風潮をうけて英語、数学、歴史、地理など幅広い科目が教えられていた。一家の財政的負担をさけるため、テイラーは大学進学を断念して父の店で修行をはじめ、のちに上京するとラッキントン、フッド二軒の書籍商で経験を積んだ。書簡や著作に見られるとおり、彼は幅広い読書をもとにその知性を磨いた。自ら詩作を手掛けたほか、神学、骨相学、言語学、経済理論、文学に興味をもち、金融やピラミッドに関する著作も残している。

彼の知的関心の中でも特筆すべきは言語への関心である。終始一貫した言語への関心を示す例は三つ挙げられる。一つ目は、のちに社の文芸兼法律顧問となるウッドハウスと知り合ったあとにたち上げた「言語研究会」(Philological

Society) の存在である。会の活動はさほど盛り上がりを見せず一年で解散したが、弁論術向上をめざしさまざまな議論をおこなった (Chilcott 13)。二つ目は、キーツの出版を手がける以前の一八一五年、*Grammar made Easy* という本を執筆するために主としてスペンサー (Edmund Spenser, 1552–99) を読みながら材料を集めていた時期があることである。[4] そして、もう一つテイラーの言語への関心の高さを如実に物語るのが *A Discovery of the author of the letters of Junius* (1813) と *Identity of Junius with a distinguished living character established* (1816) の出版である。一七六九年から一七七二年にかけ、匿名で当時の政府要人を痛烈に批判する書簡体の諷刺が雑誌に連載され、書き手の正体をめぐってさまざまな憶測がされていた。一八一二年に新しい手紙を含めた本が出版され、正体探しは再び過熱する。かねてからこの問題に関心をもっていたテイラーは自著の中で伝記的事実、政治思想、性格などさまざまな観点からジュニウスの正体に迫っているが、彼の結論を決定づけているのは文体にかかわる二つの分析である。

まず彼は、ジュニウスの文体に関する批評家の分析、そして、その正体とされるフランシス (Francis) の文体に関する批評家の分析を比較した。テイラーによれば、批評家から見たジュニウスの書きぶりは「情熱的かつせっかちで、理由もなく肯定したり、証拠もなく決めつけるところ」があり、一方批評家から見たフランシスは「帰納的に論理を組みたてるというよりはむしろ、一瞬の思いつきをたて続けに繰り出し陽気で華やかな調子を醸し出している」。次に彼は直接二人の文体を比べ、同じ単語の選択、文の調子などに注目した。テイラーが到達した結論は次のようなものである。

i. ジュニウスとフィリップ（＝フランシス）の作家としての性格には完全な一致が見られる。両者とも主題に対してゆっくりと帰納的に迫る方法をよしとせず、論理的に考えるより、むしろわかりやすく提示しようとする。二人の言語は華やかさと豊かさの極致である。（中略）批評家たちがこの明らかに異なる二人の作家の文体に対して使った表現は驚くほど似通っている。ii. ジュニウスとフランシス二人が、特定のフレーズや表現を好んで使っている。iii. 両人とも、きわめて珍しい比喩的表現を使っている。珍しい擬人化も見られる。

(Taylor 353–54)

編集者テイラーの個性は、このような文体への細やかな注意力と感性にあり、それがキーツやクレアなどの詩人を発掘することにつながったのではないか。テイラーの言語的感性はジュニウスの華やかで生き生きとした自由な文体に対して最大限に発揮されたといえる。そう考えれば、なるほどハントがキーツの作家デビューに際して音に対する感性、自由自在の想像力を賞賛したのと同様、テイラーがキーツの自由な想像力と、その器である詩のリズムや音楽性に注目し、才能を高く評価したとしても何ら不思議ではない。テイラーが一時期スペンサーを集中的に読んでいたこと、初期のキーツに見られるスペンサーの顕著な影響が、二人を結びつける鍵といえるだろう。キーツは詩人を志す前からスペンサーを積極的に読んでおり、また、当代切ってのスペンサー読みであったハントの影響がそれを後押しした。

テイラーは理想的な詩について次のような覚書を残しており、これはキーツ自身がテイラーに伝えた創作原理と似ている。

第一級の詩について、想像力によって書かれたもの、その強さと広がり、独自性、強い感興から出たことば、その普遍性、その他の資質をすべて包むような包括性、心情を通じて教えるやり方、心こそが詩が生まれる場所、自然に劇的、読むものにとって迫真性がある、ほかの考察をすべて吸収するもの、その影響力に身を委ねる気のあるものにとってのみ正しく理解されるもの、最上のもの、なぜなら詩人の才能は、学問が有害となるようなもの、芸術に属するものだから、（中略）詩のもつ普遍的な働きは生物にも無生物にも入っていき無感覚な自然にも感情を与えるのが真の詩人の特徴である。（Chilcott 26)

詩の普遍性を強調しつつも、あくまで第一級の詩は、想像力によって書かれたもの、詩人自身の強い感興からわきあがる言葉で書かれたものだと規定している。強い感興から出た言葉、詩人の想像力の広がりと独自性を読者が受けとるためには、読者の側にその用意がなければいけない。読者は、詩人の心とそれが発する波動を受けとり、詩人が生物にも無生物にも与えるところの感情を受けとることが要求される。つまり読者は詩人の心の体験を、同じリズムで追体験することが求められているわけだが、まさにそれを可能にするのが、感情をリアルに伝えることばである。

一方キーツはテイラーへの書簡で次のように述べた。

第一に詩は見事な過剰で驚かせなくてはならない。決して単調であってはいけない。高尚な思考をことばで表現することで、読者に強い印象を与え、忘れ得ぬものにするのである。第二に、詩のもつ美しさは決して中途半端であってはならない。読者を満足させるのではなく息もつかせぬようにするのだ。イメージのわきあがり、膨らみ、消滅は太陽のように自然に詩人に訪れなくてはならない。頭上に輝き、ゆっくり壮麗に沈んで彼を黄昏の豊さに包む太陽のように。[5]

テイラーがジュニウスの中に見いだした、生き生きとはじけるようなことばの躍動感、華麗さと豊穣さ、それと同じものをテイラーはキーツの資質の中に見いだし、それこそが詩人と読者をつなぐ導線になりうると信じた可能性がある。たしかにそれはキーツの考える詩の創作原理とも一致していた。そして、もし詩によって喚起される感情を媒介として詩人と読者がつながりうるのであれば、そこには階級や教育レベルを超えた緩やかな共同体が出現する可能性があり、古典的教育を必ずしも前提としない、幅広い読者層が新しく生まれる可能性もある。しかしキーツの詩的言語ははたして読者に受けいれられ、新しい読者層形成へとつながったのだろうか。

三　共同編集作業——詩人、編集者、文壇

キーツの詩的言語は諸刃の剣であった。テイラーをはじめとして、キーツの周囲にいる文人たちが絶賛した彼の詩を、文芸雑誌は厳しく批判したが、その中心に必ず言語の問題があった。

彼はまるで行き当たりばったりに書いているようだ。詩行によって喚起される想念に従って書き進めるというよりは、行末の韻に触発されて書いている。作品を通じて、まとまった思想を含む完結したカプレットは一つもない。彼はただ連想のおもむくままに一つの話題から別な話題へとさまよっていて、しかもそれが想念でつながるというよりはただ音の連想でつながっている。[6]

リアルな感情を喚起させるはずであったキーツの詩の言語は、意味のない無秩序なことばの山として認識された。他

の雑誌も締まりのない韻律、表現の露骨さを問題にしている。階級や教育レベルを超えて幅広い読者をよびよせるべき詩的言語が、読者を遠ざけることになっては元も子もない。しかも、あまりに統制の欠けた詩語はまるで編集されていないかのような印象を与える危険がある。実際、批評の中には完成度の低い作品を出した出版社の見識を批判するものがあった。文芸批評が作家のみならず出版社を含めて批判の対象とする傾向があり、作家・出版社・読者のネットワークは既に議論の前提であったと思われる。テイラーもそれを自覚していた。彼は当時の文芸批評によい印象をもってはいないと述べ、より大きな文学伝統の中に作品を位置づけるべきだとしていたが、批評が持つ影響を無視していた訳ではない。彼にはキーツの詩語に対する周囲の積極的な評価と、文芸雑誌から受けたきわめて否定的な評価との間のずれを埋める必要があった。前述のような鋭い言語感覚の持ち主ゆえに、彼には文芸雑誌がキーツの詩的言語の何を問題視しているのか、たとえ賛同はしなくともその意味が理解できたはずである。彼は、第三詩集の編集においてさらに積極的な関与をおこなった。

『エンディミオン』への批判を受け、さっそくキーツ周辺の文人たちは反論に転じていたが、何よりも第三詩集の出版こそが批判への答えであった。キーツとその周囲双方が早い段階での第三詩集出版を望み、テイラーとウッドハウス、レノルズらは協力して編集にあたった。彼らの協力体制を物語るのは「イサベラ」("Isabella")と「聖アグネス祭前夜」("The Eve of St. Agnes")の二作品である。キーツ自身が「イザベラ」を発表することに反対であり「もし自分が批評家なら作品として弱いといわざるを得ない」と述べたのに対し、レノルズは簡潔さ、完成度、静かなペイソスを備えた作品だと評価した。これらはいずれも、文芸雑誌がキーツに欠けているとした点である。キーツの意志に反して周囲が出版を進めた理由は、まさにこの作品が批評への反撃として有効であると考えたためではないか。そもそも「イザベラ」の執筆はもともとハズリットの提案だった可能性が示唆されている。「ボッカチオやチョーサーの悲劇を趣味の良い、生き生きとした現代語で蘇らせれば当たる」といったのは彼であり、明らかに商業的な判断がキーツの周囲にはあった。また、「イザベラ」に用いられた詩形オッターヴァ・リーマは各行一〇音節からなり、abababccの形で韻を踏むもので、行ごとに緊密な意味のまとまりが要求される。批判を浴びた『エンディミオン』のようにルーズな文体にはなりようがない。この文体も、キーツのイメージ挽回のために有利だとして周囲が作品の出版を押し進めた一つの要因だと考えられる。ウッドハウスが推敲を始めたのちに、さらにテイラーが直しをいれつつ清書をしたあとが確認されているが、彼らの推敲のポイントはひとえに文体であった。彼らがもっとも拘ったのは次の箇所である。[7]

キーツ詩集の決定版の編者スティリンガー (Jack Stillinger) が指摘するように、このオリジナルには複数の文体的問題が見られる。たとえば 品詞の異なる単語 "laugh" と "debonair" が "and" で接続されている点、からだの特定箇所を露骨に示す語、"shadow"、"every sweet" といった曖昧な観念がまとめられるといった論理性の欠如などは、確実に保守系文芸雑誌の攻撃材料になったであろうと思われる。推敲作業ではこのように問題の多い部分が削除された。「聖アグネス祭前夜」に関してはさらに激しい議論があった。キーツが当初、二人の恋人が城から荒野へと逃げる場面を描き、その後の結婚を匂わせる表現をしていたにもかかわらず、城の中で二人がまるで夫婦のように抱き合い、しかも女性の方は夢を見たままという場面に書き換えたことを、ウッドハウスが問題視した。女性読者の反応を気にしてもとに戻すよう諭すウッドハウス、「女性読者のことなど考えて執筆していない」とつっぱねるキーツ、出版とりやめの可能性にまで言及しキーツを戒めるテイラー、三者の間で推敲作業は難航した。結局はキーツが出版社側に一任し、オリジナルが採用された。印刷されたものにはさらに書き換えた形跡があるが、どちらにせよテイラーとウッドハウスは一歩もひかず、キーツは彼らの主張を受け入れざるを得なかった。

貸馬車屋を営む父を早くに亡くし経済的な自立が必須であったキーツは、それにもかかわらず薬剤医師の道を捨てて詩人となった。パトロンもいない彼にとって、詩人として成功する以外に道はなかった。また、大手ラッキントンで修業を積んだテイラーは、その商業主義に染まりきることはなかったとはいえ、読者の動向に無関心でいることはあり得なかった。第三詩集における推敲作業は作家と出版社側の完全な共同作業でおこなわれたということができるが、文芸批評誌の批判に対応する形となっており、作品を読んでもらうための配慮が常に行われていたことがわかる。

まとめ

自身の文学観、詩的言語観にもとづいてキーツの才能に着目し、彼を詩人として世に出すべく尽力したテイラーのありかたはパトロン制度なき十九世紀の新しいパトロンともいえるものである。読者の姿が見えづらくなっていく時代において、作家の自立は難しく、鋭い批評眼をもち、さらにはビジネス感覚をもった出版人の存在なしに作品を売っていくことは困難であったはずだ。スティリンガーが使った“multiple authorship”という言葉が象徴するように、創作活動はもはや作家一人のものではなく、必然的に出版社との、そして文芸雑誌や彼らに代表される読者との共同作業にならざるを得なかった。その共同作業の中で出版社は新しい文化のつくり手として積極的な役割を果たしていたことがわかる。

注

1 代表的な研究書としては *Nicholas Roe* (1997)、Jeffrey Cox, *Poetry and Politics in the Cockney School: Keats, Shelley, Hunt and Their Circle* (1998) など。

2 社の歴史に関しては Chilcott (1972) 参照。また、St. Clair (2004) 巻末にはロマン派時代の出版物に関する書誌情報や売れ行きがまとめられている。

3 St. Clair (2004) 巻末参照。

4 結局この本は出版されなかった。

5 Keats to Taylor, 27 February 1818.

6 Croker's attack on *Endymion* in *Quarterly Review*, dated April 1818 , published September 1818.

7 'Lorenzo, I would clip my ringlet hair/To make thee laugh again and debonair!'/'Then should I be,' said he 'full deified; And yet I would not have it, clip it not;/For Lady I do love it where 'tis tied/About the Neck I dote on; and that spot/That anxious dimple it doth take a pride/To play about—Aye Lady I have got/Its shadow in my heart and ev'ry sweet/Its Mistress owns there summed all complete.'/"Lorenzo!"—here she ceas'd her timid quest,/But in her tone and look he read the rest. (*Isabella*, ll. 55–56)

引用参考文献

Altick, Richard D. *The English Common Reader: A Social History of the Mass Reading Public, 1800–1900*. Columbus: Ohio State UP, 1998.

Chilcott, Tim. *A Publisher and His Circle: The Life and Work of John Taylor, Keats's Publisher*. London: Routledge&Kegan Paul, 1972.

Garside, Peter and Rainer Schöwerling. Eds. *The English Novel 1770–1829: A Bibliographical Survey of Prose Fiction*. OUP, 2000.

Keats, John. *Complete Poems*. Ed. Jack Stillinger. Cambridge, Mass.: Belknap P of Harvard UP, 1979.

——. *The Keats Circle: Letters and Papers 1816–1878* .Ed. Hyder Edward Rollins. 2vols. Cambridge, Mass.: Harvard UP, 1948.

——. *The Letters of John Keats 1814–1821*. Ed. Hyder Edward Rollins. 2vols. Cambridge, Mass.: Harvard UP, 1958.

——. *The Poems of John Keats*. Ed. Miriam Allott. New York: Longman, 1970.

Leader, Zachary. *Revision and Romantic Authorship*. Oxford: Clarendon P, 1996.

Reiman, Donald H. Ed. *The Romantics Reviewed: Contemporary Reviews of Romantic Writers*, 9 vols. New York: Garland P, 1972.

Roe, Nicholas. John Keats: *A New Life*. New Haven: Yale UP, 2012.

——. *John Keats and The Culture of Dissent*. Oxford: Clarendon P, 1997.

St Clair, William. *The Reading Nation in the Romantic Period*. New York: Cambridge UP, 2004.

Stillinger, Jack. *Multiple Authorship and the Myth of Solitary Genius*. New York: Oxford UP, 1991.

Suarez, Michael F and Zimmerman, Sarah M. "John Clare's Career, 'Keats's publisher,' and theEarly Nineteenth-Century English Book Trade." *Studies in Romanticism* 2006.（accessed at http://www.highbeam.com/doc/1G1-160421631.html アクセス日 2010.9.17)

Taylor, John. *The Identity of Junius with a Distinguished Living Character Established*. London,Taylor and Hessey, 1816.

藤原論文へのコメント

金澤　淳子

　ジョン・キーツの才能を信じて彼を世に送り出すことに尽力したテイラー&ヘッシー社の編集者たち。藤原氏は、彼らの文学観がキーツの目指す詩の理想と一致していたと述べている。ジョン・テイラー自身、いくつもの著書があり、詩作もしている。そして何よりも詩のことばに対する興味をもっている。そんな彼がどのようにキーツの創作・出版にかかわっていたかを藤原氏は論じている。

　そのうえで浮かぶ疑問は、どの程度キーツは詩作・出版におけるテイラーの介在を許容していたのだろうか、という点である。拙論でディキンソンと兄の妻スーザンとの間のいわば共同作業(collaboration)について言及した。当時のアメリカの「贈り物の文化」(“gift culture”)において、男性支配の出版界とは異なるレベルで、いわば私家版「出版」に相当する詩のやりとりの中で、受け取り手による修正は送り手（ディキンソン）も了解済みであったものと解釈されている。一方、イギリスの男性社会、出版界における詩の内容・体裁についての編集者の操作は、詩人にとってどのように受け止められていたのだろうか。そのことについてキーツ自身による反応は残っているのだろうか。

　こうした疑問が浮かぶのも、テイラーたちの加筆・修正は、キーツの理想とする要素をむしろ逆のものにしてしまっているように思われるからである。「息もつかせぬ」溢れるばかりの「イメージのわきあがり、ふくらみ」を「過剰」に盛り込み、読者を圧倒せんばかりの詩を書こうとしたキーツ。「簡潔さ、完成度、静かなペーソス」を評価するレノルズなどキーツをとりまく後援者たち。出版という現場にあっては、両者の目指すところがずれてしまっている印象を藤原さんの論文から受ける。そうなると、最終的に出版された「アグネス祭」はキーツの満足のいくものだったのだろうか。そして、そのような他者による介在が働いて出版された詩は「キーツらしさ」を反映するものとして現在もなお評価されているのだろうか。

　さらに、なぜ当時の文芸批評家とテイラーたちの間にキーツ評価をめぐってこれほどまでに大きな開きがあったのだろうか、という疑問も浮かぶ。そもそもどのような背景をもつ人物が文芸批評に携わっていたのだろうか。文芸批評家とは「一般読者」であったのだろうか。そして、キーツ自身はどのような読者を想定していたのだろうか。

一八一〇年代のイギリスにおける男性詩人キーツをめぐる「ネットワーク」と一八六〇年代アメリカの女性詩人ディキンソンをめぐる「ネットワーク」を並べて見ると、その違いの大きさが浮かび上がってくる。

コメントへの筆者の応答

ご指摘の通り、詩人が編集者の介入をどの程度許容したのかという問題は、両者の関係を考える上で重要である。書簡を見る限り、キーツは唯々諾々として介入を受け入れてはいない。それでも受け入れたということではないか。議論にとりあげた作品は執筆時点で出版を前提としていたと考えられるし、また、周囲の人間が創作のきっかけを与えたり、発表前の草稿を読むなど、実質的な「共同作業」がおこなわれていたと考えられる作品がある。そして、周囲が介入せざるを得ない状況がたしかにあった。文芸雑誌によるコックニー詩派批判の柱は作品に見られるモラルと文体だった。とくに、超保守派の『ブラックウッズ』誌はモラルと文体の問題を重ねて論じ、「教養と品位に欠ける」コックニー詩人が上流階級の文化である詩の世界に入ってくることを批判した。キーツらの考える読者層は特定の階級ではなく、同じ言語感覚や文学趣味を共有するゆるやかな集団だと私は考えているが、その間にたつ文芸雑誌にはイデオロギーないしは階級的背景があり、そこに働く力学についてはさらに考察の必要がある。ちなみに、第三詩集は第一、二詩集よりは好意的な批評を受けた。ヴィクトリア時代を経てキーツ作品が「正典」とされたのはこの詩集ゆえであり、なぜ評価が変わったのかさらに考察したい。

「ウェイヴァリー現象」
——越境するテクストと十九世紀読者層の創出（および忘却）

松井　優子

一　境界を越えて

十九世紀前半、ウォルター・スコット（Walter Scott, 1771–1832）の作品は言語や階級、ジェンダーを問わず、おそらく当時のヨーロッパや英語圏としては最大多数に近い幅広い読者を獲得し、言わば「ウェイヴァリー現象」[1]とでも呼べるような反応を引き起こしていた。たとえば、現代のある研究者は、一八二二年にハインリヒ・ハイネが「伯爵夫人からお針子まで、伯爵から使い走りの少年まで」誰もがスコットを読んでいるとベルリンから報告した事実に言及しつつ、同様の報告は当時のヨーロッパのどこにでもあてはまっただろうと述べる（Fabian and Spieckermann 534）。事実、フランスでのスコット受容について論じた別の研究者も、「アカデミー会員から地方のブルジョワまで、立派な貴婦人から女店員まで」誰もがスコットを読み、彼の作品が「客間、劇場、アトリエ、美術展を席巻していた」一八二〇—三五年頃の状況にふれた一八八〇年代の雑誌記事を引用し、当時のスコット・ブームが全般的現象であったことを指摘している（Wright 294）。これらの例が示すように、スコット作品はドイツ語やフランス語にいちはやく翻訳され、全集や普及版も出版されていた。こうした読み手たちの姿はのちの文学作品にも登場し、たとえば、ドストエフスキーの『白夜』（一八四八）の青年主人公が歴史上の実在の人物たちとダイアナ・ヴァーノンらスコットのヒロインたちとを交互に列挙すれば、プルーストの『ソドムとゴモラ』（一九二〇―二一）では、自分の欲望の対象となっている登場人物が「ロブ・ロイであってダイアナ・ヴァーノンではないことに気がつかない」で作品を読んでいる中学生の例が引き合いに出される（四一）。

北アメリカに目を転じると、一八二〇年代から現在にいたるまで、アメリカ合衆国大統領はスコットの長篇詩『湖上の美人』(*The Lady of the Lake*, 1810) の音楽劇版中で用いられた一曲で迎えられる一方 (Kirk 131–33)、カナダでモホーク族の長となったジョン・ノートン (John Norton, 1770–1831?) はこの長篇詩をモホーク語に訳し (Fulford 10)、元奴隷で奴隷制廃止運動家のフレデリック・ダグラス (Frederick Douglass, 1818–95) は、この詩を読んでいた主人から登場人物と同じ名を与えられている (Douglass 252–53)。むろん地元イギリスでも、これら詩作品の成功に続いて小説『ウェイヴァリー――六十年前の物語』(*Waverley; or 'Tis Sixty Years Sicne*, 1814) が匿名で出版されると、もともと小説も扱い女性読者も多かった貸本屋でひっぱりだこの人気となった。そればかりか、男性読者中心の会員制有料図書館や読書クラブ、ケンブリッジ大学図書館、あるいは職人用図書館といったそれぞれ異なる読者層を対象とする図書館でもさかんに求められ、蔵書にフィクションをおかないという、従来からのこれら各図書館の規則や方針の壁を破るきっかけとなった例が報告されている (St Clair 236, 245, 254,261; Rose 116–17)。

このように、十九世紀においてスコットの詩や小説とは、階級やジェンダー、言語や民族、あるいはジャンルやメディアの境界を越えて読者層を創出、拡大していくテクストだった。これには、スコット自身、読者との関係をつねに念頭におきながら、印刷所や書店の経営を通じて出版事業に関与し、存命中はコンスタブルやキャデル、のちにはこれを引き継いだブラック社らエディンバラの出版者、および彼らと連携したロンドンやアメリカの各出版社によって、新しいかたちで作品を世に送り出す方法の模索が続けられたことも大きい。スコットは一八三二年に没したので通常はヴィクトリア時代の作家に数えられることはないけれど、十九世紀を通じてその文化的な地位はきわめて高く、作品じたいはむしろ没後に各種の版を重ねており、この時代における文学作品と読者との関係の多様化や変容をたどる格好の事例を提供している。ここでは、作品の性格、多様な出版形式、派生的作品という三つの観点を中心に、越境するテクストとしてのスコット作品について検討し、あわせて、その拡大がいたった先についてごく簡単に考察したい。

スコットは、まず長篇詩『最後の吟遊詩人の歌』(*The Lay of the Last Minstrel*, 1805)、『マーミオン』(*Marmion*, 1808)、『湖上の美人』で詩人としての成功と名声の頂点を極めた。このとき、多くの書き手がスコットに作品を献じ、スコットとその詩によって結ばれる一個の詩的空間が形成されたが、同じく読み手からの反応という点では模倣作やパロディの存在も見逃せない。これには、アイルランドに舞台を移した『湖上の貴公子』(M. J. Sullivan, *The Prince of the Lake*, 1815) や、スコットの次の長篇詩『ロウクビー』(*Rokeby*, 1814) をもじった、その名も『ジョウクビー』([John Roby] *Jokeby*, 1809) などが挙げられる。なかでも、合衆国のジェイムズ・ポールディング (James Kirke Paulding, 1778–1860) による『蘇国提琴の歌』(*The Lay of the Scottish Fiddle*, 1813) は、スコット作を騙りつつ『最後の吟遊詩人の歌』の筋を一八一二年戦争の際のイギリス海軍によるハヴルドグレース襲撃の経緯におきかえ、この作戦を諷刺したもので、序から長文の注にいたるまでオリジナルを実にみごとにパロディ化しつつ、アメリカ側の主張を伝えている。スコットはその後、ポールディングの文学仲間であるワシントン・アーヴィング (Washington Irving, 1783–1859) と直接親交を結ぶことになるものの、こうした紙の上での多様な反応も、作家や作品をめぐって形成される読み手のネットワークの重要な一部と考えられる。

スコットはこのときも、ポールディングによる「大西洋をはさんだ、退屈ながら許せるしゃれ」を自分なりに面白がったようだけれど（Grierson ed. III 466）、これにかぎらず、読者の能動的、主体的な態度に期待と信頼を寄せ、読み手と作品との相互関係に注意を怠らなかった作家だった。それは小説第一作である『ウェイヴァリー』の冒頭で、作者とともに能動的に作品の意味の産出に関与する読者像を示し、これを前提としていることにもあらわれている。ここでは読み手も明確に登場人物の一人であり、作品は作者／語り手と読み手とが共同で構築する経験として意図されている。この冒頭部分ではまた、当時流行していた小説のサブジャンルについての知識を語り手が次々と披露し、スコット自身、小説の熱心な読者であったこともうかがわせる。一方、作品の最終章では、今度は当時を代表する作家マライア・エッジワース（Maria Edgeworth, 1767–1849）やエリザベス・ハミルトン（Elizabeth Hamilton, 1758–1816）の名や作品を具体的に挙げ、『ウェイヴァリー』が彼女たちの作品への創造的反応であることを明かしている。これ以降も、スコット作品のほとんどには何らかのかたちで枠物語が付され、そこでは読み手どうし、あるいは「作者」と読み手とのあいだで、作者や読者、小説というジャンルをめぐって議論が交わされて、自ら作品の具体化や評価に参与している読者モデルが提示されるとともに、そのネットワーク化を促してもいる。

また、読み手を意識し、つねに新しいものを提供しようとするこの姿勢は、挿絵や他メディアとの連携もふくめて小説というジャンルの可能性を追求するかたわら、スコットに最後まで素材や語りの実験を続けさせることになった。絶筆となった二作でも、『危険な城』（*Castle Dangerous*, 1831）では原点に戻って中世イングランドとスコットランドを舞台に書物の魔力と果てしない語りの力を問い、『パリのロベール伯』（*Count Robert of Paris*, 1831）の結びではメアリ・シェリー（Mary Shelley, 1797–1851）の『フランケンシュタイン』（*Frankenstein*, 1818）等を前例に挙げ、小説における「このうえなく奔放な想像力の飛翔」（Scott 363）の重要性に言及しつつ、作品の題材について読者に説明している。事実、十一世紀末のコンスタンティノープルを舞台としたこの小説は、自動人形のライオンや、ロベール伯らと心を通わせつつも登場人物の一人を殺害するオランウータンまで登場し、西洋と東洋、民族やジェンダーの境界のみならず、生命や人類の境界もが揺れる野心作になっている。

スコット自身、自分の小説をしばしば「歴史ロマンス (historical romance)」と呼んだように、彼の作品は、特定の時代や社会を想像的に生きる役割を担う多様な架空の登場人物たち（それこそアカデミー会員からお針子まで）を通して、個々の人物を形成する政治や宗教、超自然の力、そしてそれら相互のダイナミズムを写実的に描き出しつつ、同時代の関心と対話し、未来を構想する寓話性をも獲得していく。また、政治や歴史という、当時男性的とされていた領域を直接扱っていたことで男性読者をひきつけ、小説というジャンルの地位を向上させる一方で、近過去から十字軍の時代まで、語り手の地元から中東まで、地理的・文化的他者のロマンスと現実とを巧みに組み合わせ、読み手の想像力や知識欲に訴えてもいた。さらに、スコットの歴史小説の技法について分析したダンカンは、スコットの小説はフィクションと現実とを区別し、作中に頻出する文学や歴史への言及を理解可能なエリート読者層と、あたかも現実であるかのように登場人物に同一化し、もっぱら物語の筋を追う一般読者層双方の興味を引いたと同時に、この二つの読者像は読む主体の二重構造をも反映しており、このため「作品の特定の思想や価値観の内容が必然的に安定性を欠くことになる」とも指摘している (Duncan 280)。スコット作品が異なる層の読者に、かつ多様な読まれ方をしたのには、こうした作品の性格も手を貸していたと思われる。

あわせて、それらは歴史書、稿本、判例集、新聞記事、回想録、書簡、絵画、墓碑銘、建築、亡霊、迷信、詩、民話、伝説、バラッド等、さまざまな（架空のことも多い）媒体を組み入れつつ過去を想像的に語る多様な方法を提示して、テクストからテクストを生み出すという小説の営みを前景化するとともに、文化的記憶の問題や過去の経験を表象、共有する可能性（ないし不可能性）を問う。そして、その成功は新しい小説のモデルを提供し、別の社会や時代を扱う同様の作品の書き手を生んでいった。フランスやスペイン、ドイツ語圏、東欧、北欧、ロシアなどヨーロッパ諸国での数多くの例に加え、十九世紀後半の旧植民地インドでも、英語と地元の諸言語のいずれもの文学においてスコットの詩や小説をモデルとした作品が著されている (Shaw 462–63)。

先述のポーリングは、のちには小説『コニングスマーク』(*Koningsmarke*, 1823) でもスコットのパロディを試みたようだが、周知のように、アメリカではジェイムズ・フェニモア・クーパー (James Fenimore Cooper, 1789–1851) が「アメリカのスコット」と呼ばれることがある。が、とくに興味深いのは、近年の環大西洋的な視点からアメリカでのスコット人気と小説出版や小説の地位との関係を考察した、トッドによる研究ではないだろうか (Todd, "Establishing")。トッドはここで、クーパーやアーヴィングの活躍と相前後して、一八一〇—二〇年当時の「ウェイヴァリー・センセーション」(103) が、アメリカにおける小説販売の可能性や小説の地位の向上、ナショナルな読者層の形成を促し、国内の書店とイギリスの出版者との連携や国内の書店間、および読者間のネットワーク化に寄与していたことを、各書店の記録や書簡、当時の書評等から指摘しているからである。こうした状況からトッドは、スコットの小説は「事実上のアメリカ文学だった」(102) と述べているが、アメリカにおいてはその後もイギリス同様、種々のスコット全集版や後述のような派生的作品が出版されていく。一方、この両国は、スコットの作品が「汚れのなさ」や「真の徳性」をあらわしているとされ、それが作家自身の高潔な生き方と結びつけられている点でも、同様の現象を示しているようである (Todd, "Establishing" 120; Bautz 93–96)。

こうしたスコット作品の射程やある段階での受容をコンパクトに体現している派生物の一つが、『若き人々のために』(*Readings for the Young; from the Works of Sir Walter Scott*, 1848 [1847]) かもしれない。この抜粋集は「騎士道と古い時代の話」、「歴史とロマンスの物語」、「スコットランドの風景と人物」の三巻構成をとり、それぞれスコットの詩、小説、評論、書評、歴史書、バラッド集、書簡、それにスコットが孫のために書いた『おじいさんのお話』(*Tales of Grandfather*, 1827–30) などから各巻のテーマに沿った文章が引かれている。とくに後半部には、各著作から原文の文脈を問わず抜き出された一節が箴言や省察として並べられ、年若い読者を知識と楽しみのための、そして人生の指針としてのスコット講読へと導こうとしているかのようである。巻末には「趣味のいいクリスマス・プレゼント」と謳った広告も掲載され、この挿絵入りの本が贈呈本として年齢の異なる読み手どうしの交流を促していたこともわかる。その編集方針はさておき、これはこれでこの多作な作家の多様な著作やそれらから包括的に構成される世界観を伝えているようだけれど、それもそのはず、これらはすでに同じキャデル社から刊行済みの詩全集、小説全集、散文全集、およびJ・G・ロックハート (J. G. Lockhart, 1794–1854) による『スコット伝』(*Memoirs of the Life of Sir Walter Scott, Bart.*, 1837–38) からなる、「サー・ウォルター・スコットの著作と生涯」(*Sir Walter Scott's Writings and Life*) からの抜粋だった。やはり巻末に付されたカタログでは、装丁や価格の異なるその数種類の版が三〇頁にわたって紹介されているが、実はこれらでさえ、十九世紀におけるスコット作品、とくに小説集の増殖や変容のほんの一端を示しているにすぎない。そこで、次節ではそれらについてもう少し詳しくみていこう。

二　全集の増殖と遍在する文化資本

ヴァージニア・ウルフ (Virginia Woolf, 1882–1941) の『灯台へ』(*To the Lighthouse*, 1927) の第一七章では、登場人物の一人がスコットの小説全集、いわゆる「ウェイヴァリー叢書」(the Waverley Novels) を一定の間隔で一冊ずつ読んでいると語っている。このように、十九世紀半ば以降は、スコットの小説が全集として、それも数限りない多様なエディションで読者のもとに届いた時代だった。[2] 自ら出版事業に関与もしていたスコットは、装丁や出版形式など読み手とのインタフェイスとしての書籍の物質的側面にも関心が強く、前作までとは異なる時代や場所を舞台とした『アイヴァンホウ』(*Ivanhoe*, 1819) を別の作家の作品にみせかけて出版しようとしたさいには、本の装丁や紙質の変更まで計画（最終的には同じ名義で出版）していたほどである (Millgate, "Making")。十八世紀末から十九世紀前半にかけての出版状況を概観したサザランドは、新刊出版の形態や価格の点で、一八二一年の『ケニルワース』(*Kenilworth*) 出版によって「スコットは文学出版の風景を一変させた」と述べている (Sutherland 679)。が、これら新刊小説だけでなく、再版や全集出版でも新しい試みがなされ、それはこの時代のステロ版や彫版などの印刷技術や製紙技術、蒸気船や鉄道など輸送手段の発達、読者層の増加や多様化とも相互に深く関係していた。[3]

スコット作品の出版は、印刷所や書店を共同経営していたジェイムズとジョンのバランタイン兄弟はもちろん、アーチバルド・コンスタブル、ウィリアム・ブラックウッド、ロバート・キャデルといった当時のエディンバラの出版者との共同事業といった側面も強い。ロマン主義時代は、出版文化の拠点としてエディンバラがとくに大きな影響力をもち、この時代の文学や文化の一つの核を形成していた時代である。コンスタブルとブラックウッドはそれぞれ『エディンバラ・レヴュー』誌 (*The Edinburgh Review*)（一八〇二年創刊）と『ブラックウッズ・マガジン』誌 (*Blackwood's Edinburgh Magazine*)（一八一七年創刊）という二大雑誌を刊行していたほか、スコットランドを中心に多くの作家たちを世に出した有力な出版者だった。なかでもスコット作品の出版においては、一八二六年に財政破綻するまで密接な関係にあったコンスタブルの力は大きかった。先述の『ケニルワース』も彼との出版で、三巻本で三一シリング六ペンスというその出版形式と価格は、その後一八九四年まで新刊小説の標準となる (Sutherland 679)。また、この作品のロンドン版はスコットの新刊小説に初版から挿絵が入った最初の例でもあった (Hill 80)。一方、一八一九年からは直近の既刊小説を数作品ずつまとめて挿絵を入れた、言わば愛蔵版としての作品集を価格の異なる数種類の版型で出版することも始めており、一八二七年以降はキャデルに引き継がれて、スコット死去の翌年の一八三三年までには既刊小説をほぼ収めた全五シリーズが出された。加えて、一八二九年からはこれと並行して、「ウェイヴァリー叢書」と題された、こちらは一冊五シリング(二冊で一作品)の月刊で普及版の小説全集の刊行も開始されており、やはり一八三三年に全四八巻が完結した。これがいわゆる「大全集」版('Magnum Opus')で(小説全集完結後は詩集全集、散文全集と続き、一八三六年に最終巻が出ている)、冒頭には国王ジョージ四世への献辞があった。

この「大全集」版は、より広い読者層に向けた出版事業というコンスタブルの着想をキャデルとスコットとが具体化したもので、本文の改訂に加え、初版出版時の状況を記した序や作品の背景などを説明する注解をスコットが新しく執筆し、デイヴィッド・ウィルキーやエドウィン・ランシーアらによる口絵が入っていた。彼らの原画の複製の裏には彫版技術の進歩があり、印刷にはステロ版やスチームプレスも導入されている (Hill 66–70; Millgate, *Scott's* 35)。ジョージ四世とは個人的に親交があったとはいえ、豪華版ではなく廉価な普及版を国王への献辞で飾るというのは一見違和感を禁じえないものの、この全集が安価にもかかわらず紙や印刷の質が高かったこと、そしてこの両立が当時のイギリスの技術の賜であった点を考えると不思議ではないのかもしれない。事実、キャデルが当時の各雑誌に掲載した「大全集」の広告には各紙誌による書評の抜粋が数多く掲載されているが、その大半も、序や挿絵の魅力とともにこの美と低価格の幸福な統合に言及している ('Waverley Novels, New Edition')。あわせて注目されるのは、これらの書評がエディンバラやロンドンはもちろん、ストラスモアからカーライル、シェフィールドにブリストル、バースからエクセター、プリマスにいたるまでイギリス各地の地方紙や全国的な文芸誌から採られ、そのいくつかが初版出版時の驚きや興奮を振り返りつつ、初版や今回の出版を後世にまで伝えられるこの国の文学史上の一大事件と表現していることである。ここからは、ともにスコット作品に接した経験や記憶が当時の読者の共同体、広くは国民意識、より限定的にはイギリス文学という概念や全国的な読者層の形成に手を貸していたことがうかがわれる。国王への献辞は、その点からも大いに理解が可能だろう。

これらの書評はまた、これならどの家庭の書斎にも一セット備えることが適当かつ可能だと異口同音に述べている。事実、この「大全集」は、発売直後から月間三万部を越える売上を示したようだが (Millgate, *Scott's* 21)、さらにこの全集をもとに、挿絵を大幅に増やした愛蔵版的な「アボッツフォード」版 (Abbotsford Edition, 1842–47)、逆にあくまで入手しやすさを追求した「民衆」版 (People's Edition) も出版され、そのあいだに位置する版とともに読み手の好みや収入に沿った選択の幅を広げていった。一八四九年にキャデルが死去するまでには、二十年間で七万八〇〇〇セット以上（ただし、「民衆」版をのぞく）を売り上げたという (Garside 230)。その後この版権を引き継いだA&Cブラック社もこうした多様な読者層への対応を拡大、発展させていく一方、一八七一年以降は版権の段階的な消滅とともに他の出版社も参入し、価格帯や装丁の幅をさらに広げつつ、それらが併存する時代になっていった。

スコット生誕百周年のこの一八七一年には記念出版も相次いだが、その一つがブラック社による「百周年」版 (Centenary Edition, 1870–71) で、この版には編者によって新たに改訂が施され、スコットが遺していた注が追加された。また、各巻の巻末には語彙集および事項索引が、最終巻には語彙集、各作品の出版順と舞台となった時代の一覧、および事項や人名とそれらが扱われている巻名を添えた総索引もつけられている。すでに「大全集」版の最終巻には語彙集が、またブラック社の「図書室」版 (Library Edition, 1852–53) の最終巻にも登場人物や注の索引などが付されていた。ブラック社はコンスタブルからは『ブリタニカ百科事典』の版権も引き継いでおり、こうした編集作業と親縁性があったのかもしれないが（一八七四年の同社の広告には、スコット全集の箱入りセットが『ブリタニカ』、およびエドガー・アラン・ポーの作品集と並んで宣伝されている）、[4] スコットの小説がこうした事項索引の作成を誘う特徴をもっていたことも確かである。登場人物の多さに加え、歴史的事件や人物、建築などの詳細な記述はもちろん、たとえば、先述の『パリのロベール伯』でオランウータンの「シルヴァン」（彼もしっかり索引に載っている）が登場するときには、博物学者の見解にもふれながら、原産地や性格など、それこそ百科事典的な説明が添えられている。それを考えると、こうした索引の存在は、膨大な情報の集積でもあるウェイヴァリー叢書を楽しみ、読み返す一助であると同時に、これを知識の習得や確認のために「使う」読み方の可能性もうかがわせているように思われる。

この「百周年」版のような愛蔵版の出版は今後もみられるが、「大全集」版の版権の消滅と前後して、ウェイヴァリー叢書の出版は、ブラック社による独占状態から各種出版社による多様な版が競合する時代に本格的に突入する。体裁や挿絵などで相互に差別化が図られる一方では、低価格化も進んだ。ブラック社はすでに一八五四年に一冊一・五〜二シリングで「鉄道」版（Railway Edition）を、一八六二年には一冊一シリングで「鉄道一シリング」版（Railway and Shilling Edition）を出しており、さらに一八六六年から六八年にかけては「六ペンス」版（Sixpenny Edition）を月刊で刊行していた（St Clair 643）。それぞれ、当時の鉄道文庫やいわゆる「黄表紙本」に準じた版だが、そこにさらに他社による別種の廉価版が加わっていく。たとえば、一八七〇年から三二頁ずつ週刊一ペニーで売り出された、今一つ別の「民衆」版の広告では、「労働者の幸福と向上」への貢献を謳い、あわせて、植民地やアメリカに低価格をアピールもしている（"Sir Walter Scott's Works"）。[5] さらに一八七三年には、ついに月刊一冊一作品で三ペンスという「ディックス」（J. Dicks）版全三二巻が登場したが、この出版は「いかなる基準に照らしてもウェイヴァリー叢書がきわめて安価に入手可能であることを意味した」(Bautz 87)。ローズは、この「ディックス」版ウェイヴァリー叢書で社会史の勉強をしたという食糧雑貨商の少年についてふれているが (Rose 40)、この少年もこの無条件の低価格の恩恵に浴した一人なのだろう。

この「ディックス」版出版にさいし、出版業界紙『ブックセラー』紙も「この版で、スコットはわが国の労働者の男女のあいだに全く新しいタイプの読者を得るだろうし、彼らにとっては新人作家として迎えられるだろう」("Dicks' Waverley Novels") と述べている。むろん労働者の読み手でもこれまで図書館などでスコットに接する機会はあったので、これは金銭的余裕だけでなく、そうした時間的余裕や読書環境に恵まれない読み手か、あるいはそもそも知的興味に乏しいすべての層にまでスコット作品がいきわたりうるだけの段階にいたったということだろう。加えて、この版は国内なら通信販売での入手も可能だったという (St Clair 644)。そこからは、書斎に並ぶ改訂版であれ、鉄道客車内の読み物であれ、あるいは仕事の合間の知識の習得であれ、当時の社会の重要な文化資本として、まさに上から下の階層まで、そしてブリテン島の隅々にまで、さらにはそれを越えてウェイヴァリー叢書が遍在するヴィクトリア時代後期の姿が浮かび上がる。

マックスウェルは、先述の「アボッツフォード」版で増補されたスコットゆかりの品を描いた多くの挿絵がテクストをさらに多層的にし、かつ亡き作者の存在の記号となっていることを分析する一方で、この版が『挿絵入りロンドン・ニュース』紙 (*Illustrated London News*) に直接的に与えた影響にも言及している (Maxwell 43–44)。そして、このようにスコット作品が他のジャンルに与えた影響や、ヴィクトリア時代の読者が亡き作家の存在を身近に感じる機会は、以下でみるようにほかにも数多く存在していた。

三　ウェイヴァリー・スピンオフ

　E・M・フォースター（E. M. Forster, 1879–1970）の『天使も踏むを恐れるところ』（*Where Angels Fear to Tread*, 1905）の第六章には、フローベールの『ボヴァリー夫人』（一八五七）での同様の場面に言及しつつ、スコットの『ラマムーアの花嫁』（*The Bride of Lammermoor*, 1819）を原作とするドニゼッティのオペラ『ランメルモールのルチア』（一八三五）をイタリアで鑑賞する場面がある。主にスコット作品と視覚芸術との関係について考察したライトが、「ヨーロッパのあらゆる国におけるスコットへの熱狂的な反響は現代社会のすべての側面を変容させた」と述べているように（Wright 294）、右のオペラをはじめとして、スコット作品の影響はジャンルの境界を越え、演劇、音楽、絵画、建築など芸術全般におよんだ。たとえば、舞台化版のリストだけでも大部な一巻が存在し、ウェイヴァリー叢書から題材をとった絵画を並べれば、ドラクロワからホイッスラーまで十九世紀の絵画史をたどることもできる。舞台上演時の脚本集や上演のさいに人気だった歌やバラッドの楽譜も出版対象になったほか、パノラマ館や旅行のガイドブックにも作品から引用されて、余暇を楽しみながら作品の翻案や断片に接する機会も多かった。これ以外にも、多彩な派生的作品が読み手のなかから紡ぎ出され、それらの多くはアメリカでも出版されて、大西洋の両岸で読み手たちの反応や当時の価値観を伝える場となっていたことがうかがえる。

　なかでも、作中の風景や場面を描いた画集（のちには写真集）は数多いが、いずれもスコットの生前から彼の作品の挿絵を担当していたJ・M・W・ターナーの風景画やジョージ・クルックシャンクの人物画を集めた画集もその一つで、絵に対応した一節を作品から引用し、風景の場合は説明文も添えられて、各作品の名場面集にしてその解説になっている。ほかに各作品のヒロインの肖像画を集めた画集もあり、こちらは該当場面の引用のみで、あとは読み手の想像力に任せていることが多い。とはいえ、作中のどの場面を取り上げ、どのように描くかが彼女たちに対する編者や画家の解釈を反映しているし、こうして一巻に集められたことで、ウェイヴァリー叢書のヒロインたちの性格造型の多様性や特徴もより明確になっている。画集ではないものの、作中の風習の実例や、事件や人物、実在のモデルについての解説書や資料も早い時期から出されていた。これらはいずれも、作品に触発された読み手たちが積極的にその視覚的な具体化や作品を補完する作業を試みた例と言えそうである。[6]

また、抜粋集によってそれぞれ採択方針は異なっているものの、当時の他の作家でもみられた作品からの抜粋集や箴言集はもちろん、小説中の詩を集めた詩集や、一八八〇年前後にはこれらの抜粋を日毎に配したおしゃれなバースデイブックも多数出版されている。[7]一方では、原作を大幅かつ大胆に縮約、改訂し、もはやまったくの別物と呼びたいようなチャップブック版も多くの作品で出回っていて、こちらも先述の全集同様、多様な階層への対応が図られ、相互に差別化を競っていた。逆に言えば、誰もに、かつ違ったかたちで共有されたスコットのテクストは、読み手の階層を可視化ないし創出する効果をもっていたということになる。また、右のようにさまざまなかたちで日々の生活の一部となっていた以上、やがてこれは、生きられた経験による世代差（の演出ないし強調）としてもあらわれえたし、これら多様な媒体のどれを通して作品に接するかが、作家や作品全体に対する読み手の印象や評価を大きく左右することにもなったはずである。

この点で注目されるのは、一八七〇年と一八七二年の教育法施行以降は、とくに小学校高学年用の読本の教材として、シェイクスピアとともに今度は教室でスコットに出会う生徒の数が増えたことである。収録作品にはいずれも一定の傾向がみられるようで、シェイクスピアでは史劇が、スコットの場合、とくに小説では中世やイングランド史を扱ったものが目立つ。たとえば、スコット作品からの抜粋のみで構成され、より変化に富んでいそうな読本

(*Readings from Sir Walter Scott*, 1884) でも、『タリズマン』(*The Talisman*, 1825)、『アイヴァンホウ』、『ガイアスタインのアン』(*Anne of Geirstein*, 1829)、『マーミオン』という組み合わせであり、前出の『若き人々のために』がスコットの全著作からバランスよくとっていたのと比べると、差は歴然としている。そのかわり、教材用だけあって後者にはなかった解説や地図等が添えられ、特定の科目に焦点化された教育的要素が強まっている。なかでも『アイヴァンホウ』では、全巻を読むよう解説部分で勧めてはいるものの (57)、読者にもっとも人気があるレベッカは登場せず、もっぱらサクソンとノルマンの抗争を扱った部分がとられている。[8]

ネルソンの『新ロイヤル読本』(*The New Royal Readers*, 1884) 六学年用の場合、この要素はいっそう顕在化している。この読本は種々の作家や作品からの抜粋を集めたものだが、なかでも『アイヴァンホウ』については単なる抜粋にとどまらず、この作品のすぐれた文学的価値を理由に、これを一つの完結した物語として提示する教育的効果を序で明記し ([viii])、編者の意図や方針に沿って選ばれ適宜編集された場面（読本中のいくつかの箇所に分けて配置されている）によって最後まで物語をつないだ大幅な縮約版になっている。また、各場面には、収録されている他の作品と同様、新出語一覧や注解に加え、本文の要約が添えられて解釈を方向づけ、さらにノルマン人による征服や十字軍に関するエッセイを書いたり、シャーウッドの森周辺やパレスティナの地図を作成したり、サクソン語の接頭辞をふくむ単語を使って文をつくるといった課題が示されている (38, 42)。これらの課題がたとえどれほどこの縮約版の鑑賞に有益であったとしても、その趣旨はやはり物語を通しての歴史や地理、語彙の学習にある。読み手の生徒がこの教科書版『アイヴァンホウ』の編集された物語を楽しむにせよ、課題の遂行に苦痛を覚えるにせよ、いずれも原作とは似て非なるものへの反応であることは確かだろう。とくにこのように完結した物語として提示された場合、作家や作品をめぐる読み手の知識やイメージがこれで固定してしまう可能性も高い。

同じく『新ロイヤル読本』の五学年用には『ケニルワース』の名もみえるが、この作品が新刊小説の標準を提供してから六十年の間に、読者とスコット作品との出会いの場やかたちは大きく多様化し、かつ変容を遂げたと言えそうである。初版時を知る世代が少数派となる一方で、翻案や抜粋といった派生物が生活の各所にはいりこみ、鉄道版や六ペンス版が異なる読書の場や文脈を付け加え、さらに、きわめて安価な普及版や編集された教科書版に最初から接する階層や小学生が新たに読み手として加わった。これと同じ一八二〇年代から八〇年までを一区切りとした英語小説史は、この時代区分について序で説明しつつ、一八八〇年代以降は小説読者の階層分化が進み、「読者の相対的な統一性に依拠していた、小説と社会との関係に対するそれまでの考え方が軒並み崩れはじめて、小説というジャンルに大きな影響を与えていった」と指摘している (Kuchich and Tyler eds. xii, xix)。とすれば、そのとき、右でみてきたようにすべての階層や年代にあらゆるかたちで浸透し、かつ、一個のジャンルにはとうてい収まりきれないような内容を備えていたスコット作品は、どう位置づけられることになるのだろうか。

右で挙げたさまざまな派生物をはじめ、ニューオーリンズで実際に走っていた汽船「サー・ウォルター・スコット」号からウェッジウッド製の『アイヴァンホウ』プレートまで、スコットと作品のその後を追ったリグニーは、およそ『ウェイヴァリー』出版の一八一四年から没後百年の記念行事が開催された一九三二年までを「長い『スコットの世紀』」と呼ぶとともに (Rigney 13)、スコットに対する、今度は二十世紀後半の忘却ないし記憶喪失状態について考察している。これを最初の長篇詩が出版された一八〇五年まで遡ったとしても、作家自身が存命だったのは最初の三十年弱で、残りの百年を担っていたのはその読み手たちであり、この世紀の終焉にも読み手が、あるいはその不在が関与していることになる。

その一つの要因として、第一次から第二次大戦期にかけて、弾薬製造の材料として各出版社からスコットをふくむ各種文学作品のステロ版が供出、溶解され、再版の物質的基盤が失われたことも大きいかもしれない。たとえば、ラウトレッジのスコット全集は一九一六年に、マクミランのスコット詩集全集は一九三五年に融解されたという (St Clair 430–31)。また、先述のように読者層に対応して小説ジャンルが分化する一方で、文学の制度化やナショナルな文学伝統の形成ないし複数化も進み、そこではとくに戦間期以降、それぞれの立場から、十九世紀イギリス文学の中心に位置していたスコットを積極的に否定する動きがみられはじめた。たとえば、リグニーはウルフやフォースター、あるいは二十世紀前半モダニスト・ルネサンス期の代表的リトル・マガジンの一つ『モダン・スコット』(*Modern Scot*) 誌一九三二年春号に寄稿したエドウィン・ミュア (Edwin Muir, 1887–1959) やドナルド・カーズウェル (Donald Carswell, 1882–1939) ら、イングランドやスコットランドのモダニストの作家たちやF・R・リーヴィス (F. R. Leavis, 1895–1978) ら批評家が示したスコットへの批判的態度について論じている (Rigney 209–15)。そこにあるのは、百年も前に没した作家への、多方面からの今なお真剣な、あるいは積極的な否定であり、スコット作品の文化的影響力の大きさや越境性を逆説的に示すと同時に、これが彼らの個々の美学や批評的立場、あるいはそれに基づく文化的刷新の必要性を効果的に表明する手段でもあったことを示唆している。こうして、一九三三年からのほぼ六十年間、新たなスコット全集は出版されず (Bautz 117)、以前のように新しい装いで新しい読み手を誘うこともなかった。ついには、二十一世紀の研究者が「ヴィクトリア時代やエドワード時代の人々にスコットの文化的な影響力が驚くべき程度までおよんでいた事実とほぼ同じくらい驚くべきは、次の一世紀にわたるその抹消だった」(Watson 154) と述べることになる。この場合、それはとりわけ、スコット作品を読んでいた当時の読者たちの姿の忘却や抹消でもあった。

とはいえ、あたかも空気のように遍在していた当時の痕跡がすべて消えたわけではなく、たとえばそれは、スコット作品が最後にいきわたった読者層を連想させる、大衆や子どものための作家という位置づけとして残ってきた。そして、過去の痕跡が残されているかぎり、そこから再構築や創造を試みるのはスコット作品の重要な仕事の一つだった。ここでは、最後に現代におけるそうした例を二つ挙げたい。一つは、『アイヴァンホウ』のボワ・ギルベールを主人公としたマンガ版「続篇」、『レイヴンスカル』(*Ravenskull*, 2006) である。すでにW・M・サッカリー (W. M. Thackeray, 1811–63) による『レベッカとロウィーナ』(*Rebecca and Rowena*, 1850) もサブカルチャー的、二次創作的なセンスを漂わせていたが、こちらは、スコットが探していたものの発見できなかった稿本にもとづくと装って (Volger and Damaso [3])、キャラクター造型はもちろん、右綴じからコマ割りの方法、擬音語の使い方まで完全に漫画の文法に則って、このテンプル騎士団員の転生とレベッカとの恋を描く。もう一つは、実際に新たに発見されたスコットの校正原稿をもとに、彼が意図していた初版の姿を再構成したテクスト版、エディンバラ版ウェイヴァリー叢書 (*Edinburgh Edition of the Waverley Novels*, 1993–2009) 全三〇巻である。ほぼ六十年ぶりの、そして「大全集」を底本としない初の小説全集の刊行であり、綿密な校訂作業に加えて詳細な注解を備え、スコットの意識的な小説技法にあらためて注意を向けさせる。新たな派生作品と初版当時の再検討と、いずれも、それぞれの文脈で二十一世紀的な読み手の姿を伝える二つの試みであると思われる。

注

＊ 本稿は、平成二十六年に本学術振興会科学研究費（基盤研究C）により遂行されたものの一部である。

1 ガーサイドやリグニーも、スコットやスコット作品をめぐる一連の状況をやはり「ウェイヴァリー現象（Waverley Phenomenon)」と表現している (Garside 229; Rigney 4)。

2 スコットの小説全集については書誌の充実が待たれる状態だが、ここでは各種エディション、そのカタログや雑誌広告のほか、Altick; Bautz; Garside; McKitterick ed.; Millgate; St Clair; Sutherland; Todd and Bowden を相互に参照したうえでまとめている。

3 この時期の小説出版の状況については、Bell ed.; Kucich and Taylor eds.; McKitterick ed.; Suarez and Turner eds. 等を参照。

4 *The Bookseller* November 6, 1874: 1006. 当時、ウェイヴァリー叢書がこのように特製の書棚や箱入りで販売されることはよくあったらしい (Kitterick ed. 107)。ちなみに、トッドはアメリカ合衆国の家庭の書棚に並ぶウェイヴァリー叢書のようすを「ウェイヴァリー百科」(“Waverley Encyclopedias”) と表現している (Todd, “Walter Scott” 517)。

5 実際にこの版では、最初に「この民衆版ウェイヴァリー叢書は、グレート・ブリテンおよびアイルランド連合王国、イギリス植民地、およびアメリカ合衆国の労働者に捧げられる」という出版社からの献辞が置かれ、さらに、編者による「序」と「小説家としてのウォルター・スコット」と題された評伝が続いている (*People's Edition of the Waverley Novels*, Ed. Rev. P. Hately Waddell, David Wilson: Glasgow, 1870, No. 1)。

6 それぞれ、*Landscape-Historical Illustrations of Scotland, and the Waverley Novels: from drawings by J. M. W. Turner et al.* Comic illustrations by George Cruikshank. Descriptions by W. G. Wright. 2 vols. (London, Paris, &America [New York]: Fisher, Son & Co., 1836); *Portraits of the Principal Female Characters in the Waverley Novels* (London: Chapman and Hall, 1833); Robert Chambers, *Illustrations of the Author of Waverley, Second edition* (Edinburgh: John Anderson, 1825); Sidney W. Cornish, *The Waverley Manual* (Edinburgh: Adam and Charles Black, 1871) など。

7 たとえば、*Waverley Poetry: Being the Poems scattered through the Waverley Novels* (Boston: Munroe & Francis, 1851); Chalotte

H. Dicken ed., *The Scott Birthday Book* (London: Hatchards, 1879) など。

8　これに対し、類似の題名ながらアメリカ合衆国で出版された読本（Albert F. Blaisdell, *Readings from the Waverley Novels*, 1888）では、序では作品の文学的価値にふれ、全体としてもスコットやウェイヴァリー叢書そのものに焦点が当たっており、文学的観点からのスコット紹介書としての性格が強い。作家としてのスコットや叢書全体の解説に加え、各作品の名場面の紹介や参考文献表を付し、作品からの抜粋も最初に『ミドロージャンの心臓』が配されているほか主要作品を網羅しており、中世やイングランド史を扱った作品以外にも目配りがされている。ただし、どの読本でも、スコットの文学性を評価し、良質の文学への審美眼の涵養を目的の一つに入れている点では一致している。

引用参考文献

プルースト、マルセル『失われた時を求めて　第四篇　ソドムとゴモラⅠ』井上究一郎訳、ちくま文庫、一九九三年。

Altick, Richard D. *The English Common Reader: A Social History of the Mass Reading Public, 1800–1900*, second edition. Ohio State University Press, 1998.

Bautz, Annika. *The Reception of Jane Austen and Walter Scott: A Comparative Longitudinal Study*. London; New York: Continuum, 2007.

Bell, Bill, ed. *The Edinburgh History of the Book in Scotland, Vol. 3, Ambition and Industry 1800–1880*. Edinburgh: Edinburgh University Press, 2007.

"Dicks' Waverley Novels." *The Bookseller* January 3, 1874:4

Douglass, Frederick. *My Bondage and My Freedom*. Ed. John David Smith. Harmondsworth: Penguin Classics, 2003.

Duncan, Ian. *Scott's Shadow: The Novel in Romantic Edinburgh*. New Jersey: Princeton University Press, 2007.

Fabian, Bernhard and Marie-Luise Spieckermann. "The English book on the Continent". *The Cambridge History of the Book in Britain, Volume V 1695–1830*. Ed. Michael F. Suarez, S.J. and Michael L. Turner: 523–43.

Fulford, Tim. *Romantic Indians: Native Americans, British Literature, and Transatlantic Culture 1756–1830*. Oxford: Oxford

University Press, 2006.

Garside, Peter. "Waverley and the National Fiction Revolution". *The Edinburgh History of the Book in Scotland, Vol. 3, Ambition and Industry 1800–1880*. Ed. Bill Bell: 222–31.

Grierson, H. J. C. ed. *The Letters of Sir Walter Scott*. 12 vols. London: Constable, 1932–37.

Hill, Richard J. *Picturing Scotland through the Waverley Novels: Walter Scott and the Origins of the Victorian Illustrated Novel.* Farnham: Ashgate, 2010.

Kirk, Else K. "'Hail to the Chief': The Origins and Legacies of an American Ceremonial Tune." *American Music* 15.2 (Summer 1997): 123–36.

Kucich, John and Jenny Bourne Taylor, eds. *The Oxford History of the Novel in English, Volume 3, The Nineteenth-Century Novel 1820–1880*. Oxford: Oxford University Press, 2012.

Maxwell, Richard. "Walter Scott, Historical Fiction, and the Genesis of the Victorian Illustrated Book." *The Victorian Illustrated Book*. Ed. Richard Maxwell. Charlottesville and London: The University Press of Virginia, 2002: 1–51.

McKitterick, David. ed. *The Cambridge History of the Book in Britain, Vol. VI 1830–1914*. Cambridge: Cambridge University Press, 2009.

Millgate, Jane. *Scott's Last Edition: A Study in Publishing History*. Edinburgh: Edinburgh University Press, 1987.

——. "Making it New: Scott, Constable, Ballantyne, and the Publication of Ivanhoe." *Studies in English Literature* 34 (1994):794–811.

Pittock, Murray G. H. ed. *The Reception of Sir Walter Scott in Europe*. London: Continuum, 2006.

Readings for the Young; from the Works of Sir Walter Scott. 3 vols. Edinburgh: Robert Cadell, 1848[1847].

Readings from Sir Walter Scott. The Talisman, Ivanhoe, Anne of Geierstein, and Marmion. With Notes, &c. For the use of the upper standards in elementary schools. London: Blackie & Son, 1884.

Rigney, Ann. *The Afterlives of Walter Scott: Memory on the Move*. Oxford: Oxford University Press, 2012.

Rose, Jonathan. *The Intellectual Life of the British Working Classes*. 2nd edn. New Haven and London: Yale University Press, 2010.

Scott, Walter. *Count Robert of Paris*. Ed. H. H. Alexander. Edinburgh: Edinburgh University Press, 2009.

Shaw, Graham. "Bookseller to the World: India." *The Edinburgh History of the Book in Scotland, Vol. 3, Ambition and Industry 1800–1880*. Ed. Bell, Bill: 455–64.

"Sir Walter Scott's Works." *The Bookseller* January 4, 1872: 29.

St Clair, William. *The Reading Nation in the Romantic Period*. Cambridge: Cambridge University Press, 2004.

Suarez, S. J., Michael F. and Michael L. Turner, eds. *The Cambridge History of the Book in Britain, Volume V 1695–1830*. Cambridge: Cambridge University Press, 2009.

Sutherland, Kathryn. "British Literature, 1774–1830." *The Cambridge History of the Book in Britain, Volume V 1695–1830*. Ed. Michael F. Suarez, S. J. and Michael L. Turner: 667–83.

The New Royal Readers. Adapted to the latest requirements of the education department. No. V, VI. London: T. Nelson and Son, 1884.

Todd. Emily B. "Establishing Routes for Fiction in the United States: Walter Scott's Novels and the Early Nineteenth-Century American Publishing Industry." *Book History* 12 (2009): 100–28.

——."Walter Scott and the Nineteenth-Century American Literary Marketplace: Antebellum Richmond Readers and the Collected Editions of the Waverley Novels". *Papers of the Bibliographical Society of America* 93 (1999): 495–517.

Todd, William B. and Ann Bowden. *Sir Walter Scott: A Bibliographical History, 1796–1832*. New Castle, DE: Oak Knoll Press, 1998.

Volger, Christopher and Elmer Damaso. *Ravenskull*. Vol. 1. Los Angeles: Seven Seas Entertainment, 2006.

Watson, Nicola J. "Afterlives." *The Edinburgh Companion to Sir Walter Scott*. Ed. Fiona Robertson. Edinburgh: Edinburgh University Press, 2012: 143–55.

"Waverley Novels, New Edition." *The Westminster Review* XI: XXII (October 1829).

Wright, Beth S. "'Seeing with the Painter's Eye': Sir Walter Scott's Challenge to Nineteenth-Century Art." *The Reception of Sir Walter Scott in Europe*. Ed., Murray G. H. Pittock: 293–312.

松井論文へのコメント

河原　真也

イギリス文学史の中でスコットはアングロ・アイリッシュ系の作家マリア（マライア）・エッジワース(Maria Edgeworth)に大きな影響を与えたとされ、またスコットとの交流によって彼女がヨーロッパ中の読者を獲得するようになったと言われる。そのエッジワースは、標準英語ではなく、その土地（アイルランド）独自の英語(Hiberno-English)を登場人物に話させるという、当時としては斬新な手法を取り入れ、彼女に地域小説(regional novel)の第一人者という地位を与えることとなった。スコットもそのジャンルを開拓したとされているようだが、加えて読み手の存在を意識し、小説のもつ新しいジャンルの可能性を追求した、とされる。作品に百科全書的な説明が付加されている点や、「挿絵」を利用している点も、エッジワースが『ラックレント城』で読者のために本文とは別に「注釈」を付けた行為につながるように思えてならない。

ジョイスとの関連で考えると、『ダブリンの市民』にある短編「アラビー」(‘Araby’)においてスコット作品が言及されている。また上述したスコット作品の特徴だけでなく、事項索引に似た特徴があったり、他のメディアとの連携があったりなど、『ユリシーズ』の各挿話に見出される技法・特徴とも重なる。こういった本筋とは違うところに、スコットランド人作家スコットと、アイルランド人作家ジョイス、エッジワースとの類似性が多く見出されるのではないだろうか。

スコット作品が学校教育の場で、物語を通したイギリスの地理・歴史の習得に寄与していたという指摘は、スコットランド人のアイデンティティ形成という観点からすると、非常に興味深い。イングランド人ではなく、周縁にいる作家が（こういった言い方は適切ではないかもしれないが）、イギリス文学の代表的作品を生み出しただけでなく、イギリスにおける読者層の形成に手を貸していたというのは皮肉であろう。実際、ワイルド、ショー、ジョイス、ベケットが、周縁の地アイルランドから出て自らの作品を世に向けて発信し、今や代表的なイギリス文学の巨匠として扱われていると言っても過言ではあるまい。

コメントへの筆者の応答

作品自体には実はあまりアイルランド人は登場しないものの、ウォルター・スコットは、『ウェイヴァリー』の最終章でマライア・エッジワースの名を挙げて手本と仰ぎ、エッジワースに特別な敬意を表している。事実スコットは、土地固有の伝統や習俗に解説的な註を付すこともふくめ、イギリスという国家の想像やイギリス内の地域的な差異の表象について、エッジワースやシドニー・オウェンソンらによる、いわゆるナショナル・テイル（National Tale）から多くのことを学んでいたと思われる。その点で、これらアイルランドのナショナル・テイルやスコットの歴史小説は、ご指摘のように、ロマン主義時代以降、グレート・ブリテンおよびアイルランド連合王国という新しく成立した国家の定義や国民意識の形成において、あるいはまた、その再検討や再定義において、きわめて重要な役割を果たしていたと考えられる。

一方、ジョイスの作品との関係も、ヴァージニア・ウルフやE・M・フォースターの場合と同様、スコット作品が舞台設定や人物の性格造型の一部を形成しつつ、同時代やその後のスコット受容について検討する意義を示唆しているようである。ご指摘をいただいた「アラビー」では、亡き司祭の蔵書中の一冊として『修道院長』が挙げられている。紙表紙版のスコットの小説を読む司祭という、この時代ならではの組み合わせとあわせて、数あるウェイヴァリー小説のなかからスコットランド女王メアリを中心に宗教改革前後の時代を描いた作品が選ばれていることは、作品のテーマはもちろん、アイルランドという舞台設定とも関連しているだろう。また、やはり『ダブリンの市民』中の「出会い」（'Encounter'）には、スコットやブルワー＝リットンの全作品を揃えた老人が登場する。この場合は、この老人が口にする「学校と本」をめぐって、『半ペニーの驚異』を隠し読む語り手の少年やその友人マーニーと、学校をさぼった彼らが出会うこの謎の老人双方の関心をつなぎつつも、その世代や資質の違いを浮き彫りにする媒体としても用いられているようである。

こうしたエピソードには、当時の社会に遍在していたスコットが、だからこそ喚起可能だった連想とともに取り入れられているようである。と同時に、代表的なモダニスト作家たちの作中でのこうしたスコット作品の利用や位置づけが、その後のスコット受容や評価にも影響を与えているようで興味深い。いずれも、現代の読者にとっては大衆や子ども向けとされるスコットが、十九世紀末から二十世紀前半にかけて具体的にどのように「大衆」や「子ども」に読まれていたのか、あるいはいなかったのかについて、さらなる検証を促す好例であるように思われる。

十九世紀における小説読者の拡大とディケンズ

水野　隆之

チャールズ・ディケンズ (Charles John Huffam Dickens, 1812–70) の『デイヴィッド・コパフィールド』(*David Copperfield*, 1849–50) 第四章に、孤独な日々を送っていた少年デイヴィッドが、亡き父の残した蔵書を読み耽る場面がある。

二階の小部屋に父さんがささやかながらも集めた本を残してくれていて、(ぼくの部屋の隣だったから) ここに自由に出入りができて、しかも家の誰からも全然邪魔されることがなかった。この幸せな小部屋から、ロデリック・ランダムやペリグリン・ピクル、ハンフリー・クリンカー、トム・ジョーンズ、ウェイクフィールドの牧師、それにドン・キホーテやジル・ブラースにロビンソン・クルーソーが、ぼくの相手をしてくれるために、次から次へと素敵なもてなし役となって現われ出てきたのだ。(Dickens, *David Copperfield* 53)

友人のジョン・フォースター (John Forster, 1812–76) が明らかにしているように、ここでのデイヴィッドの読書体験はディケンズの実体験にもとづいている (Forster I 7)。版権の切れた作品のリプリント版が数多く出版された当時の小説の受容を垣間見せてくれる場面ではあるが、リチャード・D・オールティックの指摘によると、十九世紀初頭に広く流通していたリプリント版の小説は低価格だったとはいえ、購入できる人はまだ限られていたという（Altick, 1998 259）。ディケンズは中産階級の家庭に生まれたが、小説が中産階級だけでなく労働者階級の人々にまであまねく読まれるようになるのはもう少し先のことで、ディケンズが作家として活躍するようになってからのことである。

十九世紀は小説の時代と呼ばれ、小説という文学ジャンルが確立した時代であった。また、これまで書物を手にすることのなかった新たな読者が出現し、読者層が前世紀に比べて飛躍的に拡大した時代でもある。小説の盛隆と同時進行で読者が急激に増加したということは、すなわち、小説の読者層の多くが、この新しい読者から成り立っていることを意味するが、その多くは中産階級や労働者階級の読者であった。そして新たな読者が生まれた結果、作家と読者の関係、作家と出版社の関係や小説の出版方法なども変化を強いられていったのである。

このような著しい変化の時代を牽引した作家として、ディケンズが挙げられる。ディケンズはある意味では、小説の読者が拡大する時代の波にうまく乗ることのできた幸運な作家だったとも言えるが、その一方で、ディケンズ自身が読者に、そしてイギリスの出版文化に、大きな影響を及ぼしたとも言える。ディケンズの存在を抜きにして、十九世紀における小説読者層の拡大や、小説の出版事情の変化を考察することはできないし、またディケンズの人気を考える時にも、読者の存在を無視することはできない。小説の読者が拡大していく時期とディケンズが作家として功なり名遂げる時期は、ほぼ重なっていたと言える。本稿では十九世紀における読者層拡大の要因を見たうえで、その中でディケンズが読者とどうかかわろうとしたかについて概観する。

一　読者層拡大の背景

十九世紀の間に読者数が飛躍的に増加し、出版社の多くが個人事業から企業経営へと大きく変容を遂げたわけだが、それは様々な社会的、経済的、文化的要素が重なり合った結果であった。以下、簡潔にその例をいくつか挙げてみる。

識字率の上昇

まずはじめに挙げられるのが、十九世紀に人口そのものが増加したことである。しかし、単純にそれだけで小説読者が増加したわけではない。確かに人口が増えればそれだけ読者も増加することは想像できる。けれども、当時はまだ現代と違って誰もが読み書きに不自由しなかったわけではないし、書物を手にすることが容易だったわけでもない。人口が増加しただけでなく、教育によって識字率も上昇したことが重なって、書物を読める人口が増大したのである。もちろん、当時は教育制度がまだ十分に確立していなかったので、識字率が低かった労働者階級への教育を担っていた貧民学校や私塾で教えられる内容は、極めて不十分なものであった。それは、たとえばディケンズの『大いなる遺産』(*Great Expectations*, 1860–61) で描かれているピップが通った学校を想起すれば、容易に想像がつく。しかし、これまで文盲であった労働者にも読み書きができるようにと教育を施したことは、識字率の上昇、ひいては小説読者層の拡大にある程度は貢献したものと思われる。また、当時の福音主義の影響のもと、日曜学校による労働者の教育もおこなわれた。無論、その目的は聖書や宗教文学を読めるようにすることであって、世俗的な小説を読むことは教義上奨励されていなかった。しかし、結果として、その後の小説の主要な読者層を形成していく労働者の識字率を上昇させることになった。

十九世紀の教育改革において大きな節目となった年が、一八三三年と一八七〇年である。一八三三年は初等教育に対する公的な補助金がはじめて認められた年であった。一方、一八七〇年はフォースター法と呼ばれる初等教育法案が議会で可決された年である。オールティックの見解では、フォースター法は、識字率上昇への貢献度という点では、過大評価されている嫌いがあるそうだが (Altick, 1998 171)、イギリスの初等教育改革において重要な転機となったことには相違ない。ケイト・フリントが認めているように、正確な識字率を示すことは困難であるが、一八五一年の調査では男性六九・三パーセント、女性五四・八パーセントだった識字率は、一九〇〇年までには男性が九七・二パーセント、女性が九六・七パーセントにまで上昇した (Flint 15)。ちなみに一八三三年はディケンズが小説家としてデビューした年であり、一八七〇年はディケンズが亡くなった年である。ディケンズは小説の中で教育の重要性を訴えた作家であったことを考えると、この偶然の一致は興味深い。

産業の発達

産業革命を経た十九世紀のイギリスは、科学技術が漸進的に進歩し、様々な製造分野で機械が導入された時期であったが、印刷、製本業界もまた機械化による恩恵を被った。『タイムズ』紙 (*The Times*) が蒸気印刷機を導入したのが、一八一四年のことである。蒸気印刷機は当初、主に新聞の印刷にだけ用いられていたが、一八三〇年代から四〇年代になると書籍の印刷にも蒸気印刷機が用いられるようになった。これにより、高速大量印刷が可能となり、印刷費用を低く抑えることができた。また製本技術が向上したことも同様に、書籍を低コストで大量に出版することを可能にした。こういった技術革新によって本の価格が下がり、これまで購入できなかった階層にまで書物が普及していくことになったのである。

十九世紀における産業の発達において、一番大きな影響力を持ったのが鉄道であろう。そして、鉄道も読者層の拡大に貢献した。一つは鉄道によって都市と地方が結ばれたことにより、流通システムが大きく改善したことである。その結果、地方への書物の輸送が容易になり、書物が広く行き渡ることになった。また、車中での読書という現代にも引き継がれている習慣が生まれたのもこの時代であり、出版社の中には乗車中に読まれることだけを目的にした安価な書籍を出版する業者まで現われた。ディケンズの小説もこの例に漏れず、一八六五年に鉄道利用者向けの作品集、ピープルズ・エディションが一冊二シリングで販売された。このように鉄道の発達も、小説の盛隆と読者の拡大に大きな役割を果たした。

生活の変化

産業の発達と科学技術の進歩は、中産階級や労働者階級の生活を変えた。生活水準が上がり、これまで労働が中心だった人々の生活に、程度の差はあれ、余裕が生まれ、それが小説の読者増加につながったのである。まず、経済的余裕ができて、本の購入に金銭を費やせる読者が増えたことが挙げられる。オールティックによると、一八五〇年までには、およそ一一万世帯で年収が一五〇ポンドを超えるようになったが、その多くが中産階級や下層階級の世帯で、彼らが廉価本の主要な市場をつくり出していたという (Altick, 1998 277)。また中産階級の中には使用人を雇う余裕ができて、これまで妻や娘が担っていた家事を使用人に任せられるようになった結果、彼らに読書をする時間が生まれた。また、使用人たちも、その家庭で読まれる小説や新聞に目を通すことが可能であった。つまり、使用人も読者層の一部を形成していたといえる。さらに家庭生活における変化として挙げられるのが、十九世紀の間に蝋燭から石油ランプへ、そしてガス灯へと照明設備が改善されたことである。この進歩によって、人々は日が暮れてから床に就くまでの時間をこれまでよりも有効に使えるようになった。就寝前に自室で本を読んだり、暖炉を囲んで家族と一緒に読書をしたり、読み聞かせをしたりといったことが、多くの家庭で可能になったのである。

一方、生活にゆとりが生まれたとはいえ、多くの労働者にとっては、平日は依然として仕事のみに費やされ、自由に使える時間は日曜日しかなかった。しかし、当時のイギリスでは、日曜日は安息日ということで、観劇などの娯楽は禁じられていた。そのため、「さもなければゲームをしたり、コンサートや芝居に行ったり、公園や博物館をぶらぶらしていたであろう」(Altick, 1998 128) 労働者にとっては、小説を読むことが唯一の娯楽となり、結果、労働者階級向けの小説が数多く発表されることになった。そしてこの時代には新聞の日曜版が数多く発行され、小説を連載した雑誌は土曜日に販売されていたが、もちろん、これは日曜日にそれらを読んでもらうことを当てにしていたからである。

貸本屋と図書館

十九世紀に出現した貸本屋と図書館も、小説の読者増加に大きく貢献した。貸本屋は一定の金額を払って本を貸し出すシステムで、十八世紀に定着した文化である。十九世紀に入ると、ナポレオン戦争による増税と新刊本の価格上昇によって、中産階級や上流階級の多くが本を買うよりも借りる方を選んだ。そして、貸本屋は十九世紀中葉にその最盛期を迎えた。とくにチャールズ・エドワード・ミューディ (Charles Edward Mudie, 1818–90) は、個人経営が主流であった貸本屋業を企業経営へと変え、大規模に事業を展開した。この貸本屋で人気となったのが、小説の三巻本である。たとえば、ミューディは一八五三年から一八六二年の十年間で新たに九六万冊の本を在庫に加えたが、そのうちの約半数に当たる四一万六七〇六冊が小説だった (Altick, 1998 296)。また、ディケンズの『大いなる遺産』は、週刊誌の連載を経て単行本化されたが、その三巻本の初版の殆どと第二版の半分以上に相当する一四〇〇部がミューディによって購入されたという (Patten, 1978 292)。貸本屋が三巻本を好んだ理由は、一つの作品を読むのに、利用者は三回借りなければならず、それだけ貸本屋を利用する回数が増えたからである。そして三巻本は貸本屋のみならず、出版社にも利益をもたらした。貸本屋は出版社にとって、確実に一定部数を購入してくれる大事な顧客であったからだ。十九世紀に三巻本の小説が流行した背景には、貸本屋の存在があったのである。

貸本屋で本を借りて読むには、貸出料を支払わなければならなかった、という点で利用できる者はおのずと限られていた。しかし、一八五〇年に無料の公立図書館が設立され、経済的余裕のない貧しい労働者たちも、書物を手にすることが可能となった。ここでも小説の需要が徐々に生まれ、一八九〇年代までには、ほとんどの無料図書館で、貸し出された本のうち六五パーセントから九〇パーセントが小説を占めるまでになった (Altick, 1998 231)。また、これに乗じて図書館蔵書向けの小説集も出版された。一八五二年にマンチェスターの無料図書館の開館に招待されたディケンズは、無料図書館を「もっとも貧しい家庭に教育をおこなう無料の学校」(Dickens, 1988 152) と述べ、その意義を高く評価した。そのディケンズも図書館蔵書用の作品集、ライブラリー・エディションを一八五八年に出版している。

新たな読者層――「未知の読者」

このように、十九世紀の間にさまざまな要素が重なり、小説の読者層が拡大することになったが、その多くが中産階級や労働者階級に属していた。その大きな理由は、文明の進歩の恩恵に一番与ったのが彼らだったからだと考えられる。文字が読めるようになり、時間的、経済的に多少のゆとりをもてるようになった中産階級や労働者階級の人々は、貸本屋や図書館から本を借りたり、安価な書籍や定期刊行物を購入したりして、小説に親しんだのである。

ウィルキー・コリンズ (William Wilkie Collins, 1824–89) は、一八五八年に「未知の読者」("The Unknown Public") と題するエッセイをディケンズが編集した週刊誌『ハウスホールド・ワーズ』誌 (*Household Words*) に発表し、労働者階級の読者を「未知の読者」と名づけ、その考察をしている。この中でコリンズは労働者向けの小説が掲載された一部一ペニーの雑誌を購入する者はおよそ一〇〇万人、実際の読者はその三倍の三〇〇万人いると見積もっている (Wilkie Collins 251)。『ハウスホールド・ワーズ』の発行部数は平均すればおよそ三万六〇〇〇部から四万部ほど、コリンズの代表作『白衣の女』(*The Woman in White*, 1859–60) はこれもディケンズが編集した週刊誌『オール・ザ・イヤー・ラウンド』誌 (*All the Year Round*) に連載されたが、この雑誌の発行部数は一〇万部を下らない程度の数字だったことなどを考え合わせると (Ackroyd 852)、この「未知の読者」の規模がいかに大きかったかが分かる。そしてコリンズは「イギリス小説の将来は、この未知の読者にかかっているかもしれない」(Wilkie Collins 264) と述べた。彼らが読んだ小説は時代を超えて読み継がれることはなかったが、労働者階級にまで小説の読者を拡大させることに大きく寄与したであろうことはまちがいない。

コリンズは十九世紀後半の状況を述べているわけだが、世紀の前半は、新たに小説を読むようになった中産階級や一部の労働者階級の読者たちが、コリンズよりも一回り年上のディケンズにとって「未知の読者」であったことは想像できる。そして、ディケンズは「未知の読者」を相手に小説を書きつつ、彼らに可能な限り近づいて、目に見えない「未知の読者」を直接的であれ、間接的であれ、姿の見える読者にしようと努めたのである。

二　ディケンズと読者

『ピクウィク・ペイパーズ』の成功

ディケンズが小説家としてデビューしたのは一八三三年十二月のことであるが、彼の作家としての名声を不朽のものにしたのは、一八三六年四月から翌年の十一月にかけてチャップマン&ホール社から月刊分冊で発表された『ピクウィク・ペイパーズ』(*The Pickwick Papers*)であった。この作品が生まれた背景、とくにディケンズが執筆するにいたった経緯や、挿絵画家が結果として二度も変更になった事情に関してはすでに多くの論考があるので、[1] ここでは詳述せずに、この作品の成功がディケンズと読者、出版界にもたらした影響について考えてみる。

『ピクウィク・ペイパーズ』の第一号の発行部数は一〇〇〇部だったが、第二号は五〇〇部に下がった。しかし、最終号が出るころには四万部にまで部数を伸ばした。このように急上昇したディケンズの人気は「近年中でもっとも目立った現象のうちの一つで」あり、「『ピクウィク・ペイパーズ』の第一号が出てから六か月もたたないうちに、あらゆる一般読者がその話をしている」との評が『クオータリー・レヴュー』誌(*The Quarterly Review*)一八三七年十月号に掲載されている(Philip Collins, 1971 56–57)。

月刊分冊で発表された『ピクウィク・ペイパーズ』の成功は、ディケンズにとっても出版界にとっても革新的な出来事であった。月刊分冊そのものが革新的というのではない。ロバート・L・パッテンが「『ピクウィク・ペイパーズ』は、長きにわたって、複雑かつ加速度的に次々と発展していった期間の最後に位置する。分冊出版は一七四〇年までにはかなり浸透していたのである」(Patten, *Charles Dickens* 46)と指摘しているように、分冊シリーズや連載形式で小説を発表する様式は、十八世紀からすでに存在していたからだ。ただ、これほどまでに売れたものはかつてなかったのである。さらに、十九世紀の初め頃から、新刊小説は三巻本で出版されることの方が多くなっていた。これはウォルター・スコット（Walter Scott, 1771–1832）の人気と貸本屋の流行によるところが大きい。スコットの小説に倣って、新刊小説は三巻本で出版し、一ギニー半（三一シリング六ペンス）で売るスタイルが定着していた。そして出版社は一般読者よりも、むしろ貸本屋に売ることを目的として、三巻本を出版していたのであった。しかし、一部一シリングの月刊分冊による『ピクウィク・ペイパーズ』が好評を博し、その現状に変化を与えたのである。オールティックが言うように、月刊分冊は「毎月一シリングを使う余裕はあるが、一度に大枚一ギニーあるいは一ギニー半を費やすだけの余裕はない大多数の中産階級に訴えた」（Altick, 1998 279）からだ。『ピクウィク・ペイパーズ』を購入したのは「あらゆる社会的地位のあらゆる年齢」（Ford 7）の人々であり、それはディケンズのほかの作品も同様であったが、とりわけマイケル・スレイターが「彼のターゲットとした読者」（Slater 89）と言う中産階級がその多くを占めたのは、このような経済的事情にもよる。安価な新作小説が月刊分冊で出版されたことにより、人々はこれまでよりも容易に小説を入手することができるようになった。一方で、出版社の側も利益を見込めることから、以後これに倣ってW・M・サッカリー（William Makepeace Thackeray, 1811–63）のように月刊分冊で新作を発表する小説家や、雑誌に小説を連載する作家が現われるようになった。そしてそれが読者層を拡大することにつながったのである。パッテンは次のように述べている。

> 一八三六年四月から一八三七年十一月まで月に一度、緑のカバーで発行された一シリングの薄い分冊の成功は、文学史上前例のないものだった。（中略）一八三六年以降、批評家たちは、この本が圧倒的に受け入れられた際に、その独特の形式が果たした役割を軽視してきた傾向がある。けれども、ディケンズの『ピクウィク』の

成功に続いて、分冊出版は三十年の間、ヴィクトリア時代の本を読み、本を買う読者を民主化し、大きく広げる主要な手段となったのである。(Patten, 1978 45)

もちろん、三巻本小説は『ピクウィック・ペイパーズ』以降も出版され続けていたのだから、これまでの状況が一変したわけではない。しかし、小説の新作は借りて読むものから購入して所蔵するものへと変わっていく一つの契機となったのが『ピクウィック・ペイパーズ』であったと言える。

分冊形式と読者の反応

この成功は、ディケンズの小説の発表形式を決定づけたと言ってよい。ディケンズの長編小説はすべて、月刊分冊か週刊誌連載の形で発表されたからだ。ディケンズとチャップマン&ホール社の成功に倣って、他の作家や出版社もこれに追随するものが現われ、『ピクウィック・ペイパーズ』は「彼と彼の同時代作家たちによるその後の小説のモデル」(Patten, 1995 124) となった。しかし、「多くが試みたけれども、ディケンズが月刊分冊から成し得た文化的、経済的成功を収めることができた小説家は他にはいなかった」(Eliot 43) のである。つまり、分冊形式を物にできた作家はディケンズだけだったと言っていいだろう。サイモン・エリオットはこう指摘している。

ディケンズが文化的にも金銭的にも目に見えて成功を収めていたから、大抵の作家にとって、この形式は魅力的であり、多くの場合、やりがいのあるものだったと思われる。多くの者が試みてみたものの、誰もが最後には断念したために、ディケンズはその分野の達人となった。ディケンズが一八七〇年に亡くなると、その形式も彼と

ともに消えたのである。(Eliot 44)

では何故、月刊分冊がディケンズに相応しい形式であったのか。ピーター・アクロイドはこの小説の執筆はディケンズを教育したと指摘し、その一例として「読者の反応についての教育」を挙げている (Ackroyd 193)。月刊分冊や連載形式の長所は、読者の反応が売り上げとして直接表われ、読者の反応を肌で感じながら執筆できる、ということである。ディケンズは新しい号が出る度に、それがどれだけ売れたかを常に心配していた。売り上げ部数をバロメーターにして、ディケンズは読者の反応を確かめ、絶えず読者に受け入れられるストーリーを念頭において小説を発表したのである。もちろん、そこには売り上げの良し悪しが自らの収入に直結するという経済的な理由があったことは否定できない。しかし、ディケンズが読者の反応を重要視したのは、そのような経済的理由だけではない。分冊や連作形式は、それが続いている間はディケンズと読者を結びつけてくれ、読者の反応を通して読者と交わっているという感覚をディケンズに持たせてくれたのである。オールティックはこう指摘する。

連載によって、小説家はこれまで以上に読者に近づき、これまで以上に読者の期待に応えるようになった。ディケンズとサッカリーは、我が身に代わって読者の炉辺へ毎月訪問するおなじみの方法を洗練させ、印刷物がもたらす微妙な心理的障壁は、大抵の場合、作家と読者を遠ざけていたのだが、彼らはその障壁を薄くしたのである。さらに、月ごとの売り上げの数字は、買い手の満足度を即座に計る手段を提供してくれたのだ。

(Altick, 1999 296)

月刊分冊や週刊誌連載は、作家がいわば定期的に読者と接触することを可能にしてくれたのである。その意味で、月刊分冊や連載は、ディケンズの作家としての欲求を満たしてくれるものであった。ディケンズは常に読者の前に顔を出していたいと感じていたからである。

身近な読者の存在

ディケンズは売り上げ部数以外に、どのような方法で読者の反応を測ることができたか。実は、彼には信頼できる心強い読者がすぐそばにいた。その代表が、ジョン・フォースターである。『オリヴァー・トゥイスト』(*Oliver Twist*, 1837–39) 以降の作品で「原稿ないし、校正刷りの段階で、世に出る前に私が目を通さなかったものは一つもなかった」(Forster I 71) とフォースター自身語っているように、彼は常にディケンズにとって一番身近な助言者であり続けた。『骨董屋』(*The Old Curiosity Shop*, 1840–41) を例に挙げると、フォースターによれば、ディケンズはヒロインのネルの死を当初は全く想定しておらず、ネルの悲劇的結末はフォースターの発案だったそうである (Forster I 123)。ちなみにディケンズの生前にもっとも読まれたとされる『骨董屋』は、フォースターによると、「他のどの作品よりも彼の人気を十分に高め、彼と読者との絆を個人的な愛情にまで発展させる」(Forster I 117) ことになる。このように、フォースターはディケンズにとって、「読者として間近にいる個人的存在」(Nelson 48) であった。

また、フォースター以外にも、ディケンズに忠告を与えてくれる友人はいた。中でもよく知られているのが、小説家のブルワー・リットン (Edward George Earle Lytton Bulwer-Lytton, 1803–73) の助言に応じて、読者により受け入れられるものになるようにと『大いなる遺産』の結末を改稿したことである。このように、ディケンズは読者の反応を意識し、多くの読者に受け入れられるストーリーを追求しながら小説を書いたわけだが、これは月刊分冊や連載形式だから為せる業であった。ただし、読者の反応を常に気に掛けたからといって、ディケンズは安易に読者の意向に迎合したわけではない。ネルが死なないようにと懇願する読者からの手紙が殺到しても、ネルが死ぬストーリーを変更しなかったように、ディケンズは「読者が承認しようがしまいが、一度決めたら、重要な展開はどれも撤回することはしなかった」(Nelson 75) のである。ディケンズは読者の反応を意識はしたが、作品の芸術的価値を犠牲にしたわけでは決してないということはつけ加えておきたい。

読者が創作する人物

ディケンズは友人の助言だけでなく、読者の意見をとり入れることもあり、読者の声から生まれた登場人物もいた。その例として『我らが共通の友』(*Our Mutual Friend*, 1864–65) のライアが挙げられる。ディケンズは一八六〇年に、ケントにあるギャズヒル・プレイスに引っ越すにあたって、それまで住んでいたロンドンのタヴィストック・ハウスの借家権をユダヤ人弁護士のJ・P・デイヴィス (J. P. Davis) に譲渡したが、ディケンズはその夫人イライザから一八六三年に手紙を受けとる。その手紙には、『オリヴァー・トゥイスト』のフェイギンを巡ってディケンズを非難する内容が含まれていた。具体的には、ディケンズはフェイギンを通してユダヤ人に対する悪意と偏見を煽っている、この間違いに対して、生きている間に償いをしてもらいたい、というものであった。なるほどフェイギンの作品中での扱われ方、またジョージ・クルックシャンク (George Cruikshank, 1792–1878) による獄中のフェイギンの挿絵を見れば、読者がユダヤ人に嫌悪感を抱くことは十分想像できるし、ユダヤ人の読者であれば、そこにユダヤ人に対する悪意と偏見を感じ取るのも自然なことであろう。これに対してディケンズは、盗賊のフェイギンがユダヤ人であるのは時代考証的に正しいことだと弁明した後で、「私がユダヤ人に対して抱いている感情は、友好的なものを除いては何もありません」(Dickens, *Letters* X 270) とつけ加えている。

この非難に対する具体的回答として生まれたのが、『我らが共通の友』に登場する善良なユダヤ人、ライアであった。フェイギンのことでディケンズを非難したデイヴィス夫人は、これに対してお礼の手紙をわざわざディケンズに送っている。それへの返信の中でもディケンズは「私は（心の中ではいつもそうであるように）ユダヤ人と最良の友でありたいと思います」(Dickens, *Letters* X 454) と語っている。もしデイヴィス夫人がディケンズを非難する手紙を書いていなかったら、ライアという人物が生まれていたかどうか、あるいは生まれていたにしても、彼がユダヤ人として設定されたのかどうかと想像したくもなるが、ディケンズが読者の声を大事にしていたことを例証するエピソードと言えよう。

序文から見えるディケンズ

ディケンズは分冊や連載を終えた後、その作品の単行本を出版し、それに序文を付している。そしてこの序文からも、彼が常に読者の存在を意識していたことが伺える。たとえば、『ニコラス・ニクルビー』(*Nicholas Nickleby*, 1838–39) の序文では、定期刊行物の書き手は「実際、他のどんな書き手がもつ権利以上に興味深い、読者の心遣いと敬意に対する権利を有している」(Dickens, 2003 4) というヘンリー・マケンジー (Henry Mackenzie, 1745–1831) の言を引用して読者に別れの挨拶をしているが、これはスレイターが言うように、「作者と読者の間にある親密さと優しい友情の気持ち」(Slater 136) につながるものと言えよう。また『荒涼館』(*Bleak House*, 1852–53) の序文は、「この小説ほど多くの読者を得たことはかつてなかったことと思います。また再びお会いできますように」(Dickens, 1996 7) という言葉で締めくくられている。実際のところ、『荒涼館』は三万五〇〇〇部を上回った号はなく、一方、『ニコラス・ニクルビー』の第一号は一日で五万部が売れ、『骨董屋』の最終号は一〇万部も売れたのだから、これらの小説の方が『荒涼館』よりも多くの読者を得ていたはずである。恐らく、不調に終わった前作『デイヴィッド・コパフィールド』をはるかに凌ぐ売り上げを『荒涼館』が記録したので、ディケンズはこのように述べたものと思われる。しかし、ここでそれよりも重要なのは、ディケンズが「また再びお会いできますように」という読者への呼びかけで序文を締めくくっている点である。もちろん、ここで言う「再びお会い」するとは、読者がディケンズの次の小説を読むことをさしている。そして『リトル・ドリット』(*Little Dorrit*, 1855–57) の序文でもディケンズはこう述べた。

> 『荒涼館』の序文の中で、私はこれほどまでに多くの読者を得たことはかつてなかった、と書きました。それに続く作品『リトル・ドリット』の序文の中でも、私は同じことばを繰り返さなければなりません。私たちの間で育まれてきた愛情と信頼を十分認識しながら、私は前の序文でそうしたように、この序文の中でも次のことを書き加えておきます。また再びお会いできますように！ (Dickens, *Little Dorrit* xlii)

読者と書き手の間に生まれる「愛情と信頼」、これこそディケンズが小説を書くにあたって求めたものであった。このように単行本の序文からも、ディケンズが読者との関係をいかに重視していたかを窺い知ることができる。

読者の拡大と海賊版を巡る問題

小説が多くの読者を獲得していく中で、作家たちは常にある問題を抱えていた。それは、作家と出版社の間の利益配分と版権の問題である。印税制度が確立していなかった当時、小説の利益配分は、作家と出版社の間で個々に取り決められ、両者の間で利益を一定の割合で配分するか、版権を一度の報酬で出版社に売り渡してしまうかのいずれかの場合が多かった。とくに後者の場合は、小説が売れるほど、出版社はそれだけ収入が増え、一方で作家は少しもその恩恵に与れないのだから、作家にとっては不利な契約であり、それが作家の不満の種となっていた。ちなみに、このような契約で出版された小説が売れたために、いわゆる予約購読出版は廃れることになったという (Altick, 1999 298)。

ディケンズも、出版社有利のこういった契約に不満を抱いていた作家であった。彼が月一四ポンドの報酬で『ピクウィク・ペイパーズ』の契約を結んだ時、その額に満足したディケンズであったが、それが予想をはるかに超えて爆発的に売れたとなっては、その金額はディケンズにとって、あまりにも不公平に感じられるものであった。ちょうどこの頃に執筆中だったのが『オリヴァー・トゥイスト』であったが、その中に興味深い件があるのでここで引用してみる。

「僕はどちらかというと本を読みたいと思います」とオリヴァーが答えた。
「なに、本を書く人になりたくないのかい」老紳士が言った。
オリヴァーはしばらく考えていたが、ついに、本屋になった方がずっといいと思う、と言った。これを聞くと、老紳士は心から笑い出して、大変いいことを言った、と断言した。オリヴァーはそう言われてうれしく思ったが、何がいいことなのか、全然わからなかった。(Dickens, 1994 94–95)

読者もオリヴァー同様、何がいいことなのか戸惑ってしまうようなところだが、ここには作家よりも出版社の方が儲かるというディケンズの痛烈な皮肉が込められている。しかも、それを無邪気なオリヴァーに言わせることで、よりいっそうその効果を高めているのだ。そしてこの『オリヴァー・トゥイスト』も、出版社に莫大な利益をもたらし、ディケンズはフォースターに「私の本は、私を除くそれに関わった人全員を裕福にしている」(Dickens, *Letters* I 493) と不満を漏らしている。以後、ディケンズはこの問題に生涯悩まされ続けた。そしてディケンズは自ら、あるいはフォースターを代理人として出版社と交渉し、少しでも自分の有利になるような契約を得ようと絶えず腐心したのである。

また、当時は海賊版も多く出回っていて、これもまたディケンズを悩ますことになった。一八四四年には『クリスマス・キャロル』(*A Christmas Carol*, 1843) の海賊版出版に対してディケンズは訴訟を起こしたことがある。ディケンズはこれに勝訴したのだが、裁判費用七〇〇ポンドを支払わされる羽目になった。以降、ディケンズはこの問題から手を引き、直接関わることはやめたのである。

海外でのディケンズの人気と国際著作権

ディケンズの小説は国内だけでなく、海外でも広く読まれた。そして海外の著名な文学者たち、ハンス・クリスチャン・アンデルセン (Hans Christian Andersen, 1805–75)、ワシントン・アーヴィング (Washington Irving, 1783–1859)、エドガー・アラン・ポー (Edgar Allan Poe, 1809–49)、ラルフ・ウォルドー・エマソン (Ralph Waldo Emerson, 1803–82)、ヴィクトル・ユゴー (Victor Hugo, 1802–85) などと交流を持った。一八四七年には、フランスを訪問した際に自分が会った文学者の中で「ヴィクトル・ユゴーが一番好きだ」(Dickens, *Letters* V 42) とディケンズは語っている。またパリではジョルジュ・サンド (George Sand, 1804–76) にも紹介されたのだが、このときディケンズはサンドを小説家としては認識しなかったようである (Slater 399)。

ディケンズの人気は、とくにアメリカで高く、アメリカ人作家の小説よりもディケンズの小説の方が広く読まれていたほどであった。そして一八四二年にアメリカを訪問した時、ディケンズは、アメリカ人から熱狂的な歓迎を受けた。しかし、アメリカでもディケンズを悩ます問題、すなわち、著作権を巡る問題が存在した。そしてディケンズがあるパーティの席上で著作権の問題を持ち出すと、それまでの歓迎ムードが一変する。新聞は一様にディケンズを非難したのだが、実はそういった新聞こそが、外国の作家の作品を無断で掲載していたのである。また、ディケンズの小説がアメリカ人作家の小説以上に売れていたのは、著作権がないために作家に印税を支払わなくて済み、その分だけ本の値段が安くなっていたからだが、それを逆手にとって、著作権がないお蔭でアメリカにはディケンズの読者がこれほどまで多くいるのだ、と開き直りともとれる声明を発表する者まであった。両国の間で著作権の規定ができるのは、ディケンズの死後二十年以上たった一八九一年のことである。[2]

三　ディケンズの公開朗読と読者との関係

ディケンズの晩年は小説の執筆よりも、自作小説の公開朗読に多くの時間と労力が費やされることになった。公開朗読では、小説によって得られる年収とほぼ同じ額を二か月ほどで手に入れることができたのだから、その報酬がディケンズにとって魅力だったことは否定できない。しかし、最後には健康を損ない、寿命を縮める結果となってまでも公開朗読に固執したのは、先に述べた読者との交流という小説執筆の動機と同じ動機による。ディケンズにとって公開朗読とは、「彼と読者との関係を一番近づけてくれることを約束してくれた」(Nelson 64) ものだったからだ。

朗読による読者層の拡大

まずは十九世紀において、朗読という行為そのものが、読者層拡大とどのような関連があったのかについて簡単に述べる。朗読が読者層拡大におよぼした影響とは、文盲の者にも小説を楽しむ機会を提供し、潜在的な読者の数を増やしたことである。イギリスでは一八五〇年代頃から、ペニー・リーディング (Penny Reading) という労働者向けの朗読会が催されるようになっていた。また、家族や近所の人を集めた朗読会、パブやコーヒー・ルームでの朗読などもおこなわれていて、朗読そのものが一つの文化として定着していた時代であった。こういった活動によって、文盲の者も小説の間接的な読者となったのである。朗読会は仮に聞き手が文盲であっても、小説に触れる経験を提供してくれたからだ。

ちなみにディケンズの小説の中にも、朗読に関する言及がある。たとえば『我らが共通の友』のボフィンは、朗読をしてもらう目的で自称文学者のウェッグを雇い入れている。また『大いなる遺産』では、ウォプスルが酒場で得意になって新聞記事を朗読する場面がある。そしてディケンズの小説も朗読の対象になっていたことは言うまでもない。フォースターの伝記には、とある下宿の主人が毎月『ドンビー父子』(*Dombey and Son*, 1846–48) の新しい号が出るごとにその朗読をしていて、聞き手の中には字が読めない者もいたというエピソードが紹介されている (Forster I 453–54)。ディケンズの小説は人々によって読まれ、朗読され、聴かれるものとなっていた。そして最後にはディケンズ自身によって朗読されることになる。つまり、ディケンズの読者は「目で、耳で、口でディケンズと接した」(Vincent 191) のである。

内輪での新作の朗読

自作品の朗読が秘めている可能性にディケンズが気づくきっかけとなったのが、一八四四年十二月に家族と滞在していたイタリアから、完成したばかりの『鐘の音』(*The Chimes*, 1844) の原稿を携えて一人帰国し、友人らに『鐘の音』を朗読した時である。ここで注目すべき点は、ディケンズが友人たちに新作の原稿に目を通してもらうのではなく、自分の朗読を聴いてもらうことで、彼らの反応を確かめようとしたことである。まずディケンズは友人の俳優ウィリアム・マクリディ (William Macready, 1793–1873) に朗読をし、その翌日にはフォースターの家でトマス・カーライル (Thomas Carlyle, 1801–66) などの知人を前に朗読をした。ディケンズはマクリディに朗読した時の感想を妻に書簡で報告している。

> 追伸　もしあなたが昨晩のマクリディを目にしていたなら——私が朗読している間、人目もはばからずにむせび泣き、ソファの上で声を上げて泣いていたのですよ——力があるとはどんなものか（私と同様）感じとったことでしょう。(Dickens, *Letters* IV 235)

ここでいう「力」とは作家としての力だけでなく、マクリディを感動させたディケンズの朗読者としての力も指すのだが、この「力」はアンガス・ウィルソンの言葉を借りれば、後に「徐々に死に至らしめる麻薬」(Wilson 187) となったのである。

ディケンズはこれとは別の機会でも、友人や家族に書き上げたばかりの新作の原稿を朗読することが何度かあった。たとえばローザンヌ滞在中に、当時執筆中だった『ドンビー父子』の朗読をしている。そしてこの頃、一八四六年十月に、ディケンズはフォースターに「（沽券に関わるのでなければ）自作の朗読をすることで、ひょっとしたら莫大なお金を稼げるかもしれない」(Dickens, *Letters* IV 631) と書き送っている。フォースターは「沽券に関わる」と考え、公開朗読には反対の立場をとっていたのだが、すでにこの頃からディケンズが有料公開朗読の計画を温めていたことを窺い知ることができる。

公開朗読

ディケンズが私的な場を離れて、はじめて公の場で自作の朗読をおこなったのは、一八五三年十二月のことであった。計三回おこなわれた公開朗読は、文芸協会設立の基金集めを目的とする慈善活動としておこなわれた。入場料は三シリング六ペンスであったが、ディケンズはそのうちの一回は労働者にも聴衆に加わってもらうことを希望し、入場料を六ペンスに値下げした。この二年後の一八五五年三月に、『クリスマス・キャロル』を鉄道労働者に朗読したように、これ以降もディケンズは労働者を対象にして公開朗読をしたことがあった。ディケンズが労働者の読者をいかに大事にしていたかがよく分かる。慈善朗読会はその後も折を見て開催され、一八六六年までに計二八回おこなわれた (Andrews 268–69)。

ディケンズが興行としての有料公開朗読に踏み切ったのは一八五八年のことだったが、この前年にディケンズは、ウィルキー・コリンズの戯曲『凍れる海』(*The Frozen Deep*, 1857) で役者として舞台にたっている。この経験についてディケンズは、「一人さびしく自室で書く代わりに、観客と一緒に作品を書くことを可能にし、それが与える効果が生き生きと読者から自分に返ってきていると感じさせてくれる」(Dickens, *Letters* VIII 367) と友人に述べた。読者の反応を見ながら小説を書いたように、ディケンズは観客の反応を間近に感じながら演じたのである。厳密に言うと、演じることと小説の朗読は同じではないが、演じることを通し、反応が直に返ってくる喜びを覚えたディケンズが、そこから朗読の可能性を感じたことは想像できる。以後、亡くなる三か月前まで、ディケンズは長編小説を書いていない間の時間を公開朗読に費やすことになり、その数は計三七二回に上った (Andrews 269–82; 286–90)。

ディケンズは一八五八年四月二十九日に、最初の有料公開朗読をおこなった際、それに先立つスピーチの中で、有料公開朗読をするにいたった理由について述べている。それは第一に、朗読は「文学の信用と独立を損なう可能性はまったくない」という確信を持ったこと、第二に「よく知られている人と民衆が直に顔を合わせることは良いことである」という持論によること、第三にこれまで朗読をすることで、聴衆たちと「個人的な友情」と言ってもいいような関係を深めるという喜ばしい経験をしたが、この「個人的な友情」という関係を、自分の声を聴くことも顔を見ることもない大勢の人々ともつことは、自分の重要な義務であるとともに、特権と誇りでもある、という内容のものだった (Dickens, 1988 264)。このスピーチから、ディケンズが大勢の聴衆を前に朗読をする目的は、聴衆と直に顔を合わせることによって、彼らと「個人的な友情」を育むことだったことが分かる。つまり、小説においてディケンズが望んだ読者との関係と同じであったのだ。

ではディケンズは、朗読でそのような関係を実際にもつことができたのであろうか。ディケンズの朗読は、「大衆の催し物というものではなくて、一番思いやりがある親愛な友人の周りに集まった大規模な家族のパーティ」(Dickens, *Letters* VIII 552n) であったとの評を友人のジャーナリスト、エドマンド・イエイツ (Edmund Yates, 1831–94) は『デイリー・ニュース』紙 (*Daily News*) に掲載した。これはまさにディケンズの意を汲んだものであり、ディケンズは好意的に評してくれたイエイツにお礼の手紙を認めている。また、ディケンズの公開朗読の記録をまとめたチャールズ・ケント (Charles Kent, 1823–1902) も、「朗読者と聴衆は、まさに最初の瞬間から、お互いに対して相互に敬意をもって思いやる関係であった」(Kent 59) と述べている。これらの評から判断すれば、ディケンズは公開朗読の目的を十分果たすことができたと言っていいだろう。

ディケンズの公開朗読は国内に留まらず、たとえば一八六三年、パリ滞在中に大使館で朗読をしたように、海外でもおこなわれている。中でも、一八六七年から翌年にかけて催されたアメリカでの公開朗読ツアーは、大成功をおさめた。アメリカでの公開朗読は、途中インフルエンザにかかるなど体調不良に見舞われたものの、計七六回に及んだ (Andrews 282–85)。聴衆の中には、ヘンリー・ワズワース・ロングフェロー (Henry Wadsworth Longfellow, 1807–82) やマーク・トウェイン (Mark Twain, 1835–1910)、ヘンリー・ジェイムズ (Henry James, 1843–1916) などの文学者もいた。

小説家＝朗読者

亡くなる三か月ほど前の一八七〇年三月十五日、健康上の理由で公開朗読に終止符を打つことになったディケンズは、お別れのスピーチの中で次のように述べた。

> 皆さん、今日から二週間後に、皆さんはご自宅で新たな続き物の読書に加わってくださることでしょう。そこでは私の助けが必要となることと思います。けれども、このまばゆいライトの下からは、心からの感謝、敬意そして愛情をこめた別れの言葉を述べて、私は永遠に姿を消します。(Dickens, 1988 413)

「新たな続き物」とはディケンズの遺作で未完となった『エドウィン・ドルードの謎』(*The Mystery of Edwin Drood*,

1870）のことである。ここでディケンズが語っていることからは、朗読の場ではもう会えないが、新作を読んでもらえることで人々は自分に会うことができるという含意が読み取れる。これは単行本序文での「またお会いできますように」という挨拶と同じ意味合いをもつ。つまり、ディケンズは読書から生まれる作家と読者の関係と、朗読から生まれる朗読者と聴衆の関係のどちらも、同じ次元でとらえていたことが分かる。作品を共有するという意味で、ディケンズにとっては両者に違いはまったくなかったのである。そして「読書＝朗読」は「小説家＝朗読者」と「読者＝聴衆」の個人的友情をつくり出してくれるという意味で、ディケンズの小説家としての活動と朗読者としての活動はどちらも、その目的は同じであったのだ。故に公開朗読は、フォースターが危惧したように、作家の「沽券に関わる」ものなどではなく、ディケンズにとっては、読者との交流を深める上で是非とも必要なものだったのである。

ディケンズは小説が中産階級から労働者階級へと浸透していく時代の中で、目に見えない不特定多数の読者、「未知の読者」の存在を常に意識し、読者の反応を肌で感じながら小説を書いた。そして自分の小説を読んでもらうことで彼らとの交流を図り、さらには公開朗読を通じて、この見えない読者を聴衆という目に見える読者へと変えた。読者数が増すことは、作家と個々の読者の関係が薄くなり、両者の距離がともすれば遠くなることにもつながるが、ディケンズはその関係を深めようと努め、多くの読者と直につながっていることを望んだ。小説家ディケンズ、朗読者ディケンズとしての彼の活動を見ていくと、当時の急速に増大していく読者と、どんな形であれ、交流を保とうと試行錯誤した作家の姿が浮かび上がってくるのである。

注

1　たとえば、清水一嘉、『挿絵画家の時代　ヴィクトリア朝の出版文化』東京、大修館書店、二〇〇一年。

2　アメリカでのディケンズと著作権の問題については以下の研究を参考にした。川澄英男、『ディケンズとアメリカ』彩流社、一九九八年。青木健「ディケンズと国際著作権——公正と真実を求めて」『成城文藝』第一七三号、成城大学文芸学部、二〇〇一年。

引用参考文献

Ackroyd, Peter. *Dickens*. London: Sinclair-Stevenson, 1990.

Altick, Richard D. *The English Common Reader: A Social History of the Mass Reading Public, 1800–1900*. Second edition. Columbus: Ohio UP, 1998.

——. "Publishing." *A Companion to Victorian Literature and Culture*. Ed. Herbert F. Tucker. Malden: Blackwell, 1999. 289–304.

Andrews, Malcolm. *Charles Dickens and his Performing Selves: Dickens and the Public Readings*. Oxford: Oxford UP, 2006.

Collins, Philip, ed. *Charles Dickens: The Critical Heritage*. London: Routledge, 1971.

——. "Dickens' Public Readings: Texts and Performances." *Dickens Studies Annual* 3. (1974): 182–97.

Collins, Wilkie, "The Unknown Public." *My Miscellanies*. London: Chatto & Windus, 1893. 249–64.

Dickens, Charles. *Bleak House*. Ed. Nichola Bradbury. London: Penguin, 1996.

——. *David Copperfield*. Ed. Malcolm Andrews. London: Dent, 1999.

——. *The Letters of Charles Dickens*. 12vols. Eds. Nina Burgis, Angus Easson, K. J. Fielding, Madeline House, Graham Storey and Kathleen Tillotson. Oxford: Clarendon, 1965–2002.

——. *Little Dorrit*. Ed. Angus Easson. London: Dent, 1999.

——. *Nicholas Nickleby*. Ed. Mark Ford. London: Penguin, 2003.
——. *Oliver Twist*. Ed. Steven Connor. London: Dent, 1994.
——. *The Speeches of Charles Dickens: A Complete Edition*. Ed. K. J. Fielding. Harvester: Humanities Press, 1988.
Eliot, Simon. "The business of Victorian publishing." *The Cambridge Companion to the Victorian Novel*. Second edition. Ed. Deirdre David. Cambridge: Cambridge UP, 2012. 36–61.
Flint, Kate. "The Victorian novel and its readers." *The Cambridge Companion to the Victorian Novel*. Second edition. 13–35.
Ford, George F. *Dickens and his Readers: Aspects of Novel-Criticism Since 1836*. 1955. New York: Norton, 1965.
Forster, John. *The Life of Charles Dickens*. 2vols. London: Dent, 1927.
Kent, Charles. *Charles Dickens as a Reader*. 1872. New York: Haskell House, 1973.
Nelson, Harland S. *Charles Dickens*. Twayne's English Authors Series. Boston: Twayne, 1981.
Patten, Robert L. *Charles Dickens and his Publishers*. Oxford: Oxford UP, 1978.
——. "Serialized retrospection in *The Pickwick Papers*." *Literature in the Market Place: Nineteenth-Century British Publishing and Reading Practices*. Cambridge Studies in Nineteenth-Century Literature and Culture. Eds. John O. Jordan and Robert L. Patten. Cambridge: Cambridge UP, 1995. 123–42.
Slater, Michael. *Charles Dickens*. New Haven: Yale UP, 2009.
Vincent, David. "Dickens's reading public." *Charles Dickens Studies*. Palgrave Advances. Ed. John Bowen and Robert L. Patten. Basingstoke: Palgrave Macmillan, 2006. 176–97.
Wilson, Angus. *The World of Charles Dickens*. London: Martin Secker & Warburg, 1970.
ジョン・フェザー『英国出版史』箕輪成男訳、玉川大学出版部、一九九一年。
青木健「ディケンズと国際著作権——公正と真実を求めて」『成城文藝』第一七三号　成城大学文芸学部、二〇〇一年。
川澄英男『ディケンズとアメリカ——十九世紀アメリカ事情』彩流社、一九九八年。
清水一嘉『挿絵画家の時代——ヴィクトリア朝の出版文化』大修館書店、二〇〇一年。

水野論文へのコメント

中垣　恒太郎

チャールズ・ディケンズとマーク・トウェインは共に「国民作家」として十九世紀における小説市場の拡張期に大きく寄与しており、両者がどのように出版に関与していたかを細かく検証することで当時の出版をめぐる状況がどのようなものであったのかを詳しく辿ることができる。水野論文は多くの示唆をもたらしてくれるものであるが、中でも階級社会としてのイギリスにおいて産業の発達と技術の進歩に伴う生活水準の向上により、娯楽としての小説を読む層が労働者階級にまで拡大していったという指摘はとても興味深いものである。識字率上昇、教育の改良と大衆読者の存在とは軌を一にした動きであるが、さらに国語教育の観点からディケンズの作品がどのように教科書などで導入されていったのか、という点も掘り下げていけばさらに面白い研究になるにちがいない。

また、人気作家であればこその問題として、作家としての権利をいかに守るかも重要な論点となりうるものであり、トウェインがアメリカにおける著作権整備に奔走したように、ディケンズもまた国際著作権・海賊版（版権の切れた復刻版を含む）の問題に頭を悩ませていた。作家として自分の作品を商品として効率良く効果的に届けるために、契約や出版形態に対しても高い意識をもっていた両作家の様子から、十九世紀当時の急激に発展していった出版業界の状況、および出版・流通市場の拡張整備への編成過程を探ることができる。

さらに読者との交流という観点からは、著者と読者が直接、触れ合う機会としての朗読会がどのように発展し、どのように機能していたのかという論点も浮かび上がってくる。トウェインの場合はユーモア講演家としての評判をとり、その講演会の巡回ルートの発達は、遡れば説教師が開拓したものであった。また、トウェインの最初の単行本は講演などで評判の良かったユーモア・スケッチを集めた短編集であり、その後もトウェインの場合は旅行記など「情報量に富み、ためになる書物」を刊行したいという出版マーケットの成長期の中で「国民作家マーク・トウェイン」が生成されている。トウェインの場合は小説への参入は後発であり、すでにビジネスの可能性を感じるだけの市場が形成されていた背景ゆえの参入であったといえる。

トウェインにとっての小説とはビジネスと不可分に結びつけられており、どのようにすればより多くの利益をもたらしうるかという考察に余念がなかった。結果的に自分の出版社（ウェブスター出版社）を興すにいたる。ディケンズが予約出版の契約形態を好まなかったのに比して、トウェインは自身の知名度の高さを活かし、ノウハウのある出版社と組むことによって販売実績がよかった予約購読出版を頼りにしていた。しかしながらその一方で、国土の広いアメリカでは二十世紀前半になってもなかなか町に書店が根づかず、書店で本を買うという環境・習慣が定着しないままであった。

小説をどのように発表するかという刊行形態についても、作品研究の観点から見過ごせないものである。十九世紀アメリカにおいて雑誌文化が発展していったことを背景に短編小説の伝統が今日まで継承されている一方で、ディケンズが得意としていたような分冊や連載形式による発表形態はアメリカでは珍しく、トウェインの長編小説も書き下ろしを基本としていた。ディケンズの作品のようにたくさんの長編小説が生成される上で発表形態がおよぼす影響は大きなものがあったことを実感させられる。

ディケンズとトウェインは共に国を代表する人気作家であり、大衆的な人気を同時代に誇った立場も良く似ている。両者の相違点を探ることにより、十九世紀にイギリスとアメリカで急成長した出版業界のあり方を展望することができる。

コメントへの筆者の応答

拙論では同時代に絞ってディケンズと読者のかかわりを考察したが、学校教育においてディケンズの小説がどのように扱われてきたのかという点も視野に入れると、同時代から現代にいたるまでの間に、ディケンズの作品がイギリス人にどう読み継がれてきたのかという受容の変遷が明らかになると思う。この点はさらなる調査研究が必要である。ご指摘に感謝したい。

年代としては若干ディケンズの方が先行するが、中垣氏が述べているように、ともに国民的作家として大衆の人気を集めたディケンズとトウェインの間には、いくつか共通点を見出すことができる。ディケンズは月刊分冊や週刊紙連載、トウェインは単行本による予約購読出版と形式は異なるが、ディケンズとトウェインは、それぞれの国で発展しつつあった出版様式に順応して小説を発表し、結果として小説読者層の拡大に寄与することとなった。また両者とも作家としての報酬を確かなものにするために出版社と交渉を重ねたこと、さらに海外での著作権を訴えたことも共通する。

このような小説家としての二人の類似は単なる偶然であったのか、それとも何らかの必然的結果であったのかの研究も興味深いものとなるだろう。ディケンズとトウェインの共通点や相違点を考察することは、単なる両者の比較対照に留まらず、十九世紀のイギリスとアメリカにおける小説読者拡大の有り様、両国の小説出版事情の違いやその要因となったもの、当時の出版界における小説または小説家の位置なども見えてくる可能性がある。

【コラム】

十九世紀の英米での「海賊版」

園田　暁子

ディケンズは、彼自身によれば英米間の著作権保護に関する合意がないことにより、最大の損失を被っている存命中の文学者であった。この彼の言葉からもうかがえるように、十八世紀から十九世紀、特に十九世紀の前半のアメリカにおいて、ウォルター・スコット、チャールズ・ディケンズ、ブルワー・リットンらをはじめとするイギリスの作家の作品は盛んに出版された。そして十九世紀が進むにつれイギリスにおいて出版されるアメリカの作品も増えていった。一八九一年に英米間の国際著作権条約が成立する前に出版されたこれらの多くは、著作者の許可を得ずに出版されたので正規版とは言えなかったが、それを禁じる法律がなかったので、正確には「海賊版」ではなかった。英米における国際著作権条約成立へ向けての議論の中で、「リプリント」という言葉がしばしば使われたのはそのためである。

しかしながら、国際著作権条約の成立以前とはいえ、イギリスの作家は、アメリカの出版社から原稿料に相当するものを得ることもあったし、アメリカの作家は、イギリスにおける著作権を確保して出版することもできた。ここでは、英米間の著作権条約成立へ向けての動きを概観しながら、ディケンズ、トウェイン、ハリエット・ビーチャー・ストウらの例を挙げ、十九世紀の英米における、外国の作品の出版をめぐる事情を紹介したい。

アメリカにおける国際著作権法成立へ向けての動きは一八三七年に始まった。トマス・カーライル、ロバート・サウジー、ハリエット・マーティノーをはじめとする五六名ものイギリス人の文筆家たちから提出された請願書を受けて、ヘンリー・クレイ上院議員が国際著作権法案を上院に提出した。この著作権法案は、順調に第二読会まで進んだものの審議未了のまま議会が閉会し、成立にいたらなかった。同年十二月に議会が開会されるとすぐにクレイ議員は再び法案を提出したが、その頃から出版者、印刷・製本業者、植字工、そして一般市民からの反対請願が議会に多数寄せられるようになった。彼らは、国際著作権条約により、アメリカにおける書籍価格が上昇し、大衆の教育にとって好ましくないこと、一部の出版社が外国の作品の版権を独占することにより、アメリカにおける出版業の衰退を招くことを懸念していた。

ディケンズが、アメリカをはじめて訪問したのは、アメリカにおいて国際著作権法についての是非をめぐる議論がおこなわれていた一八四二年のことだった。彼が各地で国際著作権の必要性を主張し、ワシントン・アーヴィングらの協力も得ながら議会にも働きかけたことはよく知られているが、アメリカを訪問するまでにイギリスで発表されていた彼の作品は『ボズのスケッチ(一八三六)』から『バーナビー・ラッジ(一八四一)』まで、すべてアメリカでリプリントされていた。一例を挙げると、一八三七年二月から一八三九年四月まで『ベントリーズ・ミセラニー』誌に連載され、一八三八年十一月に三巻本として出版された『オリバー・トゥイスト』の場合、早くも一八三七年にはフィラデルフィアの出版社ケアリー・リー・アンド・ブランチャードにより単行本として出版され、一八三九年にはニューヨークのW・H・コルヤーに、一八四一年にはT・B・ピーターソンによって出版されるなど複数の出版社によって出版されている。また、このような単行本だけではなく、一八三七年にはじまるアメリカの不況の時期に創刊され売り上げを伸ばした新聞、通称マンモス(印刷される用紙の大きさのためにこのように呼ばれた)『ブラザー・ジョナサン』紙、『ニュー・ワールド』紙、『タトラー』紙には、『ニコラス・ニクルビー』をはじめとする作品が連載された。

当時、アメリカではイギリスの作家に原稿料や著作権料の支払いをする必要がなく、またイギリスで人気の作品はアメリカでも多くの読者を確実に見込むことができたため、ディケンズの作品はこのようにさまざまな形でアメリカでリプリントされた。彼が冒頭で述べたような感想をもったのも無理はなかった。

しかしながら、これらの作品からディケンズがまったく収入を得られなかったわけではない。ヘンリー・ケアリーは一八三七年六月十四日、彼の出版社がアメリカで出版した『ピックウィック・ペーパーズ』と手紙をディケンズに送り、二五ポンドを申し出ている。それに対してまだ駆け出しの作家であったディケンズは、自分の作品のアメリカ版をもらったことで十分であり、二五ポンドについては辞退したいと返答している。そして、彼はこれから出版予定の作品をケアリーがアメリカでいち早く出版できるよう、校正刷りの段階の原稿を送るよう手配してもよいと述べている。これ以降、一八四二年のアメリカ訪問後、国際著作権が認められないことに対する抗議の一環として、ディケンズがアメリカの出版社との関係を断つことに決めるまでの間、ケアリーはディケンズの作品をアメリカで他社に先駆けて出版できるようになり、作家公認の出版社となった。一つの作品につき、ケアリーの会社は五〇～六〇ポンド程度をディケンズに支払った。

イギリス人の作家の作品に著作権が認められていなかったアメリカでは、同一の作品を複数の出版社が出版することが可能で、人気の作品については複数の出版社が出版するという状況であったが、他社に先駆けて出版することで市場において有利な立場にたてた。そのため、アメリカの出版社は競ってイギリスの人気作家の作品を出版しようとしのぎを削っていた。ケアリーがディケンズに近づいたのもこのためである。一八三八年には、イギリスとアメリカを二週間ほどで結ぶ定期蒸気船も運航を開始したが、それ以前、大西洋を渡る船の運航は不安定で、三十五日ほどで到着する船もあれば九週間かかるものもあるという状況だったので、アメリカの出版社はイギリスで入手した原稿を複数の船に乗せてアメリカへと送り、最初に到着した原稿をもとに昼夜を問わず作業をして出版していたほどである。しかしながら、入手した原稿から複数の出版社がそれぞれ新たに版を組んで出版するよりも、他社が印刷したものを購入してタイトルページのみ自社のものをつけて発行する方が、時間も手間もコストも省けることなどからこの競争も次第に落ち着きを見せるようになった。このような事情もあって、他の出版社によってすでに出版された作品をリプリントすることを避ける暗黙の了解、業界の礼譲 (Courtesy of Trade) が機能するようになった。

一八四二年のアメリカ訪問後、国際著作権の必要性を訴える彼の発言によってアメリカにおいて受けたバッシング、そして国際著作権条約成立へ向けての動きが進まないことへの抗議として、アメリカの出版社と出版に関する契約を結ばないことにしたディケンズであったが、およそ十年の時を経て、一八五一年には再びハーパー社と契約を結ぶことになり、一八五二年から『ハーパーズ・ニュー・マンスリー・マガジン』誌に連載された『荒涼館』の校正刷りに対しては二〇〇〇ドルが支払われた。そして、ディケンズは一八六七年にはティクナー・アンド・フィールズ社と印税方式による契約を結ぶに至る。ディケンズの存命中に英米間の著作権条約は成立しなかったが、この印税方式による契約は条約が存在する場合に準じる扱いと収入をもたらし、ディケンズを大いに満足させた。

ディケンズの例に見られるように、英米間の著作権条約の成立以前もアメリカの出版社とかなり有利な契約をできる文学者も存在したが、それは一部の人気作家に限られたことは忘れてはならない。また、国際著作権条約が存在しないことにより、市場にイギリスの作品が広く出回ることは、アメリカの作家たちにとっても好ましいとは言えなかった。彼らは、イギリスの人気作家の作品と競合しながら出版の機会を得なければならず、出版社を見つけることも困難で、出版できた場合も作品に対して払われる著作権料や印税は低く抑えられる傾向にあった。このような状況は、ブランダー・マシューズも指摘しているようにアメリカ独自の文学の成長を阻害していると考えられた。

それでは、イギリスにおいて出版されるアメリカ人作家の作品はどのような状況にあったのか、マーク・トウェインとブランダー・マシューズが『ニュー・プリンストン・レビュー』誌上において交わした公開書簡「アメリカの著者とイギリスの海賊版出版社」（一八八七–八八）をもとに見ていきたい。マシューズは、国際著作権法の成立を目指して一八八三年に創設されたアメリカン・コピーライト・リーグの中心人物で、アメリカの文学的・文化的独立のために国際著作権法が持つ重要性を主張し、トウェインの作品についてもその価値をいち早く認めた批評家でもあった。

トウェインは、イギリスにおいて出版される海賊版によってどれだけの損害を被っているか教えてほしいというマシューズの求めに対して、自分の作品は過去十五年間、イギリスの著作権法によってしっかりと守られてきたと答えている。ここで、彼が述べているように、イギリスでは、一八九一年以前でもアメリカの著作者が著作権を確保することが可能であった。十八世紀後半から外国人の作品がイギリスの著作権法で保護されるか否か、裁判でも扱われてきたイギリスでは、十九世紀前半には相手国が仮にイギリスの作家の作品を保護しない場合でも、世界で最初に植民地も含む英領土内で出版された外国人の作品の著作権を片務的に保護するようになっていた。一八四五年のキャンベル対パーディにおいて裁判長のポロック卿は、英領土内に居住しない外国人の著作者がイギリスにおいて著作権をもつことができるか疑わしいという見解を示したものの一八五四年のジェフリー対ブージーにおける上院の判決により、イギリスの領土内で世界で最初に出版され、その時点で著作者がイギリスの領土内に居住している場合、外国人の作品も著作権を保護することになった。そのため、アメリカの作家は、アメリカでの出版の前にイギリスで出版し、その時点でカナダなどのイギリス領土内に滞在していればイギリスでの著作権も確保することができた。このような状況であったので、トウェインも出世作『イノセンツ・アブロード(赤毛布外遊記)』(*Innocents Abroad*, 1869) がイギリスのジョン・カムデン・ホッテンにより無断で出版されてしまったものの、一八七二年にイギリスを訪問した際にラウトリッジ社と出版に関する契約を結び、一八七六年以降はチャットー・アンド・ウィンダス社をイギリスにおける正規の出版社としていた。彼は、作品を出版する際にはアメリカでの出版に先駆けてイギリスで出版し、その時点でカナダに滞在することで、イギリスの著作権も確保していたのである。そんな手間すらとらないのは作家の側の落ち度だというのがトウェインの主張であった。

このようなトウェインに対しマシューズは、そのような手続きを踏めるのは、トウェインが比較的カナダに近いハートフォードに住む人気作家だからであり、英米間の著作権保護条約が無い現状では、無名作家の、多くの場合最初で最後のヒット作の著作権をイギリスで確保することは不可能であることを指摘している。ハリエット・ビーチャー・ストウの場合も、最初で最大のヒット作『アンクルトムの小屋』の著作権をイギリスで確保することができず、そのために一八六七年に『アトランティック・マンスリー』誌に掲載されたエッセイ「国際著作権」の冒頭で、ジェイムズ・パートンが指摘したように、二〇万ドルもの損害を被ることになった。(彼女の場合、後の作品についてはトウェインと同様の手続きをとり、イギリスにおける著作権を確保している。)

アメリカで最初の国際著作権法案が提出された一八三七年から五十年以上にわたって議論が続けられ、ようやく一八九一年にアメリカで国際著作権法が成立した。この著作権法は、外国人の作品がアメリカで著作権の保護を受けるためにはアメリカ国内で版を組み、印刷したものでなければならないという内国製造条項を含むもので、すでに一八八六年に著作物が保護されるために登記を求めない無方式主義を採用した多国間条約、ベルヌ条約が成立した後にあっては、とくにその手続きの煩雑さから不評ではあった。しかしながら、ますますトランス・アトランティックな作品の流通が増加していく中、ようやく英米の文学者たちが、両国で著作権を保護される道を確立した点においては評価できる。

イングランドにおける大衆読者層の形成と拡大

閑田　朋子

イングランドの長く緩やかな産業革命の期間については諸説あるが、大体十八世紀半ばから十九世紀半ばまでと考えてよいだろう。その産業革命の真っただ中、世紀の変わり目までに「大衆読者層」が形成されたと言われる。本章は、この時期に大衆読者がどのように形成されたのか、そして社会は形成されつつある、または形成されたばかりの大衆読者層に対してどのように反応したのか、考察する章である。

ここでまず「大衆読者層」の定義をしておこう。印刷文化史の分野で「大衆読者」と言えば、その「大衆」は一般には、聖職者・学者などの知的エリートと政治・経済面で社会の指導的役割を果たす少数者を除いた「その他の人々」をさす。たとえば「大衆社会」という言葉が概して二十世紀の特定の社会の在り方をさすのに対して、この意味での「大衆」はいつの時代のどんな社会にも存在し得る。産業革命期のイングランドの場合は、「大衆」は主に階級別人口比率の大半を占める労働者階級から成るから、「大衆読者」のほとんどは印刷物を読む習慣をもつ労働者である。「大衆読者」の集合が「大衆読者層」になるわけだが、この「層」は購読層を意味する。だから「大衆読者層」は単に印刷物を読むのではなく、印刷物にお金を払う大衆読者の数が、印刷物市場に影響を及ぼすところまで増えた時点をもって、初めて形成されたと見なされる。

大衆読者層の形成は、このような「数」の増加に加えて、読書の「質」の変化を意味する。伝統的な読者は代々引き継がれた数少ない印刷物を、暗記するほどに読み返し、精神の礎とも、ものを考える基盤ともした。このような読み方は、聖書の読み方に由来するから聖性や権威と無縁ではない。これに対して新たに現れた大衆読者層は、限られた余暇の時間内に、新聞・雑誌やチャップブックのような雑多で短命な印刷物を多量に素早く貪欲に消費した。本章が、大衆読者層の形成を考察するに当たって、新聞・雑誌やチャップブックを中心に考察をおこなうのは、このためである。そして大衆読者は、それが役に立たない、面白くないと感じれば、もう次号は買わない、続きは読まないなどの判断をした。要は印刷物と読者との主従関係が逆転したのだ。だから「大衆」と類似した言葉に「民衆」があるが、後者は被支配者であることを含意するから、「民衆読者層」という表現はなじまない。

本章は二部構成である。前半は大衆読者層形成の前提条件として、産業革命期の製紙・印刷・運搬の技術革新と印刷物の発行部数の増大、そして庶民を対象にした識字教育について説明をおこなう。後半は、初期大衆読者層に対する社会の警戒ぶりを、新聞にかけられた税や言論統制をおこなった法を中心に説明する。そして最後に、大衆読者層がその形成からほぼ半世紀を経て社会に定着し大衆文化を生むにいたった一八四〇年代の様子と、とくに四〇年代後半に次々に創刊された大衆向上雑誌に言及して、結論にいたる。[1]

一　産業革命と拡大する読者層

製紙・印刷・運搬

大衆読者層の形成は、大衆にも手が届く廉価な印刷物の普及を前提とする。これを促進したのが、製紙・印刷・運搬の三分野における技術革新であった。まず製紙分野では、一七九八年にフランス人のニコラ＝ルイ・ロベール(Nicolas-Louis Robert, 1761–1828) が連続抄紙機を発明し、この技術はヨーロッパ全体に広まった。ほぼ同じ頃にチャールズ・スタンホープ卿 (Charles Stanhope, 1753–1816) が、てこの原理を用いた鉄製の手引き印刷機を発明した。『タイムズ』(*The Times*) 紙はこの印刷機を導入して、毎時片面約二五〇枚を刷った。挿絵についても木版や銅板に代わって平版印刷（石版印刷《リトグラフ》）が考案された。一八一二年にはドイツのケーニヒ (Friedrich König, 1774–1833) とバウアー (Andreas Friedrich Bauer, 1783–1860) が、蒸気機関を動力にして、平らな版面に送った紙を円筒でプレスする円圧印刷機を誕生させた。『タイムズ』紙からさらに改良を依頼された二人は、円筒を二つ用いることで同時に片面二枚を刷って、毎時約一一〇〇枚の印刷を可能にした。これらに加えて一八四〇年代には砕木機の機械化が発案され、五〇年代の木材パルプの大量供給の先鞭をつけた。

安く速く多量の印刷が可能になっても、流通の問題が残る。地方都市にも印刷所はあったが、主な書籍や定期刊行物は十八世紀を通してロンドンで印刷された。ロンドンは政治・経済・文化の中心地であり、そこには最良の印刷機もさることながら、時事ネタの情報源も、原稿の著作権を買い取れるだけの資力を有する出版業者も集中していた。それに新聞の発行には印紙《スタンプ》税支払いの義務が伴ったが、その納付済みスタンプを押した紙はロンドンでしか購入できなかった。従来オックスフォードやヨークのような地方都市にもそれなりの数の「読者」がいたが、ただでさえロンドンに人口が集中していた上に、多少高くとも時事情報や文化に金を払うことをいとわない読者はやはりロンドンに多かった。だが産業革命によって地方産業都市が発展すれば、地方の産業資本家がロンドンと同じ情報を欲するのは道理だし、地方の対ロンドン人口比率が増えればそこに有望な市場が見込まれる。問題は、どのように印刷物をロンドンから地方に送るかということだ。

産業革命期の運送と言えば蒸気機関車が頭に浮かぶかもしれない。だが鉄道網が主要都市を結んだのは、産業革命終盤の一八四〇年代のことである。産業革命の大半の時期を支えたのは鉄道ではなく、沿岸航路の発展と、運河の舟運網の拡大（運河沿いの小道を行く馬に船を牽かせたから、時速六・五キロがやっとだった）、それに私設有料道路《ターンパイク》の発達だった。このうち前二者は主に原料や製品の輸送に使用されたが、ターンパイクは印刷物の地方輸送に大いに役立った。荷を運ぶにも道が悪ければ徒歩で、せいぜいがロバや馬にまたがって行くしかないが、それでは運搬量は高が知れている。だが道路が整備されれば馬車を走らせることができた。新聞は郵便物と見なされたので、もともとは駅馬に乗った郵便配達人によって運ばれていたが、一七七〇年代にターンパイクがほぼ全国を網羅すると、一七八四年からは郵便馬車《メイル・コーチ》が走り出した。しかも郵便馬車はターンパイクを無料で利用できた。これによってニュースが地方に伝わるスピードは、格段に速くなったのだ。世紀の変わり目には、すでに全国紙になっていたロンドンの数多くの新聞が、年間何百万部も地方に送り出されていた。

印刷物の発行部数の増大と読者層の拡大

このように産業革命は安く大量の印刷物が出回る前提条件を満たしたわけだが、それでは実際にどれくらいの量の出版物が発行されていたのだろうか。書籍の場合は、一七一〇年代には年間約二万一〇〇〇種類だったが、一七九〇年代には約五万六〇〇〇種にまで増えたと言われる。雑誌・週刊誌などの定期刊行物の読者は、一七九一年には八万人ほどだったが、約四十年後の一八三二年には約一〇〇万人と飛躍的に増えて、その発行部数は年二〇〇万部を超えていたと推測される。新聞の発行部数は、新聞にかけられた税金の記録から、もっと正確に見積もることができる。日刊新聞の年間発行部数は、一七五三年に約七四〇〇万部だったか、一八二六年には約二五〇〇万部まで、三、四倍の伸びを見せている。日刊以外の新聞（週刊紙など）も加えた新聞の年間総発行数は十九世紀初めには一六〇〇万部程度だったが、半世紀後には一億万部を超えていた。現実にはこの他に、税金を払わない非合法の新聞が出版されていた。その発行部数は一八三三年時点で合法の新聞とほぼ同数だったと推測されている（芝田　一八七―八八；Cranfield 140）。

出版物の増加は購読者数の増加の目安になるわけだが、それでは新たに印刷物を購入するようになったのはどのような人々だったのだろうか。イングランドの読者層は、階級と地域の二つの広がりにおいて拡大していった。階級面では聖職者や貴族、商人富裕層などから中産階級全般に、そして社会の圧倒的多数を占める労働者階級へと、つまりはすそ野に向けて広がっていった。一方、地域上の広がりは、ロンドンから地方へという広がりだ。要は地方都市の工場労働者や田舎の農業労働者が、印刷物を読むようになったのだ。

地方労働者への印刷物の普及を考える上でチャップブックは重要だ。それ以前からあるにはあったが流行りは十八世紀で、大体が八折または一二折版でせいぜい二四頁くらい、つまりは薄い小冊子で、紙質は悪く、しばしば木版画がついていたが本文と関係がないことをもままあった。もともとチャップブックの内容は、中世のロマンスや民話・伝説を素材にした物語、お伽噺や俗謡《バラッド》などが多かった。同時期に中産階級の人々が利用していた貸本屋は年会費が一五シリングから二〇シリングくらいだったが、「ペニー・ヒストリー」とも呼ばれたチャップブックは大体が一冊一ペニーまたは二ペンスだったから、労働者階級の人々にも手が届いた。それに貸本屋は都市部にしかなかったが、チャップブックは地方を回る行商人が針や糸といった小間物とともに売り歩いたから、田舎の片隅でも手に入った。行商人の訪問頻度は限られていたが、十七世紀末までにその行商網はほぼ全国を覆っていた（香内、一九八六　三四―三五）。しかも初期の仕入れはロンドンだったが、十八世紀のとくに後半ともなると、地方都市で印刷される量が増えた。チャップブックは十八世紀の読者層を拡大し、拡大した読者層が今度はチャップブックの市場をさらに拡大した。チャップブックを研究したヌーバーグは、その市場の拡大ぶりから、十九世紀が始まるまでに大衆読者層が形成されていたことを指摘している (Neuburg 139)。

大衆読者層の形成を誰よりもリアルに感じとっていたのが、一世を風靡した書籍販売業者ジェームズ・ラッキントン (James Lackington, 1746–1815) であろう。一七九一年に出版した回顧録の中で、彼は次のように述べている。

一般に書籍販売は、この二十年間に驚くほど伸びた。私なりにできる限り見積もると、二十年前に比べて今では四倍以上の本が売れている。豊かとは言えない農夫たち、田舎に住む貧しい人々でさえも皆、以前は魔女や幽霊、いたずら小鬼などの物語を話して冬の晩を過ごしたものだが、今や息子・娘が物語やら小説やらを読むのを聞いて冬の夜長を紛らわす。彼らの家に足を踏み入れてみれば、トム・ジョーンズやロデリック・ランダム、それにほかの娯楽本がベーコン棚などに積まれている。もしジョンが干し草を積んで町に行くことになれば、忘れずに『放浪者ピクルの冒険』を持ち帰るようにと念を押されるだろうし、ドリーが卵を売りに市場に送り出されるときには、『パメラ・アンドルーズ伝』を買ってくるようにと頼まれる。[2] 要は、あらゆる階級・身分の人々が、今では本を読む（原文太字で強調）のだ。(420–21)

ラッキントンは、故人の私邸図書室の本を遺族から丸ごと買い上げるなどして、ぞっき本を掛け売り無しの現金のみで販売して、書籍の値段を劇的に引き下げた (Lackington 368–71)。当時の出版業界には儲けを出すには書価を下げるなという仲間内の鉄則があったから、これは革新的な方法だった。ラッキントンには、薄利多売で利益を出せるほどに読者層が拡大していたことが、肌で感じられたのだろう。もちろん産業革命前に労働者の家庭に本がまったくなかったわけではないし、十九世紀に入っても読み書きできない者は大勢いた。だが印刷物市場に大衆読者層は確実に姿を現していた。

民衆の識字教育

大衆読者層の形成を考える上で、義務教育がない時代に「民衆」がどこで識字を習得したのかという問題は避けて通れない。ここで「民衆」と言ったのは、もともと識字教育は庶民に上から「与えられる」ものだったから、被支配者を含意する「民衆」の方がぴったりくるためである。イングランドの場合、歴史的に識字教育は宗教教育と密接に結びついている。十六世紀末ごろから十七世紀にかけて、ピューリタンの聖職者たちは聖書を読むことと魂の救済を関連づけて、しきりに説教で民衆に識字習得を勧めた。十七世紀末になると、宗教団体が集めた寄付金や慈善家に提供された基金によって、貧困層の児童に基礎的な宗教教育を施す慈善学校がさかんに設立された。一六九八年に国教会派のキリスト教知識普及協会 (Society for Promoting Christian Knowledge) が発足し、慈善学校《チャリティ・スクール》の設立運動を進めた。彼らは聖書の理解を目標に識字教育をおこなったが、幼い子供たちが読むには聖書は難しすぎる。そこで十八世紀を通して、易しい文章を用いて聖書の物語を短くまとめたチャップブックが、教材として数多く出版された。こうして識字率は十八世紀前半に順調な伸びを示したが、同世紀後半になると長期的に停滞し、一時的に下降しさえする（表1）。これは文字を読める人が減ったからではない。イングランドの人口は一七五〇年から八〇年に七五パーセント、一七八一年から一八〇〇年に六〇パーセントもの爆発的な増加率を示したが、もともと寄付金で賄っている慈善学校はそうすぐには新設校を増やせないし、そのほかの形態の識字教育にしても同様だった。つまり既存の民衆教育施設の数が人口増加に追いつかなかったのだ (Laqueur 100)。

このような状況の打開に一役買ったのが、一七八〇年代以降の日曜学校の急速な普及であろう。[3] 日曜学校もまた無償で信仰教育を施すとともに読み書きを教えた。一七八五年に発足した日曜学校協会 (Society for the Establishment and Support of Sunday Schools throughout the Kingdom of Great Britain) は、日曜学校設立の資金援助や聖書の配布をおこない、宗派を横断した日曜学校の連携を図った。だが次第に国教会派の力が強くなり、一八〇三年に非国教会派を主軸にした日曜学校連盟 (Sunday School Union) が別に立ち上げられた。一八一八年にイングランドとウェールズで日曜学校に通う子どもの数は約五〇万人、三三年にはその三倍、五一年には約二四〇万人になり、慈善学校や後述の労働者階級の私営学校と比べて、最大の在籍者数を誇った。

日曜学校の急速な普及には、主に二つの要因が考えられる。一つには、産業革命の機械化が筋力を必要としない単純作業を生み出し、人件費の安い児童雇用を激増させたために、産業都市部の労働児童は週日に授業をおこなう慈善学校には通えなかった (Snell 140–46)。二つ目としては、イングランドが激動の時代を迎えていたことがある。産業革命によって社会は急速に変化し、隣国フランスの革命の影響もあって急進的な政治運動が高まりを見せ、不況のもとで暴動が相次いた。そのような時期だからこそ、天に与えられた社会的立場を感謝して受け入れ、目上のものに対して恭順を求める保守福音主義的な教育を「民衆」に施す場が必要であり、日曜学校はそれにうってつけだと考えられた。実際に日曜学校

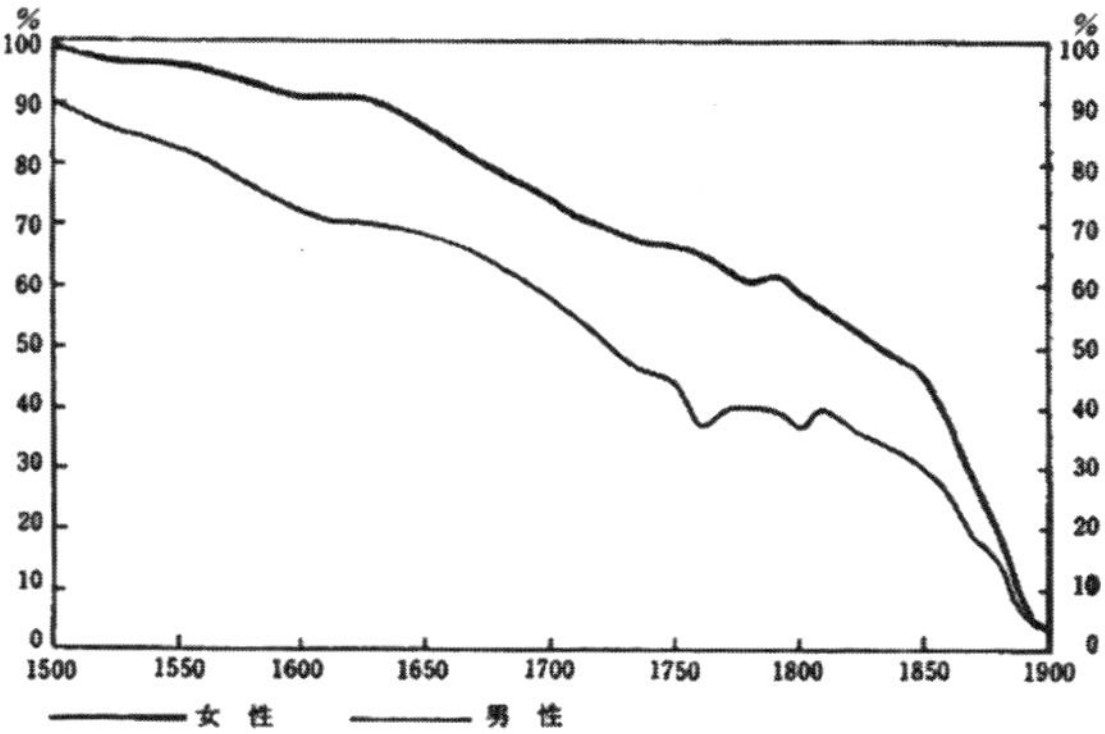

表１　上太線：女性、下細線：男性
イングランドの推定非識字率。宣誓記録や結婚登録簿などの自署の割合から作成されたもの。自署率=識字率ではないため推定にすぎないが、史料に基づく、最も信頼できる表だと言われている。

の大多数は上流・中産階級主導で運営されていた。週に一日数時間という時間的制約もあり、いきおい宗教教育に偏重しがちであったが、聖書（と国教会系の場合は教理問答《カテキズム》）を読むための識字教育は続けられた。

十八世紀後半の識字率の停滞を打開した別の教育形態としては、労働者階級私営学校が挙げられる。この形態の学校は、宗教教育ではなく世俗的な教育を優先させて、読み書きや、時には針仕事などの簡単な家事仕事を教えた。労働者階級の地域社会の一員が運営・教育を行い、有償（週三～四ペンス位）であった。実際には失業した男性労働者が学校を開くこともあったが、多くは年配女性が自宅で教えたので、一八三〇年代の議会の教育調査報告書には「おばさん (dame) 学校」と表記され、現在もその呼称を引きずるが、これを上からの蔑称と見る向きもある。学校によって教育の質に大きな差が見られ、それこそ「おばさん」が洗濯や縫製の内職をしながら、共稼ぎ貧困労働者家庭の、児童労働には早すぎる幼児を預かる託児所同然の場合もあったが、それがすべてというわけではなく、むしろ当時の公的調査に過小評価された傾向も見受けられる (Gardner 15–25)。小規模ながら学校数が多かったこともあり、世紀の変わり目に識字率上昇に重要な役割を果たしたものと見られる (Laqueur 100)。

十九世紀になると、助教制学校がさかんになった。公費補助を受けていたので公営週日学校《パブリック・デイ・スクール》に、または運営母体から慈善学校に分類されることもあるが、多くの場合は有償だった。助教制学校は優秀な生徒に助教師《モニター》役を割り振って、生徒が生徒を教えるモニトリアル・システムを採用し、これに賞罰によって生徒間の競争をあおる指導方法を併用して、教員経費の削減を図った。助教制学校は宗教教育もおこなったが、読み書き算を含めた知育教育にも積極的だった。一八〇八年には非国教会系の内外学校協会 (British and Foreign School Society) が、一八一一年には国教会系の国民協会 (National Society for Promoting the Education of the Poor in the Principles of the Established Church through England and Wales) が創立され、助教制学校の運営に力を入れた。

以上、紹介した学校教育のほかにも、労働者が自主的におこなった夜間学級もあったし、家族や労働者仲間から文字を教わる場合もあった。義務教育の制度はなくても、識字を習得する機会は、身近にあったのだ。

二　大衆読者層をめぐる攻防

チャップブック合戦《ウォー》

前述のように、チャップブックの内容は、従来は中世のロマンスやお伽話などが多かったが、十八世紀末に向けて急速に政治色と宗教色が強まった（清水　四二）。ロマンスよりも政治と宗教が耳目を集める時代——それは危機の時代だった。折から高まっていた議会改革への要求を背景に、急進派は一七八八年に名誉革命百周年を各地で盛大に祝った。その翌年にフランス革命が起きたから、政府や保守富裕層は革命の飛び火を警戒した。

保守派の父ことエドマンド・バーク（Edmund Burke, 1729–97）が、『フランス革命についての省察』（1790, 以下『省察』）を出版して、フランス革命を否定すると、トマス・ペイン（Thomas Paine, 1737–1809）が『人間の権利』（1791–92）をもって反駁した。『人間の権利』は飛ぶように売れ、自由・平等・人権を称えるペインの急進的な思想が急速に広がった。バークは『省察』の中で、労働者や貧困者層を「豚のような民衆」と呼んでいた。すると、これに怒りを表明するチャップブック——「豚のような民衆の一人」（One of the "Swinish Multitude"）（実名不明）による『バーク信奉者への鞭』（*A Rod for the Burkites*, 1790/1792?）、「老ヒューバート」（Old Hubert）ことジェイムズ・パーキンソン（James Parkinson, 1755–1824）の『エドマンド・バーク閣下に送る豚のような民衆からの声明』（*An Address to the Hon. Edmund Burke from the Swinish Multitude*, 1793）、「貧民の友」（A Friend of the Poor）（実名不明）による『豚の権利――貧民に向けて』(*Rights of Swine: An Address to the Poor*, 1794) など――が次々に出版された。ほかにも革命を支持する急進派の数多くの出版物が世に出回った。

保守派も負けてはいなかった。反革命・反ペインのチャップブックでもっとも有名なのは、おそらく国教会福音主義の作家ハナ・モア (Hannah More, 1745–1833) が「田舎の大工、ウィル・チップ」(Will Chip, a Country Carpenter) の筆名で出した『村の政治――イギリスにおけるすべての機械工、職人、そして労働者にあてて』(*Village Politics: Addressed to All Mechanics, Journeymen, and Labourers in Great Britain*, 1792) であろう。これは石工のトム（トマスの愛称）がトマス・ペインの『人間の権利』に影響されて、革命による自由と平等の達成を望むが、鍛冶屋のジャックにいさめられるという二人の対話から成っている。本作は大成功を収め、廉価版叢書 (Cheap Repository Tracts, 1795–98) の出版へとつながった。チャップブックとペラ紙一枚片面刷りブロードシートから成るこのシリーズは、モアの友人ヘンリー・ソーントン (Henry Thornton, 1760–1815) によると、「通俗的で不道徳で扇動的な出版物を伝ってどんどん流れこんでくる毒の解毒剤」として企画された。

廉価版叢書には政治的な物語ばかりでなく宗教的・道徳的なものも多い。そして政治と宗教・道徳は密接に結びつけられていた。先ほどの『村の政治』は廉価版叢書の一作として再版されるのだが、「もろもろの物事の中で、命令されることは特権である」(197) ということばで始まるハモンド (Hammond) 博士の説教からの抜粋が冒頭におかれている。その説教は、自由を求める人々を「自らの主人に刃向かう狂った暴君」(197) と呼び、神に逆らい楽園を喪失していばらの野をゆくアダムになぞらえている。

廉価版叢書は十九世紀になっても様々な形で再版された。道徳と宗教小冊子のための廉価版叢書 (Cheap Repository for the Moral and Religious Tracts) にも廉価版叢書の多くの作品が再版されているが、そのなかにもともとの廉価版叢書の『ソールズベリー平原の羊飼い』(*The Shepherd of Salisbury Plain*, 1795) の続編と見られる『遣わされし者』(*The Delegate*, 1817) が収められている。この物語では、トマス・ペイン等急進派のチャップブックを配布する人々が羊飼いの家を訪れる。すると羊飼いの妻が静かに聖書を胸に押し当て、愛と畏敬の涙を流す。アダムの魂をめぐって、知恵の実を間に神とセイタンが対峙する様子を下敷きに、大衆読者をめぐって、印刷物を媒介に保守と革新がせめぎ合う当時の社会の様子が、感傷の衣に包まれて描かれた場面である。ひなびた田舎で幾世代も引き継がれてきたであろう聖書と今配布されんとして拒絶されるチャップブックは、書物を押し頂いて再読三読する伝統的な読書と雑多で短命な印刷物を貪欲に消費する大衆読者層の読書の対比を反映しているようで面白い。廉価版叢書への反響は大きく、篤志家がまとめ買いして通りがかりの呼び売り商人に与えた例も見られる (Roberts II, 431)。その成功に刺激されて一七九九年に宗教小冊子協会が設立され、一八二三年までに五〇〇〇万部を超えるチャップブックを出版した。そして、これらのチャップブックは、しばしば日曜学校でテクストとして用いられた。

　十八世紀末に大衆読者層があるところまで形成されていたからこそ、保守派・急進派のそれぞれがチャップブックを媒介にして大衆読者に政治思想を伝えようとする、いわばチャップブック合戦《ウォー》が起きたのだが、逆にこれが識字率上昇を刺激した面もあるだろう。不安定な社会の中で大衆をどこに導けば良いのか、また大衆自身が自分たちはどこに進むべきなのか、皆が模索していた。革命を恐れる保守派は従順を説く聖書の教えを読ませたい、貧困にあえぐ労働者は自由や平等について仲間が語るのを耳にすれば自分も読みたい。保守・革新の両方から廉価に提供され、時には無料でばらまかれたチャップブックに背を押されて、大衆読者層は形成されたのだ。

税と法による新聞統制

ここで時代はさかのぼるが、一六九五年から一七一二年までの間を、イングランドに初めて新聞の自由が訪れた「短い春」と呼ぶことがある。一六九五年は事前検閲制度が廃止された年で、一七一二年は新聞を対象にしたスタンプ税法が導入された年である。[5] スタンプ税と言えばすぐに、アメリカの独立戦争のきっかけになった一七六五年のスタンプ税法が頭に浮かぶかもしれないが、実際には植民地だけではなく国内でも課された税である。この新聞への税は、導入されてから四十五年後の一七五七年とさらにその約二十年後の一七七六年に増税された（表2）。増税は七年戦争（1756–63）とアメリカ独立戦争（1775–83）の最中におこなわれた。その後もフランス革命戦争（1792–1802）、ナポレオン戦争（1803–15）と参戦状態が続き、戦費調達の目的で大量の国債が発行されるなか、スタンプ税の増税のペースが速まって、一七八九年、一七九七年と、ほぼ十年に一度の割合で税率が上げられた。特に一七九七年には、一シートの税額を二・五ペンスから三・五ペンス（半シートは二ペンスから三・五ペンス）にする大幅な増税だった。[6] 一八〇四年になると頁数に関係なく一律新聞一部三・五ペンスが課され、これが一八一五年に四ペンスになった。その後一八三〇年代に入るとスタンプ税撤廃運動が高まりを見せ、一八三六年に一ペニーに一挙に減税された。そして一八五五年に、新聞のスタンプ税は廃止された。

一七八九年からの増税の加速化から一八三六年の大幅減税に至る期間は、政府が思想・言論の規制を強化し、やがてその警戒態勢を解いていく時期に重なっている。スタンプ税に期待された主要な効果が、相次ぐ戦争の軍事支出の

表2

スタンプ税（新聞）単位はペンス		
	半シート	1シート
1712	0.5	1
1757	1	1.5
1776	1.5	2.5
1789	2	2.5
1797	3.5	4
頁数に関係なく1部につき		
1804	3.5	
1815	4	
1836	1	
1855	廃止	

補てんと言論の規制のどちらであったにせよ、スタンプ税は新聞の値段を引き上げた。このころの労働者の週給は、まず一〇シリング（一二〇ペンス）に達しなかったから、税が四ペンスならば当然それ以上の値段になった新聞は、大衆読者には高嶺の花であった。だから大衆読者をターゲットにした急進的な出版社にとって、この税は手かせ足かせも同然だった。[7]

より直接的な新聞の言論統制は法によってなされた。以下、主な法をざっと説明する。

● 一七九五年、反逆および扇動活動禁止法 (Treasonable and Seditious Practice Act, 36 Geo. III, c.7)：具体的な行為が伴わなくても国王および国王の政体に対する反逆的思想を話したり書いたりするだけで、法に問われることを明記した。扇動集会禁止法 (Seditious Meetings Acts, 36 Geo. III, c.8) とともに「さるぐつわ法」・「弾圧二法」（別名「治安二法」）の悪名高い。

● 一七九八年、新聞法 (Newspaper Act, 38 Geo. III, c.78)：特定の新聞の所有者・印刷者・発行者として登録・宣誓供述しなければ、スタンプ局からスタンプ税納付済みの用紙を得られないこと、全新聞に印刷者・発行者の名前を明記すること、スタンプの無い新聞を印刷・発行・所有・購読した場合、一部につき罰金二〇ポンドを支払うことなどを定めた。

● 一七九九年、扇動協会規制法 (Seditious Societies Acts, 39 Geo. III, c.79)：急進的政治集団の印刷物刊行の統制を目的とした。新聞・文書の印刷・発行者は内容に法的責任を負うこと、印刷機・印刷活字は全て登録すること、印刷業者は印刷物を保管し求めに応じて治安判事に提出すること、このいずれに違反した場合も罰金は二〇ポンド、そして治安判事は捜査と差し押さえの権限を持つことなどを定めた。

● 一八一九年、誹毀および扇動文書禁止法 (Blasphemous and Seditious Libels Acts, 60 Geo. III & Geo. IV, c.8)：不敬ま

たは扇動的と見なされた誹毀文書の全印刷物は没収され得ること、そしてその執筆者・印刷者・出版者には最大十四年の流刑が課されることなどを述べている。いわゆる「弾圧六法」（別名「治安六法」）のうちの一法。

● 一八一九年、新聞およびスタンプ税法 (Newspaper and Stamp Duties Act, 60 Geo. III & Geo. IV, c.9)：従来のスタンプ税の抜け道をふさいだ。ニュース（新情報）を掲載していないから新聞ではない、だからスタンプ税を払う必要はない、という主張には公的な事件や出来事、または教会および国家に言及してさえいれば税金の対象であることを、また発行頻度を理由に新聞ではないという主張に対しては、二十五日以下に一度の割合で発行される定期刊行物すべてに税が適用されることを明言している（もちろん、多くの急進的出版物は週刊を月刊に切り替えた）。「弾圧六法」のうちの一法。

急進的思想が印刷物を媒介に大衆に流布することを警戒する、このような保守反動体制のなかで、言論の自由を守る法が皆無だったわけではない。一七九二年のフォックス名誉棄損法 (Fox's Libel Act, 32 Geo. III, c.60) は、ある文書が名誉棄損に当たるか否かを陪審員に判断させることを定めている。すなわち、当局は陪審員に対して名誉棄損を実証する義務を負ったことになる。とは言え、この法が言論の自由を守れるか否かは、陪審員次第であった。

図版１
ディケンズの『オリヴァー・トゥイスト』の挿絵で有名なクルックシャンクによる木版。急進派ジャーナリストのウィリアム・ホーンと組んで発行していた『ポリ公にピシャリ平手打ち』というニュースシート（ペラ紙新聞）に載せた、言論の自由を訴える挿絵。ホーンは、扇動的な政治風刺文を書いて誹毀罪で訴えられたが、その都度、鮮やかな弁舌で無罪を勝ち取る庶民のヒーローだった。

新聞における言論の自由を求めて

このような税と法による新聞統制は、当然ながら抵抗を受けた。今度は視点を変えて、保守反動に対する急進派の抵抗を紹介しよう。

ジョン・ハント (John Hunt, 1775–1848) とリー・ハント (Leigh Huny, 1784–1859) の兄弟が、『イグザミナー』 *Examiner*, 1808–80) を創刊したのが一八〇八年のことだ。彼らは毎号のようにその第一面で、新聞にかけられたスタンプ税を、知識にかけられた税、すなわち知識税と呼んで糾弾した。ハント兄弟は一八一二年に、摂政皇太子に対する不敬な記事を出版した罪で、二年間の投獄と五〇〇ポンドの罰金を言い渡されたが、リー・ハントは獄中で『イグザミナー』を編集し続けた。やや時をさかのぼるが一八〇九年に、『コベッツ・ポリティカル・レジスター』(*Cobbett's Political Register*) が、政府がイーリー暴動の鎮圧にドイツ兵を派遣したことを批判した。その結果、ウィリアム・コベット (William Cobbett, 1763–1835) は反政府的な扇動をおこなった罪で投獄されたが、出牢後も政府の言論弾圧とスタンプ税を批判した。一八一六年にコベットは同紙のタイトルを『週刊コベッツ・ポリティカル・パンフレット』(*Cobbett's Weekly Political Pamphlet*) に改め、これを新聞ではなくパンフレットだと言い張って四ペンスのスタンプ税を納めずに二ペンスで売った。値段が三分の一になって販売数は飛躍的な伸びを見せた。

一八一九年に選挙法改正や穀物法の廃止などを求める巨大集会がマンチェスターで開かれ、騎兵隊の出動によって多くの死傷者が出た。歴史に名高い「ピータールーの虐殺」事件である。逮捕を逃れたリチャード・カーライル (Richard Carlile, 1790–1843) が、彼自身が出版していた『週刊シャーウィンズ・ポリティカル・レジスター』紙 (*Sherwin's Weekly Political Register*) にその目撃記事を載せたところ、同紙は発行を禁止された。彼はタイトルを『リパブリカン』(*Republican*) に変えてさらに糾弾を続けたが、扇動的文書を発行した罪で逮捕された。トマス・ペインの著作を出版していた罪状もあって、三年の投獄と一五〇〇ポンドの罰金を言い渡されたが、彼は獄中でも記事を書き続けた。『リパブリカン』の出版を引き継いだのは妻のジェインだったが、一八二一年に扇動的文書出版の罪で投獄された。カーライルの妹メアリ＝アン（生没年不明）がさらに後を引き継いだが、やはり逮捕された。リチャードは獄中から『リパブリカン』継続のための資金援助と、同紙を販売する有志を募った。投獄の危険があったにもかかわらず、多額の金が送られ、多数の販売協力者が現れた。彼らもまた次々に逮捕・投獄され、その数は男女合わせて一五〇名を超えたと言われる。リチャード・カーライルは一八二五年に釈放されると、『リパブリカン』で、自身の長期に渡る投獄が出版の自由の礎になることを願った。

識字への不安

言論の自由のために戦った急進派から視点を再度変えて、保守富裕層の視点に立ってみよう。どれほど規制しても危険な急進的印刷物が出回れば、大衆が「読み書き」できるから悪いのだと考えはしないだろうか。前述のハナ・モアも含めて多くの民衆教育にかかわった人々は、読み・書きの二つの技能のうち読みは聖書を読むために必要だと考えた。書くことを学んだ労働者は危険思想を流布しかねないが、その一方で文字を読めなければモア自身の廉価版叢書もただの紙である。だが日曜学校で労働者に読みの初歩を教えようとした時に、モアは周りから大変な反対をされた。それは、労働者が文字を読めるようになれば、ペインの『人間の権利』のような危険思想にかぶれ、自由を求めて現状に不満を抱き、暴動を起こして略奪・破壊の限りを尽くし、末は団結して社会秩序全体を揺るがしかねないという恐れに根差した反対だった。

たとえば一八二五年の『ブラックウッズ・マガジン』(*Blackwood's Magazine*) には、教育は労働者を革命に駆り立てるだろうから悪であるという論旨の記事が掲載されている。その記事によると、「下層階級の人々が取り囲まれているのは、有益な指導者のみならず有害な指導者たちによってであり、彼らは一般に後者を好むだろう」から、彼らが「なまかじりの知識を得れば」、その知識は概して「国家に破滅をもたらすために用いられるということである」(Robinson 534)。一八三四年の『フレイザーズ・マガジン』(*Fraser's Magazine*) にも、学校で勉学に秀でた男の子たちは「牢屋行きの道を誰よりも早く歩み始める者たちだ」(Wall 74) と断言する記事が掲載されている。

一八一五年以降は、識字論争に穀物法問題が絡んだ。穀物法は特定の穀物の輸入をある条件下で禁止したり関税をかけたりして国内の農業を保護する法律である。このような法はそれ以前にもあったのだが、一八一五年の輸入法はひときわ厳しいものだった。概して農業を経済基盤とする人々は賛成し、商業・工業の関係者は反対した。反対派は、穀物法のせいで食糧の価格が高騰すれば、賃上げ要求の声も大きくなるだろうと懸念した。彼らは、穀物法が原因でパンの値段が高くなることを強調して労働者の穀物法撤廃運動をあおり、なかにはわいろを贈って暴動をあおる者、労働者の穀物法撤廃支持の署名を水増しする者もいた ("Corn Laws," *Northern Star*, 26 Jan. 1839; Dean, *Northern Star*, 30 Mar. 1839)。選挙権のない労働者であっても社会の圧倒的多数を占めたから、政治的圧力として利用価値があった。だから穀物法支持派は、撤廃派が労働者を味方につけることを恐れた。支持派にとって、文字を読めるようになった労働者を汚染する危険文書とは、トマス・ペインよりもむしろ穀物法撤廃論だった。これにさらに選挙法改正問題が絡んだ。法改正支持派は、選挙法が改正されて商工業関係者から多くの議員が選ばれれば、穀物法が撤廃されてパンが安くなるという論法を用いて、やはり労働者の選挙法改正運動をあおった。やがて労働者は自分たちが利用されているのに気づいた。『ノーザン・スター』紙 (*Northern Star*) のようなチャーティストの新聞は、穀物法が撤廃されてパンの値段が下がっても工場主はそれを理由に賃金を下げるだろうから、自分たちは穀物法反対に安易に利用されてはならないとまで述べている。大衆読者層をあおるのも印刷物ならば、あおられるなと呼びかけるのも印刷物だったのだ。

一八四〇年代——大衆読者層のさらなる拡大と大衆向上雑誌

一八三〇年代になるとスタンプ税撤廃運動がさかんになった。この運動が従来と異なる点は、堅実《リスペクタブル》な中産階級からも撤廃を求める声が上がったことだ。彼らは新聞を媒介に勤勉・節約・節制・清潔などの道徳規範を労働者に浸透させることを望んだ。もはや読書習慣が大衆に根づいてしまった以上、やみくもにその識字に反対するよりはむしろ利用しようという算段だった。一八三二年に選挙法が改正され、世の中は確実に民主化への道を歩んでいた。一八三六年に新聞税は一部四ペンスから一ペニーに減税されたが、なお最後の一ペニーの撤廃を要求して撤廃運動は続けられ、最終的には一八五五年に廃止された。フランス革命からほぼ半世紀がたち、その衝撃も過去のものになりつつあり、政府の強硬な弾圧路線も和らいだ。また、蒸気機関の鉄道がイングランドを縦横無尽に伸びていったのも一八四〇年代であり、一八五〇年代に鉄道網はイングランド全土を覆い、事実上の完成を迎えた。鉄道はさらに速く多量に確実に、印刷物を運ぶことを可能にした。だから一八四〇年代は、大衆読者層にとって節目の時期だったとも言える。

このような時代に「新しい大衆文化」と「真の大衆的出版」（出口　一五六、一二六）が始まった。大衆読者にも理解しやすい、ふんだんに挿絵を入れた『イラストレイテッド・ロンドン・ニュース』(*Illustrated London News*) が創刊されたのが、一八四二年のことだ。一八四〇年代後半からは、主に大衆読者をターゲットにした「大衆向上雑誌」が創刊された。『ピープルズ・ジャーナル』誌 (*People's Journal*) や『ハウイッツ・ジャーナル』誌 (*Howitt's Journal*) に代表されるこのジャンルの雑誌は、大衆の向上は社会全体の向上であるという信念のもとに、社会・政治・経済から科学・歴史・地理・芸術まで幅広い話題を提供するとともに、社会改革の具体的な方法を提案したり、それを例解するフィクションを掲載したりした。この「大衆向上雑誌」とよく似た雑誌ジャンルに「民衆啓蒙雑誌」がある。四十年代後半に花開いた大衆向上雑誌に先立って、有用知識普及協会 (Society for the Diffusion of Useful Knowledge) の『ペニー・マガジン』(*Penny Magazine*) やキリスト教知識促進協会の『サタデー・マガジン』(*Saturday Magazine*) など代表的な民衆啓蒙雑誌は三十年代から創刊されていた。民衆啓蒙雑誌は、労働者を主な読者ターゲットとしながらも、労働者だけを読者として想定していたわけではない。この点は大衆向上雑誌も同じで、どちらも中産階級や上流階級の人々に民衆／大衆教育の普及に対する理解と支持を求め、これらの階級に根強く残る教育不要論を一掃しようという目的を兼ねていた。だが民衆啓蒙雑誌と違って、大衆向上雑誌は労働者や下層中産階級出身の人々に誌上で自分の意見を述べるように求めた。大衆向上雑誌のほとんどの掲載記事や小説には、執筆者名が記されている。定期刊行物において記名が主流になるのは一八六〇年代になってからだから (Maurer 2-4; Frycksted 3)、これは四十年代当時としては時代に先んじたあり方だった。そして大衆向上雑誌の執筆陣には、確かに労働者階級や下層中産階級出身の独学者の名が少なくない。

このように啓かれた雑誌ではあったが、大衆向上雑誌のほとんどは創刊後五年もたたずに消えていった。ハウイット夫人は、後に『ハウイッツ・ジャーナル』誌の失敗を振り返って次のように述べている。

残念なことに、この雑誌はその先行誌と同じく財政破綻の道をたどった。エベネザー・エリオットは、鋭く的を射た手紙を送ってきて、私たちに次のように意見を述べた——必死で食いつなぐ人々は、楽しみのために金を使っても、教訓には金を払いません。不安から逃れようと、危険や不正、それに抑圧者を忘れ絶望を見て見ぬふりしようと笑いを求めるのです。もしあの雑誌を隅々までおもしろおかしい雑誌にすることをいとわず、かつ、そうできるのだったら、売れるでしょう。(Howitt II, 43)

読者の普遍的人類愛に訴えて階級間の対立をいさめ、ひたすらに刻苦勉励して向上することを労働者に求める、そのあまりに理想主義的な思想が大衆読者層にアピールするはずもなかった。大衆向上雑誌のみならず民衆啓蒙雑誌も、一八四八年から五十六年の間に次々に消えていった。この時期に逆に力をつけていったのが、フィクションをメインにした娯楽週刊誌だった。大衆向上雑誌は、前述のように様々な階級の執筆者を登用し、寄稿者名を明記するなど、時代の最先端を行っていた。だが大衆読者の視点に立てば面白くもない御託を並べる雑誌であり、結局はフィクションに食われてしまった。廉価な雑誌が増えて読者に選択の余地が生まれた段階で、大衆向上雑誌は選ばれなかったのだ。大衆向上雑誌は、大衆読者層の拡大を背景に生まれた雑誌群だったが、だからこそ理念は抜きで売れれば良いという娯楽誌に負けた、いわば時代の徒花だったのだ。

まとめ

大衆読者層の形成は、ほぼすべての成人が読み書きできるマス・リテラシーの状態に社会が移行する過程で起こる、社会現象である。識字の史的研究者であるクレッシーは、ヨーロッパにおけるマス・リテラシーへの移行過程を、伝統的環境から「押し出す」(push) 力と、新しい環境へと「引っ張る」(pull) 力を軸にして、図式化できるのではないかと考えた (Cressy 183–87)。これを応用して、本章で見た大衆読者層の形成と拡大を考えてみよう。産業革命期イングランドの「引っ張り」は、産業革命が生み出した新しい環境において、より多くの潜在的大衆読者に印刷物を読みたいと感じさせる要因である。具体的には、印刷物が地方でも安く入手できるようになったことや、何らかの識字教育が身近にあったこと、そしてフランス革命以降の激動の社会における情報への渇望などが挙げられるだろう。[8] 一方「押し出し」としては、既存のヘゲモニー層がその伝統的価値観の刷り込みを視野に入れて民衆に与えた、つまり民衆からすれば上から与えられた識字教育や、保守反動的な印刷物の配布が挙げられる。そうは言っても、「引っ張り」と「押し出し」は実はそれほど簡単には割り切れない関係にある。たとえば保守反動は急進的思想の広がりという新しい環境を前提としているし、慈善学校や日曜学校にしても義務教育ではなかったから労働者階級の親が子供をどの学校に通わせるのか（または通わせない）という選択をしたからだ。いずれにせよ、「押し出し」も「引っ張り」もともに、大衆読者層の形成と拡大を促進したと言えよう。クレッシーにはない概念だが、ここに識字率の上昇を阻害する要因として「引き戻し」という概念を加えてみよう。税と法による新聞の言論統制や大衆の読み書きを悪とする世論が、「引き戻し」にあたる。「押し出し」「引っ張り」「引き戻し」の三つの力のせめぎ合いのなかで、大衆読者層が形成・拡大していったと言える。

図版 2
『イラストレイティッド・ポリス・ニュース』

　だが読む能力を獲得した大衆読者の大多数は、「引っ張り」にあたる急進的印刷物でもなく、「押し出し」の道徳的・保守的な印刷物でもなく、別の読み物を手に取った。それは一ペニーのスリラー物や、『イラストレイティッド・ポリス・ニュース』(*Illustrated Police News*)（図版2）のような嘘実織り混ぜた新聞だった。産業革命による廉価な印刷物の登場は大衆読者層の形成と拡大をもたらした。大衆読者層が拡大すれば廉価な印刷物の種類が増えて、購読者には選択の余地が生まれるし、そうなれば大衆読者層の嗜好に合わせた印刷物が増える。以前は大衆の思想的汚染を警戒した知的エリートや保守富裕層も、こうなってみると今度は、大衆文化に自分たちの伝統的文化が汚染され、呑み込まれるのではないかと心配し始めた。

注

＊本章で扱う時代には、新聞、雑誌、ブロードシート、チャップブック、パンフレット、書籍等の印刷物の区分が未分化であり、いまだにその定義は研究者によってばらつきが見られる。とくに新聞と雑誌の場合、発行頻度を目安に区分しようにも、たとえば本文中に言及する一八一九年税法前後ではその定義が変わる。その上、新聞にかかる税金を避ける目的や、または売れ行き、果ては編集者の病や多忙等個人的事情から発行頻度が変えられて、同一タイトルの刊行物がある時期には新聞、ある時期には雑誌という場合もある。内容を目安にすれば「ニュース」（新情報）の定義が曖昧であり、政府が新聞にかけた税を取り立てようとすると、出版社がチャップブックやパンフレット、雑誌であると主張して税を逃れようとする場合もあった。このような事情から、本章では、必ずしも印刷物の分類を明確にせずに論を進めることを御了承いただきたい。ただし『XXジャーナル』のように新聞・雑誌のどちらともとれるタイトルがついていて、かつその区別が明確な定期刊行物の場合には、タイトル後に『ハウイッツ・ジャーナル』誌のように「誌」または「紙」を添える。

1　十九世紀中頃からの出版事情については、水野「十九世紀における小説読者の拡大とディケンズ」（本書六八―九七）を参照。

2 『パメラ・アンドルーズ伝』と訳した部分の原文は、"The History of Pamela Andrews"。同部分を取り上げた日本における研究には『ジョウゼフ・アンドルーズ伝』、『ジョセフ・アンドルーズの歴史』などの訳が散見されるが、版によって原文が異なるためなのか、またはほかの原因によるのかは不明。

3 通説では一七八〇年にグロスターに日曜学校を開いた福音主義者のロバート・レイクス (Robert Raikes, 1735–1811) が始祖だと言われるが、実際はそれ以前に同種の学校が無かったわけではない。

4 内容を基準に、従来型のチャップブックと政治的パンフレット、宗教小冊子をそれぞれ別物として扱う場合もあるが、本章ではサイズと頁数を基準にこれらすべてをチャップブックと見なす。これは内容別区分に伴う曖昧性を避けるためと、大衆を読者対象にする三者の連続性を明らかにするためである。

5 実際には、新聞とパンフレットを区別せずに両方に課税している。

6 一シートを半分に折り両面印刷すると四頁になった。半シートはその半分、つまり紙葉一《一リーフ》枚で二頁分。

7 新聞にかけられたスタンプ税とその撤廃をめぐる攻防について詳しくは、拙論「新聞税（知識税）と思想弾圧」を参照されたい。

8 紙面の都合で本章では触れられなかったが、「引っ張り」には、知識を力として立身出世を目指す自助《セルフ・ヘルプ》が入るだろう。

表・図版

〈表1〉 Cressy 177.

〈表2〉 芝田 一六〇。Black, Jeremy. "Continuity and Change in British Press 1750–1833." *Publishing History* 36 (1994): 39–85. Chandler, John H., and H. Dagnall. *The Newspaper and Almanac Stamps of Great Britain and Ireland*. Saffron Walden: G.B. Philatelic, 1981. 14–140.

〈図版1〉 Hone, William, and George Cruikshank. "The Freeborn Englishman." *A Slap at Slop and the Bridge Street Gang*. London 1821.

〈図版2〉 *Illustrated Police News* 29 Mar. 1879: front page.

引用参考文献

Chip, Will [Hannah More]. *Village Politics: Addressed to All Mechanics, Journeymen, and Labourers in Great Britain*. 1792. Rpt. in *Fact into Fiction: English Literature and the Industrial Scene, 1750–1850*. Ed. Ivanka Kovačević. [Leicester]: Leicester UP, 1975. 157–68.

"The Corn Laws, and What Would Be the Effect of Their Repeal if Carried without Universal Suffrage." *Northern Star and Leeds General Advertiser* 26 Jan. 1839: 4.

Cranfield, G. A. *The Press and Society: From Caxton to Northcliffe*. London: Longman, 1978.

Cressy, David. *Literacy and the Social Order: Reading and Writing in Tudor and Stuart England*. Cambridge: Cambridge UP, 1980.

Dean, A. C. "Corn Law Agitators: The Way to Manufacture Petitions." *Northern Star and Leeds General Advertiser* 30 Mar. 1839: 6.

The Delegate: With Some Account of Mr. James Dawson, of Spital-fields. Cheap Repository for Moral and Religious Tracts. London: Evans, [ca.1817].

Fryckstedt, Monica. "Douglas Jerrold's Shilling Magazine." *Victorian Periodical Review* 19 (1986): 2–27.

Howitt, Mary. *Mary Howitt: An Autobiography*. Ed. Margaret Howitt. 2 vols. London: Isbister, 1889.

Lackington, James. *Memoirs of the Forty-Five First Years of the Life of James Lackington, the Present Bookseller in Chiswell-Street, Moorfields, London*. 1791. New. ed. London: Printed for the author, 1794.

Laqueur, Thomas W. "Literacy and Social Mobility in the Industrial Revolution in England." *Past and Present* 64 (1974): 96–107.

Maurer, Oscar, Jr. "Anonymity vs. Signature in Victorian Reviewing." *Studies in English* 27 (1948): 1–27.

Neuburg, Victor E. *Popular Education in Eighteenth Century England*. London: Woburn, 1971.

[Robinson, David]. "Brougham on the Education of the People." *Blackwood's Magazine* May 1825: 534–51

Roberts, William. *Memoirs of the Life and Correspondence of Mrs. Hannah More.* 4 vols. 2nd ed. London: R. B. Seeley and W. Burnside, 1834.

Snell, K. D. M. "The Sunday-School Movement in England and Wales: Child Labour, Denominational Control and Working-Class Culture." *Past and Present* 164 (1999): 122–68.

[Thornton, Henry]. *A Plan for Establishing by Subscription a Repository of Cheap Publications, on Religious and Moral Subjects.* [London: Marshall?, 1795].

[Wall, Charles]. "Present Condition of the People." *Frazer's Magazine* Jan. 1834: 72–87.

閑田朋子「新聞税（知識税）と思想弾圧——一七九〇年代から一八五〇年代において」英米文化学会編『英米文学に見る検閲と発禁』東京：彩流社、二〇一六年。

香内三郎「『読者層』(Reading Public) と『リテラシー』(Literacy) の間——英国 出版史研究点描」『出版研究』17 (1986)：10–43

——『「読者」の誕生——活字文化はどのようにして定着したのか』東京：晶文社、二〇〇四年。

芝田正夫『新聞の社会史：英国初期新聞紙研究』京都：晃洋書房、二〇〇〇年。

出口保夫『英国文芸出版史』東京：研究社、一九八六年。

閑田論文へのコメント

池末　陽子

　十八世紀から十九世紀にかけてのイギリスにおける出版の歴史を、文化的／歴史的側面から多角的に考察する閑田氏の論は、文学解釈的な論文とは一線を画し、情報量の多い、示唆に富んだものであった。とくに興味深かったのは、十八世紀末から十九世紀初頭にかけておこなわれたイギリスの税と法による出版の自由弾圧が議会・政府・裁判所のいわゆる三権の協働によっておこなわれたという部分である。一七九一年、アメリカではイギリスからの独立を契機として、イギリスの権利章典にその名が由来する人権規定が施行された。いわゆる合衆国憲法修正第一条から一〇条のことであるが、その第一条において、言論及び出版の自由を侵害するような立法を禁止することが約束されている。したがって、「法」による言論弾圧というものは、自由を求めて独立を果たした当時のアメリカでは、少なくとも原理的にはあり得ない動きなわけであるが、まさにこの時期、大西洋の向こう側のイギリスでは、軍事費捻出の大義名分の下、とくに新聞に対する弾圧が加速し、多くの著名人が投獄の憂き目に合ったというのは、当時の歴史的背景や政治状況を反映していて興味深い。

　また本書のテーマである「読者」に目を向けてみると、当時のイギリスにおける「大衆読者層の形成」とは、「マス・リテラシー」移行期におけるある種のジレンマを抱えた「社会現象」である、と閑田氏は指摘されている。一方では危険思想の流布に繋がるとして警戒され、他方では識字率の上昇によって大衆の教育に資するという理由で歓迎される。そして、このような相反する社会事情を両輪に大衆読者層が拡大されていき、更には、これら大衆読者に表現の場を提供した大衆「向上」誌や識字率の向上に一役買った民衆「啓蒙誌」が、フィクションメインの大衆「娯楽」誌に凌駕されてしまう形で多くが廃刊に追い込まれる。この表現の自由の「場」を巡る歴史のダイナミクスこそが、巷に溢れる娯楽にどっぷりと浸り、簡単に各種端末から送受信することに慣れ親しんだ現代の私たち「読者」を育んできたといえるのかもしれない。

　では、比較論として、アメリカではどのようなドラマがあったか。後出の拙論にあるように、十九世紀前半のアメリカに生きたポーは「いかなる読者層を獲得するべきか」に心血を注いだが、その前提となる「大衆読者層」はアメリカにおいては、どのようにして形成されていったのか。今後の課題として考察してみる必要がありそうである。

コメントへの筆者の応答

一九九九・二〇〇〇年にBBCで放送され、二〇一〇年に再放送されたドラマ『紅はこべ』(*The Scarlet Pimpernel*)をご存じだろうか。革命期のフランスで、貴族たちの命は風前の灯、あわやギロチンの露と消えるかというところで、紅はこべを名乗るイギリス人男性がさっそうと現れて彼らを救う。これはバロネス・オルツィ(Baroness Orczy, 1865–1947)の作品をテレビドラマ化したもので、紅はこべ団首領を主人公とする原作は、二十世紀頭に戯曲、次に小説として大当たりした。それ以来、この気障でハンサムな怪盗は、大衆読者・観客に愛され続け、何度も映画やTVに登場した。

アメリカの独立と合衆国憲法修正第一条に言及する池末氏のコメントは示唆するところが大きく、触発されてあれこれと考えるうちに、この紅はこべを思い出した。ご存じのようにアメリカ独立戦争は、アメリカ独立革命(American Revolution)とも呼ばれる。一方、イギリスは、十七世紀にブリテン革命（清教徒革命・名誉革命）があったものの、その後は隣国でフランス革命があったときにも、一八四八年革命にヨーロッパ中が揺らいだときにも、革命は起こらなかった、いや起こさなかった国である。イギリスは、人間の自由と権利をうたいアメリカの独立を支持したあのトマス・ペイン(Thomas Paine, 1737–1809)を輩出した国だが、二十一世紀に『紅はこべ』をTVドラマ化する国でもある。乱暴なもの言いではあるが、そこにはやはり、自国のロイヤルファミリーと歴史に誇りをもち、極端に急進的な言説からまずは距離を置こうとする精神が、命脈と流れているのではないか。これに関連して、学生の方たちには、本書で水野氏が考察の対象としているあの「笑いと涙の大衆作家」ディケンズの、『二都物語』(*A Tale of the Two Cities*, 1859)をお勧めしたい。

読者を啓発するジョイス
――『ダブリンの市民』に描かれたアイルランド社会の病理――

河原　真也

アイルランド小説はイギリスの読者の存在抜きには語れないとよく言われる。二十一世紀の現在はさておき、アイルランドがイギリス統治下にあった二十世紀初頭までは、作家はアイルランドだけの読者を念頭に執筆したのではなく、むしろアイルランドを含むイギリス全体の読者を対象として執筆していたと言った方が適切かもしれない。その理由として、アイルランドの市場規模が小さく、作家は絶えずイングランドの読者とその市場を意識しなければならなかったこと、小説を読むだけの教養レベルをもつ人間や出版業者の数がアイルランド島内では限られていたことなどが考えられる。このような事情により、アイルランド人作家はある時期までイギリスもしくは大陸に目を向けて執筆する必要があったのである。

しかしながら、十九世紀半ば以降、「じゃがいも大飢饉」を契機にアイルランドの社会状況が大きく変容すると、作家の姿勢も自然と変わっていく。ちょうどこの頃にイギリスからの自治獲得を目指して活動していた政治家チャールズ・スチュワート・パーネル (Charles Stuart Parnell, 1846–91) が、一八八一年に自身の不倫問題をきっかけに失脚したことにより、政治的な運動が廃れ、文化的な面からアイルランド自治に向けた動きが推進された。たとえば、アイルランド文化の豊穣性やアイルランド語や固有のスポーツの復興など、アイルランドの独自性を称揚するといった文化ナショナリズムが勃興し、人びとの意識を改革しようとしたのである。その運動を契機として、アイルランド人作家も祖国の神話を題材にしたり、アイルランド特有のものを作品に描いたりするようになる。世にいうアイルランド文芸復興時代の到来である。そして作家はそれまで対象としてきたイギリスの読者ではなく、アイルランドの読者を念頭に、しかもアイルランドに関する題材をもとにした作品を執筆し、脱イギリス化を図ろうとしたのだ。

そのような状況下で二十世紀初頭に芸術活動を展開し、パーネルの行動にも共鳴したジェイムズ・ジョイス (James Joyce, 1882–1945) はどのような立場で作品を生み出したのであろうか。本稿では彼の短編集『ダブリンの市民』(*Dubliners*, 1914) に描かれたいくつかの記述をもとに彼の読者に対する姿勢を考察する。ジョイス自身はアイルランド文芸復興運動に背を向けたことでも知られ、「いまやアイルランド文芸劇場は、ヨーロッパでもっとも遅れを取った民族のための、喧騒の具に堕したと考えざるを得ない」とまで述べ(ジョイス『ジェイムズ・ジョイス全評論』九九頁)、文芸復興運動にひそむ偏狭性を痛烈に批判した。そしてナショナリズムと距離をおいた彼の立場は、汎ヨーロッパ精神を体現するものとして解釈され、のちに大陸に芸術家としての活動の場を移して大作を書きあげた彼らしい態度として受けとられてきた。

他方で故国を離れながらも、作品の舞台として描き続けたダブリンへの愛着心は否定できず、『ユリシーズ』(*Ulysses*, 1922) の執筆において、たとえダブリンという街が消え去っても、『ユリシーズ』の記述をもとにすれば、街が再現可能だとまで述べたのであった。そのような言葉を吐いたジョイスの、ダブリンに対する愛憎半ばした態度が『ダブリンの市民』においても見出されるとの解釈は可能であるはずである。また文芸復興運動に関する描写も、単なる無視や否定ではなく、何らかの意図でもって当時の社会の諸相が作品中に暗示されているとも解釈できよう。そしてアイルランドの読者に向けた彼なりのメッセージも読み取れるはずで、そこから見出される彼なりの問題意識を本稿において明らかにしてみたい。

一　ステージ・アイリッシュマンという舞台装置

アイルランド文学には「ステージ・アイリッシュマン」(Stage Irishman) という一つのジャンルが存在する。演劇作品において、典型的なアイルランド人として大げさに描写された登場人物を指すのだが、その姿はアイルランド人を貶めるように、赤毛で（時には）猿のような容貌をもったり、粗雑な態度で無教養な話しぶりをしたりし、さらには酔っ払う、標準英語を話さない、緑色の衣装を身につけるなど、異質と感じさせる要素が付加されてきた。そういったアイルランド人像は、十九世紀に活躍したディオン・ブーシコー (Dion Boucicault, 1820–90) の作品において頻出する。彼はイギリスやアメリカにおいて登場人物のアイルランド性を強調するために、彼らの言動や表情を誇張して表現したことで知られる。このように、ある時期まではアイルランドではなく、イギリスやアメリカの観客（読者）ありきとの態度で、芸術家は創作をおこなっていたのである。この一つのジャンルこそ、アイルランド人作家が観客（読者）に対してどのような意識でもって創作活動をおこなったのかを知るきっかけとなるはずである。

しかし二十世紀になると、アビー座 (Abbey Theatre) として知られる国民劇場が完成し、演目もアイルランド人によって執筆・演出され、役者もすべてアイルランド人という時代がやってくる。それまでの興業スタイルとしては、イギリス演劇の地方巡業がアイルランド島内をまわるというものが多かった。一八〇一年にイギリスに併合されてからは、プロテスタント（アングリカンのアイルランド国教会）に属する人間がアイルランド社会の上層部を占めていたこともあり、観客の対象としては知識人層が多いアングロ・アイリッシュ（イギリス系アイルランド人）を想定していればよかったのである。つまり人口の大部分を占めていたカトリック教徒のアイルランド人は観客として忘れ去られていたのだ。

この文芸復興期においては、J・M・シング (J. M. Synge, 1871–1909) の作品においても、典型的アイルランド人が登場人物として見出される。ナショナリズムが勃興していた時期であったこともあり、その人物描写をめぐって、アイルランドを侮蔑するものだとして、否定的に捉えられることもあった。観客（読者）が文学表現に込められた作者による恣意性に気づき、場合によってはそれに対して憤慨し、騒動にまで発展していく時代が到来したのである。言いかえれば、この時代の一部の読者層が、脱イギリス化という風潮の中で、成熟しはじめていたとの解釈も可能であろう。

小説においても、十九世紀以降アイルランドの異質性や特殊性を描くことで名をなした作家が幾人もいた。たとえば文学史の中でアイルランド小説の祖と呼ばれるマリア（マライア）・エッジワース (Maria Edgeworth, 1768–1849) である。彼女は『ラックレント城』(*Castle Rackrent*, 1800) において、アイルランドにおける不在地主の姿を描き出したが、その際にイギリスの読者を意識して執筆し、エキゾチックなアイルランドを表現したと言われる。ちなみに、ウォルター・スコットは、彼女の作品に出てくる登場人物はイギリスの人々に隣国アイルランドの陽気で優しい人柄を知らしめたとして評価している。エッジワース自身もイギリスによるアイルランド支配への問題点を認識しており、決して不在地主という制度やプロテスタントによるカトリック教徒弾圧ということを容認していたわけではない。しかしナショナリスト的な立場をとる文学研究者の中には、彼女の表現方法に対して厳しい評価を下す者も存在する。

その「ステージ・アイリッシュマン」として描かれた登場人物がアイルランド特有の英語を話すこともまた特徴的である。彼らが発する話しことばの中に、標準英語にはないアイルランド特有の表現が見受けられることは、イギリスの読者からすると異質な雰囲気を感じられたことであろう。いずれにせよ、ある時期までアイルランドの文人は、政治的立場や宗派を超えて、イギリスの読者を意識した物語装置を利用しながら創作活動をおこなっていたことは否定できない。

さて、『ダブリンの市民』の中にもこの「ステージ・アイリッシュマン」の要素を多分にもつ登場人物が出ている。ジョイスもこの典型的なアイルランド人像を利用して、自らの意図を間接的に表現していた。たとえば短編「死者たち」に出てくるフレディ・マリンズは、酒好きのアイルランド人というステレオタイプでもって描写されている。フレディは、主人公であるゲイブリエルの知人で、クリスマス・パーティーの賓客の息子でもある。そんな彼は酒癖が悪く、パーティー当夜も母親の心配をよそになかなか現れない。

——お願いだから、ゲイブリエル、そっと降りてって、あの人が大丈夫かどうか見てきてくれないかしら。もし酔っぱらっているようだったら、階上には上げないでね。きっと酔っているのよ。決まってるわ。

（『ダブリンの市民』三三二）

パーティーの場で叔母の放蕩息子をうまく扱えるのは自分だけだ、との絶対的信頼を寄せられていたゲイブリエルであるが、ここではパーティーでのスピーチをいかに乗り切るかということに必死な、他の登場人物とは隔絶した知識人として描かれ、中流階級特有のスノッブな一面が浮き上がっている。一方、典型的なアイルランド人として描写されたフレディは、酔っぱらいながらも出席者の尊敬を集め、人間味あふれる姿で表現されている。ここでのフレディの描写は、知識人ぶったゲイブリエルの浅薄な態度を際立たせる働きをしているると言えよう。つまり、「死者」では典型的なアイルランド人の描写を利用して、当時新たに誕生した中流階級や知識人の偽善ぶりが読者に暗示されているのである。

短編「イーヴリン」においては、「ステージ・アイリッシュマン」的要素をもつ登場人物は主人公の父親である。彼は妻に先立たれ、苦しい生活からくるストレスを酒と娘への暴力でしか解消できない。この作品においては、家庭内暴力という、現在でも社会問題となっている現象が描かれている。そして父親の暴力からの逃避を目指しながらも、結局は恋人との駆け落ちをあきらめるイーヴリンの姿を通して、家庭に閉じ込められ、自立できなかった当時の女性の姿を読者に示している。

ここでの父親の暴力は性的暴力をも含むとの指摘もあるが、カトリック教会に支配された当時の社会においてはそういった不名誉なことが表になるはずはなく、家族の恥として隠され、聖職者らもそれを隠す手助けをした。本来社会によって救いの手が差し伸べられるはずの性的被害者は、たとえば宗教施設「マグダレン修道院（洗濯場）」に収容され、社会から完全に隔離されたのである。こういった封印された歴史は、映画『マグダレンの祈り』(*The Magdalene Sisters*, 2002) にも描かれたことで国際社会の注目を浴び、二〇一三年二月になってようやくエンダ・ケニー首相が、かつて強制的に収容された被害者に対して謝罪をおこなった。ちなみに、短編「土くれ」の主人公マリアがこの更生施設で働く（管理する側の）女性として描かれており、現代にも通じるアイルランド社会の問題がすでにこの時代間接的に描写されているとも考えられよう。

二　二十世紀初頭のアイルランド社会

ジョイスは『ダブリンの市民』の執筆にあたって、出版者のグラント・リチャーズに対しその執筆目的と構想を告げている。以下の引用は一九〇六年五月に、彼宛てに書かれた手紙の中の一節である。

私の執筆意図は祖国の精神史の一章を描くことであり、ダブリンという都市を舞台として選んだのはその都市が麻痺の中心であるように思えるからです。無関心な一般民衆にこの街を以下の四つの相のもとで表現することをこころがけました。すなわち、幼年期、青春期、成年期、社会生活の四つです。(Joyce 83)

「麻痺」という単語がこの作品のキー・ワードとなっていることはよく指摘される。さらに上記の手紙を書いた後、同じ出版者に宛てて「この精神史の一章を書くことで、祖国の精神的解放に向けた最初のステップを踏んだと信じています」とも綴っている (Joyce 88)。ではその麻痺している精神状態とはどのようなものなのであろうか。

『ダブリンの市民』は、ジョージ・ムア (George Moore, 1852–1933) の短編集『未耕地』(*The Untilled Field*, 1903) に基本的形態をならった作品と言われている。実際のところ、ジョイスはムアの短編集に対して厳しい評価も下しており、弟スタニスロース宛ての手紙の中では繰りかえし彼を貶している。だが、ムアからの影響を抜きに『ダブリンの市民』を読み解くことはできない。というのも、彼がその時代のアイルランド社会の病理を、ムアと同様、作品中に巧みに埋め込んでいるからである。

『未耕地』が主に農村を舞台としたのに対し、『ダブリンの市民』は都市に住む中流下層階級に属する登場人物にスポットライトをあてている。当時の新興勢力であった中流階級の人びとの「麻痺した」さまが作品中で描写されているといってよかろう。注目すべきは、労働者階級に属する人たちの姿がはっきりみえないという点である。彼らがまったく描かれていないというわけではないが、社会の底辺にいる人々へのジョイスの視線は曖昧で、労働者階級に属すると思われる登場人物は、概して物語の枠外へ追いやられているようである。だが別の視点で考えると、社会階層の最下位に甘んじている人びとの存在を脇に置くことで、逆にその存在をクローズアップすることが狙いであったとも解釈できなくもない。

『ダブリンの市民』は一九〇三年から一九〇七年にかけて執筆されたが、一九二二年に自由国としてイギリスからの独立を果たすアイルランドは、世紀が変わったばかりのこの頃、イギリスに属しながら、自治という政治形態を望む世論が強かった。後年、武装闘争に発展する独立運動に従事した者でさえ、この時点では自治を容認する態度を取っていたとの指摘もある。短編「レースの後で」に出てくる「喜んで虐げられている者たち」("the greatly oppressed")という表現は、この時代の風潮をまさに的確に表したものであった。

アイルランドが国家という概念で捉えられるようになったのは一八五〇年から一八七〇年の間とされる。この時期に政治制度が整い、人口の大部分が、読み書きができるようになると同時に、アイルランド語ではなく英語を話すようになった。また廉価で人気のあるナショナリスト系のマスコミが誕生し、新聞への印紙税も一八五四年に廃止された (Garvin 25)。「じゃがいも大飢饉」以降、短期間で社会が大きく変容したことは西洋の中でも異例とされるが、そういった時期に一般の読者層が誕生する基礎ができあがっていたわけである。

そして二十世紀初頭のアイルランド社会が、認識されている以上に豊かであったこと示す例も多数存在する。この時代すでに七十歳以上の老人に対し老齢年金が支給され、高齢者に優しい社会に成長していた。農村では一九〇三年のウィンダム土地法によって、小作農が自分の土地を購入しやすくなり、結果地主制度の崩壊へと導く。ちなみに農村における土地所有の割合は一八七〇年の三%から一九〇六年の二九・二%へ、さらには一九一六年の六三・九%にまで段階的に増加する（Ferriter 63）。十九世紀後半以降の土地改正法によって大半の農民が自らの土地を所有していたのである。一九〇四年にはこの国を代表する高等教育機関トリニティ・コレッジが女性の入学を許可。そして一九〇八年のアイルランド国立大学法によって、中流階級の子弟が高等教育の場で学ぶ道が広く開かれると同時に、全大学が女性の入学を許可するにいたった。

他方、ダブリンにおける死亡率はヨーロッパとの比較においてかなり高いものであったという負の歴史も見過ごすことはできない。住宅環境が最悪であったのもこの時期のダブリンの特徴である。一九一二年の時点で、ダブリンに住む人口の三分の一にあたる約二万六〇〇〇の家族が一部屋しかない住居に住んでいたと言う。スラムが街のいたる所に存在し、社会の底辺まで福祉がいたらなかったのである。

カトリック刑罰法（Penal Laws）により、十九世紀前半までカトリック系アイルランド人の権利が大きく侵害されていたが、これによりアイルランドに対する見方が悲劇的に捉えられることが多かったと言えよう。しかし十九世紀後半以降、彼らの権利も大きく改善していく。一九一一年の国勢調査において、アイルランド島の三つの地域（レンスター、マンスター、コノート）におけるカトリック教徒の割合は八九・六%もあった。そのカトリック教徒が、たとえば法廷弁護士や医者などの職種に就く割合が激増していた事実も存在する。カトリックの聖職者の数も激増し、アメリカに移民したアイルランド人からの寄付などで、教会建築は十九世紀半ば以降盛んになっていた。その移民であるが、一八九一年から一九〇〇年にかけて、その数が四三万四〇〇〇人であったものが、一九〇一年から一九一〇年にかけては三四万六〇〇〇人にまで減っている。国内の経済状態が大幅に改善されていたことを示す一例であろう。このように、社会が大きく変容していた時期と、『ダブリンの市民』が執筆された時期が重なるという事実をこの作品を読み解く際に無視してはいけない。

三　アイルランドにおける文化事情の実態

イギリスの庇護のもと、イタリアやスペイン、北欧を上回る経済的水準を有していた当時のアイルランドにおいて、「喜んで虐げられる者たち」という表現は、まさにイギリスの植民地でありながらも、その恩恵を享受していた一部のカトリック教徒の中流階級に属する人たちが、経済的な充足感だけを感じ、精神的には「麻痺していた」ことを示す自虐的な表現であったと言えよう。

ここで二十世紀初頭のアイルランドにおける読者層の実態について確認してみたい。十九世紀後半まで、アイルランド人作家がイギリスの読者を意識して著述をおこなっていたわけであるから、読者層が限定されていたということは先述した。しかしながら、十九世紀後半から活発になっていった文化ナショナリズムによって、アイルランド人による、アイルランド人のための、アイルランド人読者（観客）に向けた文学活動が活発となったこともあり、読者の層も厚くなっていったと考えるのが自然であろう。だが、都市に住む中流低層階級や農村の住人などの文化レベルを検証すると、新たな一面が出てくるのである。

二十世紀初頭のアイルランドにおいて、「アイルランド文芸復興」という時代を表す名称がゆえに、民衆全体の教養レベルが上昇し、それに伴って読者層のレベルが拡大していたとの錯覚にとらわれがちであるが、実情は異なっていた。たとえば、図書館の普及度や収蔵数を他国と比較した際に、その水準がきわめて低かった事実がある（Ferriter

103)。一九二〇年代にカーネギー財団による援助によって公共図書館が整備されるが、それまでは読者層が限定されていたのだ。その事実を裏づけるかのように、作家ジョージ・ラッセル (George Russell, 1853–1919) は、一九二〇年代のアイルランドにおける文化の貧困さを、図書館の数の少なさ、本屋の少なさ、そして国内に多数存在したパブなどに起因するとして批判した (Brown 31–32)。また一九二九年に検閲法が制定されたこともこの国の文化事情を考察するうえで忘れてはいけない出来事である。これによって文学やジャーナリズムへの検閲が強化され、ポルノグラフィだけではなく、外国、とりわけイギリスから届くカトリック信仰に反する離婚や堕胎に関する情報が邪悪なものとして排除されたからである (Brown 58–59)。『ダブリンの市民』が執筆された一九〇六年前後にまだこの検閲法は制定されていないが、カトリック教会を筆頭にすでにイギリス文化を排斥する風潮が存在していたのだ。

教育面でも興味深い事実が存在する。発展途上国では聖職者のほとんどが中流階級の出身とされる。つまり中流階級の人間の価値観は、聖職者のそれと相関関係にあるのである。アイルランドの場合、カトリック教会はラテン語、ギリシャ語、宗教的知識を重視し、科学、歴史、現代外国語、地理、社会科学を犠牲にする方針をとっていた (Garvin 132)。いわば知識面での偏重という事態を引き起こしていたわけである。国民学校の大多数を管轄したのもカトリック教会であり、そこに通う労働者階級や中流下層階級に属する子弟を、親ローマ、反イギリスというスローガンで洗脳したのである (Garvin 19)。

さらに高等教育においては、信徒が非カトリックの教育機関で学ぶことが禁止された。反キリスト教的な態度を示すインテリ層が増加することを教会が恐れたこともあり、トリニティ・コレッジ以外の大学では、聖職者が独占する形で社会科学等の学問を教授するようになり、その後の文化的貧困を招く結果となった。[1] 事実、ジョイスの母校ユニヴァーシティ・コレッジでは、社会科学や哲学の教員はダブリン大司教によって任命されている。以上のように、カトリック教会による教育分野の管理・運営によって、当時教養ある人間を生み出す環境が限定されていた事実が存在するわけである。つまり偏った知識しかなく、かつ反英思想というものを叩きまれた読者がいる中で、芸術家は創作をおこなわねばならなかったのである。

四 『ダブリンの市民』における文芸復興運動

先述したように、ジョイスは文芸復興を代表する芸術家たちの著作やその思想・態度に対して否定的な態度を示した。イェイツ、シング、グレゴリー夫人たちとは立場を異にした彼は、文芸復興華やかし頃の文化的光景を冷ややかに見ていたのだが、とりわけアイルランド語に関する運動には彼なりの格別な思いがあったようである。

事実、『ダブリンの市民』において、文化ナショナリズムを煽る市民の姿や、アイルランド語復興運動を含む当時の風潮に対するジョイス自身の冷めた見方が、随所で提示されていることに気づかされる。いくつか例を挙げてみよう。「死者たち」のミス・アイヴァーズは文芸復興期における文化ナショナリズムを体現した人物と言える。ゲイブリエルの行動を批判しつつ、彼にアイルランド西部の旅をすべきだと忠告し、さらには「西のイギリス人」(West Briton) という侮蔑の言葉を投げかける。「西のイギリス人」とはアイルランド人でありながら、イギリス的なものをよしとする、アングロ・アイリッシュに近い立場をとっていた人たちのことである。カトリック教徒でありながら、イギリスの支配に甘んじる中流階級のことを当時「ダブリン城のカトリック」(Castle Catholic) と呼び、ナショナリストたちは彼らを侮蔑していたが、この単語と「西のイギリス人」は同義と解釈してよかろう。アイルランド「西部」という、文芸復興運動を推進する者たちにとっての聖地に行くように勧めるアイヴァーズの姿と、ナショナリズムからは距離をおき、中流階級として豊かな生活を享受していた「ダブリン城のカトリック」的な要素をもつゲイブリエルの姿を併置することで、文芸復興運動が抱える矛盾を浮き彫りにしたのである。言うまでもなく、アラン諸島をはじめとする西部は、アイルランド語使用地域（ゲールタハト）が今なお存在する場所である。

短編「母」においても、母と娘の行動を通して、文芸復興運動が抱えていた問題が皮肉をもって描き出されている。

アイルランド復興運動が目につき始めるとミセス・カーニーは娘の名前を利用することに決め、アイルランド語の教師を家に連れて来た。キャスリーンと妹は友人にアイルランド語の絵葉書を送り、友人たちもアイルランド語絵葉書をよこした。（中略）まもなく、ミス・キャスリーン・カーニーの名前は人々の口にたびたび上るようになった。彼女は音楽の才能がとてもあり、気立てもよく、そのうえアイルランド語運動の信奉者だと噂された。ミセス・カーニーはこのことに満足した。（『ダブリンの市民』二四九）

当時、文化ナショナリズムを推進するうえで、イギリスとの違いを強調する際に重視されたのがアイルランド語とカトリック信仰であった。ゲール語同盟の活動はその後のイースター蜂起などの武力闘争へと発展する過程で、重要な役割を果たすことになったのだが、このアイルランド語の活動に積極的にかかわるかどうかが、当時の社会において評価を集めるポイントでもあった。

とくに、ナショナリズムに共感する新興の中流階級にとって、その言語を話す行為は「アイルランド人」のあかしとして認識されていた。修道院でフランス語を学ぶという中流階級特有の環境に育ったカーニー夫人は、娘にも同じような教育を施している。いわば中流階級特有のスノビズムを感じさせる人物が、アイルランド語運動を利用している様は、当時のナショナリズムがはらむ浅はかさを露呈しており、ジョイス自身のアイルランド語運動を含む文芸復興運動への否定的な態度と重なる。アイルランド語復興運動を利用しながらも、自身はアイルランドをほとんど話さなかった極右の言論人Ｄ・Ｐ・モラン (D. P. Moran) などの偽善ぶりに重なる構図が、ここから読みとれよう。

五　断絶するアイルランド社会

『ダブリンの市民』はダブリンで生き抜く人々の生活を描きながらも、とくに物語の筋に起伏があるわけでもなく、一般の読者を戸惑わせる内容ともなっている。一五の短編には当時のアイルランド社会の諸相が映し出されているが、同時にアイルランド社会が抱える闇というものも描出されている。言い換えれば、物語の主筋とは異なるところで、社会の病理を読者に提示しているのである。たとえば、当時のヨーロッパにおいて最悪であったとされるダブリンの住宅事情とそこに住む貧しい人びとに関して、短編「小さな雲」の冒頭で軽く言及されている。二十一世紀に生きる読者は何事もなく読み過ごす箇所であるが、当時のアイルランドの読者であれば、ストーリー展開に関係なくとも、無視できない社会の闇が描写されていることに気づく。

彼はキングズ・インズの封建時代のアーチの下から小ざっぱりした慎ましい姿を現わし、足早にヘンリエッタ通りを歩いた。（中略）垢で汚れた子どもたちの群れが通りにたむろしていた。子どもたちは路上に突っ立ったり、走ったり、ぽっかり口を開けたドアの前の階段をよじ登ったり、敷居の上に二十日鼠のようにうずくまったりしていた。小さなチャンドラーは彼らには目もくれなかった。彼はこのつまらない害虫のような生命の間を巧みにすり抜けながら、ダブリンの昔の貴族たちが浮かれ騒いだことのある、陰気な幽霊屋敷のような建物の陰をあるいた。(『ダブリンの市民』一二六—一二七)

引用にあるヘンリエッタ通りとはダブリンを代表するスラム街の一つである。そのヘンリエッタ通りにはかつての貴族たちの館として使用されていたジョージ王時代様式の邸宅が残されている。一八〇一年にアイルランドがイギリスに併合されてから、ダブリンでの活躍の場を失った貴族が放棄した邸宅はスラム化した集合住宅に姿を変え、社会の底辺にいる、行き場のない者たちを収容するようになった。安アパートと形容されることもあるこの集合住宅は、高い天井をもつ複数の部屋から成り、写真にあるような外観を有する(写真参照)。二十世紀初頭には、一五あった集合住宅に八三五人も居住していたという記録があるくらいスラム化していたのである。またこの地区は、一歩歩けばダブリンの中心部に出られるところで、ヘンリエッタ通り周辺には数多くの歴史的建造物も存在する。つまり、中心部を一歩外れるだけでスラム街に入り込んでしまうダブリンの闇の部分と、チャンドラーのような中流階級に属するダブリンの人たちが、社会の底辺に置かれた人の惨状にはまったく関心を示さず、嫌悪感さえ抱くといういびつな階級意識を読者に告発しているのである。

そして労働者階級に属する子どもたちの悲惨な姿と、かつては貴族の居住空間であった場所を併置することで、ダブリンの隠された歴史を読者に提示することをジョイスは忘れてはいない。ここにジョイスの階級観が表れているとも解釈で

きなくないが、それよりも二十世紀初頭のダブリンにおける格差社会を告発していたとの立場をとりたい。短編「出遭い」においても、当時の人びとが抱いていた階級意識が見いだせる。中流上層階級が通うと思われる私立学校の生徒である少年が、日常生活からの脱出を求めて、同級生と遠出をする場面において、子どもの視点からみた階級間の断絶が見出されるのである。

ぼろを着た男の子が二人、騎士道精神からぼくたちに石を投げ始めると、マーニーはあいつらに突撃を食らわそう、と言った。ぼくが、あの子たちはほんの子どもじゃないか、と反対し、ぼくたちは歩きつづけた。ぼろを着た一団は背後からぼくたちに向かって叫んだ。《おむつの新教徒！おむつの新教徒》ぼくたちをプロテスタントと思ったのだろう。マーニーは浅黒い顔をし、鍔のついた帽子にはクリケット・クラブの銀のバッジがつけてあったから。（『ダブリンの市民』三四）

主人公の少年も同級生も、実を言うとカトリック系の私立学校に通っている。しかしながら、国民学校に通う子供や労働者階級の未就学児にとって、少年たちは服装などから異次元の人間と写る。そして当時の社会の上層部を占めていたプロテスタントの子女であると勘違いされ、支配層が信仰する宗派を揶揄する単語を使って野次られる。同じカトリック系でありながら、社会の変容によってこの時期に階級間の格差が発生していたことを、子どもである語り手は直接言及しないまでも、認識だけはしている。イギリスほどの階級社会は存在しない、あるいはアイルランドにはそもそも階級など存在しないという、ある意味ナショナリスティックな立場をとる読者には、目を背けたくなる事実であるが、ジョイスは少年の日常生活からの脱出という物語のテーマの脇に、社会の矛盾というサブ・テーマを組み込み、それを読者に向けて発しているのである。

まとめ

二十世紀の初頭に書かれた『ダブリンの市民』には、現代社会が抱える問題というものがすでに見出される。ジョイスは読者層の大部分を占めていた中流階級に向けてそれらを発しようとしたのである。十九世紀以前には対象とされていなかったアイルランド国内の読者が誕生し、社会問題にも関心が向き始めてきた二十世紀初頭、ムアは農村を舞台にカトリック教会を批判することを目的に、アイルランド社会の問題点をえぐりだした。ジョイスも都市ダブリンの庶民を描きながらも、格差社会、偏狭なナショナリズムがはらむ偽善ぶり、家庭内暴力等の社会問題を描き出したと言える。かつてD・P・モランは、アイルランドの文化が貧困なのは読者層が少ないことだと指摘したが (Matthews 20)、そういった事態を引き起こしたのは、反イギリスという考えに結びつく、カトリック教会などによる文化一極支配や、理想のアイルランドを求めすぎた文芸復興運動の思想なども一因として考えられよう。少なくともこの時代、自国内で読者という存在を意識できるようになった作家は、自分たちの問題意識を何らかの形で表現できる環境になっていた。アイルランド文芸復興運動にかかわった文人たちは、当時の社会が抱える問題には目を向けず、アイルランド西部といった、古代ゲール文明の遺産が残存する、ちっぽけな場所に目を奪われ続けたが (Brown 80)、ジョイスは『ダブリンの市民』によって、文芸復興運動に背を向けながらも、反英イデオロギーに染まった風潮の中で、限られた知識しか得られなかった当時の読者に対して、「麻痺した」アイルランド社会の病理を啓発したと言えるのではないだろうか。

注

1 トリニティ・コレッジはプロテスタントの子弟に高等教育を施すために設立された大学である。カトリック教会は信徒がそこで学ぶことを禁じ、その禁令は一九七〇年まで続いた。

引用参考文献

Brockie, Gerald and Walsh, Raymond. *Modern Ireland*. Dublin: Gill & Macmillan, 2004.

Brown, Terence. *Ireland: A Social and Cultural History 1922–2002*. London: Harper Perennial, 2004.

Ellmann, Richard. *James Joyce*. Oxford: Oxford University Press, 1982.

Fargnoli, A. Nicholas et al. *James Joyce A to Z: The Essential Reference to the Life and Work*. London: Bloomsbury Publishing PLC, 1995.

Ferriter, Diarmaid. *The Transformation of Ireland 1900–2000*. London: Profile Books, 2005.

Garvin, Tom. *Nationalist Revolutionaries in Ireland 1858–1928*. Dublin: Gill & Macmillan, 2005.

——. *Preventing the Future: Why was Ireland so poor for so long?* Dublin: Gill & Macmillan, 2004.

Joyce, James. *Selected Letters of James Joyce*. London: Faber & Faber, 1998.

Lyons, F. S. *Culture and Anarchy in Ireland 1890–1939*. Oxford: Oxford University Press, 1979.

Mathews, P. J. *Revivals: The Abbey Theatre, Sinn Fein, The Gaelic League and the Co-operative Movement*. Cork: Cork University Press, 2003.

Powell, KerstiTarien. *Irish Fiction: An Introduction*. New York: Continuum International Publishing Group, 2004.

ジョイス、ジェイムズ『ダブリンの市民』結城英雄訳、岩波文庫、二〇〇四年。

——『ジェイムズ・ジョイス全評論』吉川信訳、筑摩書房、二〇一二年。

結城英雄「ジョイスの時代のダブリン（一）—（一二）」、『法政大学文学部紀要』五二—六三号、法政大学文学部、二〇〇六—二〇一一年。

河原論文へのコメント

松井　優子

十九世紀から二十世紀初頭にかけて、アイルランドにおける読者層をめぐる特殊な事情、およびジョイスの時代のダブリンの具体的な状況が詳細に示されており、歴史的視点にたち、当時の読者層を考慮に入れて作品の意義を検討することの重要性を再認識させられた。このように当時のアイルランドの読者層という観点から読むことで、ジョイスの描き出すダブリンの歴史的特殊性がより浮き彫りになるようだ。スコット作品の場合も、最初の読者やヴィクトリア時代の読者がおかれていた状況をふまえて読み直すと、現代の読者には見えない側面が明らかになってくると思われる。

また、この時期のアイルランドと、スコットが活動の拠点としていたスコットランドとは比較されることが多い地域ではあるものの、出版や読者層をめぐってはだいぶ異なる状況にあったことがうかがわれ、大変興味深く感じた。たとえば、アイルランドにおいては十九世紀初頭以降、徐々に自国の読者層が形成されていくにつれて、そこに文化的ナショナリズムという動きも加わって、作家たちが特に自国の読者に向けた作品を執筆するようになるという事情である。これは、地元の出版者がロンドンや海外にも出版や書店のネットワークをもち、スコットをはじめ英語で執筆する作家は基本的につねにイギリスあるいは英語圏全体の読者層を対象として、スコットランド以外の読者にも働きかけようとする傾向の強いスコットランドの状況とは異なるように思われた。右のようなアイルランドの作家たちの意識は、むしろ、十九世紀後半にスコッツ語のみで作品を執筆したスコットランドの作家たちと通じるものがあるようである。あわせて、十九世紀後半にアイルランドの読者層が厚みを増す一方で、カトリック思想、反英感情、文芸復興での西部アイルランドへの力点などによって彼らに一定の方向づけがなされようとしていたのに対し、ジョイスの作品はこれらから距離をおき、読者にアイルランド社会の病理を啓発する役割をもっていたという指摘も、同時代のスコットランドと比べて大いに関心を引かれた。二十世紀前半にスコットランドでさかんになったスコティッシュないしモダニスト・ルネサンス運動も文芸復興としての側面をもっていたが、この運動は、当時のスコットランド社会が抱えていた問題を積極的に議論するという点で、読者に対してはジョイス的な態度をとっていたと思われるからである。

その一方、多国籍の読者を対象とすることからくるステレオタイプ的な、あるいは「エキゾチックな」表象に対して批判がなされているという点では、アイルランドとスコットランドの文学・文化批評には共通点もみられるように思われる。ただ、スコットランドでは、従来こうしたステレオタイプはスコットランド外の読者が享受したとされてきたが、近年では、地元スコットランドにも多くの読者がいたという指摘がなされ、その意義について再検討も進んでいる。それを考えると、ステレオタイプ的なアイルランド表象についても、自国の読者の需要もあったのではないかと考えられそうだが、この点についてはいかがだろうか。

コメントへの筆者の応答

ジョイスが距離を置いたアイルランド文芸復興運動は、アイルランドに伝わる神話や伝承、アイルランド語などを利用して、イングランドとの差異性を強調し、この地の文学的豊饒性を誇示しようとしたものであった。それ以前は、先にもコメントしたが、アイルランドの作家はイングランドやアメリカの読者を想定して、この国の野蛮性や異質性を描き出すことが多かった。

しかしながら、文芸復興運動において中心的な役割を果たしたとされる、J・M・シングの描いた農民の姿は、その復興運動が目指したものから離れ、「ステージ・アイリッシュマン」と呼ばれる典型的な（飲んだくれで、野蛮な）アイルランド人像であり、この国の独立を目指していたナショナリストには容認し難いものであった。これは、かつてマライア・エッジワースらが描いたアイルランド人像につながる、民族の尊厳が侵された人物描写と言えなくもない。

一方で、そういったステレオタイプを求めていた読者層もいたはずで、その候補として考えられるのが、アングロ・アイリッシュ（Anglo-Irish）と呼ばれる、イギリス系アイルランド人である。彼らはこの地の大多数を占めるカトリック教徒ではなく、プロテスタントを信仰し、かつ当時のアイルランド社会の中・上層にいた人々であった。十九世紀後半以降、度重なるアイルランド自治権獲得運動やカトリック中流階級の台頭によって、アングロ・アイリッシュの社会的権益が侵されはじめていた当時、「未知で、野蛮な」アイルランド人像は、いわば彼らの存在意義（アイルランド統治の正当性）を示すうえで効果的であったとされる。

また同じ頃、この地の高等教育の発展によって、中流階級出身のカトリック教徒が社会の様々な領域で活躍しはじめていた。だが、彼らはダブリンなどの都市部に生まれ育ったものが多く、アイルランドの農村の実態をまったく知らなかったとも言われる。彼らこそまさにシングの描く農民像によって、アイルランドの原風景が残るとされる「西部」の実態を知るにいたったのである。アイルランドの独自性を訴えつつ、その実、自国の農村の実態には疎かった彼らは、そういったステレオタイプのアイルランド人像を暗に求めていたのかもしれない。

拡大する読者とヴァージニア・ウルフの「普通の読者」
――ウルフのジャーナリズムと評論「斜塔」

吉田　えりか

ヴァージニア・ウルフの肖像
ジョージ・チャールズ・ベレスフォードによる1902年の肖像画。ロンドンのナショナル・ポートレイト・ギャラリー所蔵。

『ダロウェイ夫人』(*Mrs. Dalloway*, 1925) や『自分だけの部屋』(*A Room of One's Own*, 1929) の作者ヴァージニア・ウルフ (Virginia Woolf, 1882–1941) は、二十世紀初めのイギリス・モダニズムを代表する小説家であり、その著作はフェミニズムの運動にも大きな影響を与えた。一方で、生涯にわたって新聞や雑誌に五〇〇編以上の評論や書評を寄稿し、夫のレナード (Leonard Woolf, 1880–1969) とともにはじめた出版社ホガース・プレス (Hogarth Press) を通じて、ジャーナリズムの世界とも深くかかわっていた。文筆家としてのキャリアを始めた当初のウルフにとっては、ジャーナリズムの仕事は自立につながる大きな意味をもっていた。しかし、小説家としての安定した立場と収入を獲得したあとも、多忙の中、ジャーナリズムの仕事を続けたのはなぜだろうか。その理由として考えられるのは、ますます多様化し増大し続ける読者に対する、ウルフの強い関心である。その読者に対して発信した数ある評論の中でも、モダニズム小説宣言とも言うべき「現代小説」("Modern Novels, 1919; Modern Fiction", 1932) (E3 30–37; E4

157–65）で、人間の外面よりも内面の描写に重きをおくという新しい小説の形を読者に示した。[1] また、『普通読者』（*The Common Reader*, 1925）のような評論集で、古今のイギリス人作家や作品を紹介するとともに、「どのように読書すべきか」（"How Should One Read a Book?", 1926）（E4 388–400）のような評論で、読書の方法を読者に指南する。これらの評論や書評の多くは、まず新聞や雑誌などに掲載され、多くの読者の目に触れることとなった。『普通読者』にはほかに、評論に与える読者の影響を論じた「現代の評論」（"The Modern Essay", 1922）（E4 216–27）、作家と読者の関係について論じた「パトロンとクロッカス」（"The Patron and the Crocus", 1924）（E4 212–15）など、読者と作家の関係に対する関心から生まれた評論をおさめる。このように、ウルフの読者への関心は評論の主題に見てとれるが、それだけではない。読者への配慮は、作品で使用される語彙や表現にまで影響する。それは、ウルフが、同じ評論を異なる読者や聴衆に合わせて書き直したときなどに読みとることができる。

本稿では、ウルフにとっての読者の重要性について、三つの観点――ウルフのジャーナリストとしての活動、ウルフの評論での言説、そして、講演とその出版原稿の詳細な分析――から検討する。最初に、ウルフをとりまく二十世紀前半から戦間期にかけてのジャーナリズムや出版の状況を概観してから、ウルフ周辺の作家たちや他のモダニズム作家が、読者層の変容に対してどのように反応したかを見ていく。この時期に形成され発展したモダニズム文学はしばしば難解であると言われるが、大衆化する読者という現象とどのように折り合いをつけ、作家たちは誰に向けて書いていたのだろうか。また、ホガース・プレスがウルフやモダニズムの形成に果たした役割も見ていく。次に、ウルフの評論に描かれる理想の読者像を把握してから、ウルフのジャーナリストとしての仕事を追い、その意味を考える。最後に、労働者教育委員会でウルフがおこなった講演とその後に出版された評論「斜塔」（"The Leaning Tower", 1940）を例にとり、ウルフが、読者や聴衆の差異に応じてどのような書き換えをおこなったかを具体的に見ることによって、ウルフにとっての読者や聴衆の意義や重要性を考察する。

一　二十世紀初頭から戦間期のジャーナリズムとブルームズベリー・グループ

一八八〇年の教育法による就学の義務化、九一年の公立初等教育の無償化により、二十世紀初めにはイギリス国民の識字率は飛躍的に向上する。それによって生まれた、労働者階級などを含む新しい読者層の登場は、それまで一部の知識人を読者と想定して書いていた作家たちに対して、「どのような読者のために書くのか？」という新たな問題をつきつけた。中には、大衆を教育するために必要なものだけを与えるべきだと考える知識人もいた。そのような人々にとって、たとえば、一八九六年イギリス初の大衆向け新聞『デイリー・メイル』紙（*Daily Mail*）を創刊したアルフレッド・ハームズワース（のちのノースクリフ卿 Alfred Harmsworth, 1865–1922）の「読者が欲するものを与える」という編集方針は、受け入れがたいものだったかもしれない。[2] より短く読みやすい記事や日常の話題を配信することによって、『デイリー・メイル』紙は、二十世紀初めに最大の購読者数を誇った。その後も、より多くの購読者を獲得するため、新聞は情報だけではなく娯楽を与えるメディアへと発展していく。『デイリー・メイル』紙に続いて一九〇〇年に創刊された『デイリー・エクスプレス』紙（*Daily Express*）は、二

ロンドンのゴードン・スクウェア界隈
1904年、ヴァージニア・スティーヴン（当時）の兄弟・姉妹がゴードン・スクウェア46番地に居住し始めて以来、ブルームズベリーと呼ばれるこの地域にグループの多くのメンバーが居住した。（筆者撮影）

〇年代に大幅な紙面の刷新をおこない、大きなヘッドライン、イラストの増加、斬新なレイアウト、クロスワードパズルの導入などによって、一九一〇年の五〇万部弱から、一九三九年には二五〇万部へと部数を伸ばし、『デイリー・ヘラルド』紙 (*Daily Herald*, 1912–)、『デイリー・メイル』紙、『デイリー・ミラー』紙 (*Daily Mirror*, 1903–) などを抑えて、日刊紙で最大の読者数をもつようになった。一九三九年の新聞の読者調査によると、イギリス全人口の十六歳以上の約七〇パーセントが全国日刊紙を、約八〇パーセントは日曜紙を読んでいたとされるので、八〇パーセント程度の識字率を勘案すると、字を読めるほとんどの国民が新聞を読んでいたと考えられる。[3] 第一次世界大戦後の戦間期には、大衆紙と、知的な読者層向けの高級紙がはっきりと分かれてきた時期でもあり、上記の新聞読者数には、高級紙『タイムズ』紙 (*The Times*, 1785–) や『デイリー・テレグラフ』紙 (*Daily Telegraph*, 1855–) なども含まれる。二度の大戦は知識人の新聞読者も増やし、『タイムズ』紙は、一九一〇年の四万五〇〇〇部から一九三九年の二一万三〇〇〇部、『デイリー・テレグラフ』紙も同時期で二三万部から六四万部へとそれぞれ部数を増加させている。

一方で、二十世紀初頭から戦間期にかけて、文学の新しい流れであったモダニズムの出現に大きな役割を果たした雑誌が、数多く創刊された。[4]『イングリッシュ・レビュー』誌 (*English Review*, 1908–)、『タイムズ文芸付録』紙 (*Times Literary Supplement*, 1902–)、『ブラスト』誌 (*Blast*, 1914–15)、『エゴイスト』誌 (*Egoist*, 1914–19)、『クライテリオン』誌 (*Criterion*, 1922–39)、『アシーニアム』誌 (*Athenaeum*, 1919–21) など、それぞれ雑誌や新聞の性格は異なるが、実験的

ブルームズベリー・グループの居住を示すブルー・プラーク

ゴードン・スクウェアのアパートメントの壁にあるブルー・プラーク。ブルー・プラークは過去の著名人が住んでいた、あるいは活躍していたその場所を示す銘板。（筆者撮影）

な詩や小説を世に送り出したり、新しい考え方を表明したりする場として機能した。これらの雑誌の中でも、流通量が少ないものはリトル・マガジンと呼ばれることがあり、商業目的よりは文学・芸術の進歩、革新という目的を掲げ、モダニズムの形成に大きな役割を果たした。[5] 中でも、エズラ・パウンド (Ezra Pound, 1885–1972) が主幹する『エゴイスト』誌は、自身の作品も含むイマジズム詩人の作品を掲載したほか、ジェイムズ・ジョイス (James Joyce, 1882–1941) の『若き芸術家の肖像』(*A Portrait of the Artist as a Young Man*, 1914–15) の連載や、T・S・エリオット (Thomas Stearns Eliot, 1888–1965) の重要なエッセイ「伝統と個人の才能」(Tradition and the Individual Talent, 1919) などを世に送り出したことで、モダニズムの歴史の中で重要な地位を占める雑誌である。パウンドは、一般には理解されにくい実験的な作風を持った、英米のモダニズム作家たちの詩や小説の発表先を確保し、結果的に彼らを経済的にも援助することとなった。ジョイスの『ユリシーズ』(*Ulysses*, 1922) やエリオットの『荒地』(*The Waste Land*, 1922) の出版経緯について詳細な研究をおこなったローレンス・レイニー (Lawrence Rainey) は、その著書 *Institutions of Modernism: Literary Elites and Public Culture* において、パウンドがいかにして自分たちの作品を、大衆向け文学ジャーナリズムの中の大量消費から保護したかを明らかにしている。

パウンドらがリトル・マガジンを中心に作品を発表していたのに対して、ヴァージニア・ウルフをはじめとするブルームズベリー・グループ (Bloomsbury Group) の作家たちは、より大衆的な新聞や雑誌を寄稿先にしていた。[6] ブルームズベリー・グループは、ロンドンのブルームズベリー地区ゴードン・スクウェア (Gordon Square) にあったアパートに、ヴァージニア・ウルフの兄トービー・スティーヴン (Thoby Stephen, 1880–1906) のケンブリッジ大学での友人を中心にして毎週木曜日に集まったメンバーがもとになっている。初期のメンバーは、古典学者のサクソン・シドニー＝ターナー (Saxon Sydney-Turner, 1880–1962)、ヴァージニアの夫になった作家・批評家レナード・ウルフ

(Leonard Woolf, 1880–1969)、作家・批評家E・M・フォースター (Edward Morgan Forster, 1879–1970)、伝記作家リットン・ストレイチー (Lytton Strachey, 1880–1932)、画家・美術評論家ロジャー・フライ (Roger Fry, 1866–1934)、画家ダンカン・グラント (Duncan Grant, 1885–1978)、美術批評家クライヴ・ベル (Clive Bell, 1881–1946)、経済学者ジョン・メナード・ケインズ (John Maynard Keynes, 1833–1946)、文芸評論家デズモンド・マッカーシー (Desmond MacCarthy, 1877–1952) などである。

彼らの多くは、『タイム・アンド・タイド』誌 (*Time and Tide*, 1920–79)、『スペクテイター』誌 (*Spectator*, 1828–)、『ニュー・ステイツマン』誌 (*New Statesman*, 1913–31) のような政治色の強い週刊誌に寄稿していた。これらは、政治的に穏健な立場を取っていた大衆紙ほどの部数はなかったが、左翼系の週刊誌として戦間期に売り上げを伸ばした。『タイム・アンド・タイド』誌にヴァージニア・ウルフはエッセイや書評を四回載せている。また、『スペクテイター』誌は、リットン・ストレイチーの従兄が編集者で、ストレイチーは定期的に書評をおこなうスタッフであった。中でも『ニュー・ステイツマン』誌は社会的影響力が大きかった。これは、フェビアン協会 (Fabian Society) を設立したウェブ夫妻 (Beatrice and Sidney Webb, 1858–1943, 1859–1947) が、劇作家で同協会メンバーのジョージ・バーナード・ショー (George Bernard Shaw, 1856–1950) らと共に一九一三年に創刊した週刊誌で、『ネイション』誌 (*The Nation*) と共に、ブルームズベリー・グループの政治評論や書評の重要な発表場所となった。ウルフ夫妻はウェブ夫妻と親交があり、レナード・ウルフはパンフレットの執筆などを通じて、フェビアン協会の政治活動に積極的にかかわっていた。ヴァージニア・ウルフはフェビアン協会の会合に参加したこともある。一九二〇年から二七年まで文学面の編集をデズモンド・マッカーシーが担当し、ヴァージニア・ウルフ、ロジャー・フライなどが同誌に寄稿していた。

また、文芸批評誌『アシーニアム』誌は一八二八年創刊だが、ジョン・ミドルトン・マリー (John Middleton

Murry, 1889–1957) が編集を務めた一九一九年からの二年間に、多くのモダニズム作家の重要な作品を掲載したことで、一九二〇年代のモダニズム文学の形成に寄与した。寄稿者には、ブルームズベリー・グループだけではなく、T・S・エリオットやエズラ・パウンド、ウィンダム・ルイス (Wyndham Lewis, 1882–1957)、キャサリン・マンスフィールド (Katharine Mansfield, 1888–1923) などが名を連ねる。しかし、一九二一年、ミドルトン・マリーが編集を離れ、自由党系の政治週刊誌だった『ネイション』誌に吸収合併される。『ネイション・アンド・アシーニアム』誌 (*Nation & Athenaeum*, 1921–31) となった同誌はその後労働党寄りに立場を変え、一九二三年ジョン・メナード・ケインズの団体が同誌を買い取ると、レナード・ウルフが文学編集者になり、ヴァージニア他多くのブルームズベリー・グループ関係者の記事や書評の投稿先となった。これらの雑誌への投稿を通じて、ブルームズベリー・グループは戦間期の文学・社会ジャーナリズムにおいて強い影響力を発揮していたといえる。

このように、二十世紀初頭から戦間期のジャーナリズムは、モダニズム文学の形成と密接に結びついていた。限定的な読者層をもつリトル・マガジン、あるいはより多くの購読者をもつ新聞や雑誌など、作家たちはそれぞれに合った発表の場を通じて、実験的な作品や革新的な考えを世に送り出していったのである。

二　出版社ホガース・プレスの意義

次に、ブルームズベリー・グループの中心的存在だったレナード、ヴァージニア・ウルフ夫妻の所有していた出版社ホガース・プレスが、モダニズム作家にとって、またヴァージニア・ウルフにとってどのような意味を持っていたかを見ておこう。

ホガース・プレス発祥の地であることを示すブルー・プラーク（筆者撮影）

現在のホガース・ハウス周辺

リッチモンドのホガース・ハウスに1915年に越してきたウルフ夫妻は、2年後に印刷を開始し、この家は住居兼居兼仕事場となった。（筆者撮影）

レナード・ウルフはホガース・プレスをはじめた理由の一つとして、緊張を強いられる執筆、ジャーナリズム、政治活動からの気晴らしを挙げている。もう一つの理由は、一九一五年に二度目の大きな精神病の発作を起こしたヴァージニアにとって、手作業に専念することが、治療になるかもしれないと考えたことだった。一九一七年、手動印刷機がリッチモンドの彼らの家ホガース・ハウスの客間に到着し、ほとんど趣味ではじめた彼らの印刷仕事は、やがて本格的な出版事業へと発展していった。

一九一七年、彼らが手作業で印刷した最初の本は、『二つの物語』(*Two Stories*) で、ヴァージニアの短編「壁のしみ」(Mark on the Wall) とレナードの短編「三人のユダヤ人」(Three Jews) を収録した。友人に出版を知らせる手紙を送り注文をとりつけ、自分たちの手で活字を組みながら、一度に二ページしか印刷できない印刷機で三四頁の本を約二か月半かけて完成させた。友人の画家ドーラ・キャリントン (Dora Carrington, 1893–1932) の四枚の木版画の挿絵を入れ、装丁も自分たちでおこない、最終的に一三四部が印刷された。ウルフ夫妻は、二作目の出版から、一九二三年に出版社が大きくなり通常の書店販売をするようになるまでの期間、独自の予約購読のシステムを使って本を販売した。つまり、印刷した本をすべて受けとることのできる「A購読者」("A" subscribers) と、毎回出版予定を知らせて予約を取る「B購読者」("B" subscribers) に分けて、友人たちを中心に購読者を募ったのである。[7]

その後、一九二一年に足踏み式の銅板印刷機を新たに購入するまで、キャサリン・マンスフィールドの『プレリュード』(*Prelude*, 1918)、T・S・エリオットの『詩集』(*Poems*, 1919)、ウルフ自身の『キュー植物園』(*Kew Gardens*, 1919) ほか八冊の本がほぼ手作業で印刷された。一九二三年に、単行本として初めてイギリスで出版されたT・S・エリオットの『荒地』も、ヴァージニアがすべて活字を組んでレナードが印刷したものである。ホガース・プレスは、これらの実験的な作品を出版することを通じて、モダニズムの作品を世に送り出すのに大きく貢献した。それ以外にも、ドストエフスキーなどのロシア文学の翻訳出版をしたことや、フロイトの全集などの出版を通じて精神分析をイギリスに広く紹介する役割を果たした功績は大きい。[8]

ヴァージニア・ウルフにとって、ホガース・プレスを所有することは、出版社の編集者の意向から自由になることを意味していた。ウルフの長編小説第一作『船出』(*The Voyage Out*, 1915) と第二作『夜と昼』(*Night and Day*, 1919) は、ウルフの義兄ジェラ

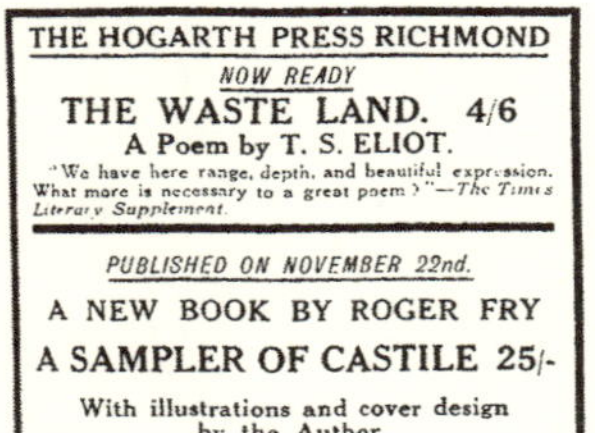
THE HOGARTH PRESS RICHMOND

NOW READY

THE WASTE LAND. 4/6

A Poem by T. S. ELIOT.

"We have here range, depth, and beautiful expression. What more is necessary to a great poem?"—The Times Literary Supplement.

PUBLISHED ON NOVEMBER 22nd.

A NEW BOOK BY ROGER FRY

A SAMPLER OF CASTILE 25/-

With illustrations and cover design by the Author.

This book consists of essays on the art, landscape, and people of Spain; it is illustrated by 16 reproductions in collotype from drawings by Mr. Fry. The edition is limited to 550 numbered copies.

WHEN IT WAS JUNE 4/-

A volume of short stories by ALICE LOWTHER

TO BE PUBLISHED AT THE END OF NOVEMBER.

A POEM BY CLIVE BELL

THE LEGEND OF MONTE DELLA SIBILLA

With a cover design and illustrations by DUNCAN GRANT and VANESSA BELL.

T. S. エリオットの『荒地』出版の広告
(J. H. Willis, Jr. *Leonard and Virginia Woolf as Publishers* より)

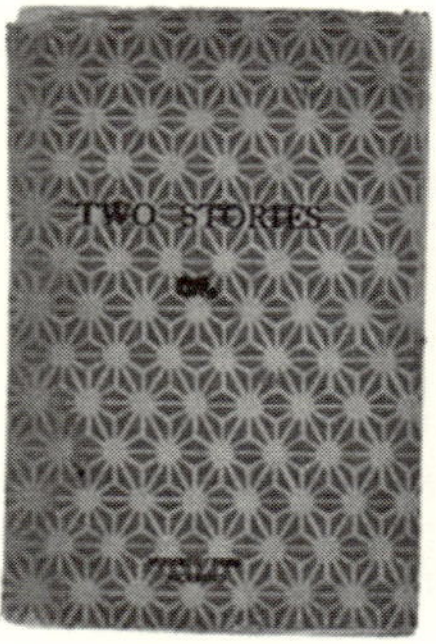

Two Stories 初版
1917 年ホガース・プレスが初めて製作した『二つの物語』の表紙

足踏み式平圧印刷機
1921 年に購入された印刷機。現在はシッシングハースト城にある。(J. H. Willis, Jr. *Leonard and Virginia Woolf as Publishers* より)

ルド・ダックワース (Gerald Duckworth, 1870–1937) の出版社から出版されたが、それ以外のすべての小説や評論などはホガース・プレスから出版された。一九二五年ウルフは日記で、「私はイングランド中で自由に好きなことを書くことのできる唯一の女性だ。他の人たちはシリーズや編集者のことを気にしなければいけないのに」(D3 43) と誇らしげに宣言している。

三　ヴァージニア・ウルフの評論と『普通読者』

一九二五年に発表された『普通読者』(*The Common Reader*, 1925) は、ウルフのはじめての評論集で、のちに『普通読者第二集』(*The Common Reader, Second Series*, 1932) も出版された。どちらも、テューダー朝エリザベス女王の時代からウルフの時代にいたるイギリスの有名無名の作品や作家について書いた評論や、読書について書いた評論など、新作と過去に発表した記事の改訂版との両方を含んでいる。ここでは、作家と読者の関係について論じている評論をとりあげて、同時代の読者や批評に対するウルフの考えを探る。

『普通読者』所収の「パトロンとクロッカス」でウルフは、二十世紀に入って急激に増えた多様な読者と、それに伴う作家たちの困難を描き、作家が良い作品を生み出すには良い読者が不可欠であると述べる (E4 212–15)。また「現代の評論」では、以前のように優れた評論が生まれないのは、読者層と読書習慣の変化に原因があると論じる。つまり、「洗練された観客からあまり洗練されていない大勢の観客」に変化した読者層に合わせ、限られた誌面を埋めることだけに長けた批評家は、薄っぺらな、中身のない評論しか生み出さない (E4 220)。彼らの記事は、気晴らしや娯楽を記事に求める多忙な読者に合わせて、あたりさわりのない凡庸なものにならざるをえない、とウルフは説明

する (E4 223)。

これら二つの評論が『普通読者』という本の文脈におかれると、ただ単に現代の読者や読書習慣を批判的に分析するだけでなく、読者に対して正しい読書法を教えようとする意図もあることがわかる。ウルフは二十代の初めに、正式な学校教育を受けていない男女のためのロンドンの夜間学校モーリー・カレッジ (Morley College) で教えていたことがあり、そこで出会った、十四歳で義務教育を終え、本もあまり読んだことのないような生徒たちに衝撃を受ける。ベス・リジェル・ドーハティ (Beth Rigel Daugherty) は、ウルフのこの時の経験は、自分が書く評論によって「普通の読者」たちに、文学を教えようと考えたきっかけになっただけでなく、労働者階級の人々にどのようにして教えるかをウルフに教えたと指摘する。ウルフは、一方的な講義よりも、会話の中から学生たちとの共通点を見つけ、学生の立場に寄り添った教育の効果を実感する。また、この時の生徒たちが、「普通の読者」の原型となり、自身の文章を通じて、現実の大衆と理想の読者たる「普通の読者」のギャップを埋めようとしたとも考えられる。[9]「普通の読者」についてウルフは、この評論集の冒頭にある同名の評論で次のように書いている。

> 普通の読者は、ジョンソン博士が示唆したとおり、批評家や学者とは違う。良い教育を受けていないし、自然は彼にあまり気前よく才能を与えなかった。他人の意見を学んだり、知識を披露したりするためというよりは、自分の楽しみのために読む。(E4 19)

ウルフは、「文学の偏見に侵されていない読者の常識」と「普通の読者」の批評が信頼できるのに対して、教義主義《ドグマティズム》にとりつかれた批評家や学者の判断は偽りであるという、サミュエル・ジョンソン (Samuel Johnson, 1709–84) の議論を「普通の読者」の説明のために援用し、さらにそこに、「良い教育を受けていない」というウルフ独自の定義を加える (E4 19)。ただし、ウルフがここで言う「教育」とは学校教育のことである。ウルフは、「もしも娘たちが好きな本を好きなだけ読むことを楽しむのなら、それは間違いなく教育の手段である」(Virginia Woolf, "Mr Conrad: A Conversation" E3 376) と考えていた。評論集の最初で、学校教育に頼らない自学の有用性を強調したのは、これからこの評論集を読む読者に対する、ウルフの明白なメッセージになっている。つまり、「書評」("Reviewing", 1939) (E6 195–209) でも論じているように、現代の書評家が作家に対して私心のない有益な批評をできなくなっている現代において、「普通の読者」の役割は重要である。正式な学校教育を受けていなくても、この本を読むことを通じて、作家にとって信頼できる批評家兼読者である理想の「普通の読者」になってほしいという願いがこめられている。

四 ヴァージニア・ウルフとジャーナリズム

ヴァージニア・ウルフは、先に述べたように、ホガース・プレスの所有によって作品を自由に発表できる立場を確保しているにもかかわらず、時に編集者との軋轢に不平を言いながら、さまざまな新聞や雑誌に批評・評論・短編小説などを寄稿し続けた。ウルフがこれらの仕事を続けた一つの理由として、より多くの大衆に自分の作品を届けることで、ウルフが考える理想の読者、すなわち「普通の読者」に彼らを少しでも近づけたいという願いがあったかもしれない。ここでは、ウルフのジャーナリズムの仕事を具体的に概観しながら、ウルフにとってのジャーナリズムの仕事の意義を探っていきたい。

一九〇四年、二十二歳だったヴァージニア・スティーヴン（当時）の匿名の書評が、イングランド国教会系の新聞

『ガーディアン』紙（*Guardian*, 1846–）に掲載されて以来、彼女は『タイムズ文芸付録』紙などいくつかの雑誌や新聞に、年間三〇編以上の記事を執筆するようになった。[10] 執筆によって自分の収入を得るようになったことは、自立を目指すウルフにとって非常に重要なできごとであった。一九〇八年、はじめての長編小説『船出』の執筆の開始や、ジャーナリズムの仕事を辞めて文学に専念してほしいと考えた叔母からの遺産の贈与、また一九一三年の自殺未遂などいくつかの出来事が重なって、一九一〇年から十五年までは、年間四本以下と、ジャーナリズムの仕事は減少する。[11] とくに、一九一五年の『船出』出版後、ジャーナリズムの仕事は負担になり一時中断するが、翌年からまた再開する。その後は、『夜と昼』、『ジェイコブの部屋』（*Jacob's Room*, 1922）、『ダロウェイ夫人』と小説の執筆で忙しい中でも、評論や書評を投稿することを休まなかった。一九二〇年代になると、ウルフの評論の主要な投稿先として『ネイション・アンド・アシーニアム』誌が加わる。一九二〇年代は小説・評論ともに最も生産的だった時期だといえる。たとえば、一九二三年のウルフは、『ジェイコブの部屋』を書き終えて、『ダロウェイ夫人』のアイディアをかかえながら、戯曲『フレッシュウォーター』（*Freshwater*, 1976）の執筆、ホガース・プレスによるT・S・エリオットの『荒地』印刷の準備、一九二五年に出版することになる『普通読者』の準備を続けている。その一方で、『ネイション・アンド・アシーニアム』誌に三四編、ほかに『タイムズ文芸付録』紙、『クライテリオン』誌、アメリカの『ダイアル』誌（*The Dial*, 1840–1929）、ロンドンとニューヨークの『ヴォーグ』誌（*Vogue*, 1892–）など、英米合わせて九編の書評や評論を執筆する。そして翌年は、さらに多い四九本の記事を英米の雑誌や新聞に寄稿している。

この頃から、イギリスの雑誌に発表された記事が、アメリカで再録されることが多くなる。一九二〇年に『船出』と『夜と昼』がアメリカで出版されてウルフのアメリカでの知名度が上がるにつれて、アメリカの新聞や雑誌から記事の依頼を受けるようになったからだ。多くの場合、イギリスの『ネイション・アンド・アシーニアム』誌に掲載した書評や評論をアメリカの週刊誌『ニュー・リパブリック』誌（*New Republic*, 1914–）や『ニューヨーク・ヘラルド・トリビューン』紙（*New York Herald Tribune*, 1924–66）の『週刊文芸付録』誌（*Weekly Book Supplement*）などに再録するパターンが多かった。[12] しかし、アーノルド・ベネット、H・G・ウェルズ、ジョン・ゴールズワージーら前の世代の作家を、物質主義者で時代遅れと批判して物議をかもした『ベネット氏とブラウン夫人』（*Mr. Bennett and Mrs. Brown*, 1923）のように、最初にニューヨークの『イブニング・ポスト』紙（*Evening Post*, 1920–）に掲載してから、翌月イギリスの『ネイション・アンド・アシーニアム』誌に、そしてまたアメリカ、ボストンの『リビング・エイジ』誌（*Living Age*）に再録する方式をとることもあった。[13]

また、一九二〇年代の寄稿先としてファッション誌の『ヴォーグ』誌は異色の存在である。ウルフは英訳『源氏物語』の書評などを含む計五本の評論や書評を寄稿している。『ヴォーグ』誌とウルフの関係を調べたジェイン・ガリティ（Jane Garrity）によれば、一九二二年から二六年まで編集を務めていた『ヴォーグ』誌のドロシー・トッド（Dorothy Todd）は、『ヴォーグ』誌を一般大衆向けのファッション誌ではなく、知的にも洗練された上流階級、あるいは上流階級を目指す女性読者をターゲットにする雑誌にすることを目指した。トッドは、大衆文化とは一線を画すと考えられたモダニズム作家たちを、流行の先端をいくファッション・アイコン的存在ととらえ、ウルフ以外にもレナード・ウルフ、D・H・ロレンス（David Herbert Lawrence, 1885–1930）などに執筆を依頼している。この事実からは、知的エリート層向けの文化というモダニズム文学のイメージに反して、彼らが、自分たちの文化を商品化することに積極的に参加していたという側面が見えてくる。[14]『普通読者』を発表したウルフにとって、トッドの上流階級読者志向という編集方針は相容れないものであるが、それでもウルフが『ヴォーグ』誌に寄稿した最大の理由は経済的なものであると考えられる。ウルフは一九〇九年から二一年までに本の執筆から二〇五ポンドしか収入を得なかったが、『ダロウェイ夫人』と『普通読者』の出版後、年五〇〇ポンドの収入を獲得するようになる。この数字は『自分だけの部屋』でウルフが女性の自立のために必要だと述べる最低限の金額である。ウルフは友人のヴィタ・サックヴィル・ウェスト (Vita Sackville-West, 1892–1962) への手紙で、「私たちは年に五〇〇ポンド稼がないといけない。だから自分の魂をトッドに売り渡すことになるだろう。でもこれが、自由になって、外国を旅し、イギリス中を車で走り回るための第一歩だ。」(L 3 250) と、『ヴォーグ』に執筆することの意味をはっきり述べている。

一九三〇年以降は、作家としての地位の確立や経済的な安定にともない、雑誌や新聞への記事の執筆は年間一〇編以下と減少する。それでも新たにアメリカの季刊誌『イエール・レビュー』(*Yale Review*, 1892–) や『ブックマン』誌 (*Bookman*, 1895–)、『アトランティック・マンスリー』誌 (*Atlantic Monthly*, 1857–) などが寄稿先に加わる。イギリスでは、『ニュー・ステイツマン』誌と『ネイション・アンド・アシーニアム』誌が一九三一年に合併してできた『ニュー・ステイツマン・アンド・ネイション』誌が、ウルフの主な記事の投稿先となった。女性向けファッション雑誌への投稿も続けており、一九二九年と一九三八、三九年に短編小説四編を、ロンドンの『ハーパーズ・バザー』誌 (*Harper's Bazaar*)、一九二〇年代は『ハーパーズ・マガジン』とニューヨークの同雑誌に掲載している。『ハーパーズ・バザー』誌は、一八六七年に創刊されたアメリカ最古の女性向けファッション雑誌で、『ヴォーグ』誌同様、ファッションや美容記事満載の誌面に、芸術家による記事をとりいれることで知的な彩りを加えようとした。ウルフの短編は書下ろしではなく、以前に書いたものを雑誌掲載のために書き直したものだった。[15] また、中流階級の女性に家事の切り盛りを教えるというコンセプトで一九二二年に創刊された、より大衆的なファッション雑誌『グッド・ハウスキーピング』誌 (*Good Housekeeping*) にも、ウルフは一九三一年から翌年にかけて、ロンドンについてのエッセイを六編、英米それぞれで掲載している。

概して、アメリカの出版社の方がイギリスの出版社よりも高い原稿料を払う傾向があった。たとえば、イギリスの『タイムズ文芸付録』紙は通常一つの記事について約三〇ポンド、『ネイション・アンド・アシーニアム』誌が約一〇ポンド、一方アメリカでは、『ニュー・ヨーク・ヘラルド・トリビューン』紙、『イエール・レビュー』誌は約五〇ポンド、『グッド・ハウスキーピング』誌は四五ポンドの原稿料を一つの記事に対して払っていた。[16] ちなみに、一九三五年頃の平均的な公務員等事務職の年収が二〇〇〜三〇〇ポンド、医者・弁護士レベルで一〇〇〇ポンド、家族向けの自動車が一〇〇〜二〇〇ポンドで手に入る時代である (Stevenson 122–23, 390)。

こうして見てくると、ウルフは、政治誌から婦人向けファッション誌まで、英米の様々な雑誌や新聞に投稿していたことがわかる。イギリスでは編集長と長い付き合いがあった『タイムズ文芸付録』紙や、レナード・ウルフら身内が編集を務めていた『ネイション・アンド・アシーニアム』誌など自由に執筆できる雑誌を選び、アメリカでは、依頼に応じて多様な雑誌や新聞に寄稿している。ウルフの日記や手紙からは、編集者に対する不満や、ジャーナリズム仕事が小説執筆の妨げになっていることに対する苛立ちを読み取ることができる。それでも、英米双方で、大衆向け雑誌をも含む多くの場に作品を発表し続けたことは、一部の知的エリートだけでなく、できるだけ多くの大衆に広く自分の考えを伝え、理想の読者を一人でも増やしたいというウルフの意思の表れであると言えるだろう。

五　「労働者教育協会」でのヴァージニア・ウルフの講演――「斜塔」における聴衆・読者の意義と重要性[17]

ウルフは評論「パトロンとクロッカス」で、現代の作家は、「かつてないほどバラエティに富んだパトロン［読者］」という漠然とした集団を対象に、文章を書かなければならないと論じる (E4 212)。しかし、もしその読者が聴衆として目に見える形で目前にいるとしたら、作家はどのような配慮をするだろうか。ヴァージニア・ウルフは、一九四〇年に「労働者教育協会」(The Workers' Educational Association) ブライトン支部で「現代文学の傾向」(Modern Trends) についての講演をおこない (L6 394)、のちにそれは「斜塔」と改題され、ホガース・プレス出版の『フォリオズ・オブ・ニュー・ライティング』(*Folios of New Writing*) に掲載された。この講演の原稿と、出版されたテクストの間の差異には、労働者階級の聴衆と、知的な読者層という差異に応じておこなったと考えられる変更がいくつか見られる。ここでは、この出版原稿と講演のための原稿との比較を通じて、異なる読者・聴衆に対するウルフの意識がどの程度テクストに反映されているか、また、講演形式が必然的にはらむ問題点を、ウルフがどのように解決しようとしたか考察する。[18]

ヴァージニア・ウルフが公の場で講演をおこなった回数は、その知名度からすると比較的少なかったようである。[19] ウルフが講演をあまりおこなわなかった理由の一つとして、講演形式の有効性について疑問を持っていたことが挙げられる。たとえば、評論『三ギニー』(*Three Guineas*, 1938) では、イギリス文学についての講義は、本を自分で読むことができる知識と財力のある人間には無駄な上に、偏った読み方や解釈を一方的に教え込むというやり方は文学にとって有害である、とウルフは注解で述べている (35; 141–42)。

労働者教育委員会は、高等教育を受ける機会がなかった労働者階級の大人たちに教育の場を提供することを目指して、オックスフォード大学、労働組合 (Trade Unions)、協同組合 (Co-operative societies) などに働きかけたアルバート・マンスブリッジ (Albert Mansbridge, 1876–1952) によって、一九〇三年に設立された。労働者向けの教育の場として、これ以前にも「機械工専門学校」(The Mechanics' Institutes)、「労働者大学」(The Working Men's College)、「大学課外教育運動」(The University Extension Movement) などがあったが、高等教育を労働者に身近なものとしたという意味で、もっとも成功していた(Rose 265)。労働者教育委員会の目的の一つは、教育の必要性を認識していない労働者たちに対して、教育の重要性に気づかせることだった。[20] また、一九三〇年代頃からは、成人教育ばかりでなく、学校教育制度の改革にも力を注いだ。

ブライトンでのウルフの講演の記録は残っていないようなので、どのような講演だったのか、どのような聴衆がいたのかなどの実際の様子は、ウルフの日記や当時の労働者教育委員会の記録などから推察するしかない。労働者教育委員会の年次リポートによれば、一九三九年から四〇年当時、ウルフがおこなったような一日講演以外に、三年間のチュートリアル(少人数)授業、大学の課外講座との合同講座、一年間、一学期だけの講座などの数種類の講座が運営されていた。その生徒は、肉体労働者だけでなく、事務員、教員、公務員などのホワイトカラーの人も含んでいた。一九四〇年時点では、男女の比率は女性の方が若干多い(*WEA District Annual Report* 2–3)。戦時下の紙不足の影響により、その年の年次リポートに一日講演の記録がないので詳細はわからないが、ウルフ自身は、予想以上に多い二〇〇人ぐらいの聴衆がいたと記している。[21]

この講演でウルフは、「現代文学の傾向」についてどのようなことを語ったのか簡単にまとめておこう。現代の作家、中でも特権的な教育と収入を得ている中流階級の作家たちは、以前は当然だった階級社会に疑問をもちはじめ、自分たちの階級——「しっくいと金でできた塔」(a tower of stucco and gold) に居心地の悪さを感じはじめている。特に一九二五年頃から作品を発表し始めた「オーデン世代」(Auden generation) と呼ばれるW・H・オーデン (Wystan Hugh Auden, 1907–73)、ルーイ・マクニース (Louis MacNeice, 1907–63)、スティーヴン・スペンダー (Stephen Spender, 1909–95) らは、その塔の上にいる作家たちである。しかし、時代が急激に変化する中、塔は左に傾きはじめる。この斜塔の上で作家たちは、自分たちの特権的な中流階級の快適さを享受したまま、自らの階級批判をおこなう。このような状況下で、彼らの作品は自意識過剰によって損なわれてしまっている。彼らを生み出したイギリスの教育制度はエリート中心で多くの大衆を無視してきたが、これからは、学校教育に代わるものとして、公共の図書館が文学を民主化するための重要な鍵となるだろう。将来は、階級などとは関係ない一般の人たちが鋭い批評眼を身に着けて文学に参加することによって、よりよい社会や文学が生まれることを期待する。

ウルフはこの持論を労働者階級の聴衆に伝えるにあたって、講演では次のように前置きをつけ加えることで、一方的に教授する形式の欠点を補おうとする。

しかしこの取り組みをはじめる前に、警告の言葉を述べておきます。講演者がこれから真実を言うだろうと期待しないでください。（中略）講演者は必ず間違ったことを言います。（中略）その理由は、講演者がその対象を自分自身の眼でしか見ないからです。（中略）だから、現存する作家について話すときは、あなたは自分自身の眼で見ないといけません。というのも私ができるのは、私の眼で見ることだけですから。(M96 1)

ウルフは講演の冒頭から、聴衆に受身的な態度を改めるように促す。これは、講演形式の慣習を打ち破るための試みであるといえる。ウルフは、自分の判断が誤っている可能性があることを先に示すことによって、講演者の立場に不可避的に内在する権威を捨て去ろうとする。批判的に講義を聞き自分自身で判断することを、聴衆に要求するのである。そうすることによって彼らは、文学に貢献するための判断力や思考力を養うための訓練を、この講演の場自体で実践することになる。

ウルフは聴衆に対して、講演者と同じ問題を抱える対等の立場にたち、討論をおこなうような講演になることを期待していた。同じ立場にたとうとする努力は、カディー＝キーンが論じたように、たとえば「私たち」という代名詞の使用に見られる(Cuddy-Keane 96–99)。ウルフは前の世代の作家達は、社会階級の明確な区分に支えられて、堅固な「中流階級の生まれと高価な教育という塔」(E6 265) に住んでいたと述べる。しかし、古いヒエラルキーが覆されようとしている今、斜塔に住む一九三〇年代の作家達が、どんなに居心地が悪いか想像するように、聴衆に訴える。

> 怒り、憐み、身代わりの誰かへの攻撃、言い訳探し——これらはみな当然の傾向です。もし私たちが彼らの地位にいれば、同じことをするはずです。しかし私たちは彼らの立場にいません。私たちは十一年のお金のかかる教育を受けていません。私たちは想像上の塔に上っているだけです。想像することを止めさえすればいいのです。降りてくることができます。(E6 268)

自分自身と聴衆の間に共通点を見つけることによって、ウルフは聴衆と同じ立場にたとうとする。つまり、中上流階級のウルフと労働者階級の聴衆とは、違う階級に属してはいるが、高価な教育を受けていないという点で共通であると、彼らに感じさせようと試みているのである。

しかしながら、ウルフの努力にもかかわらず聴衆の反応は思わしくなく、「じっと動かず凝視していて議論しようとしない」様子に失望する (L6 394)。この講演は労働者教育委員会の聴衆の関心はあまりひかなかったようだが、当然のことながら、「斜塔作家」と批判された一九三〇年代の作家たちの間では反響を呼んだ。ウルフは当初、この講演の出版をためらっていたが、『フォリオズ・オブ・ニュー・ライティング』の編集を手がけ、ホガース・プレスの共同経営者でもあったジョン・レーマン (John Lehman, 1907–87) の執拗な求めに応じて、最終的に書き直しをした上で出版を許可した。ではウルフはどのように、その読者のために書き直しをおこなったのだろうか。

『フォリオズ・オブ・ニュー・ライティング』誌は一九四〇年から四一年までの間、それ以前の『ニュー・ライティング』誌の後継雑誌として出版された。一九三六年から編集を担当していたレーマンは、他に発表する場のない、若い作家や新人が作品を載せることのできる国際的な雑誌にしようと考えていた。そのため掲載作品は、海外の作家や労働者階級の作家など多岐に亘っていた。主な読者層は、ヴィクトリア時代の文学や古典文学には飽き足りず、現代文学に関心をもった、労働者階級をも含む知的な人々だったと考えられる。ウルフが「斜塔」の中で言及したオーデンやマクニースらは、詩やエッセイをたびたび寄稿していた。しかしながら、この雑誌のためにウルフがおこなった改訂は、彼らに対する批判を弱めるものではなかった。

次の、大体同じ内容を持つ講演原稿と出版原稿の引用からは、聴衆・読者の立場に応じてウルフがどのように表現を変えているか見ていくことで、それぞれに対するウルフの配慮が鮮明になる。講演では次のように述べる。

> もし文学がこの戦争のあとも続くのであれば――そしてそれは続くであろうが――それは私たち、普通の読者と、普通の作家 (we, the common readers and the common writers) が自分たち自身の努力で、どのように読むか、どのように書くかを学ぶからである。(M96 33; 傍点筆者)

ここでは、「普通の (common)」という同じ形容詞を使うことによって、読者と作家を同列に並べ、「私たち」「普通の読者」「普通の作家」と並列させたことで、読者と作家を隔てる距離を縮めようとしている。作家と読者、つまり発信者と受け手という固定した関係を崩して曖昧にし、さらには、中上流階級の講演者であるウルフと労働者階級の聴衆を隔てる距離も縮めようとする意図が感じられる。ウルフは、聴衆に対して、ただ読むだけでなく書くことに参加することで、労働者階級ならではの文学を産み出し、イギリス文学を豊かなものにするよう奨励する。

一方、出版原稿では同じ個所を次のように表現する。

このようなわけで、イギリス文学はこの戦争を生き抜き、崖を越えるだろう。——もしも私たち自身のような、一般人とアウトサイダー(commoners and outsiders)が、この国を自分たち自身の国にするのであれば。そして、もし私たちが、どのように読み、書き、どのように［イギリス文学を］維持し、創作するか、自分自身で学ぶことができれば。(E6 278; 傍点およびカッコ内は筆者)

ウルフは、伝統的な教育システムから排除されてきたと感じている読者、つまり「アウトサイダー」の側に自分を置こうとする。ウルフにとっての「アウトサイダー」は、評論『三ギニー』での主張と結びついている。『三ギニー』でウルフは、家父長的イギリス社会の構造をファシズムや戦争と結びつけて批判する。その過程で、イギリスの権力構造の中心は一流大学出身者の男性で占められていて、ウルフのように、彼らの娘でありながら女性であることを理由に大学教育を受けていない娘たちは「アウトサイダー」であると論じる。

しかしこの「アウトサイダー」という語彙は、労働者教育委員会の聴衆に語りかけるときには使用していない。教育を受けていない「アウトサイダー」の役割を強調すると、学校教育の無用性を論じているという印象を与えかねない。教育システムの改善を求めて運動し、大学と合同で成人教育をおこなってきた労働者教育委員会の努力の妨げになってはいけないと考えたのかもしれない。ウルフが、聴衆の質に配慮し、入念に原稿をつくっていたことがわかる。

一方出版原稿では、プロの作家として自ら実践して来た自学自習の優位性を示すためにも、学校教育を受けたことがない「アウトサイダー」の立場にいることをはっきりさせることが重要だった。これは、高等教育を受ける機会がなかったと嘆いている作家志望の読者達を励ますことにもなっただろう。正式な学校教育を受けていなくても、独学で読書する人が増え、労働者階級の作家や読者が文学の分野に参加することによって、文学はより良いものになる可能性があるとウルフは示唆している。文学は教わるものではなく、広範な読書によって自分で学ぶものであるというウルフの信念を読みとることもできる。ウルフの小説家・評論家・ジャーナリストとしてのキャリアこそが、彼女の信念の正しさを証明していると言えるかもしれない。

さらに、この箇所における顕著な違いは、出版原稿だけに示唆される政治的な意味合いである。「私たち自身のような一般人とアウトサイダーが、この国を自分たち自身の国にする」という表現は、第二次大戦中であることを考えると、単に、特権的な教育を受けていない階級の人たちが文学に参加するという以上の強い響きをもつ。この引用の前に、「文学はだれの私有地でもない。つまり文学は共有地 (common ground) である。国に分かれてもいないし、戦争もない」(E6 278) とあるので、「この国」は「共有地」である文学を比喩的に指してはいるが、文字通り、イギリスを指しているように読むこともできる。特権的な大学教育を受けて社会の中枢にいる権力者たちは戦争を止めることができない、戦争をなくすためには「アウトサイダー」の役割が重要だと論じた『三ギニー』での議論と響きあうものである。これは、『フォリオズ・オブ・ニュー・ライティング』誌の知的な読者であれば間違いなく受けとれる、平和に向けての活動を促すメッセージと考えることも可能だろう。

このように、「斜塔」の二つのテクストには、講演と出版、聴衆と読者の質の違いに応じたウルフの配慮や願望が、重要な痕跡を残していることがわかる。それは、それぞれのテクストで、異なる表現や語彙の使用という形で表れている。

一九四〇年、戦況がますます悪化するなかで、ウルフは書いている。「観客《オーディエンス》もいない。反響もない。これは部分的な死だ (D5 293)。」観客《オーディエンス》がいないことは、ウルフのインスピレーションの源の喪失、物理的な現実の対象の喪失を意味する。ウルフは現実に存在する、読者・聴衆という対象に向かって、物語をつくり上げ、彼らとのよい関係を築き上げようとした。目に見えない観客《オーディエンス》である「普通の読者」が、ウルフの創造的インスピレーションの豊かな源として大きな存在であったことは間違いないだろう。しかし、現実にリアリティを感じられなくなった戦時下において、ウルフの想像力は、時には、直接反応してくれる身体をもった現実の読者・聴衆を切望していたのかもしれない。

まとめ

二十世紀初めから戦間期にかけての新聞や雑誌は、多様化する読者に応じて内容を刷新し、不安定な世界情勢や大戦への人々の関心とあいまって、飛躍的に部数を向上させた。読者の大衆化が進む一方で、少数の知的な読者を対象とした新たな雑誌も数多く生まれ、新聞や雑誌は読者の住み分けが進んだ。作家たちは新聞や雑誌に寄稿することで生計をたて、自身の作品を世に送り出すことを目指したが、新しい雑誌は、ほかに掲載する場のない実験的な作品を掲載することによって、作家たちを助け、モダニズム文学の発展を後押しした。ヴァージニア・ウルフも小説執筆の傍ら、出版業や新聞・雑誌への寄稿を通じて、他のブルームズベリー・グループのメンバー同様に、ジャーナリズムと深くかかわっていた。そして、彼女がプロの作家として経済的に自立し、作家としての地位も確立した後でなお、様々な雑誌や新聞に寄稿し続けていた背景には、より多くの読者に作品を届けたいという強い意志が感じられる。

『普通読者』をはじめとするウルフの評論には、しばしば、プロの批評家ではなく一般の読者による私心のない書評への期待や、「普通の読者」が読書を通じて向上し文学の発展を支えるという理想の未来も描かれる。

このように、小説家・評論家・ジャーナリスト・講演者といった多角的な活動をあわせて概観すると、読者・聴衆の存在がいかに大きかったかが読み取れる。変容し拡大し続ける読者は、時にウルフにとってやっかいな存在だったかもしれないが、理想の読者を育てるという目的は、書くという行為の意義をさらに高め、大きな動機づけにもなったことだろう。この本のタイトルの「読者ネットワークの拡大」ということばが示唆する平等性は、読者・作家・批評家であるウルフが志向した、読者との対等な関係と重なるものであると言えるだろう。

注

1 モダニズム小説でしばしば使われる「意識の流れ」の手法では、自由間接話法などを駆使して、登場人物の意識にうかぶことをできるだけそのまま描写し、外の世界のできごとは登場人物の意識を通じて描かれるか、ごく短く描写される。

2 二十世紀初めの大衆に対する知識人の反応については、ジョン・ケアリーの以下の論を参考にしている。John Carey, *The Intellectuals and the Masses*, 6–7.

3 二十世紀初め、とくに戦間期の新聞の発行部数や識字率について、以下を参照した。John Stevenson, *Social History of Britain: British Society* 1914–45.

4 エリオットが創刊した季刊誌『クライテリオン』誌は、『ニュー・クライテリオン』誌、『マンスリー・クライテリオン』誌など名前や出版方法を変えながら一九三九年まで続いた。

5 雑誌やリトル・マガジンについて以下を参照した。Peter Brooker ed. *The Oxford Critical and Cultural History of Modernist Magazines*. Vol. 1; Robert Scholes, Modernism in the Magazines: An Introduction.

6　ブルームズベリー・グループの活動の詳細については、S. P. Rosenbaum, *Georgian Bloomsbury* を、雑誌についてはThe *Essays of Virginia Woolf*. vol. 1–6. "Notes on Journals"を、ウルフのエッセイの寄稿先については、B. J. Kirkpatrick, *A Bibliography of Virginia Woolf* をそれぞれ参考にしている。

7　予約購読出版については以下を参照した。Mark Hussey, *Virginia Woolf A–Z*. また、十九世紀の予約購読出版のシステムについては、一章を参照のこと。

8　ホガース・プレスについては右記の文献の他、以下を参考にしている。J. H. Willis, JR, *Leonard and Virginia Woolf as Publishers: The Hogarth Press 1917–41*.

9　ウルフのモーリー・カレッジでの教師経験については以下を参考にした。Beth Rigel Daugherty, "Virginia Woolf Teaching/Virginia Woolf Learning: Morley College and the Common Reader," *New Essays on Virginia Woolf*. 62.

10　『ガーディアン』紙に掲載された最初の記事は、アメリカ人作家W. D. Howellsの小説の書評 "The Son of Royal Langbrith" だった。当初は他に、著名な文学批評家であった父レズリー・スティーヴン (Leslie Stephen, 1832–1904) の関係で得た『コーンヒル・マガジン』誌 (*Cornhill Magazine*) や『タイムズ文芸付録』紙などでの仕事が主だった。『タイムズ文芸付録』紙は、一九〇二年に『タイムズ』紙の付録として創刊されたが一九一四年には独立紙になった。ウルフは、編集を務めていたブルース・リッチモンド (Bruce Lyttelton Richmond, 1871–1964) から、ジャーナリズムの仕事について多くを学んだと日記で述懐している。同紙は、一九三八年までウルフの主要な寄稿先の一つであり続けた。*The Diary of Virginia Woolf*. Vol. 5, 145.

11　ウルフは一九〇九年叔母キャロライン・エミリア・スティーヴン (Caroline Emelia Stephen, 1834–1909) から二五〇〇ポンドの遺産を得る。以下を参照した。Jeanne Dubino, "Virginia Woolf: From Book Reviewer to Literary Critic, 1904–1918", *Virginia Woolf and the Essay*, 33.

12　『ニュー・リパブリック』誌 (*New Republic* (N.Y.)) は、一九一四年に創刊されたアメリカの週刊誌でアメリカにおける主要な寄稿先の一つであった。一九二三年から四〇年までウルフは二三編の評論や書評を掲載し、ほとんどが『ネイション・アンド・アシーニアム』誌からの再録だった。

13　ウルフがジャーナリストとしてアメリカで最初にデビューしたのは、一九〇八年の『リビング・エイジ』誌においてであった。この時は『コーンヒル・マガジン』誌に掲載したエッセイの再録だった。

14　トッドの編集方針や、ヴィクトリア時代的女性らしさやセレブ感を前面に押し出したウルフ像の創出に対するウルフの反発などの詳細は以下の論を参照のこと。Jane Garrity, "Virginia Woolf, Intellectual Harlotry, and 1920s British *Vogue*", *Virginia Woolf in the Age of Mechanical Reproduction*, 189.

15　次の四短編である。"The Lady in the Looking Glass" (1929), "The Shooting Party", "The Duchess and the Jeweller" (1938), "Lappin and Lapinova" (1939). *The Complete Shorter Fiction of Virginia Woolf*.

16　原稿料については、ウルフの出納帳を調査したクラークの "Notes on Journals" を参照した。*The Essays of Virginia Woolf* Vol. 5, 661–68.

17　この箇所は、日本ヴァージニア・ウルフ協会第二七回全国大会（二〇〇七年十一月、上智大学）において口頭発表した原稿および吉田の以下の論文の一部をもとにしている。Erika Yoshida, "'The Leaning Tower': Woolf's Pedagogical Goal of the Lecture to the W.E.A. Under the Threat of the War", *Virginia Woolf: Art, Education, and Internationalism*, 33–39.

18　ニューヨーク図書館のバーグ・コレクションには、この講演に関する四種類の原稿 (M96, 97, 98, 99) があるが、どれも日付がはいっておらず、講演原稿がどれかを特定するのは難しい。しかし、M96だけに、日程を延期したことを詫びる文言が入っていることから、この原稿が実際の講演原稿にもっとも近いものと考える。また、*Folios of New Writing* に掲載されたテクストは、のちにレナード・ウルフによって *The Moment and Other Essays* に収められ、さらに *The Essays of Virginia Woolf*, Vol. 6 に再録されたが、それぞれのテクストはほぼ同じである。そこで、本論では、講演原稿にはバーグ・コレクションのM96を、出版原稿には *The Essays of Virginia Woolf*, Vol. 6 のテクストを使用する。本文中でバーグ・コレクションからの引用は "M96" と頁数で示す。"The Leaning Tower" ("Some Modern Tendencies"), Ts. New York Public Library: Berg Collection. M96. "The Leaning Tower", *The Essays of Virginia Woolf*, vol. 6, 259–83.

19　ウルフの伝記や手紙を参照した。Hermione Lee, *Virginia Woolf*; Quentin Bell, *Virginia Woolf: A Biography*.

20　労働者教育委員会について、一九二〇年から四八年まで会長や副会長を務めたR・H・トーニーの以下の論を参照した。R. H. Tawney, "The Education of the Citizen: Being the Presidential Address of R. H. Tawney,"

21　ウルフはヴィタ・サックヴィル・ウェストに対する手紙で二〇〇人ぐらいの観客に講義をした、と書いているが、前年度の年次リポートの記録から考えると、通常は三〇人ぐらい、多くて一〇〇人程度なので、少し誇張された数字かもしれない。

引用参考文献

Bell, Quentin. *Virginia Woolf: A Biography*. Vol. 2. 2 vols. New York: Harcourt Brace, 1972.

Brooker, Peter. *The Oxford Critical and Cultural History of Modernist Magazines*. Vol. 1. Oxford: Oxford UP, 2009.

Carey, John. *The Intellectuals and the Masses*. London: Faber, 1992.

Cuddy-Keane, Melba. *Virginia Woolf: The Intellectual, and the Public Sphere*. Cambridge: Cambridge University Press, 2003.

Daugherty, Beth Rigel. "Virginia Woolf Teaching/Virginia Woolf Learning: Morley College and the Common Reader." *New Essays on Virginia Woolf*. Ed. Helen Wussow. Dallas: Contemporary Research Press, 1995: 61–77.

Dubino, Jeanne. "Virginia Woolf: From Book Reviewer to Literary Critic, 1904–1918." *Virginia Woolf and the Essay*. Eds. Beth Carole Rosenberg and Jeanne Dubino. London: Macmillan, 1997: 25–40.

Garrity, Jane."Virginia Woolf, Intellectual Harlotry, and 1920s British *Vogue*." *Virginia Woolf in the Age of Mechanical Reproduction*. Ed. Pamela I Caughie. London: Garland Publishing, 2000: 185–218.

Hussey, Mark. *Virginia Woolf A–Z*. Oxford: Oxford UP, 1995.

Johnston, Georgia. "The Whole Achievement in Virginia Woolf's The Common Reader." *Essays on the Essay: Redefining the Genre*. Ed. Alexander J. Butrym. Athens: U of Georgia P, 1989.

Kirkpatrick, B. J., and Stuart N. Clarke. *A Bibliography of Virginia Woolf*. First edition 1957. 4th ed. Oxford: Clarendon, 1997.

Lee, Hermione. *Virginia Woolf*. New York: Random House, 1997.

Rainey, Lawrence. *Institutions of Modernism: Literary Elites and Public Culture*. New Haven: Yale UP, 1998.

Rose, Jonathan. *The Intellectual Life of the British Working Classes*. New Haven: Yale UP, 2001.

Rosenbaum, S. P. *Georgian Bloomsbury: The Early Literary History of the Bloomsbury Group*. Vol. 3. Basingstoke: Palgrave Macmillan, 2003.

Sholes, Robert. *Modernism in the Magazines: An Introduction*. New Haven: Yale UP, 2010.

Stevenson, John. *British Society 1914–45*. 1984. Harmondsworth: Penguin, 1990.

Tawny, R. H. "The Education of the Citizen: Being the Presidential Address of R. H. Tawney, The 2nd Annual Conference of the Workers' Educational Association". York: The Workers' Educational Association, London, 1932.

Willis, J. H. JR. *Leonard and Virginia Woolf as Publishers: The Hogarth Press 1917–41*. London: UP of Virginia, 1992.

Woof, Virginia. *The Essays of Virginia Woolf*. Ed. Andrew MacNeillie. 4 vols. London: Hogarth, 1979–94.

——. *The Essays of Virginia Woolf*. Ed. Stuart N. Clarke. 5–6 vols. London: Hogarth, 2009, 2011.

——. *Three Guineas*. 1938. Ed. and intro. Naomi Black. Oxford: Shakespeare Head Press-Blackwell Publishers Ltd., 2001.

——. *The Complete Shorter Fiction of Virginia Woolf*. Ed. Susan Dick. Second Edition. London: Hogarth, 1985.

——. *The Diary of Virginia Woolf*. Eds. Anne Olivier Bell and Andrew McNeillie. 5 vols. New York: Harcourt, 1977–84.

——. *The Letters of Virginia Woolf*. A Change of Perspective. Eds. Nigel Nicolson and Joanne Trautmann. 6 vols. New York: Harcourt, 1975–80.

The Workers' Educational Association, South-Eastern District. *WEA District Annual Report*. Chatham, 1940.

Yoshida, Erika. "'The Leaning Tower': Woolf's Pedagogical Goal of the Lecture to the W.E.A. Under the Threat of the War." *Virginia Woolf: Art, Education, and Internationalism*. Eds. Diana Royer and Madelyn Detloff. Clemson UP, 2008. 33–39.

(Unpublished Typescripts)

Woolf, Virginia. "Some Modern Tendencies (The Leaning Tower)", Ts. New York Public Library: Berg Collection. *The Virginia Woolf Manuscripts from the Henry W. and Albert A. Berg Collection at the New York Public Library*. Woodbridge, Conn.: Research Publications International, 1994. Reel 11. M96, 97, 98, 99.

吉田論文へのコメント

山内　圭

これまで、あまりウルフ作品には触れたことがなかったが、吉田氏の論文をきっかけにして興味を持った。数々の有名な小説作品を出版する以外にも、評論や書評などを新聞や雑誌に発表していたことは、私（筆者）は寡聞にして知らなかった。さらに日記も手紙も多く書き、日記や書簡集も何冊かずつ出版されている。まさに"woman of letters"というところである。彼女によって書かれたものが多い上、彼女の伝記や研究書も数多く出版されているようで、研究者としては読むべきものが多く、その点は私（筆者）の専門とするジョン・スタインベックも同様である。

ウルフ自身の日記を読んでみると、書評や評論などの必要性のため、読まなければならない書を読んだことや、その書評や評論を書かねばならないことなどと、自分の書いている小説作品の構想や、自分の作品が書評等で他人からどのように評されているか、読者からどのような感想を持たれているかについてが、印象としては同程度出てくるようである。ウルフが小説執筆で忙しいながらも、新聞や雑誌への投稿を続けたのは、経済的理由や読者を教育するという理由であったと吉田論文では述べられているが、彼女は書くことが本当に好きであったということも理由の一つ（最大の理由?）となろうか。彼女は、一九二五年五月十四日（木）の日記で「真実をいえば、書くことが深いよろこびであり、読まれることは表面的なよろこびにすぎないのだ」（ヴァージニア・ウルフ『ヴァージニア・ウルフ著作集8　ある作家の日記』神谷美恵子訳、みすず書房、一九七六、一〇八）と書いている通り、書くことが本当に好きな作家であったようである。

ウルフの時代に、新聞や雑誌の興隆により、「作家が良い作品を生み出すには、良い読者が不可欠である」とウルフは指摘し、**「気晴らしや娯楽を記事に求める多忙な読者に合わせて、当たり障りのない凡庸なものにならざるをえない」**という現象が起こっていたようであるが、現在は、そのような状況がさらに進み、インターネットにより雑誌や新聞（やそれに類する）記事を読み、読んだ記事や文学作品についても意見やコメントを残し、さらにそれを他人にシェアすることが可能になっている現代に、もしヴァージニア・ウルフが生きていたら、彼女はどのような情報発信及び反応、そして読者教育をしたであろうか、吉田氏のお考えをうかがってみたいところである。

コメントへの筆者の応答

山内氏の指摘通り、多くの有名作家と同様、ヴァージニア・ウルフの作品、研究書はかなりの数にのぼり、ウルフの日記は全五巻、手紙は全六巻出版されている。ウルフの日記全体としては、日々の出来事や人間関係についての記述も多く、書評・評論と小説に対する言及だけを取り出して比較したことがないので、それが同程度であるかどうかは私も調べてみたいと思う。ただ今回の私の論では書評・評論に焦点を当てたが、ウルフが小説をより重視していたことは明らかである。そして「彼女が書くことが本当にすきであった」というのはもちろんのことで、ほかの自伝的エッセイ「過去のスケッチ」の中でも、書くことによって出来事を構成し直して統一体にすることに何よりも強い喜びを感じる、あるいは書くことは本能であると日記にも言及がある。引用された日記の「真実をいえば、書くことが深いよろこびであり、読まれることは表面的な喜びにすぎない」ということばは、『ダロウェイ夫人』の書評についての言及のあとのことばなので、書くことこそが重要でそのあとの評判にかかわる部分はそれに比べれば重要ではないという気持ちも表しているようである。もちろん、日記を読んでいると、実際は作品の批評、売れ行きを非常に気にしていることは間違いないが。そして、この引用の直後に次のようなことばが続く。「私は今、まったくジャーナリズムをやめて、『燈台へ』に向かいたい願いでじりじりしている」（『ある作家の日記』みすず書房、一〇八：レナード・ウルフが作家ウルフに関する部分を中心に抜粋した *A Writer's Diary* の翻訳）。私が今回の論でとりあげたかったのは、ウルフがなぜこの気持ちに反してジャーナリズムのために書き続けたかということである。ウルフは、ジャーナリズムと小説を、お金儲けのための仕事とより純粋な本物の仕事というように分けて考えていた。最初の小説『船出』を出版してから小説が中心となり、ジャーナリズ

ムは小説執筆の妨げになるからやめたいという気持ちが、日記等にしばしばみられるようになる。その中でも、ジャーナリズムのために書き続けたのは、小説とは違う読者層に対して書くことに魅力を感じ、使命感を覚えていたのではないかというのが、私の推論である。

ウルフは「パトロンとクロッカス」で、読者の存在が不可欠であること、読者の嗜好に迎合するように記事の質が落ちていることを指摘する。山内氏も注目するように、現在はさらにその傾向は進んでいるかもしれない。一方で、現代のネットを通じての双方向性は、作家が記事をネットに載せて読者がすぐ反応を返す、あるいは、出版作品について一般の読者がネットを通じて作家に感想を直接伝える機会を与えることを可能にするだろう。もしも読者が、内密に作品への率直な感想を伝えてきたら、まさしくウルフが考えている理想の読者による批評だと言えると思う。しかしながら、投稿する批評が公開されるものであると、投稿者は自分の記事の評判を気にして、私心のない批評ではなくなる可能性がある。また、ツイッターのように意見が公開されて次々拡散していく情報の広がり方や、投稿がシェアされていく形は、個性が失われて大衆の一人になったときの人の感性を信頼していなかったウルフの目には、好ましくないものと映るだろう想像する。

そして、ほとんどの人が高等教育まで受けられるようになり、インターネット等でも学習することが容易になった現代の先進国においてウルフは、書くことを通じて読者に何かを教えようとは考えないと思う。ウルフは基本的に、文学に読む楽しみ以外の目的が含まれていることは好きではなかったし、多くの人々が充分な教育のおかげで、文学作品を読み考える力を持つようになっていたのならば、あえて教える必要を感じなかったであろう。

第Ⅱ部

アメリカ編

はじめに

アメリカ文学の領域に関しては、とりわけ一九八〇年代半ば以降、文化（史）研究の枠組から文学のあり方を捉え直す研究動向が顕著な動きを示している。たとえば、文学史もまた時代の産物であるとみなし、文学史がどのように生成されていったのかを時代思潮から読み解き、文学史自体を今日の文化状況を反映する形で書き換える試みが活発に展開されてきている。

出版ネットワークの観点からは、マイケル・ギルモア（Michael Gilmore）による『アメリカのロマン派文学と市場社会』（*American Romanticism and the Marketplace*, 1988／翻訳は一九九五〔松柏社〕）などの研究書が道標となり、同時代の読者層の存在、職業作家としてのあり方、出版と流通をめぐる諸事情、編集者の介在などの観点から、作品の生成と流通過程とを再検討する研究が多く現れるようになり、文学研究の可能性を拡大する契機となった。本編の試みもこうした研究動向の延長戦上に位置づけられるものである。

「アメリカ編」ではまず、アメリカ文学における最初の職業作家、つまり文筆としての活動のみで生計をたてた最初の著名な作家とみなされているエドガー・アラン・ポー（Edgar Allan Poe, 1809–49）に注目することで、十九世紀中葉に文学市場がどのように形成されていったのかを探る。ポーの実際の財政状況は、当時台頭していた雑誌文化の中で主に編集者としての収入に多くを負うており、名声を高くして以後も困窮をきわめていたと言われている。現在に至るまで文学作品の主要な発表媒体の一つとして雑誌文化を特徴としてきたアメリカ文学の歴史を文化史の観点から再検討する上でも、雑誌文化の発展に作家としてのみならず、編集者としても密接な関わりを持っていたポーは重要な存在となる。アメリカン・ルネッサンスと称される時代に文学がどのように生成され、流通していったのかを辿っていく。

続いて、詩人エミリ・ディキンソン（Emily Dickinson, 1830–86）をめぐる詩を中心とした文学の流通経路を概観することにより、当時の読者層がどのように見えてくるだろうか。一般にディキンソンは、一七〇〇もの詩を残し、現在に至るまで高い評価を受けているにもかかわらず、生前には作品を発表する意志を強く持たなかったとみなされることが多い。しかしながら実際には出版の計画を構想していたこともあり、その企画は実を結ばなかったものの数点の詩を生前に発表している。ディキンソンがどのように他の詩人の作品に触れ、また、いくつかの作品をどのように発表していたのかを細かく検討していくことで、詩をめぐる同時代の共同体が浮き彫りになってくる。

マーク・トウェイン（Mark Twain, 1835–1910）をめぐる章では、今日に至るまでアメリカの文化的アイコンとして人気を誇る国民作家としての作家像がどのようにして生成されていったのかを、主に単行本の出版歴を軸に探る。ポーとは異なり、編集者としての関わりこそ持たなかったものの、トウェインは後に出版ビジネスに自ら参入していくことになることからも、印税をはじめとする契約条件や著作権に対する意識を強く抱いていた。十九世紀後半から二十世紀にかけて文学市場がビジネスとしての側面を強めていく中で、トウェインはどのように問題意識を持ち、著作権整備に向かって行動していったのか。国民作家としてのその特異なあり方からは、二十世紀アメリカにおける知的財産権の問題までをも展望することができるのではないか。

さらに、出版ネットワークの関心領域において、出版社からの出版拒否や発禁の対象となった作品が陽の目を見るためにグローバルな文化流通をはたしえていたことを、ウラジーミル・ナボコフ（Vladimir Nabocov, 1899–1977）の作品をめぐる流通過程を具体例として検証する。帝政ロシアに生まれたナボコフはベルリン、パリの生活を経て、一九四〇年にアメリカに渡ってきた亡命作家であり、そうした経歴自体が特異な存在であるが、代表作の一つである『ロリータ』（*Lolita*, 1955）は、複数の出版社から拒絶されたあとでパリのオリンピア社から出版されている。現在ではアメリカ文学史においても古典として高い評価を得ている同作品であるが、アメリカおよびイギリスで刊行がなされるまでには論争の末にさらに数年を要している。アメリカでの刊行に至るまでの経緯とその受容の状況を概観することで、先鋭的な文学作品に関する出版ネットワークがグローバルな規模で展開されていたことを確認することができる。

アメリカ文学における最大の特色の一つとして多民族性を挙げることができる。それぞれのエスニック・グループに特化した出版流通経路により、読者の共同体もまた発展を遂げてきた。そして、同じエスニック・グループであったとしても、どういった読者層を想定するかによって作品の趣も必然的に異なるものとなる。さらに、一九六〇年代以降は特にオルタナティヴ文化としての小出版社による独自の流通経路などもアメリカの出版文化の多様性をもたらす上で有効に機能している。本書では具体例として、一九二〇年代のハーレム・ルネッサンスにおけるアフリカ系作家たちをめぐる出版事情に注目した考察を収めた。

加えて、アメリカにおける文芸作品の読者層を支える役割をはたしてきた「ブッククラブ」の存在に目を向けるコラムを付した。二十世紀前半になっても、広大なアメリカ全土に目を向ければ、大型書店どころか小さな本屋さえも存在しない地域が依然多いままであった。その中でメール・オーダーのシステムを導入し、良質の本を定期的に配本し、読者層を拡大していったのが、一九二六年に創設された「ブック・オブ・ザ・マンス・クラブ」

(Book of the Month Club) であり、現在に至るまで活動を継続している。出版ネットワークと読者層の形成について考える際にブッククラブがはたしてきた役割もまた見過ごせないものであろう。

本編の限られた紙数ではアメリカの出版文化の多様性を充分に論じ尽くすまでには到底至らない。本書をさらに発展させていく形で今後も出版ネットワークの観点から、アメリカ文学史を再検討していく試みを継続していくことを目指していきたい。その指針とすべく、いくつかの論点について状況と課題を示唆することで「アメリカ編」序論の締めくくりとする。たとえば、編集者の介在がどのように作品の成立に影響を及ぼしていったのかという観点は、近年の主たる関心領域の一つとして挙げられるものである。あるいは、アメリカにおける大学の創作科が、作家を目指す学生、現役の作家および読者にとってどのように機能してきたのか。さらに二十一世紀初頭の現在にまで目を向けるならば、二〇一一年にアメリカを代表する大型店舗型書店ボーダーズが経営破綻したことに代表されるように、店舗型書店がアメリカの街から姿を消してしまいつつある。インターネット書店および電子書籍化がグローバル化に伴い発展していく中でアメリカの出版文化（多国籍化の可能性も含めて）の未来をどのように展望することができるのであろうか。

課題は尽きないが、読者の方々と共にアメリカの出版文化の過去・現在・未来を展望していくことができれば幸いである。本書の構成が狙いとしているように、イギリスや日本をはじめとする他の出版文化状況との比較考察を試みることにより、その特質が立ち現れてくるにちがいない。

（中垣　恒太郎）

鉄筆の力
――マガジニスト・ポーの軌跡を辿る

池末　陽子

一　若き天才のミステリアスな死

一八四九年十月七日作家エドガー・アラン・ポー（Edgar Allan Poe, 1809–49）は四〇歳という若さでこの世を去った。若き天才の早すぎた死をアメリカの文壇は大いに悼んだが、死ぬ直前の数日間の彼の足取りは謎に包まれた部分が多く、その死の真相は未だ推測の域を出ない。自殺説、殺人説、様々な病死説、アルコールあるいは薬物中毒死説など諸説あるが、『オックスフォード版アメリカ史』（*The Oxford History of American People*, 1994）は当時横行していたクーピングの犠牲となったという説を唱えている。[1] 一九九五年に出版されたスティーヴン・マーロウの小説『幻夢――エドガー・アラン・ポー最後の五日間』（*The Lighthouse at the End of the World*）には、これを史実として踏まえた酒場でのやりとりが生々しく描かれている。そして二〇一二年に公開となったジョン・キューザック主演の映画『推理作家エドガー・アラン・ポー最後の五日間』（*The Raven*）では、作者の死というミステリーを、作者自身の手によるミステリー作品群を読み解くことによって解明しようとする、デュパン的解釈が披露されるに至った。

ボルティモアの酒場で意識を失って倒れていたところを発見されたポー。激しく乱れた衣服。明らかに彼の持ち物ではないシャツと帽子。一体ボルティモアで何をしていたのか。このミステリーを解くキーワードの一つは「雑誌」

である。

一八〇九年一月十九日ボストンのボイルストン駅近くでポーは生まれた。現在この辺りは再開発されてしまっていて、ポーが誕生した当時のオリジナルの建物はなく、新しいビルの一階はカフェとなっている。しかしこのアメリカ文学史上最もレジェンダリーな作家の一人であるポーの痕跡は、ポー・スクエアという標識とビルに打ち付けられたブロンズ板にしっかりと残されている。

このブロンズ板を見てみると、ポーは「詩人、作家、批評家」と紹介されているのがわかる。詩人／作家としての彼の名声や影響力、現代においてもなお保持されている高い商品価値、文学に留まらず映画や音楽など文化形態を問わない再生産の状況についてはいうまでもないが、「批評家」としての彼の優れた業績も看過するわけにはいかない。彼は「文芸批評」というジャンルを「科学」と呼び (Thompson 1027)、「原理」を重んじ (Pollin 2:245)、その論理的分析方法を実践してみせた。この実践の場となったのが、当時興隆著しかった雑誌である。

生誕地ボストン（ボイルストン駅近く）にある記念板
(2012 年 8 月 14 日)（筆者撮影）

ポーが活躍した一八三〇―四〇年代は、機械技術の向上による印刷工程の革新、交通の発展による物流システムの促進などにより、雑誌文化が読者の拡大に邁進したまさに黄金期でもあった (Whalen 66)。彼はこのような雑誌の増大を時代の流れであると捉えて、その特徴を次のように述べた。「人は分厚いかさのあるものの代わりに、簡明で、凝縮されて、適切に要約されたもの――一言で言えば、学術論文の代わりにジャーナリズムを押し付けられている、そんな時代の兆候なのだ」(Pollin 2:248)。

ではこの「雑誌の時代」をポーはどう生きたのだろうか。

二　一攫千金を目指して——雑誌掲載小説を書く

ポーと雑誌の最初の出会いは、懸賞作品投稿者としてのものだった。一八三一年彼は数編の短篇小説を『サタデー・クーリア』誌 (*Philadelphia Saturday Courier*) に投稿する。「メッツェンガーシュタイン」("Metzengerstein")、「オムレット公爵」("The Duc De L'Omelette")、「エルサレムの物語」("A Tale of Jerusalem")、「息の喪失」("Loss of Breath")、「ボン・ボン」("Bon-Bon") である。これらは賞金獲得には至らなかったものの、その秀逸さを認められ翌年一月から同誌に掲載されることとなった。若きポーは貪欲に作品を書き続け、一八三三年十月『サタデー・ヴィジター』誌 (*Baltimore Saturday Visiter*) への応募作品の一つである「壜の中の手記」("MS. Found in a Bottle") で、ついに五〇ドルの懸賞金を獲得する。上記作品群と合わせて『フォリオ・クラブの物語』(*Tales of the Folio Club*) と名づけられた一連の作品について、選考委員らは「野性的で活力に溢れた詩的想像力と豊穣な文体、富んだ発明の才、多彩で好奇心をそそるその博識ぶりによって、卓越して優れたもの」に仕上がっていると賞讃した (Clarke 2:53–54)。

その後のポーは次々と雑誌に作品を発表し、一躍人気作家への階段を登っていった。彼は「大衆読者を開拓し、これを支配する」(Whalen 67) という欲望の下、「読者の喜ぶものを熟知して雑誌のために書く」(巽　五) ために、新しい文学的ジャンルの開発に勤しんだ。当時注目のニュースともなった実話ベースの犯罪推理小説「モルグ街の殺人」("The Murders in the Rue Morgue")、コレラやペストなどの伝染病の恐怖を描いた「赤き死の仮面劇」("The Masque of the Red Death”)、まだ当時最新のテクノロジーである気球を話題にしたＳＦ小説「ハンス・プファアルの冒険」(“The Unparalleled Adventure of One Hans Pfaall”)、未踏の海域を目指して南下する船での冒険を描いた海洋小説『ナンタケット出身のアーサー・ゴードン・ピムの物語』(*The Narrative of Arthur Gordon Pym of Nantucket*, 1838) 等々ジャーナリスティックでセンセーショナルな作品を次々と発表していく。彼は「性急な時代」においては「冗長で、詳細な、分厚くて、そして近寄りにくいものの代わりに、簡明で、凝縮された、要点が明快な、そして普及しやすいもの」(Pollin 2:308) が求められていると分析した。もっとも「雑誌文学」(“Magazine Literature”) たるもの、「一日限りの方法で一日限りの話題」を提供する日刊新聞紙のようではいけない。マガジニスト・ポーは、売れる作品の模索に余念がなかったのである。

　もっともすべてが成功したわけではない。読者の関心を惹くスクープ的な作品が読者に受容されるか否かは賭け事のようなものだからだ。一八四四年に発表された「軽気球虚報」(“The Balloon-Hoax”) は一八三五年に発表された「ハンス・プファール」と同じ主題、気球による冒険を題材にしたものである。人目を引く言葉の並んだ宣伝を新聞に掲載するという派手なメディア戦略による成功のもと、同じ主題に挑んだポーの自信とはうらはらに、前作ほどの評価は得られなかった。彼の科学的ルポルタージュ技術は荒唐無稽だった前作を遥に凌いでいたにも関わらずである。しかも虚構的スクープで読者を易々と騙すテクニックに長けたポーに対するニューヨーク出版業界の不信感を生じさせるという余波を生む結果となってしまったのである（辻　九一―九四）。

　また連載には打ち切りの危険がつきものである。『ジュリアス・ロドマンの日誌』(*The Journal of Jurious Rodman*, 1840) は、先住民との遭遇や当時流行した毛皮猟を題材にして西部への冒険心を煽る探検小説である。本作品は、『バートンズ・ジェントルマンズ・マガジン』誌 (*Burton’s Gentleman’s Magazine*) に全十二回の連載予定でスタートしたが、六回であえなく打ち切りとなった。出来栄えは冴えず、書評も芳しくなかったからだ。しかし、前作『ピム』よりは多少なりとも成功を収めていたこの作品が完結を待たず打ち切りとなったのには、創作上以外の原因、つまり別のより現実的な事情があったようだ。当時ポーは『ジェントルマンズ・マガジン』誌の一寄稿者というだけでなく副編集長を務めていたが、オーナーであったバートンとの間に亀裂が生じ始めていた。勤務態度やその評価に対する双方の不満、原稿料の未払いなどの金銭的な衝突、バートンによる雑誌売却計画、ポーの新雑誌創刊プロジェクトなどがその原因である。バートンからの連載継続の問い合わせに対し、ポーは最後まで明確な返事をすることを躊躇った（Ostrom 1:132）。そしてこの作品は、他の雑誌に続きが掲載されることもなく、完成されることもなく放り出されたのである。

三　サラリーマン編集者の履歴書——文学したい若き編集者ポーの歩み

ポーが雑誌編集の仕事に携わるようになったのは、作品投稿時の人脈からだった。「壜の中の手記」が入選した際に選考委員の一人であったジョン・ペンドルトン・ケネディはポーの才能を認め、一八三五年四月、創刊されたばかりの雑誌『サザン・リタラリー・メッセンジャー』誌（*Southern Literary Messenger*）の出版者トーマス・W・ホワイトに彼を紹介する。同誌との関係はまず作品を投稿するところからスタートしたが、夏には自らリッチモンドへ移りアシスタントとして働くようになり、十二月には正規に編集者として迎えられることとなる。ただし、仕事内容の多くは、若きポーが期待した「文学」に関わるものではなく、雑誌経営のノウハウ全般に関わるものだった。インクや印紙のチェック、受領原稿やゲラ刷りの校正、紙面の割付、著名作家への寄稿のお願い、詩人志望者からの投稿に対するお断り、他雑誌の編集者とのやりとり、新規購買者の獲得など、仕事内容は多岐に渡った (Whalen 70)。

さらに寄稿文が物議を醸すような話題だった場合、過激な表現や偏向した主張があればできるだけ中庸を保つ内容になるように原稿に手を入れるのも彼の仕事だった。寄稿者に配慮しながら、オーナーの意に沿うような方向に文章を修正したり、必要に応じて削除したりする作業は、原執筆者とのやりとりも含め大変骨の折れるものであった。そしてその中には後世のポー研究に影を落とすこととなった記事さえある。一八三六年四月号に掲載されたいわゆる「ポールディング・ドレイトン・レヴュー」と呼ばれる過激な奴隷制擁護論がそれである。現在では、これを執筆したのは当時判事でありウィリアム・アンド・メアリー大学の法学部教授であったナサニエル・ベヴァリー・タッカーであるというのが定説となっているが、この書評が無署名であったがためにポーの著作物とされ、後世のポー研究において長い間「人種差別主義者ポー」というイデオロギー的側面を根拠付ける資料として扱われることとなってしまった。[2]

後に『ペン』誌 (*Penn*) 創刊趣意書で吐露したように、彼は文章を書いてもなんら著作的な権利を持たない「個性」なき書生のような事務員であって、与えられた権限は彼の期待から程遠いものだった。話題や寄稿者の選定は、その大部分がオーナーであるホワイトの仕事であり、彼は依然として単なるアシスタントにすぎなかった。そしてついにホワイトと衝突したポーは一八三七年二月に最初の職場『メッセンジャー』誌を去ることになる。

次の職場は『バートンズ・ジェントルマンズ・マガジン』誌であった。一八三九年五月、同誌のオーナーで俳優でもあったウィリアム・E・バートンは彼を副編集者として、週十ドルの給与で雇い入れる。ここでの彼の仕事は月一回の発刊に向けて細々とした調整を行うことであり、前職場と同様にポーが同誌のおこなう書評の方向性に口出しすることは許されなかった。とはいえポーが有能な編集者であったことは事実であり、『メッセンジャー』誌に在籍していたときと同様に、『ジェントルマンズ・マガジン』誌は売上部数を着実に伸ばしていった。[3] しかし雑誌経営に関心を失いつつあったバートンは新しい関心事となった劇場経営に乗り出すために、一八四〇年五月にはポーには何も知らせないまま同誌の売却広告を出し、同月三十日付で解雇を通告する手紙を送る。そして翌年十二月には『ジェントルマン・マガジン』誌の経営権はジョージ・レックス・グレアムに移る。

一旦失職し、そのうえ妻ヴァージニア共々体調不良に陥っていたポーだったが、一八四一年四月グレアムから『グレアムズ・マガジン』(*Graham's Magazine*) で働かないかとの申し出があったのを受けて、週給十五ドルで書評編集委員を務めるようになる。グレアムはポーに歯に衣着せぬ批評を自由に書くことや編集人の肩書きを使うことを許していたが、彼の地位は今までと同様名目上の編集者にすぎず、年収は八〇〇ドルで掲載作品の稿料も最低ランクだった。そして一八四二年五月若きルーファス・グリズウォルドが年収二〇〇〇ドルで編集委員として迎え入れられたのを機にポーは『グレアムズ・マガジン』誌を去る。もっとも同誌への寄稿は継続した。

一八四四年十月七日、前職場と同じ週給十五ドルで『イヴニング・ミラー』誌 (*Evening Mirror*) のスタッフとなるが、彼の書いたもののほとんどは無署名とされた。一方この頃から『デモクラティック・レビュー』誌 (*Democratic Review*) などで「マージナリア」という批評コーナーの連載を始めている。そして文芸批評への定評と詩「大鴉」("The Raven") の成功により、一八四五年二月二十二日、彼は同年一月に創刊されたばかりの週刊誌『ブロードウェイ・ジャーナル』誌 (*Broadway Journal*) に引き抜かれる。新しい職場での彼の立場は「編集長」だった。後述するが、ポーは雑誌のオーナーになることを切望していたため、十月二十四日にジョン・ビスコから同雑誌の経営権を買い受けるが、資金繰りの悪化により十二月三日には売却せざるを得なくなる。そのうえ翌年一月には廃刊となり、彼は職場を失う。結局彼は最初の職を得てから十年経たところで無職となり、生涯安い稿料や講演料で生活することになった。

四　編集者から所有者へ——なぜ彼は雑誌を所有「しなければ」ならなかったのか

雇われ編集者であることは、雑誌を芸術性発揚の実践場としていたポーにとって大きなフラストレーションであったが、非正規雇用の単なる寄稿者となってしまえば、一頁換算の出来高払いという不安定な収入に頼らざるを得なくなってしまうことは更に頭の痛いことだった。

当時のアメリカでは、ナサニエル・ホーソーン (Nathaniel Hawthorne, 1804–64) やワシントン・アーヴィング (Washington Irving, 1783–1859) でさえ、文筆活動一本で生活するのは不可能だった。本を書いても自費出版が基本であって、他に充分な収入を得られる仕事や資産家の親族などからの財産的支援がなければ成立たない職業作家になるのは実際上困難だったのである (Quinn 305)。

彼が最初に雑誌の創刊、すなわち雑誌を「所有」する決意をしたのは、勤務先である『ジェントルマンズ・マガジン』誌のオーナーであったバートンが、これを売却することを画策し始めた頃である。雑誌売却の計画について、有能なスタッフであったポーに一言の相談も無かった。解雇通告の手紙を受け取ったポーはバートンに「貴方は雑誌の売却広告を出すことについて私に一言の断りも無かった。……貴方が劇場経営のために雑誌を廃刊にしたがっているということに確信を持っていなかったら、私が自分の雑誌を持とうなどという夢を抱くことはなかったでしょう」と書き送った (Ostrom 1:132)。

残念ながらこのときの雑誌創刊計画は不首尾に終わり、職場も失ったため行く宛のなくなったポーではあったが、吸収合併先である『グレアムズ・マガジン』誌の書評編集委員としての仕事が舞い込んだため、路頭に迷うことだけは回避できた。しかし、この一件と『メッセンジャー』誌での経験によりポーは、雇われ編集者である限りオーナーの都合に振り回されいつ職を失うことになるかわからない、そんなことはいつでも起こりうるのだということを身を持って知ったのである。そして編集者としての地位や収入源を失うことへの危機感、オーナーの意向を観念することなく自らが追求すべきと思う芸術性を発信したいという野望によって、雑誌を「所有」するというプロジェクトは彼の残りの人生で達成すべき一大ノルマと化したのである。

一八四〇年六月六日号の『サタデー・イヴニング・ポスト』誌 (*Saturday Evening Post*) に、彼は最初の雑誌創刊の決意を発表する。タイトルは『ペン』。掲載された趣意書には、ポーが雑誌を創刊しなければならない理由として、当時の雑誌出版状況、特に『メッセンジャー』誌における諸事情への辛辣な批判がぶちまけられている。残念ながら思うように資金を集めることはできず、このプロジェクトは頓挫する。

しかし彼は諦めなかった。一八四二年二月三日フレデリック・トーマスに宛てて「生きている限り、私は雑誌創刊のプロジェクトを達成する、成功させるつもりだ」と書き送り (Ostrum 1:192)、また四月頃には友人らに「『ペン』誌はまだ死んではいない」と語った (Hutchson 129)。

そしてポーは共同創刊者トマス・コットレル・クラークと連名で、一八四三年三月四日号の『フィラデルフィア・サタデー・ミュージアム』誌 (*Saturday Museum*) に新しい雑誌の創刊趣意書を掲載した。今度のタイトルは『スタイラス』(*Stylus*)。前回と同じように「筆」を意味するが、「ペン」という名では、ペンシルヴァニアという限定された地域性だけが想起されることになりはしないかという点を気にして、タイトルの変更に踏み切ったようだ (Thompson 1033)。もっとも、タイトル以外は『ペン』誌における構想をほぼ踏襲した。雑誌の体裁は四六倍判約百頁、一段組みの挿絵入り月刊誌で、これを年二巻の装丁判にする予定だった。価格は一巻三ドルで、年間購読者は二巻五ドルで入手することができる。また今回はオーナーとして以前の職場では得られなかった権限を駆使し、比肩するもののない理想の文学雑誌にしなければならないと、彼は考えた。「多様性に富み、独創的であり、活力に溢れ、刺激的で、独自性を備え、個性的であり、独立性が高く」、「いかなる時も、いかなる主題に対しても、合理的な範囲で、真摯かつ忌憚のない意見を述べることをその旨とし」、そして「絶対的独立性」の保たれた、「自律的で」、「最も純粋なる芸術のみを指針とする批評」を掲載する雑誌(1033)。彼は「健全で公平」かつ「自由」な批評空間を必要としたのである(大串　一三九)。彼は多くの著名人に購読勧誘の手紙を書き送ったが反応は芳しくなく、やはり今回も資金難から挫折を余儀なくされることとなる。

では彼は実際どんな雑誌の創刊を目指していたのだろうか。『スタイラス』誌の趣意書には注目すべき点が二つある。一つは国際著作権への言及、もう一つは「アメリカ」文学へのこだわりである。

前述のように、彼は『メッセンジャー』誌時代からすでに、自分の書いた物に「個性」ある文責者としてなんら権利を持てないことに苛立ちを感じていた(Thompson 1024, 1034)。そのうえ当時はいわゆる著作権というものは実質的には確立していないも同然で、作品を出版社に譲渡したり雑誌に寄稿したりすることに対する原稿料のようなものは支払われていたものの、作品自体を作者や文責者に無断で転載することは日常的におこなわれていた。またいわゆる廉価な海賊版の普及は出版界全体の利益拡大には貢献したが、これが原作者に還元されることはなかった。ポーの作品も例にもれず、国内のみならずイギリス、フランスでも無断転載された。たとえば一八三九年九月に『ジェントルマンズ・マガジン』誌に掲載された傑作短編「アッシャー館の崩壊」("The Fall of the House of Usher")はイギリスの『ベントレーズ・ミスセラニー』誌(*Bentley's Miscellany*)に無署名で転載され、その後逆輸入という形で、やはり無署名で『ボストン・ノーション』誌(*Boston Notion*)に転載された(McGill 157)。また『ダラー・ニューズペーパー』誌(*Dollar Newspaper*)の懸賞獲得作品である「黄金虫」("The Gold-Bug")も国内外問わず複数の雑誌に無断転載された。しかし貧困に喘ぐポーの懐には一ペニーも入っては来なかった。

一八四二年八月二十七日付のフレデリック・トーマス宛の手紙で、ポーは次のように嘆いた。

文学が悲しいことに安売りされている。これでは実際お手上げだ。国際著作権がなければ、アメリカの作家たちは自殺でもした方がましというものだ。適正な印紙の貼られた良質の雑誌なら、文学の普遍的なる蘇生、あるいは法律にも、奇跡的な効果をもたらしてくれるんじゃないだろうか。(Ostrom 1:210)

国内における最初の著作権法が制定されたのは一七九〇年七月十七日のことだったが、イギリスで一七一〇年から施行されていた通称アン法をモデルとしており、著者よりむしろ出版業界の利益を優先的に保護する目的で導入されたにすぎなかった。その後一八三一年に保護範囲の改正がなされたが、その射程範囲は極めて狭く、既に国内で出版済みの地図や海図、書籍の著者のうち、彼らがアメリカ国民である場合のみ保護することを定めた。だが、その保護期間は十四年と短く、再販期間も十四年の更なる延長しか認められなかった。しかも、書籍の体裁で出版がなされていない場合には、法は適用されない。度重なる議会内外での攻防も虚しく、一八三七年二月にヘンリー・クレイ上院議員により提出された国際著作権法案は、反対勢力の度重なる意見書提出により、成立には至らなかった

その後も一八四一—四二年のワシントン・アーヴィングらによる議会へのロビー活動や一八五七年のニューヨーク出版社協会の会合などを経て、一八七〇年に更なる改定がおこなわれたものの、著作権の保護対象は自国民の国内流通に限定されていた。したがって一八九一年に条件付きで外国人名義の著作権が認められたチェイス法が制定されるまで、アメリカは海賊版の無法地帯であったといってよい。この情況に業を煮やしていたチャールズ・ディケンズは

アメリカ旅行の際、機会を捉えては何度も講演で「国際著作権」の重要性を訴えたが、芳しい反応は得られなかった。[4] 折しもディケンズがポーに会ったのは、一八四二年三月初旬フィラデルフィアのホテルに滞在していたときのことである。この時の会談の影響だろうか、ポーは『ペン』誌趣意書でも取り上げていた、雑誌編集者としての包括的な権利である「著作における権利」についてのみならず、より地理的広範囲に原著者の権利を保護する「国際著作権」についても言及している。『スタイラス』誌趣意書はまずタイトル変更の説明から始まるのだが、次の話題として雑誌の内容説明に入る前に、国際著作権をめぐる昨今の動向について触れられており、彼の関心の高さがうかがえる。海外での著作権に基づく転載料が支払われるシステムが将来的に妥当な形で確立されれば、盤石な創作活動の基盤が確立できるかもしれない、そして苦しい貧困状況からなんとか脱却できるかもしれないという淡い期待が彼にはあったのだろう。[5]

また彼は本誌の「重要な特徴の一つ」として「批評的かつ伝記的なアメリカ作家の素描」というコーナーを設けると宣言している。『メッセンジャー』誌時代から、彼は英米問わず、そしてディケンズのようなメジャー作家のみならずマイナー作家の作品をも書評に取り上げてきていた。その彼がここで「アメリカ」に限定したのは、「健全で公平な」批評を目指すポーにとって、アメリカ人作家の書き物に対するイギリス人の批評が公平でないこと、それでもなおその馬鹿げた批評に自分たちが屈服し続けていることに苦々しい思いをしていたからに他ならない。「我々はまさに自尊心ある国民性というものを必要としている。政治におけるのと同様に文学においても、我々には独立宣言が必要なのだ」(Pollin 2:508–10) と彼は述べた。ただし、アメリカ的題材という一要素に依拠したアメリカ文学の国民性を論じることについては、その内容の曖昧性や効果に疑問を呈してもいる。だからこそ彼は国内の「作家」を文芸批評の対象として選択し、その魅力を読者に紹介することによって、文学好きの雑誌購買者層の発掘を目論んだのである。

このアイデアはその後「ニューヨークの知識人」という連載コラムへと継承される。このコラムは一八四六年五月から『ゴーディーズ・レディーズ・ブック』誌（*Godey's Lady's Book*）に連載された。前述のように雑誌の「ジャーナリズム」を重視したポーは、対象作家の文学的特質のみならず、容姿や生活スタイルなどゴシップ的な情報にも大胆に言及した。そのためかこのコーナーの最初の掲載号は再版される程人気を博した。しかし地元ニューヨークの新聞社の中には、コラムの内容が私生活への侵害にあたるとしてポーを非難するものも少なくなく、ついにルイス・A・ゴーディー自身が編集長コラムのコーナーで対応にあたらなければならない事態となった。そうして三八人の作家を紹介したこのコラムは、批評家ポーの信頼性の下落を伴って十月号をもって終了することになる。

五　見果てぬ夢――雑誌『スタイラス』

『スタイラス』誌創刊の夢が無残に破れて失意のポーではあったが、創作意欲は衰えることなく、彼は着々と作品を寄稿し続けた。詩「大鴉」が一八四五年一月二十九日号の『イヴニング・ミラー』紙に掲載されると人気は急上昇し、詩人として有名になる。そして『ブロードウェイ・ジャーナル』誌の編集長に迎えられるが、十月には『デイリー・トリビューン』紙（*New York Daily Tribune*）のホレス・グリーリーから五〇ドルの融資を受けて、念願の単独オーナーとなる。しかしポーへの譲渡以前からすでに資金繰りに問題のあった『ブロードウェイ・ジャーナル』誌を十二月三日にはトマス・レインに売り渡さざるを得なくなる。わずか一ヶ月と九日間のオーナー生活であった。案の定、同誌はその後すぐに廃刊となり、グリーリーへの借金は未返済のままとなった。そしてこれがポーの正規雇用編集者としての最後の仕事となった。その後は単発的な仕事をこなしつつ細々と生活をしていたが、彼の雑誌所有への夢が弊えることはなかった。

ポーは『メッセンジャー』誌に掲載された初期の短篇「影」(“Shadow: A Parable”) の冒頭で次のように述べている。

これをお読みになるあなた方はまだ生きておられる。けれども、これを書き記す私は、すでに影の領域に足を踏み入れて長らく経《た》っていることだろう。なぜなら、この覚え書が人の目に触れるまでには、実に多くの不思議な物事が起こり、多くの秘密が人の知るところとなり、幾世紀もの年月が過ぎ去っているに違いないからだ。そしてこれが人の目に触れるとき、不信感を抱く者もいようし、疑念を呈する者もいるだろう。それでも、鉄の尖筆《せんぴつ》で刻まれた文字に思いを巡らせて多くを見出す者も幾人かは在るだろう。

何世紀もが過ぎ去っても、「鉄の尖筆 (“a stylus of iron”)」が刻んだ文字は消えはしない。いつか意義を見出してくれる人の目に触れるはずだ。永遠なるペンの影響力を信じて、そして『スタイラス』誌の永遠を願って。そんな思いを込めて彼は雑誌を『スタイラス』と冠したのではなかったか。

だからこそ彼は決して発刊を諦めなかった。そして講演や単発の原稿書きで細々と食い繋ぎながら夢を温めていた彼の前に、一八四九年四月資金援助者からの手紙が届く。イリノイ州の若き企業家エドワード・H・N・パターソンである。ヴァージニア州生まれで、亡父の新聞社を相続した彼には雑誌を創刊したいという野心があった。そして彼はポーに、文学コンテンツに関する編集監修権を全て貴方に委ねたいと書き送った (Ostrom 2:441, Thomas 803)。

ポーは創刊にあたって、出版地の選択、雑誌の価格設定など、実務的な指示と助言を次々とおこない、[6] 十月十五日にセントルイスで打ち合わせをする算段をつけた。本格的に彼の夢は実現に向けて動き出したのである。この間に彼は購読予定者の確保と金策に駆けずり回った。そのための講演旅行も精力的におこなった。

九月二十六日、彼は『メッセンジャー』誌の若き編集者であったJ・R・トンプソンに、リッチモンドからボルティモア行きの蒸気船に乗り、一旦ニューヨークに戻ることを告げた。そして彼から旅費として五ドル借り、その見返りとして詩「アナベル・リー」("Annabel Lee")の手稿を手渡した。[7] その際ポーは、途中で三日間フィラデルフィアに立ち寄り、ピアノ製造業者の妻ラウド夫人の詩を編集してやって百ドルを稼ぐんだと話している(Hutchisson 244–45, Thomas 842)。前年度年収が二〇〇ドルに満たなかった彼にとって、三日でその半分以上を稼げるチャンスを逃すわけにはいかなかったのだ。

翌日リッチモンドを発った彼は、五日後ボルティモアで意識不明の状態で発見され、一八四九年十月七日ついに帰らぬ人となった。

ここに『スタイラス』誌の創刊が頓挫した後、ポーが雑誌への思いを書き綴った手紙がある。一八四四年十一月二日付で、コロンビア大学のギリシャ語及び古典ラテン語の教授であり、『メッセンジャー』誌の初期援助者でもあったチャールズ・アントンに書き送ったものである。その中で彼は次のように述べている。

　私の最終目的――私自身が所有する雑誌、あるいは少なくともその内容に対し著作に関する権利を持てる雑誌を立ち上げることでありますが――について私は着々と思考を重ねています。私はもう随分たゆまぬ努力を続けて来ましたが、それは雑誌そのものによって名声を得るためではなく、むしろ私のとりわけて特別な目標であるべき格別の人格の一つ、雑誌の編集者としての尽力への関心を集めるためでありました。斯くして私は一冊の本も書かず、根っからのマガジニストとして今までやってきたわけであります。だからこそ、好き好んでというだけでなく欣然として、アメリカにおいて単にマガジニストというに過ぎない者達が課せられてきた状況である、哀れなる貧困とその結果としての病苦、そして侮辱に耐えてきました。地球上のどの地域よりも、貧しいことが蔑まれるこのアメリカでです。(Ostrom 1:270)

自らを「マガジニスト」と称した稀代のミステリー作家エドガー・アラン・ポーのキャリアは、雑誌によって始まり、雑誌において花開いた。そしてこれを人生そのものとして手中に収めようと一歩を踏み出した瞬間、今なお謎の残るミステリアスな死によって唐突に幕を閉じたのである。

注

1 『オックスフォード英語辞典』(『OED』)によれば、「クーピング」とは、特定の政党に投票させることを目的として、選挙前の数日間、人を集めて家屋や船舶に閉じ込めておくことを意味する政治的な俗語である。軟禁された人々は、そこで投票の出番を待つ間、美食や酒を振る舞われる。一八八九年二月十八日付の『ポール・モール・ガゼット』紙 (*Pall Mall Gazette*) には、ポーを含む四人がギャングにクーピング目的で捕まったという記述がある。

2 一八四二年二月三日付フレデリック・W・トーマス宛の手紙で、ポーは『メッセンジャー』誌と『グレアムズ』誌の部数をいかに飛躍的に伸ばしたかということを数字の根拠を挙げて強調している (Ostrom 1:192)。しかし、この手紙は税関事務職の斡旋を依頼していたトーマスに宛てて書いたものである点、また部数伸長率が『メッセンジャー』誌は七倍、『グレアムズ』誌は五倍という驚異的な数字である点を考え合わせれば、かなり誇張されていると考えるのが妥当であろう。ちなみに一八四九年四月三十日付パターソン宛の手紙では、前者は五倍以上、後者は十倍以上になっている (2:440)。

3　「奴隷制擁護論」についての詳細は拙著を参照されたい（池末　四〇―四八）。
　付け加えておくと、ボルティモアに滞在していた一八二九年十二月十日に、ポーは叔母マリア・クレムの代理人として、二一歳のエドウィンという若い黒人奴隷を九年間の奉公につき四〇ドルの契約で、解放黒人であるヘンリー・リッジウェイに譲渡したという証書が確認されている（Clayton, Miller 52）。この点につき、伝記作家ケネス・シルヴァーマンは本件売り渡しが「相当安い値段」でおこなわれたことに着目しており（Silverman 80）、また『ポー・シャドウ』の著者マシュー・パールは巻末の「史実について」の章で、「黒人家庭への売却だったこと」を指摘したうえで、「奴隷を売買市場から除外する一便法」であったと述べている（Pearl 429）。つまり、表面的事実としては、貧した白人の黒人奴隷売買にすぎないが、譲渡先や格安価格設定などに鑑みれば、実質上は奴隷解放行為であったとの解釈が妥当なのだろう。

　この事実はボルティモア南北戦争博物館の説明版にも記載されている。さらに興味深いことに、この博物館でポーは、奴隷解放に貢献した秘密組織「地下鉄道」（The Underground Railroad）への協力者の一人として、エイブラハム・リンカーンやフレデリック・ダグラスと並んで紹介されている。

4　ディケンズと国際著作権については、本書第五章の水野隆之「十九世紀における小説読者の拡大とディケンズ」にも記述がある。八四頁参照のこと。

5　その後も彼は「国際著作権」に関するエッセイを『ブロードウェイ・ジャーナル』誌に幾つも掲載している。たとえば一八四五年四月十二日号掲載のエッセイ「凸版印刷」では、この技術革新が出版界の飛躍的発展に貢献することを讃えながらも次のように述べた。「凸版印刷の発見は、著作権及び国際著作権の必要性を除去することにはならないのみならず、むしろこの必要性をより緊急でより明白なものにしていくことが明らかになるだろう。」（Pollin 3:83–86）

6　ポーは、出版地について「ニューヨークとセントルイスでの同時出版」と印刷することを提案していた。というのもパターソンの在住地 Okquawka では地方すぎるし、ポー自身が経験上出版事情に精通している都市であることが望ましかったからだ。マイケル・アレンの指摘によれば、一八三〇―四〇年代のニューヨークやフィラデルフィアでは雑誌や書籍出版社による嗜好の均質化が進んでおり、ここでなら購買層の予測、開拓が効率的におこなえる可能性が高かった点も理由の一つだろうと推測される（Allen 191–93）。またポーは価格を三ドルではなく、五ドルにすることに固執した。彼はパターソンに「安い雑誌などもうアメリカでは流行らない」、もっと高尚な購買層に向けた雑誌を発刊すべきだと書き送った (Ostrom 2:440)。これに先立つ一八四四年十一月二日のアントン宛の手紙を見ると、既に彼が、安価な三ドル雑誌の購買層なんて内容なんかほとんど読まない、だから五ドル雑誌にして真に永久的な読者の獲得を目指す方が得策ではないか、と考えていたことがわかる (1:270)。

7　この詩の版権を巡って、後にトンプソンは遺著の管理人となったグリズウォルドとの間に揉め事を抱えることになる。ポーは当時既に『サーティンズ・ユニオン・マガジン』誌 (*Sartain's Union Magazine*) に作品を譲渡しており、トンプソンには寄稿ではなく「記念品」として手稿を渡したに過ぎなかったようである。ところがポーの死後トンプソンは『メッセンジャー』誌（一八四九年十一月十一日号）にこれを掲載してしまう。その後彼はグリズウォルドへの手紙で、この詩は『メッセンジャー』誌に掲載するために書かれたものであって、ポーに対し相当額の支払いをして雑誌掲載権を譲り受けたのだと主張している (Thomas 842–43)。

引用参考文献

Allen, Michael. *Poe and the British Magazine Tradition*. New York: Oxford UP, 1969.

Clarke, Graham, ed. *Edgar Allan Poe: Critical Assessments*. 4 vols. Mountfield: Helm, 1991.

Clayton, Ralph. "E. A. Poe, Dealer in Slaves." *The Baltimore Sun.com*. The Baltimore Sun, 1 Oct. 1993. Web. 10 October 2013.

Everton, Michael J. *The Grand Chorus of Complaint: Authors and the Business Ethics of American Publishing*. New York: Oxford UP, 2011.

Hays, Kevin J., *Poe and the Printed Word*. New York: Cambridge UP, 2000.

Hutchisson, James. *M. Poe*. Jackson: UP of Mississippi, 2005.

Mabbott, Thomas Olive, ed. *Edgar Allan Poe: Tales and Sketches*. 2 vols. Chicago: U of Illinois P, 2000.　「影」（拙訳）については桜庭一樹・鴻巣友季子編『ポケットマスターピース９　Ｅ・Ａ・ポー』（集英社文庫、二〇一六年）を使用した。

McGill, Meredith. *American Literature and the Culture of Reprinting, 1834–1853*. Philadelphia: U of Pennsylvania P, 2003.

Miller, John C. "Marginalia." *Poe Studies* 9–2 (1976): 52–54.

Ostrom, John Ward, ed. *The Letter of Edgar Allan Poe*. 2 vols. New York: Gordian, 1966.

Pearl, Matthew. *The Poe Shadow: A Novel*. New York: Random House, 2006.

Peeples, Scott. *Edgar Allan Poe Revisited*. New York: Camden House, 2004.

Pollin, Burton R., ed. *Collected Writings of Edgar Allan Poe*. 5 vols. New York: Gordian, 1985–97.

Quinn, A. H. *Edgar Allan Poe: A Critical Biography*. Baltimore: Johns Hopkins UP, 1997.

Silverman, Kenneth. *Edgar Allan Poe: Mournful and Never-Ending Remembrance*. New York: Harper, 1991.

Thomas, Dwight and David K. Jackson. *The Poe Log: A Documentary Life of Edgar Allan Poe 1809–1849*. New York: G. K. Hall & Co., 1987.

Thompson J.R., ed. *Edgar Allan Poe: Essays and Reviews*. New York: Library of America, 1984.

Whalen, Terence. "Poe and the American Publishing Industry." *A Historical Guide to Edgar Allan Poe*. Ed. J. Gerald Kennedy. Cambridge: Cambridge UP, 2002.

池末陽子・辻和彦『悪魔とハープ——エドガー・アラン・ポーと十九世紀アメリカ』音羽書房鶴見書店、二〇〇八年。

大串尚代「論争家ポー」『エドガー・アラン・ポーの世紀』研究社、二〇〇九年。

巽孝之『E・A・ポウを読む』岩波書店、一九九五年。

野口啓子「ポーと雑誌文学」『ポーと雑誌文学——マガジニストのアメリカ』彩流社、二〇〇一年。

池末論文へのコメント

関田　朋子

エドガー・アラン・ポーの不慮の死を話の端緒に、雑誌編集者としてのポーの不遇の人生に迫った章。ポーと言えばすぐ頭に浮かぶのが、ゴシック風の恐怖小説「アッシャー家の崩壊」や「黒猫」、推理小説「モルグ街の殺人」、それに暗号小説の先駆的作品の呼び声高い「黄金虫」などの短編だ。「大鴉」の詩を思い出しもする。だが時代は一八三〇年から四〇年という「雑誌文化が読者の拡大に邁進したまさに黄金期」（池末）、本章は、短編小説家または詩人としてのポーではなく雑誌編集に携わるマガジニスト・ポーの軌跡をたどることによって、そのような「雑誌の時代」の実態を垣間見せるとともに、逆に「雑誌の時代」に翻弄されたポーの人生を浮き彫りにして見せてもいる。

本章を読んで特に印象に残ったのが、「雑誌の時代」を見るポーの驚くべき炯眼と、その極端に理想主義的な芸術性の追求のアンバランスさだ。「ジャーナリスティックでセンセーショナル」な作品を書き、彼の夢の雑誌『スタイラス』誌には挿絵を入れようと計画するほど大衆読者の嗜好を正確に見抜いていたポーが、この世にあり得るはずもない「絶対的独立性」の保たれた、これもまた土台無理な話の「もっとも純粋なる芸術のみを指針とする批評」を掲載する雑誌を執念込めて夢見るとは！この手のアンバランスな精神が、ポーの短編の独特のゴシック性を生む土壌だったのかと、うなる思いで本章を読んだ。

マガジニストとしてのポーの執念には、雑誌を転々とせざるを得なかった経験と、経済的困窮、そして著作権に関する苦い思いが絡んでいるようだが、これはイングランドのグラブ・ストリートのボヘミアン文士たち、つまり三文文士を思い出させる。ボヘミアン文士のスターと言えば当然ディケンズ。ディケンズは彼らに祭り上げられながら、何を思っていたのだろうか。逆にアメリカにはグラブ・ストリートに当たるような三文文士街があったのだろうか。またディケンズはポーと同じように著作権に関して苦い経験をした作家で、『オリバー・トゥイスト』の海賊版『オリバー・トゥイット』とくればこちらはにやりと笑いもするが、本人には笑いごとどころではなかったろう。大衆読者の台頭が雑誌の時代を生んだことを考えると、著作権法だけではなく、アメリカの言論規制の法律や雑誌にかけられた税金、それに識字率および識字教育についても気になるところだ。

最後に余談だが、本章の冒頭「若き天才のミステリアスな死」で、ポーの謎の死のミステリーを解くキーワードは「雑誌」であると読んで、素人の浅はかさで、すわ結論で推理小説さながらに犯人が分かるのかと期待した。結局、直接的死因はそう簡単に分かるはずもないのだが、分からないながらも余韻を残して終わるのも本章の粋な醍醐味だろうか。

コメントへの筆者の応答

拙論は、雑誌寄稿者かつ雑誌編集者であったエドガー・アラン・ポーの人生を辿りながら、自らを「マガジニスト」と称した彼が雑誌所有の夢に取り憑かれて孤軍奮闘した過程を明らかにすることで、編集者目線の読者獲得戦略及びこれを巡る十九世紀前半のアメリカにおける雑誌業界の状況や問題点に光を当てることを目的とした。関田氏のコメントは、まさに正鵠を得たものであり、的確に拙論の意図を汲み取ってくださっているように思う。関田氏は雑誌の時代を生きたポーの「アンバランスな精神」を、数々のポーの短篇作品と結びつけ、それこそが「ゴシック性を生む土壌」と解釈されているが、ここに今後補完すべき拙論の一つの課題を発見したような気がした。というのも、ポーの「ゴシック性」の研究は数多あるが、マガジニストとしての視点から、個々の短篇作品の「ゴシック性」に踏み込んだものは多くないように感じたからだ。今後の研究課題にしたいと思う。

また、「アメリカの言論規制の法律」を気になる点の一つとして挙げられているが、この点はまさに私自身がここしばらく関心を抱いてきた文学と法律のリンクというテーマに結びつく論点の一つである。アメリカ合衆国憲法は修正第一条に「言論の自由」を掲げる。しかし、一七九一年に決議されて以来、数多くの判例及び個々の事例が示すのは、原理的には侵されざるこの権利を根拠になされた活動を保護することがいかに難しいかという、事実上の論点が多角的に存在するという矛盾である。言論規制と雑誌の時代を俯瞰するというテーマは、雑誌というメディアをめぐる言論の実態を探るという点において、まさに本書の企画に沿うものであり、また別の機会に是非考証してみたい。

国民作家マーク・トウェインの生成とアメリカ出版ビジネスの成長
――予約出版と知的財産権の概念整備

中垣　恒太郎

国民作家マーク・トウェイン (Mark Twain, 1835–1910) は「予約出版」をはじめとする十九世紀後半の出版ビジネスの成長の中で生成された。トウェインがどのように出版ビジネスを捉え、関与していったのか。さらに著作権をめぐる知的財産権の成立を含む十九世紀後半のアメリカにおける出版業界の状況を展望する。知的財産権と後に称されることになる概念が、トウェインの作家活動を通してどのように育まれ、その整備のためにトウェインがどのように尽力していったかをも併せて探っていくことにしたい。十九世紀半ばのアメリカにおける出版産業の拡張期に作家として成功を収め、さらなる発展期に国際的な海賊版の横行に悩まされたことにより、著作権の制度的確立に奔走したトウェインの活動は、十九世紀アメリカの出版産業について展望する上で格好の素材とみなすことができる。

また、実際に特許の申請をくりかえし投資に関与し続けていた背景からも、トウェインの活動を辿るうえでビジネスは見過ごせない側面になっている。トウェインは特許権の申請に関与したばかりか、最初の長編小説（共著）『金めっき時代』(*The Gilded Age*, 1873) から主要なモチーフとして特許権を扱っており、知的財産権に関する意識は初期の活動から見受けられるものである。何よりもトウェインにとって文学とはビジネスとしての成功の可能性と不可分なものであった。

さらに、二十一世紀現在におけるメディア史の観点からトウェインというブランド・イメージ（白いスーツ、白髪に白い髭というイメージ）を展望するならば、後のトレード・マークや登録商標の概念にも繋がりうるとみなすこともできるだろう。二十世紀にかけてメディア、とりわけヴィジュアル雑誌やテレビ文化の中で作家のあり方も変わっていくことになるが、トウェインは自身のイメージ形成に対して常に自覚的であり、その先駆的存在であったと言える。出版文化からマーク・トウェインの足跡を辿ることにより、アメリカのメディア史における「文化的アイコン」としてのマーク・トウェインの生成過程を再考することも有効であろう。デジタル化、マルチメディア化が進む二十一世紀以降、知的財産権の歴史と概念とを捉え直していく過程において、たとえば、シヴァ・ヴァイディアナサンによる研究書、『コピーライトとコピーロング――知的所有権の台頭およびそれによっていかに創造性が脅かされるか』の中でも、トウェインの著作権にまつわる関与について一章が割かれており、[1] また、アメリカの特許局商標庁（The United States Patent and Trademark Office）もまた、アメリカの「国民的ユーモア作家」マーク・トウェインによる特許をめぐる逸話について取り上げていることからも、知的財産権をめぐる歴史の中にマーク・トウェインは特筆すべき存在として位置づけられていることがわかる。

一　国民作家マーク・トウェインの誕生――ビジネスとしての出版業界

作家マーク・トウェインが形成されていく土壌となった南北戦争以後のアメリカにおける出版業界の状況について、作家の立場から当時の出版ビジネスがどのように映っていたのかを、トウェインの『自伝』による回想などをもとに概観してみよう（トウェインの没後百年となる二〇一〇年から三巻本で刊行されたカリフォルニア大学出版局版

『新版自伝』に基づく）。まず、新聞・雑誌にて作家としての頭角を現しつつあったトウェインが、当時の出版ビジネスの中で単行本作家としての関わりをどのように得ていったのかという観点を軸に辿っていくことにする。

トウェインは一八六五年に出世作となるスケッチ「跳び蛙」（"The Celebrated Jumping Frog of Calaveras County"）にて注目されて以後、一八六九年に旅行記『イノセンツ・アブロード（赤毛布外遊記）』(*The Innocent Abroad*) を単行本として刊行し、国際的な名声を得る。その後、さらに最初の小説となる『金めっき時代』も成功を収め、小説家・旅行記作家・ユーモア作家としての多面的な活躍により、ペンネームである「マーク・トウェイン」をブランド・イメージにまで押し上げていく。こうした国民作家としての存在を可能にしえた背景に、当時の出版ビジネスが急成長を遂げていったことにより、大衆的な読者層が形成されていった経緯を挙げることができる。[2]

一八七〇年からハートフォードにあるアメリカン・パブリッシング社という出版社の経営に携わることになる編集者イライシャ・ブリス (Ilisha Bliss, 1804–80) は、トウェインが寄稿していた旅行エッセイに注目し、単行本刊行を促し、その結果、『イノセンツ・アブロード』を国際的に大ヒットさせ、さらにはじめての小説作品『金めっき時代』の成立にも携わっている。その点でも編集者としてのブリスは国民作家マーク・トウェインの産みの親とも言える大きな役割をはたしている。しかしながら、後年に制作される『自伝』では「嘘つき」と悪し様にブリスに対する批判を行っていることからも（一九〇六年五月二十四日口述）、その関係性は幸福な形で永続するものではなく、主にビジネスの観点から両者は決裂に至っている。

作家としての出世作となったスケッチ「跳び蛙」も実は発表に至るまでに紆余曲折を経たものであった。ユーモア講演家としてすでに評判を得ていたトウェインは、人気の演題としていた「跳び蛙」の話を書き起こして出版することをアーテマス・ウォード (Artemus Ward, 1834–67) に勧められていた。ウォードはユーモア講演家としての地位をトウェインに先行して確立した人物であるが、講演で披露していた自身のスケッチ話を本として刊行もしていた。ニューヨークにあるウォードの出版元であるカールトン社に原稿を送るようにという助言を受け、トウェインはその通りにしたのだが、カールトンは評価せず、活字を組む費用を惜しみ出版には至らなかった。カールトンは自分の元で出版する代わりに廃刊寸前であった文芸新聞『サタデー・プレス』(*The Saturday Press*) の知人ヘンリー・クラップの元に原稿を転送し、その新聞の最終号で掲載されることになる。これが大評判を呼び、アメリカ全土だけでなく、イギリスにおいても転載され、トウェインは一躍人気作家となる。「跳び蛙」は「キャラヴェラス郡の名高い跳び蛙」や「ジム・スマイリーと跳び蛙」など様々に異なる題名を持つのだが、様々な媒体に転載された経緯によるものである。

さらにこのスケッチは『カリフォルニア』(*California*) 誌の編集者だったチャールズ・ヘンリー・ウェブ (Charles Henry Webb, 1834–1905) による出版社から短編集『キャラヴェラス郡の名高い跳び蛙、およびその他のスケッチ集』として一八六七年に刊行されることになり、トウェインにとって最初の単行本となった。この短編集『跳び蛙』は五万部の売り上げを見込んでいたが実際には四〇〇〇部しか売れず、期待外れの結果に終わっている。さらに出版社の体制が杜撰であったために、出版にあたり尽力してくれたチャールズ・ウェブも大損をしてしまうことになり、トウェイン自身も利益を得られなかった。実際はさらに複雑な背景があり、ウェブが実は虚偽の申告をしており、トウェインが得るべき利益分までも着服していた事実が後に判明する。その事実が明らかになった際にトウェインは訴訟も考えるが結局、示談で済ましたことを『自伝』にて回想している(『自伝』の注釈によれば、印税着服の証拠は実際には特定されていない)。いずれにしても、短編集『跳び蛙』はトウェインに金銭的な利益をもたらさなかったが名声をもたらし、作家としての出世作となった。しかしこのビジネスとして利益を得られなかったという経験はトウェインと出版社とのやりとりに対して、その後も大きな影響を及ぼすものとなる。

その後に刊行された、国際的な出世作となる『イノセンツ・アブロード』（一八六九）もまた出版に至るまでにはさまざまな困難が伴うことになる。蒸気船クェーカー・シティ号での旅行を取材していたトウェインが旅先から戻ってくると、編集者イライシャ・ブリスから『アルタ・カリフォルニア』(*The Alta California*) 紙に寄稿していたトウェインの「クェーカー・シティ号旅行記」を「予約出版」の販売流通形式により刊行したい（印税は五％）という内容の手紙が届いていた。[3] それまでは主として新聞媒体に寄稿してきたトウェインにとって、「予約出版」の販売形態というのはなじみのない領域であった。しかし、契約に同意し、入稿して以後も、予定の期日を過ぎても一向に出版されず業を煮やしたトウェインはブリスに一体いつになったら刊行されるのかと詰問し、最後には損害賠償を求めると電報を打つまでに至る。こうした顛末を経ながらも、結果的にこの本はトウェインに名声と利益をもたらし、出版社にそれまでに抱えていた負債を一掃した上でさらに七万ドルもの利益をもたらすほどの成功を収めることになる。

当時のハートフォードは「予約出版」業界の中心地となっており、「予約出版」は出版ビジネスとして急成長を遂げつつある刊行形態であった。一八六〇年代後半、南北戦争を契機に書籍の内容が多様化していたことを背景に挙げることができる。南北戦争前の書籍は宗教、医学、法律が主であったが、戦後にかけて歴史、自伝、回想記といった分野が新しく加わっていった。さらに南北戦争の傷病兵や職を失った元軍人が本を売り歩く外交員として採用されたことにより、配送形態が急速に進展していく段階にあった。外交員たちは人口がまばらな地域にも足をのばし、最初は本を宣伝し、二回目は予約された本を配達した。この方法が「予約出版」であり、配送網の整備も含めてアメリカにおける出版流通産業の拡大に大きな役割をはたしていったのである。

単行本作家としてのトウェインを見出した編集者イライシャ・ブリスは、一八七〇年からアメリカン・パブリッシング社を経営するようになり、その後も経営者としての新機軸を次々に打ち出していく。まず、本の販売は出版した直後の数ヶ月が勝負の時であると考え、「出版する前に販売すること」を戦略として掲げていた。次に、新しい分野の本を出版することに果敢に挑戦する姿勢を示していく。ユーモア・スケッチ「跳び蛙」、ハワイ・サンドウィッチ諸島からの通信文「クェーカー・シティ号旅行記」などで頭角を示しつつあったとはいえ、当時のトウェインは新聞を主とした物書きにすぎない存在であり、気鋭の編集者であったブリスの慧眼による抜擢であった。一八六七年にトウェインに、「ユーモアの傾向をもつ本」を依頼したことによって成立した単行本『イノセンツ・アブロード』は国際的なベストセラーになり、マーク・トウェインの国民作家への道がまさにここから開かれていくことになる。最初の単行本『跳び蛙』がビジネスとしては成功からはるかに遠い売り上げしかもたらさなかったことからも、トウェインは以後、予約出版の刊行形態を重んじることになる。知名度の高さが予約販売の実績に結びつくことからも、トウェインにとっては得意の領域となったが、書店を通した販売流通過程の発展とは異なる動きであり、十九世紀後半のアメリカ出版事情に特有の状況であった。予約出版の予約申し込みには購読者がリストに名前を連ねる形になっており、いくつかの予約出版宣伝用サンプルが現存している。[4]

二 「国民作家」マーク・トウェインの形成——成功と出版社に対する懐疑

『イノセンツ・アブロード』の成功後、次の単行本となる『苦難をしのびて』(*Roughing It*, 1872) の出版にあたっては複数の出版社からオファーがあり、出版社の宣伝になることを見込み、利益をすべて著者に還元するという出版社まで現れた。「楽しませ、為になるよう工夫されています」("Designed to Amuse and Instruct") の宣伝文句により売り出された『苦難をしのびて』は、トウェインにとって予約出版による二冊目の単行本となった。順風満帆のようではあったが、予約出版として要求される一定量の分量を超えるまで執筆は難航をきわめた。西部への冒険物語に対する憧れを示した前半部の明るい趣に比して、後半部では分量を埋め合わせるかのように、ハワイ、サンドウィッチ諸島の通信文から起こした逸話などが入り込み、散漫であることが作品の一貫性を欠いていると批判的な評価も多くなされている。後の『放浪者外遊記』(*The Tramp Abroad*, 1880) の広告文においても、「大いに楽しめるばかりでなく、あふれんばかりの貴重な情報が詰まっています」と、「情報」量に重きが置かれた宣伝がなされており、分量は単行本としての主要な魅力の要素としてみなされていた。

この本に対する契約条件に関してはトウェイン自身がまだ出版業界に不案内であったこともあり、利益の五〇%を要求することで結局、ブリスと合意している。しかし実際の印税は七・五%であり、全体の利益の四分の一も反映していないものであった。このからくりをトウェインが理解するまでにはさらにそれから十年近くの歳月がかかっており、その後もブリスが導くままに七・五%から十%の印税で契約を交わしていく。出世作となった『イノセンツ・アブロード』が初版七万部の売れ行きを示したトウェインに対しては、予約で四万部の売れ行きが確保された時点で正式に出版が決まる方針が採用されていた。予約出版は原則として訪問販売に基づくものであり、トウェインの作品の同時代の読者は書店で本を見かけて購入するという形をとっていなかった。書店を通じた販売経路がアメリカで発展を遂げるのは二十世紀も半ばに近い頃まで待たなければならない。

アメリカン・パブリッシング社が単行本刊行ビジネスの中でも予約出版のノウハウを持っていたことにより、『イノセンツ・アブロード』、『苦難をしのびて』、最初の長編小説『金めっき時代』を予約出版の販売形態で成功させたことにより、作家としての活動を定着させていった。南北戦争後の時代思潮が新しい分野の書籍を求めていた背景からも、ユーモアのある読み物を単に新聞雑誌の記事だけではなく、単行本として読みたいという読者層がまさに形成されつつある只中であった。そして、予約出版という販売形態は作家のブランド・イメージを構築し、固定読者を維持する下地となったことからも、国民作家マーク・トウェインはまさに南北戦争以後のアメリカにおける出版ビジネスから必然的に産み出されたと言える。

しかしながら、ブリスとの友好的な関係は長続きせず、『トム・ソーヤーの冒険』(*The Adventures of Tom Sawyer*, 1876) を経て作家としての地位をより強固に確立していく最中も、トウェインは自分が本来得られるはずの利益が不当に侵害されているのではないか、という不満を募らせていく。一八七九年に契約を交わした『放浪者外遊記』については、「印税」ではなく、「利益の半分」と明記するようにブリスに要求し、合意が得られないなら出版社からこれまでの本の権利を引き上げると告げている。ブリスは『イノセンツ・アブロード』の成功以来、出版社内では誰も彼のやり方に文句を言える者がいない立場であった。ブリスは『放浪者外遊記』が刊行される六週間前に亡くなってしまうのだが、刊行後、トウェインは出版社の株主総会に出席した際に収支報告書を見て自分がブリスに長年にわたって騙されていたことを知り愕然とする。その事実の判明後、トウェインは契約を破棄し、アメリカン・パブリッシング社から自分の本の権利を無償で著者に戻すことを要求する。しかし、アメリカン・パブリッシング社はトウェインの本による利益に九割方依存している状態であり、トウェインの本を失うことは出版社を無価値にしてしまうことになり、結局、権利の引き上げは不可能であった。

こうした経緯もあり、『ミシシッピの生活』(*Life on the Mississippi*, 1883) では、アメリカン・パブリッシング社を離れて、ジェームズ・R・オズグッド (Charles R. Osgood, 1836–92) の出版社から刊行することにする。諸経費をトウェインが持つという条件で予約販売の方法を選択するも、オズグッドは予約販売に関する知識と経験が皆無であったために利益をあげることはできなかった。本が刊行されるまでにトウェインは五万六〇〇〇ドルもの金額を投じており、経費分を回収するだけでも丸一年かかってしまう状況であった。オズグッドのもとで『王子と乞食』(*The Prince and the Pauper*, 1882) も出版していたが、美しい体裁に仕上がったものの、こちらも利益はほとんどあがらなかった。オズグッドはブレット・ハート (Brett Harte, 1836–1902) の西部ものやウォルト・ホイットマン (Walt Whitman, 1819–92) の『草の葉』(*Leaves of Grass*, 1881) などを出版した実績もあり、小売出版の経験はあったので、短編集『白い巨象』(*The Stolen White Elephant, etc.*, 1882) については小売出版による販売方法で任せてみたがそれでも売れ行きは芳しくなかった。ミシシッピ川への取材旅行に同行させるなどオズグッドはトウェインにとって愛すべき友人であったのだが、出版ビジネスの観点からは信頼できるパートナーにはなりえず、トウェインの出版社に関する模索はその後も続くことになる。

結局、トウェイン自らが出版社を起こすことになり、義理の甥であるチャールズ・ウェブスターに経営を任せ、チャールズ・ウェブスター出版社として独立した事務所を構えさせた。アメリカン・パブリッシング社の担当者から予約出版の販売員の名簿を購入し、『ハックルベリー・フィンの冒険』(*Adventures of Huckleberry Finn*, 1885) を予約出版の形で販売している。『ハック・フィン』は成功を収めたが、その成功も長続きせず、およそ十年後にウェブスターの失態に巻き込まれ、出版社は倒産、トウェインも破産の憂き目にあう。

破産という事実が強調されてしまうことにより、トウェインの出版ビジネスに対する才覚は過小評価されてしまいがちではあるが、南北戦争北軍の将軍であり、第十八代合衆国大統領をつとめたユリシーズ・グラント (Ulysses S. Grant, 1822–85) の『回想録』(*Personal Memooirs of Ulysses S. Grant*) を『ハック・フィン』と同年一八八五年にウェブスター出版社から刊行しており、トウェイン自らが直接交渉し、権利を得、大いなる成功をもたらしている。グラントの回想録に対する商業的価値を的確に見抜くばかりか、収支決算を踏まえた上で契約書を作成する力、著者に対し充分な誠意を示したうえでの交渉力など、とりわけ出版ビジネスに携わる事業家としての資質も存分に示されている点も見過ごせない一面である。

また、読者からのファン・レターとそれに対するトウェインからの返信などを集めたアンソロジー『親愛なるマーク・トウェイン様——読者からの手紙』(*Dear Mark Twain: Letters from His Readers*)が二〇一三年に刊行されており、同時代の読者がどのように作品および作者のトウェインを捉えていたのかを探るための貴重な資料となっている。二〇〇通に及ぶ読者からの手紙はトウェインによって保存され、トウェイン自身によって付されたコメントや返信などのやりとりからは誠実な作家の姿が浮かび上がってくる。子ども、学校の先生、鉄道会社の事務員、農家、説教師、実業家など多様な同時代の読者層の存在が明らかになる上に、読者と作者との間の交流方法としてファン・レターという文化が有効に機能していたことを確認することができる。

三　マーク・トウェインと著作権をめぐる闘争——知的財産権の概念形成

ここまで見てきたように、初期の文学活動からトウェインは作家としての成功をおさめることができたが、同時に成功すればするほど新たな問題も抱え込んでいくことになる。その一つとして自分の作品を不当に二次使用されてしまうという問題が挙げられる。作品が売れれば売れるほど、いわゆる「海賊版」の問題に悩まされるようになり、トウェインの国際的名声は海外の海賊版を多くもたらすことになった。そして当時のアメリカ出版界においては法的な整備がまったくなされていない状態であった(本書の園田によるコラム「十九世紀の英米での『海賊版』」を参照)。

最初の長編小説『金めっき時代』が大ヒットしてすぐに著者の許可を求めない形での舞台版が上演され、大いなる評判を集めていた。カリフォルニア『ゴールデン・イアラ』(*The Golden Era*) 紙の劇評家、G・B・デンズモア (G. B. Densmore) による舞台化作品は当初、作者であるトウェインの許諾を得ずに上演されていたが、話題を聞きつけたトウェインが脚本の権利を二〇〇ドルで買い取り、実際にはほとんど加筆していないにもかかわらず原作者・脚本家としての立場で以後の興行に関与し、大きな利益を得ている。[5] 作家としての成功後、直ちに自身の作家としての権利を守り、関連ビジネスに対しても積極的に乗り出している。

こうしたトウェインの足跡を併せてふりかえるならば、彼が作家としての成功を収めて以後、生涯にわたって著作権の法的整備に尽力し続けたことも必然的なふるまいであったと言える。たとえば、一八七二年九月二十日の書簡では、イギリスの出版社、ロンドン『スペクテイター』(*The Spectator*) 編集部宛に作者の意図と異なり、別の本同士を組み合わせてしまうような海賊版の出版に対して抗議している (*Mark Twain's Letters*. Vol. 5 163)。「パブリック・モラリティ」という言葉を持ち出し、著作権確立前の状況では法的に裁く制度がなかったために、出版社としての道徳心に訴えることで海賊版の出版中止を求めている。

また、ヨーロッパの出版物の海賊版がアメリカで横行している状況がアメリカ独自の文学の発展を妨げているという指摘も行っている。

公立図書館のどんな統計をとっても、私たちアメリカ国民が読む百冊のうち七〇冊ほどは小説であって――そのうち十分の九は外国のものである。彼ら国民は、侯爵や伯爵とやらの、外国の生活に対する不健全な憧れによる想像力で頭が一杯になってしまうであろう……。(「アメリカ作家からの率直な発言」[6])

アメリカの演劇界においても、ヨーロッパからの舞台版の興行が多くなされていたことにより、アメリカ独自の演劇が当時なかなか根づかなかったという指摘もあるが、小説においても、アメリカ作家にとってヨーロッパ文学が安価に読者に手に入る状況は大いなる脅威として映っていたにちがいない。アメリカの人口が増えるにしたがって出版産業も発展を遂げていくことになるわけであるが、事実、アメリカ作家にとって一九三〇年代ぐらいまでは独自の市場を作るのにやはり苦戦を強いられており、フィラデルフィアの出版社のうち十社はウォルター・スコット (Walter Scott, 1771–1832) の作品だけを出版して成立しているほどであった (Vaidhyanathan 45)。[7]

トウェイン自身もかつて作家以前の時代には、イギリス文学の海賊版を安く買うことでき、その恩恵を享受していたことを漏らしているが、自身が本を刊行しはじめる一八七〇年代には、カナダの出版社による海賊版に自分が本来受け取るべき印税を奪われていると思うに至り、著作権に関する勉強をはじめている。『トム・ソーヤーの冒険』は発表当時、予約出版を通せば二ドル七五セントであったが、カナダの海賊版では五〇セントか一ドル程度で入手可能であった (Vaidhyanathan 59)。

アメリカで最初の連邦著作権法は一七九〇年に合衆国憲法の規定に基づき制定されていたのだが、その規定は「学術の進歩を助ける」ために「著作者および発明者」に一定期間の権利を保障する権限を連邦議会に与えたものであった。以後、今日に至るまで連邦著作権法は著作物の対象を広げることと著作権の保障期間の延長という二点において改正が重ねられてきている。アメリカにおける著作権法の歴史の一部に実はマーク・トウェインが大きく関与している。

トウェイン研究者の間においても、トウェインの主要な著作の発表年をどの年に規定すべきであるか見極めが難しい現実がある。たとえば、『王子と乞食』はカナダ版が一八八一年、アメリカ版が一八八二年の刊行になっており、『ハック・フィンの冒険』ではイギリス版が一八八四年、アメリカ版が一八八五年に刊行されている。アメリカ作家として本国の出版を優先するのか、あるいは、外国版であっても刊行が早い版を優先するのか、という問題が生じている。このように本国版よりも先行して外国版が存在する背景にはトウェインによる国際著作権事情を睨んだ戦略があった。

国際的に著作権保護を目的とするベルヌ条約は一八八六年に成立しているが、それ以前は各国内の著作権法はあっても他国への規制はできなかった。そのため著者に印税を支払わずに、安い価格で本の販売をする外国の出版業者が横行していた。トウェインは一八八一年に『王子と乞食』をカナダから出版し、その著作権保護のために一時的にカナダに居住する。しかしながら、こうした努力もむなしく、カナダの著作権法の適用を受けるための申請は却下されてしまっている。『ハック・フィンの冒険』においても、海外における著作権侵害を懸念し、アメリカ版よりも先にイギリス版を一八八四年に刊行している。

トウェインはこのように他の作家とも比して積極的に著作権問題に関与し続けており、一八七二年にロンドンをはじめて訪問して以降、一八七〇年代にくりかえしイギリスを訪問しているが、著作権をめぐる交渉が主な目的であった。トウェインの書簡集においても、すでにロンドン『スペクテイター』編集部宛書簡（一八七二年九月二十日）を参照したように、少なからぬ分量の書簡が海賊版の横行に対する悩みや、ヘレン・ケラーをはじめ同様の問題に悩んでいる他の作家に対する慰め、出版社や関係者への著作権整備にまつわる相談などで占められている。

実際にこうした活動や姿勢が認められ、一八八六年、連邦上院特許委員会が国際著作権の問題についての聴聞会を開いた際にトウェインは招かれ出版者兼作家の立場から意見を求められている。トウェインはこの際にアメリカ国内の出版業界全般に目配りをしており、本を国内で生産させて、出版社、出版業者、製造者の利益を守ることに腐心した。一九〇五年にはその名も「著作権について」というエッセイを発表しており、四二年を期限とすることで整備されつつあった当時の著作権法の問題点を指摘している。[8] さらに一九〇六年十二月七日にはトウェインは再び聴聞会に招かれ、ウィリアム・ディーン・ハウエルズ (William Dean Howells, 1837–1920) らと共に、新しく上程された著作権法案について発言している(「海賊版」という呼称がアメリカではじめて公式に記録されるのもこの公聴会であった)。その法案は、著作者の生存期間と死後五十年を保護期間とすることを意図するものであった。トウェインの行ったスピーチは聴聞会の委員たちの爆笑を呼び起こし、さらに子どもや孫の世代に知的財産権を継承したいという真剣な主張は強烈な印象を与えるものとなった。同時に、マーク・トウェインのパブリック・イメージとして定着することになる白のイメージ(白髪・白のスーツ)が新聞報道で強調される記念的なスピーチとしても知られる。

私は、大いにかつ特別に私の生業に関する法案の部分に興味がございます。作家の人生とその後の五十年に著作権を引き伸ばしたことに好感をもっています。私はそれによって世界の話のわかるどんな作家をも満足させてくれることでしょう。なぜなら、それによって、その子供までもが面倒を見てもらえると思うからであります。その孫は自分でやってもらいましょう。それによって私の孫は面倒を見てもらえるのなら、その後はやかましいことは申しません。(略) 私たちが制限を持たなければならないことはわかっておりますが、四二年とはあまりにもひどい制限でございます。私は人の努力の産物を有することに一体なぜ制限があってしかるべきか見当がつきません。不動産には全く制限はございません。(略) 政府は単に作家の資産を取り上げ、その子供たちの糧を取り上げ、さらには、発行人に二重の利益を与えます。発行人は本の出版を続け、その人と同じ数の共犯者が陰謀に関わることを決めそれを実行し、裕福に家族を養うわけです。(「著作権」『スピーチ集』三二四)

死後四二年の著作権保護期間を死後五十年まで延長することに対し、自身の子孫に対する生活の糧となることをユーモア交じりに訴えつつ、不動産を引き合いに出しながら、作家とその家族における知的財産権としての著作権の法的整備の必要性について請願している。実際に、トウェインは最晩年の大きな事業として『自伝』の執筆に勢力を注いだが、子孫に対し、知的財産権としての財産を遺すことを目的の一つに置いていた。

このスピーチでは、著作権の期間が不当に限定されてしまっていることにより、遺されることになる娘たちの生活保障を切実な問題として訴える戦略を採っている。さらに、不動産と同じように、著作権という本来著者の所有権に属する事柄を法的に規制することの不合理さも指摘している。本来、妻子のところに渡るべき収益が出版業者の手に渡るようなことを従来の著作権法は認めてきたとトウェインは批判する。

トウェインは人間の思考も不動産と同様に法的にその価値を認められ、所有権は永久にその人間に属すべきであると考えていた。この聴聞会から三年後、すべての著作物を対象に著者の死後五十年の保障期間を認める著作権法が成立し、トウェインの努力も実を結ぶことになる（ドイツ憲法では著者が存命中は著作権も延長されていたことをトウェインは羨ましがっていた。また、トウェインは「永代著作権」として著作権が永続し、失効しないことを願っていた）。アメリカの著作権はイギリスよりも先を行き、五十年の保障期間という時間の長さおよび公正さをアメリカが遂に獲得することができたと喜んでいる（*Mark Twain Letters*. Vol. 2. Ed. Albert Bigelow Paine. 831）。

ただし、その後のアメリカ合衆国における著作権法では、著作者人格権を著作権法による保護の対象としていないのみならず、登録によって著作権が発生する方式主義を採っていたため、その結果、無方式主義国で創作された著作物がアメリカ合衆国では保護されないという問題が生じることになる。この問題を解決するために一九五二年に万国著作権条約が制定される。一九八八年に成立するベルヌ条約遂行法を経て、一九八九年にようやくアメリカはベルヌ条約に加盟するという経過を辿ることになる。トウェインは早い時期から、国際著作権が国内の作家のみならず外国人の作家にまで同等の条件で適用されることを構想しており、外国人作家に対しても印税を支払う代わりに課税をするべきであると考えていたが、その構想を聞いた作家のオリヴァー・ウェンデル・ホームズ (Oliver Wendell Holmes, 1809–94) は「ユートピア」的理想であると一笑に付したという（『自伝』第二巻、一九〇六年十一月二十三日口述）。将来的にアメリカの作家がイギリスをはじめ、海外で広く読まれるというグローバルな出版ネットワークの可能性についても確かな展望を持っていた。

このスピーチに先行して書かれているトウェインの未発表作品に「大共和国のピーナッツ・スタンド」("The Great Republic's Peanut Stand", 1898) という短編がある。上院議員 (Senator) と賢者 (Wise Seeker) とが著作権の問題について議論するという対話形式で物語は展開される。禅問答に近い屈折を孕んだやりとりも含めてトウェイン晩年の思索を代表する『人間とは何か?』(*What Is Man?*, 1906) でも示されている手法を想起させるものであるが、海賊版の横行を含めた著作権および出版産業にまつわるトウェインの並々ならぬ関心が伝わってくるものである。

議員　著作権の欠如が死んでしまった本を生き返らせ、生命力を回復させ、流通させる——公の役に立つのだ。
賢者　そして出版社に対してだな。
議員　ウィリアム・T・ステッドは三〇〇もの死んだ本のうち、二〇〇冊をイギリスで復活させている。とるにたりない値段で何億万部も売り上げている。
賢者　そもそもなぜ本は死んだのか?
議員　さあわからない。

賢者　著作権が切れたためだよ。（「大共和国のピーナッツ・スタンド」）[9]

ウィリアム・ステッド（William Stead, 1849–1912）はトウェインも関心を抱いていた心霊主義の領域でも有名なイギリスの編集者、ジャーナリストである。著作権がない、あるいは切れてしまっていることにより、出版社は安易に本を出版することになり、結果として広告費もかけず、本を死蔵させてしまうことになると賢者は主張を続ける。

著者の死後五十年の保障期間を認める著作権法が成立したのが一九〇九年であり、トウェインが一九一〇年四月に七五歳で没していることを考えると、まさに作家トウェインの活動は著作権整備への飽くなき執念によってはじまり、晩年の最後の主要な活動のひとつが著作権問題であったことになる。

四　メディア文化史におけるマーク・トウェイン——文化的アイコンとして

これまでに辿ってきたように、アメリカの国民作家マーク・トウェインは、南北戦争以後の出版ビジネスの発展により産み出された存在である。さらに、マーク・トウェインというブランド・イメージが白いスーツ、白髪に白い髭という視覚的なイメージを伴っていることも含めて考えるならば、後のトレード・マークや登録商標にも繋がりうる概念形成の萌芽を見出すことができると言えるのではないか。二十世紀にかけてメディア、とりわけヴィジュアル雑誌やテレビ文化の中で作家のあり方も変わっていくことになるが、トウェインはその先駆的存在に位置づけられる。

実際に、アメリカにおいてトレード・マーク、商標登録が確立していくのはトウェインが亡くなる一九一〇年頃とされており、その背景にはコミックスや映画といった二十世紀の新しいメディア産業の確立がある。ココ・シャネルに代表されるライセンス化されたデザイナー・マーチャンダイズが誕生し始めていったことにより、コミックの商標登録同様にチャップリン（Charles Chaplin, 1889–1977）などの映画スターやキャラクターもライセンス化され、ウォルト・ディズニー（Walt Disney, 1901–66）の商標に初めてライセンシング権利が認められたのも一九一〇年頃のことである。[10] 二十世紀における商標登録のライセンス化の歴史を辿るならば、マーク・トウェインというブランド・イメージもまた、マーチャンダイズ化されてしかるべき、キャラクターの一つであったとみなすことができるのではないか。その一方で、ライセンス化されていたならば存在しえなかったであろう「マーク・トウェイン産業」も今日に至るまで発達してきており、「マーク・トウェイン扮装者」（impersonator）がとりわけ観光産業の中で成熟した文化をもたらしている。興業データベースによれば、アメリカ中のどこででも派遣可能な「トウェイン扮装者」が登録されており、インターネット上で値段や役者の雰囲気を確認することができる。[11]

もともとマーク・トウェイン自体がペンネームとして作り出されたペルソナであり、サミュエル・クレメンズ（Samuel Langhorne Clemens）という一人の青年がアメリカ西部における異文化体験を基に作り上げられていった作家像がマーク・トウェインというキャラクターであったわけである。晩年のトウェインは植民地主義やアメリカ膨張主義などに対して否定的な政治見解を発表するに至り、アメリカが宿命的に抱える国家の成り立ちの問題、すなわちアメリカ合衆国もまた、広義の植民地主義の産物として形成されている事実に直面し、アメリカ民主主義を体現する存在としての自己の存在証明に対して葛藤を抱くようになる。白いスーツに身を固めた晩年のトウェインのイメージは、アメリカと人類の諸問題に思いを馳せ、未来を憂い、苦悩する作家の像であった。マーク・トウェインのイメージ形成を辿るとき、とりわけ一人称で書かれた初期の旅行記や自伝的回想録『イノセンツ・アブロード』、『苦難をしのびて』における語り手を描いた挿絵が作家マーク・トウェイン像の形成にはたした役割は大きい（図版1・2）。[12] こうした国民作家像も十九世紀後半アメリカの出版ビジネスの成長によってもたらされたものであり、さらに、トウェイン自体がその恩恵を得られたわけではないが、アメリカ文化史における国民作家マーク・トウェインのブランド・イメージの特権的な位置を探るとき、商標の概念について展望することも可能となるのではないか。

まとめ

今日では知的財産権と称される著作権の概念がマーク・トウェインの作家活動の中で育まれ、その整備のためにいかにトウェインが尽力していったかを展望してきた。十九世紀後半から二十世紀初頭にかけてのアメリカにおける著作権整備の過程の中で、作家の立場から尽力したことにより、著作権をめぐる歴史の中でトウェインは特筆すべき存在となっている。デジタル化、マルチメディア化がより一層進む二十一世紀初頭の今日、著作権の概念自体が問い直しを迫られている中で、トウェインの関わりに対する再評価も進んでいる。マーク・トウェインの出版活動を通して、十九世紀後半から二十世紀にかけてのアメリカの出版事情、およびアメリカおよびヨーロッパの当時の国際的な出版事情の問題点を確認することができる。

図版1

図版2

〈図版1〉『イノセンツ・アブロード』挿絵より。フランスのカンカン踊りに対して、恥ずかしさに目を覆いながらもつい覗き見てしまう様子。挿絵画家トゥルー・ウィリアムズ（Truman Williams, 1839–97）は『トム・ソーヤーの冒険』の挿絵も担当している。

〈図版2〉『苦難をしのびて』挿絵より。西部体験を経た後に単行本『苦難をしのびて』の執筆に作者が格闘している様子。

注

1　デジタル化時代における著作権のあり方を再検討する、シヴァ・ヴァイディアナサン『コピーライトとコピーロング——知的所有権の台頭およびそれによっていかに創造性が脅かされるか』において、マーク・トウェインがアメリカの出版界における著作権整備の過程に尽力した経緯について一章分が割かれており（第二章「マーク・トウェインと文学的著作権の歴史」）、文化史上における存在の大きさを示している。またその他、アメリカにおける著作権（海賊版を含む）の確立過程に関してはジュディ・アンダーソンによる研究書を参照した。

2　一八七三年に早くもアメリカにおける国語の教科書（*A Manual of American Literature*）に登場しており、『イノセンツ・アブロード』から抜粋されている（Ishihara 80）。石原剛による研究が示しているように、国家形成期と国語教育とは不可分な関係にあり、アメリカ独自の文化を体現する存在としてトウェインの文章がアメリカにおける国語国文学の教科書に早い段階から採用されている事実は重要である。

3　ブリスから出版を促す手紙（一八六七年十一月二十一日付）を受け取ったトウェインは、翌年一月に直接、ハートフォードのブリスを訪ね、対面をはたしている。しかしながら当初は慎重な姿勢を示しており、一八六八年十月までは契約書に署名をしていない。なお「予約出版」については、朝日由紀子「予約出版」亀井俊介監修『マーク・トウェイン文学／文化事典』（二五二—五三）において簡潔にまとめられている。

4　たとえば、エルマイラ大学マーク・トウェイン・センターには『赤道に沿って』の予約販売用サンプルが収蔵されている。予定される実際の表紙の装丁を施した上にサンプル章が収められており、実際の購読者のリストも付された形で保存されている。

5 演劇『セラーズ大佐』のテクストは長い間、活字として陽の目を見ることがなかったが、"Colonel Sellers: A Drama in Five Acts." *The Missouri Review*. Vol. 18–3 (1995: 109–51) にテクストが掲載されている。トウェインの演劇との関与については、Robert Godman. "Mark Twain as a Playwright" が簡潔に要点をまとめている。

6 "International Copyright, Plain Speech from American Authors." *Century Illustrated Magazine*. Feb. 1886, 634.

7 ウォルター・スコットの作品は十九世紀後半のアメリカ（とりわけ南部）において絶大なる人気を誇っており、トウェイン自身も十二巻本の全集 (*The Waverly Novels: Abbotsford Edition*) を愛読していた。同時に、アメリカ南部におけるスコット人気の高さを、「ウォルター・スコット病」と揶揄し、極度に理想化された騎士道精神のあり方をくりかえし批判している。『ハック・フィンの冒険』第十三章における蒸気船ウォルター・スコット号の難破場面はその典型的な例である。

8 "Concerning Copyright: An Open Letter to the Register of Copyrights." *North American Review*. January 1905: 1–8. *Mark Twain. Collected Tales, Sketches, Speeches, and Essays: 1891–1910*. New York: Library of America, 1992: 634.

9 "The Great Republic's Peanut Stand." 1898. Unpublished Manuscripts. Mark Twain Papers, Bancroft Library.

10 アメリカにおける商標登録の歴史については、Karen Raugust. *Merchandise Licensing in the Television Industry* を参照した。

11 トウェインの扮装者はトウェインのゆかりの地であるミズーリ州ハンニバルなどを拠点とする、Jim Waddell による一人芝居 ("Mark Twain's Retreat: Personal recollections of Civil War") をはじめ様々な地域において活躍している。代表的な存在が俳優ハル・ホルブルック (Hal Holbrook, 1925–) であり映画俳優として知られるが、マーク・トウェインを演じ、トニー賞主演男優賞を受賞した一人芝居『マーク・トウェイン・トゥナイト』(*Mark Twain Tonight*) は初演の一九六六年以後、もっとも長く上演された一人芝居として記録されている。ホルブルックは復刻版『オックスフォード・マーク・トウェイン全集』の『スピーチ集』において序文を寄稿しており、トウェイン研究の領域においても高く評価されている。

12 アメリカン・パブリッシング社によって刊行された、トウェインの代表作の挿絵に関与し続けた画家にトゥルー・ウィリアムズがいる。ノンフィクション作品に位置づけられる『イノセンツ・アブロード』、『苦難をしのびて』の挿絵に関与し、語り手の自己像の形成に大きく関与している。『金めっき時代』、『トム・ソーヤーの冒険』の主要挿絵画家としても知られる。
また、トウェイン作品における「挿絵」研究として、Beverly R David. *Mark Twain and His Illustrators: 1869–1875* を挙げ

ることができる。また、トウェインの「文化的アイコン」をめぐる研究として、ルイス・バッドによる主にトウェインの生前におけるイメージ形成を扱った研究、あるいはシェリー・フィッシャー・フィッシュキンによる二十世紀アメリカ文化史を通じてのイメージ形成を扱った研究などがある。

引用参考文献

Anderson, Anderson. *Plagiarism, Copyright Violation in Law and Other Thefts of Intellectual Property: An Annotated Bibliography with a Lengthy Introduction*. NC: McFarland, 1998.

Budd, Louis. *Our Mark Twain: The Making of His Public Personality*. Philadelphia, PA: U of Pennsylvania P, 1983.

David, Beverly R. *Mark Twain and His Illustrators: 1869–1875*. Whitston Pub, 1986.

Fishkin, Shelley Fisher. *Lighting Out for the Territory: Reflections on Mark Twain and American Culture*. New York: Oxford UP, 1996.

Goldman, Robert. "Mark Twain as a Playwright," *Mark Twain: A Sumptuous Variety*. Ed. Robert Giddings. Totowa, NJ: Barnes & Nobles. 1985: 108–31.

Ishihara, Tsuyoshi. "Mark Twain in American School Textbooks, 1875–1910."『早稲田教育評論』第二四号（二〇一〇）：七九―九二頁。

Twain, Mark. *Autobiography of Mark Twain*. Vol. 2. Eds. Benjamin Griffin and Harriet Elinor Smith, et al. Berkeley, CA: U of California P, 2013.『マーク・トウェイン完全なる自伝（第二巻）』、和栗了・山本祐子・渡邊真理子訳、柏書房、二〇一五年。

——. *Collected Tales, Sketches, Speeches, and Essays: 1891–1910*. New York: Library of America, 1992.

——. "Colonel Sellers: A Drama in Five Acts." *The Missouri Review*. Vol. 18–3 (1995): 109–51.

——. "International Copyright, Plain Speech from American Authors." *Century Illustrated Magazine*. Feb. 1886.

——. *Mark Twain's Letters, 1872–73*. Vol. 5. Eds. Lin Salamo and Harriet Elinor Smith. Berkeley, CA: University of California Press,

1997.

——. "International Copyright, Plain Speech from American Authors." *Century Illustrated Magazine*. Feb. 1886.

——. *Speeches*. 1910. Oxford UP,1996. 『マーク・トウェイン　スピーチ集』金谷良夫訳、彩流社、二〇〇一年。

Rasmussen, Kent, ed. *Dear Mark Twain: Letters from His Readers*. Berkeley, CA: University of California Press, 2013.

Raugust, Karen. *Merchandise Licensing in the Television Industry*. Waltham, MA: Focal Press, 1995.

——. *Mark Twain Letters*. Vol. 2. Ed. Albert Bigelow Paine. New York: Harper, 1912.

Sheldon, Michael. *Mark Twain: Man in White: The Grand Adventure of His Final Years*. New York: Random House, 2010.

Vaidhyanathan, Siva. *Copyrights and Copywrongs: The Rise of Intellectual Property and How It Threatens Creativity*. New York: NYU Press, 2001.

Woodmansee, Martha and Peter Jaszi, eds. *The Construction of Authorship: Textual Appropriation in Law and Literature*. Durham, NC: Duke UP, 1994.

亀井俊介監修『マーク・トウェイン文学／文化事典』彩流社、二〇一〇年。

中垣恒太郎『マーク・トウェインと近代国家アメリカ』音羽書房鶴見書店、二〇一二年。

中垣論文へのコメント

水野　隆之

中垣氏はアメリカの国民的作家と称されるマーク・トウェインと出版ビジネス、特に予約出版との関わりを考察している。イギリスにおいては十九世紀の間に衰退の一途をたどったこの出版形態が、大西洋を隔てたアメリカにおいては逆に急成長を遂げたというのは、両国の出版事情を比較検討するに当たり興味をそそる点であるが、中垣氏は予約出版ビジネスの発展には当時のアメリカ特有の事情があったことを指摘している。この予約出版がビジネスとして確立していく中で登場し、一躍人気作家となったのがトウェインであった。中垣氏は購読者リストについて注釈の中で触れているが、トウェインの小説を予約購読した読者層を具体的に分析することが可能であれば、当時のトウェイン作品の受容がさらに明確になるのではないかと思う。

中垣氏の論考から、トウェインがビジネスの感覚を持ち合わせた作家であったということが分かる。作家としての出発点において出版社との交渉に失敗したことでビジネスとしての小説出版の重要性を認識し、ついには自ら出版社を起こすに至るまでのトウェインの歩みを分かりやすく解説している。トウェインの作家としての成長は小説出版に関わるビジネスマンとしての成長でもあった、ということになろうか。

このようにビジネスマンとしての側面もあった作家であれば、国際著作権を問題にしたのは当然であろう。小説家トウェインが登場する約二十年前、アメリカを訪問したディケンズは無断で自分の作品を出版、掲載するアメリカの出版社、新聞社に対して著作権を訴えたことで、アメリカ国民の反感を買ってしまったことは拙文の中で触れたが、一言付け加えると、その際にディケンズを驚かせたのが、アメリカ人作家たちの著作権に対する問題意識の低さであった。アメリカ滞在中にディケンズは友人のジョン・フォースターに「この国の作家たちは一人残らずこの問題に関心を寄せていながら、声を張り上げてその法律の極悪非道ぶりを難じようとする者は唯の一人もいない」と書き送っている。それから約二十年の歳月を経て、ディケンズと価値観を共有する作家がアメリカにも現われたことになる。

また、中垣氏はトウェインと商標という問題にも切り込んでいる。知的財産権の観点から文化的アイコンとしてのトウェインを考察することによって、新たなトウェイン像が明らかになるかもしれない可能性を感じさせるテーマである。

　最後にトウェインだけでなく、同時代のアメリカ人作家たちが予約出版を始めとした出版ビジネスとどう向き合っていたのかという点も少し気になる。この点について多少なりとも言及があれば、当時の小説出版事情がより明確になるのではと感じた。

コメントへの筆者の応答

　ディケンズおよびトウェインは英米両国において共に国民作家として小説の受容層を飛躍的に拡大し、国際的な文学市場を確立する上でも多大な貢献をもたらした。小説家が職業として成立するうえでビジネスの才覚は重要であり、両作家がどのように読者を意識して創作に反映させていたのか。また、著作権確立のみならず、印税契約など作家としての待遇面に関する意識や出版・流通形態に対する姿勢なども細かく見ていくことで出版文化の成長過程が見えてくる。

　トウェインは小説家を志して文学の領域に参入したわけではなく、まずはジャーナリストとして文筆業に関与し、予約出版による単行本刊行が産業として成長していた中で小説家として成功し、他の脚本・演出家による自作の演劇化がヒットしたことに魅せられて以降は演劇などの他領域にも積極的に取り組んだ。演劇は自身の手では利益をあげることができず、特許の申請にも意欲を示したが、結果としてもっとも成功をおさめたのが小説分野であり、その成功の尺度はビジネスの観点から金銭的価値によってはかられるものであった。作家もまた生活をしていかなければならないわけであり、契約面での待遇や、出版社、初出形態（雑誌掲載か単行本書下ろしか）、流通媒体（予約出版か書店販売か）など産業としての出版文化の生成発展過程および職業としての小説家の系譜を探る上で、ディケンズおよびトウェインのあり方は恰好の素材となる。さらに他の作家の姿勢との比較などにより、それぞれの作家の資質も浮き彫りになることであろう。今後の課題として継続して比較検討していきたい。

有名作家の学生時代における図書館の利用履歴情報をめぐり、プライバシーの観点から現在では問題視されているが、予約出版の購読者リストや、トウェインに宛てて送られた読者からのファン・レターなどからは、同時代の読者層の実態を探ることができる。文学研究の領域のみならず、出版文化やメディア史をめぐる学際的な観点からの視点も有益な視座をもたらしてくれるにちがいない。

エミリ・ディキンソンと「読者」ネットワーク
――南北戦争時に「送られた」詩と「送られなかった」詩

金澤　淳子

一　十九世紀アメリカ詩と雑誌

十九世紀アメリカ詩は、雑誌や新聞の発展とともに読者を拡大したといえる。独立後しばらく書籍は主にイギリスから輸入されていた。印刷・製本設備がアメリカ本国でいまだ充分に整わず、経費も割高だったためである。アメリカの読者が本の形で出会う詩人はイギリスの詩人が中心となり、アメリカ詩人たちの発表の場はおのずと雑誌や新聞が中心になっていく。植民地時代から十八世紀を経てアメリカ庶民の識字率が上昇し、一八五〇年代初期の白人成人の識字率が九〇パーセント。イギリスの六〇パーセントと較べるとかなり高い数字である (Lehuu 17)。この幅広い読者層を背景に新たな雑誌や新聞が次々と創刊されていく。

ここで十九世紀アメリカにおける雑誌の隆盛を簡単に見渡しておくと、一八二〇年代には政治雑誌、宗教雑誌、農業雑誌などが次々と創刊される。特に文化・文学の面で重要なのは、当時のアメリカ主要都市で創刊された雑誌で、フィラデルフィアの『グレアムズ・マガジン』(*Graham's Magazine*、一八二六年創刊)、ニューヨークの『ニッカーボッカー・マガジン』(*Knickerbocker Magazine* 一八三三年創刊)、『ハーパーズ・マンスリー・マガジン』(*Harper's Monthly Magazine*、一八五〇年創刊)、『パトナムズ・マンスリー・マガジン』(*Putnam's Monthly Magazine*、一八五三年創刊）、そしてボストンの『アトランティック・マンスリー』（*Atlantic Monthly*、一八五七年創刊）などがある。しかし、大都市はもちろん、開拓が進む西部の小さな町に至るまで数多くの雑誌が登場したのがこの時代である。[1] そして、雑誌には必ずと言って良いほど詩が掲載された。文芸雑誌に限らず、日刊紙、週刊誌、大衆紙などの種類の違い、地方版、全国版といった配給規模の違いに関わりなく常に詩があり、掲載場所もニュース記事、社説、詩のコーナー、広告、死亡記事など様々であった (Lorang 1–2)。

雑誌や新聞に詩が載ることで、その性質はどう変化するのだろうか。ポーラ・ベネット (Paula Benet) は、詩が同時代の時事的な記事と並んで掲載されたことに注目し、そもそもアメリカ詩が植民地時代から個人的または社会的主張をする声を持つ点について、「ベンジャミン・フランクリン (Benjamin Franklin, 1706–90) のような権力の座にある者から、［黒人奴隷］フィリス・ホイートリー (Phillis Wheatley, 1753?–84) のような力なき者たち」に至るまで、個人的、社会的問題についての意見を少なくとも平等に、発表することができた」と述べている (3)。そして、そこに詩集で読むイギリス詩人との違いを強調している。したがって、ラルフ・ウォルド・エマソン (Ralph Waldo Emerson, 1803–82) がエッセイ「詩人」(“Poet”) で描く詩人像――「詩人とは必要な力の釣り合いが保たれている人であり、他の人が夢見るものを障害なく実際に見たり扱ったりし、経験のあらゆる領域を通り、受け止め与えるうえで最大の力のために人類を代表する者である」――はアメリカで求められた詩人の要素を記したものだともいえるだろう。ウォルト・ホイットマン (Walt Whitman, 1819–92) も『草の葉』(*Leaves of the Grass*) 初版の序文で「共和国」アメリカの庶民の代弁者として詩人の役割を主張しており、十九世紀アメリカ詩もまた読者に向けた声（或いは、同時代の人々を代弁する声）を担っていたのである。

二　南北戦争時代（一八六一―六五年）の詩と読者

十九世紀中葉のアメリカでは、南北戦争勃発後に新聞の購買数が飛躍的に増加している。戦争によって人々の読書習慣が変化した結果、それまでの文学作品に取って替わったのが、刻一刻と変化する戦況ニュースであった。ちなみに後に述べる詩人エミリ・ディキンソン（Emily Dickinson, 1830–86）もまた戦争記事を熱心に追った読者のひとりである。戦争を背景に鉄道網、通信網、軍事技術が急速に発達し、戦地のニュースがすぐさま市民たちにもたらされ、戦地と非戦闘員の市民との距離が一気に狭まる。北部で最大規模の部数を誇る『ハーパーズ・ウィークリー』誌（*Harper's Weekly*）は戦争初期の一八六一年六月十五日の段階ですでに十一万五〇〇〇部の売り上げを記録している（Fahs 42）。

文学作品全体の出版・売り上げそのものは、戦況ニュースに人々の興味が集中した煽りで極端に減少したものの、北部・南部共に読者が新聞に詩を投稿したり、戦況と共に詩が掲載されたりと、詩は依然として人気があった。詩は読者に戦いに加わるように呼びかけ、兵士を勇気づけ、戦没者の家族を慰める役目を担っていた点で、戦争中も強いメッセージを持っていたといえる（Richards 158）。『アトランティック・マンスリー』誌（*Atlantic Monthly*）一八六二年二月号巻頭に掲載されたジュリア・ウォード・ハウ（Julia Ward Howe, 1819–1910）の「リパブリック賛歌」（"Battle Hymn of the Republic"）が後に北軍で歌われるようになった事実もまた戦争における詩の役割の大きさを窺わせる。

そもそもアメリカの人々の生活に詩がいかに密着していたか、その背景は戦時中に詩が果たした大きな役割にも関わっているだろう。『「その時のための言葉」アメリカ南北戦争新詩歌集』（"*Words for the Hour*": *A New Anthology of American Civil War Poetry*）を編纂したフェイス・バレット（Faith Barrett）は序文の冒頭でこの点をまず強調している。特に一八三〇年代から四〇年代にかけてのアメリカ公教育における詩の暗唱が一般的であり、講演や教会での集まり、奴隷制反対集会、禁酒運動や女性参政権の集会、さらに式典で事あるごとに詩が詠まれてきたことを説明している (1–3)。そうした中で「炉辺の詩人」と呼ばれるアメリカの詩人たち——ウィリアム・カレン・ブライアント (William Cullen Bryant, 1794–1878)、ヘンリ・ワズワース・ロングフェロー (Henry Wadsworth Longfellow, 1807–82)、ジェームズ・ラッセル・ローウェル (James Russell Lowell, 1819–91)、ジョン・グリーンリーフ・ホイッティア (John Greenleaf Whittier, 1807–92)、オリヴァー・ウェンデル・ホームズ (Oliver Wendell Holmes, 1809–94) など——が読者層を広げていく。「炉辺の詩人」たちの詩は、十九世紀アメリカに生きる人々に日々関わる主題（過去の追憶、未来への不安、日々の暮らし、信仰の揺れ）を扱い、変動の時代を生きる読者を慰め、勇気づけた。その意味で「炉辺の詩人」たちの詩もまた同時代の人々へのメッセージを担っていたといえよう。こうした環境で育ってきた世代には、その後の南北戦争期において詩に身近に接するための下地がまずあったといえる。

三　エミリ・ディキンソンと南北戦争

エドマンド・ウィルソン (Edmund Wilson, 1895–1972) は「南北戦争は詩に全く不都合な時期であった」と『愛国の血糊』(*Patriotic Gore*, 1962) で述べている。だが、ハーマン・メルヴィル (Herman Melville, 1819–91) の『戦争詩歌集』(*Battle Pieces*, 1866) やホイットマンの『軍鼓の響き』(*Drum Taps* 1865) など、十九世紀アメリカ詩人たちが南北戦争詩集を出版していることからも、戦争がアメリカ詩人に与えた影響は計り知れない。ウィルソンはまた「戦争に関わる莫大な量の詩が書かれはしたが、今日読むには無益である」とも書いている (466)。はたしてそうだろうか。

こうした詩の声は、現代には響いてこないのだろうか。

ここで植民地時代以来、アメリカ詩が担ってきた声を考えるとき、ディキンソンの詩もまた同じ系譜に連なるかどうかという問題が立ち現れる。その場合、南北戦争の激動期、家族以外の人と会うことを避け、一見、社会に背を向けて暮らしていたかに見えるディキンソンと、「読者」との関係をどのように捉えたら良いのだろうか。伝記的にはディキンソンが自宅から出ることが極端に少なくなっていった時期とはいえ、マサチューセッツ州アマーストの大学町で熱心に戦争協力をしていた父や兄のもと、ディキンソンもまた新聞で戦況を逐一確認していた様子は当時の書簡からも窺がわれる。その一例で戦地にいるT・W・ヒギンソン（T. W. Higginson, 1823–1911）にこう書き送っている、「あなたが［戦地に］赴かれたことを偶然知りました」（L 280）は、新聞の記事を読んで書いたと思われる。エリザ・リチャーズ（Eliza Richards）は、交通網や電報の発展によって戦況のニュース伝達が加速度的に早まり、しかもそれ故に完結することのない断片的な報せが人々を駆り立て、次の報せを求めさせた状況を説明している。細切れのニュースの特徴は、たとえばメルヴィルの詩「ダンルソン」（"Donelson"）にも反映され、次々と移り変わる戦況の報せが細切れの連の形で表されている。こうしたニュースの読者であったディキンソンは、この時期、詩が新聞に掲載されてもいる。つまりは、ディキンソン自身もまた、戦争によって「拡大した」新聞読者のひとりであると同時に、この時期に生涯で最も集中的に詩作をし、戦争を背景に読者を「拡大した」詩人ともいえるのである。

四　南北戦争期の二つの詩群

『ディキンソン詩集』(*Poems of Emily Dickinson*, 1890) が編纂・出版されたのはディキンソン死後である。生前、ディキンソンが親戚や友人たちに詩を送っていた。この行為をカレン・ダンデュランド (Karen Dandurand) やポール・クラムブリィ (Paul Crumbley) は、十九世紀アメリカ中産階級の女性たちの「贈り物の文化」(gift culture) を背景に一種の「出版」と見なしている。個人の信頼関係に基づく「贈り物の文化」における詩のやりとりは、受け手を通じてやがては新聞掲載という公の場に表れる可能性、さらには既知の読者から未知の読者へと読者層が拡大する可能性をも孕む。ディキンソンの詩もこのシステムに従って戦時中に「出版」された。当時のディキンソンの詩を巡る状況を捉える上で、有効な解釈であろう。

ただしここでどうしても不可解なのは、ディキンソンが友人や親戚に送った結果、新聞に掲載され、未知の読者に届いた詩群がある一方で、ディキンソンが誰にも送ることなく手許にそっと置いていた詩群もまた存在することである。歴史の表舞台に顔を出した詩と、ひっそりと草稿集に綴じられたままであった詩という、対照的な道筋を辿ったふたつの詩群が存在することになる。このふたつの詩群は、ディキンソンと「読者」との関係を探るうえで手がかりを与えてくれるのではないか。社会から距離を置いたディキンソンが、戦争を通じて「読者」といかに繋がっていたのか、同時にまた繋がりを避けようとしたのか。十九世紀アメリカ詩人と読者との関係の諸相を捉えるうえで、この二つの詩群について考えたい。

ディキンソン生前に出版された詩は現在のところ十一篇が確認されている。ディキンソン家の友人でジャーナリストのサミュエル・ボウルズ (Samuel Bowles, 1826–72) によって『スプリングフィールド・リパブリカン』紙 (*Spring-field Republican*) に掲載された例、南北戦争時の北軍支援のための日刊紙『ドラム・ビート』紙 (*Drum Beat*) に掲載された例、幼馴染みの女性作家ヘレン・ハント・ジャクソン (Helen Hunt Jackson, 1830–85) を通じてロバート・ブラザーズ社から匿名詩選集 *No Name Series* に出版された例など、どの場合も匿名ながら、ディキンソンの詩が生前からすでに多数の読者の目に触れていたことがわかる。[2]

その中で特に注目したいのが、南北戦争中に発行された北軍系新聞『ドラム・ビート』紙に掲載された例である。この新聞は北軍衛生委員会への寄付を目的に一八六四年二月二十二日から三月十一日の間にブルックリンで六〇〇〇部発行された日刊紙である (Danduland "Drum Beat")。ディキンソンの三篇の詩が二月二十九日、三月二日、三月十一日にそれぞれ掲載され、匿名ながらも六〇〇〇部の読者ネットワークのなかで読まれたことになる。南北戦争中にディキンソンが詩を送った相手としては、兄の妻スーザン・ディキンソン (Susan Dickinson) に百篇、先にも触れた雑誌編集者のボウルズに三〇篇、奴隷制反対論者で文芸批評家ヒギンソンに三二篇というのが目立つ例であり、個人的な詩のやりとりが、出版の背後に見え隠れしている。

十九世紀アメリカの「贈り物の文化」を背景にディキンソンの詩の贈与を間接的な「出版」と捉えるクラムブリィはディキンソンと兄の妻スーザンとの詩のやりとりに特に注目し、書き手と受け取り手の共同制作として解釈している。もちろんそこには「作者」の著作権は介在しない。アメリカ人批評家クラムブリィならではの表現を用いるならば「民主主義的な」作業なのである。[3]

またディキンソンの詩の受取人が、自身の交友関係のなかでディキンソンの詩をさらに別の場所で紹介（朗読）した可能性についてダンデュランドが示唆している。ちなみに従姉妹ノアクロス姉妹が当時コンコードの読書会に参加していた事実から、ルイザ・メイ・オルコット (Louisa May Alcott, 1832–88) やエマソンなどがディキンソンの詩を知っていた可能性、さらに「最も行動的な文通相手」であったヒギンソンが百人を超える私的会合でディキンソンの詩を朗読していた可能性も挙げ、聴衆にやはりエマソンやオルコット、ウィリアム・エラリー・チャニング (William Ellery Channing, 1818–1901) など、当時の錚々たる文学者たちがいた可能性にも触れている。生前のディキンソンの詩は、ボウルズや、同じく雑誌の編集者ジョサイア・ギルバート・ホランド夫妻 (Josiah Gilbert Holland, 1819–81; Elizabeth Chapin Holland, 1823–96)、ヒギンソン、ジャクソンなど、アメリカ文学界・出版界で活躍していた人物達に送られ、さらに彼等自身のネットワークを通じて未知の読者へと拡大していたことになる。

それでは、ディキンソンは読者をどのように想定していたのだろうか。詩を直接送った相手だけでなく、その人物を介して詩が渡るかもしれない未知の読者もまた念頭に置いていたのだろうか。さらに気になるのは、先にも触れた、この期間のディキンソンの詩の送り方である。当時、ディキンソンが南北戦争に影響を受けて書いたとされる詩、または戦争との関わりがあるとされる詩のほとんどが、誰にも送られていない。さらに厳密な言い方をするならば、送られたという確固たる証拠がないのである。

南北戦争とディキンソンとの関わりについての先行研究にはシアラ・ウォロスキ (Shira Wolosky)、トマス・フォード (Thomas Ford)、ヴィヴィアン・ポラック (Vivian Pollack)、クリスタン・ミラー (Cristanne Miller)、フェイス・バレットなどによるものが多数あり、今日ではディキンソンが同時代の南北戦争を意識していたことは揺るぎない事実として捉えられている。こうした批評家によって論じられてきた詩群としては、戦いの主題を持つもの、直接戦争に影響を受けて書いたとされるもの、解釈によっては戦争に関連すると捉えられるものなどがある。ただし、戦争と何らかの形で関連づけられるこうした詩を隣家に住む兄の妻スーザンのような親しい間柄の人物にさえも送られた形跡が一部の例外を除いてないのである。[4] ディキンソンが送ることを差し控えてそのまま自分の手許に置くことを選んだのは何故だろうか。ミラーが言及するようにそれらもまた「真剣に」書かれた詩であり、出来が悪いから送らなかったという解釈で済ますことはできない。[5]

五　送られた詩

ここでディキンソンが知人に送った詩が実際に新聞に掲載された例を見てみたい。隣家に住む兄の妻スーザンに送ったとされる詩が結果的にいくつかの雑誌や新聞に掲載された、特に南北戦争中に北軍系の新聞に載った例である。南北戦争後半一八六四年二月と三月にディキンソンの三篇の詩（F321: "Blazing in Gold and quenching in Purple," F95: "Flowers—Well—if anybody," F236: "These are the days when Birds come back"）が北軍系の新聞『ドラム・ビート』紙に、その後、一八六四年四月にブルックリンで発行された同じく北軍系『ブルックリン・デイリー・ユニオン』紙（*Brooklyn Daily Union*）にも"Success is counted sweetest"（F112）が掲載された。

出版に至る詳しい経緯は判明してはいないものの、今のところ、二つの解釈がある。ダンデュランドの推測では、アマースト大学の理事で、兄オースティン・ディキンソン（Austin Dickinson, 1829–95）と親しいリチャード・ソルター・ストアズ（Richard Salter Storrs, Jr.）が『ドラム・ビート』紙に携わり、スーザンを通じてディキンソンの詩が渡されたものと推測している。一方、ヴァージニア・ジャクソン（Virginia Jackson）は、スーザンの友人でブルックリン在住のガートルード・ヴァンダービルト（Gertrude Vanderbilt）がディキンソンの詩の掲載に関与したものとしている。いずれの場合にせよ、ディキンソンがスーザンに詩を送り、スーザンの交際ネットワークを介して北軍系の新聞に掲載されたことになる。しかもミラーが言及しているように、著作権の関連で、一度掲載されたディキンソンの詩が別の新聞に転載される例が何度も生じている。こうした転載の結果、ディキンソンの詩は最終的に個人的なつながりのない『ボストン・ポスト』紙（*The Boston Post*）にまでも出現し、同時代の幅広い読者の許に届けられるのである。『ドラム・ビート』紙上ブルックリン慈善市の報告記事と共にディキンソンの詩が掲載されている。そこでまず気になるのは、掲載された三篇のうち二篇（"Flowers-Well-if anybody" と "These are the days when Birds come back"）が戦争前に作られていることである。残りの一篇（"Blazing in Gold and quenching in Purple"）は戦争中の作と推定されてはいるものの、一見して戦争との関係をこの詩に見出すのは難しい。[6] にもかかわらず、"Flowers —Well—if anybody" の詩は一八六四年三月二日付『ドラム・ビート』紙、三月九日付『スプリングフィールド・デイリー・リパブリカン』紙、三月十二日付『スプリングフィールド・ウィークリー・リパブリカン』紙、そして三月十六日付『ボストン・ポスト』紙と、二週間ほどの間に矢継ぎ早に四か所に登場している。戦争中の紙面において、人々に訴える声を持つ詩であったのだろうか。

Flowers—well, if anybody
Can the extasy define,
Half a transport, half a trouble,
With which flowers humble men—
Anybody find the fountain,

花々のことと言えば、そう、
半分は恍惚、半分は苦しみを伴って
花々は人を謙虚にさせる
そんな陶酔を定義できるなら、
逆流が押し寄せる泉を

From which floods so contra flow,
I will give him all the Daisies,
Which opon the hillside blow!

Too much pathos in their faces,
For a simple breast like mine!
Butterflies from St Domingo,
Cruising round the purple line,
Have a system of aesthetics
Far superior to mine!

見出せる人がいるならば、
丘の斜面に咲く
雛菊をすべてあげましょう。

花々の物悲しい表情は
わたしのささやかな胸には耐えられないほど！
サントドミンゴから渡ってきた蝶たちは
紫の線を描いて旋回し
わたしなどはるかに凌ぐ
美学体系を持つ。

ディキンソンの詩には珍しい口語的な間投詞“well”が使われ、雛菊のようなささやかな存在を前に、詩人が圧倒される姿がこの詩からまず浮かぶ。因みにジュディス・ファー (Judith Farr) は、自然の神秘に詩人が抱く「恍惚」と「苦悩」の相対する感情を捉え、戦争の要素について全く言及していない (142–44)。

戦争の動乱とは無関係に作られたかのように見えるこの詩を『ドラム・ビート』紙三月二日号の紙面に置いてみるとき、詩の印象はどうなるであろうか。『ドラム・ビート』紙面には戦争関係の主題や北軍衛生委員会の寄付金集めを目的にした慈善市の報告が所狭しと並ぶ。戦争を題材にした詩、戦争にまつわるエピソード、慈善市の紹介や報告、地元の人々のエピソードやエッセイそして保険会社の名が連なる広告面があり、ブルックリンにおける人々の戦争協力の様子を伝えている。その中で掲載されている他の詩――"Footsteps"（兵士の死を歌う詩）"A Hard-Shell Lyric"（チェサピーク湾あたりの地方に伝わる十月の歌）"Hiawatha, on The Fair"（ブルックリンの慈善市を称える詩）――とともにディキンソンの"Flowers"は、ぎっしりと記事が埋まる紙面の埋め草として、主題に関わりなく、北軍支援の地元の有志が慈善で寄せた詩としての印象を与える。

だが、ディキンソンの"Flowers"がさらに転載された『スプリングフィールド・リパブリカン』紙を経て、『ボストン・ポスト』紙に至ると、全国に購買読者を有する新聞ならではの紙面となり、シャーマン将軍の進撃、リンカーンによる徴兵令、議会の様子など国政的な記事が目立つ。ディキンソンの"Flowers"とともに掲載されたもうひとつの匿名の詩"The First Snowdrop"は、戦争という「人生の嵐の只中にあって」「疲れた人々を慰める」雪を歌うかの様相を呈する。

戦時色の濃い紙面でディキンソンの"Flowers"もまた、激動の時代に生きる人々に向けて「花のことと言えば、そう」と寄り添う声となる。そのとき、俄然、戦いとの関わりさえ帯びてくる。一連二行目の「恍惚」を勝利や名誉の死の陶酔として読むならば、この「恍惚」を定義できる人とは、実際に戦いに赴き、戦死した人となり、雛菊の咲く野原は戦場跡として浮かび上がる。因みに二連目三行目"St Domingo"は一七九一年ハイチでの黒人の反乱・革命の場であり、人間の争いとは関わりなく飛翔するかの蝶たちは、戦いにまつわるふたつの場所を結ぶ。この蝶たちを、メルヴィルの詩"Shiloh"における戦場跡で兵士達の亡骸の上を飛びかう燕たちへと結びつけることもできるだろう。エリカ・フレットウェル (Erica Fretwell) はこの詩の「革命的な用語」に注目し、ハイチの黒人たちの革命の要素と韻律の乱れから、主題と形式の両面で「無法」状態を表現したものと解釈している (77–78)。

ディキンソンの書簡研究においてマリエッタ・メスマー (Marietta Messmer) が「匿名の市場よりも、特定の親しい聴衆をディキンソンは好む」傾向について言及している。その観点を援用するならば、ディキンソンが送り手に託した詩には「書かれたレヴェル」とともに「書かれていないレヴェル」のコミュニケーションが暗に込められていたかもしれない。送り手と受け取り手の暗黙の了解のうえにこの詩が成り立っていた可能性も考えられるだろう。だが一八五九年作のこの詩が実際に、受け取り手（恐らくスーザン）の計らいで回覧され、何度も転載されていくにつれて、この詩を送ったときのディキンソンの意図とはかけ離れ、詩自体が独り歩きをしていくことになる。転載に次ぐ転載の結果、戦争の要素も帯びながら、未知の読者の目に触れることになった、その一例として捉えることができるだろう。

六　送られなかった詩

ディキンソンが戦争に影響を受けて書きながらも誰にも送らなかった詩はどうだろうか。ディキンソンが書簡や詩で直接扱うことになった出来事は、一八六二年三月十四日、サウスカロライナ州ニューバーンにおけるフレーザー・スターンズ (Frazar A. Stearns) の戦死である。マサチューセッツ州歩兵隊第二一連隊に参加した二一歳のフレイザーの戦死がいかに強い衝撃をアマーストの町の人々に与えたかは、アマースト大学学長である父ウィリアム・スターンズ (William Stearns) が出版した追想録にも窺われる。スターンズを巡る数多くの新聞報道、スターンズが家族に宛てた手紙、その生いたちが父の手で一冊の本にまとめられ、息子の死に意義を見出そうとする人々の気持を反映している。スターンズの訃報を受けてディキンソンは友人であるボウルズと、従姉妹のノアクロス姉妹の双方に手紙を書いた。ふたつの書簡を送った三月末から半年ほど経った一八六二年の秋頃にディキンソンが清書したのが次の詩 "It dont sound so terrible—" (F 384) である。

It dont sound so terrible—quite—as it did—
I run it over—"Dead", Brain—"Dead".
Put it in Latin—left of my school—
Seems it dont shriek so—under rule.

その言葉は以前ほど恐ろしく聞こえない
私は繰り返した——「死んだ」脳よ、「死んだ」と。
学校は出たけれど——ラテン語に書き換えてみる、
規則のもとでは　それほど金切り声をあげないようだ

Turn it, a little—full in the face
A Trouble looks bitterest—
Shift it—just—
Say "When Tomorrow comes this way—
I shall have waded down one Day".

向きを変えてみてごらん、少しだけ——まともに向かうと
困難はひどく辛く見える
置き換えてごらん——ちょっとだけ
「明日こうしてやってくるなら
私はその道を下ってしまうだろう」と言えば良い

I suppose it will interrupt me some
Till I get accustomed—but then the Tomb
Like other new Things—shows largest—then—
And smaller, by Habit—

それはいくらか私を邪魔するだろう
慣れるまでは——けれどもそれから墓は
他の新しいものと同じく——大きく見え——そして
習慣で、小さく見えるようになる

It's shrewder then
Put the Thought in advance—a Year—

だから用心深くするには
考えを前もって——一年先に進めて

How like "a fit"—then—
Murder—wear!

「合い具合」はいかが試して――そして
殺人――を着ればよい！

スターンズ戦死の報を受けた兄オースティンの反応が背景にあり、訃報がどんなに大きな動揺をもたらしたかが伝わってくる。ただし、この詩は故人を偲ぶ伝統的な哀歌には程遠い。*Princeton Encyclopedia of Poetry and Poetics* の「哀歌」("elegy")の項目として、「嘆き、賞賛、慰め」("lament, praise and console")の三つの要素が挙げられている。喪失による悲しみを訴え、故人のかけがえのなさを挙げて思い出を語り、自然の移り変わりや形而上的または宗教的な面に慰めを見出すのが伝統的な哀歌の典型となる。ところがディキンソンのこの詩には、三つの要素はどれもない。ここでは戦死の報せが与える衝撃が大きく占める。この衝撃は、破格の文法と韻律の乱れに反映されているだろう。冒頭でいきなり "It don't sound so terrible—quite—as it did—" と、あまりの衝撃に配慮を失ったかの表現が目を引く。二連目になると、衝撃を克服するための方法が勧められるが、韻律は依然として乱れたまま、歩格の数も不揃いなリズムで詩行が進む。最終連では前もって心構えをすることで「殺人」という厳しい現実を受け入れる方法が示されるものの、忠告とは裏腹に、韻律の破綻が続く。三連・四連で頻繁にダッシュや副詞「そして」("then")が顔を出し、語りには喘ぎや息切れのような途切れが目立つ。

戦争に直接影響を受けて書いたとされる詩の他にも、心の動揺を記した詩をディキンソンはこの時期に数多く書いている。アルフレッド・ハベガー(Alfred Habbeger)がディキンソン評伝で指摘するように、苦悩の詩もまた友人たちに送られた形跡はない(409)。[7] ディキンソンの詩の半数近くが書かれた南北戦争の時代、戦争に関わる詩と極限の苦しみにまつわる詩が、ほとんど誰にも送られていなかったのは単なる偶然ではないだろう。[8]

南北戦争中の新聞掲載には先に見た詩“Flowers”よりもむしろ、この詩（F 384）の方が相応しかったのではないか。だが、ディキンソンはこの詩を他人に見せることを差し控えた。極度の衝撃を主題にした、心の闇を扱ったこの詩はどんな読者を想定したものなのか。少なくとも周囲の友人たちに宛てたものではなく、同時代の人々と共有するための詩ではなかったのではないか。

まとめ

心の奥深くをなぞる詩を秘かに手許に置くことを選んだディキンソン――一方で、同時代の特定の読者から未知の読者へと次々と渡っていった詩がある。この時期、ふたつの対極の詩群によって生じるある種の平衡感覚がディキンソンを支えていたのではないだろうか。「『出版』を遅らせるようにとのあなたの御示唆には微笑んでしまいます。私にはまるで無関係のことなのです、魚に空が無関係であるように」（L 265）とヒギンソンに書き送り、出版に無縁の詩人として甘んじるポーズをとったディキンソン。その一方で、一八六二年四月二十五日付の手紙では「ふたりの雑誌編集者が家に来ました、この冬、そして私に心［詩］を分けて欲しいとせがみました」（L 261）とも書き、同時代に読者がいることを暗示している。おそらくここでの依頼のいくつかが実際に新聞掲載へと繋がったのであろう。

手許に置かれた詩は、南北戦争の激動期、同時代の人々と共有するには重すぎる、けれども書かずにはいられない苦悩が形になったものではないか。それは未来の読者に託された声としても解釈できる。

After a hundred years　一〇〇年後には

Nobody knows the Place　　その場所を知る者はいない
Agony that enacted there　　そこで演じた苦悩は
Motionless as Peace　　平和のように静止している　(F 1149)

ディキンソンの詩は、十九世紀という時代を共に生きる読者の共時的なネットワークの中で声を広げていったのと同時に、一〇〇年後、一五〇年後の未来の読者にも宛てた声を内包していたと言える。数多くの詩人が戦争詩を書いた時代にあって、読者を選びながら詩を分けて残した、そんなディキンソンの詩の送り方にその声を見出すことができるだろう。

注

1　ここでは主に亀井俊介による説明（三四七―四九）とロラングの論を参考にした。

2　一八九〇年のディキンソンの最初の詩集が出版された時、いくつかの詩をヒギンソンの知人たちはすでに知っていたことが確認されている。ダンデュランドがその経緯について言及している。(“Dickinson and the Public”)

3　クランブリィは「贈り物の文化」(gift culture) で詩を送る行為をいわゆる流通の一環としての出版ではなく、私家版の「出版」として捉えたうえで、送られた側と詩人との合作としての意義をディキンソンの例に見出している。スーザンがディキンソンの詩にコメントしたり、あるいは友人たちの前で読んだり、出版のために出版社に送ったとしてもそれはディキンソンの許容範囲の行為であり、ディキンソン自身も何ら不満を述べていない点に注目している。「贈り物の文化」についてはメアリ・ルイーズ・キート (Mary Louise Kete) による研究も参照。

4　ただしエバウェインが *Reading Emily Dickinson's Letters* の序文で言及しているように、現在、私たちが読むことのできる手紙はディキンソンが書いた手紙の十分の一ほどとしているため、その全貌を確認することは残念ながら不可能である。
またクリスタン・ミラーは、ディキンソンが主に詩を送ったスーザン、ノアクロス姉妹、ヒギンソンの三人はディキンソンから送られたものを保管しておいた人々であることに触れたうえで、「戦争詩」が回覧されていなかった可能性に言及している (147, 246)。

5 この点についてミラーは二〇一二年発行の著書で言及している (147)。ただし、筆者は二〇〇八年にアマストで開催された Emily Dickinson International Society Annual Meeting のワークショップに提出した原稿 "Narrative of War" においてすでにこの点に着目した考察を示している。

6 ヴァージニア・ジャクソン (Virginia Jackson) は "These are the days" の詩を哀歌として解釈している。(75–76)

7 ハベガーがここで挙げている詩は以下のものである。"I like a look of agony" (F 339)、"I felt a funeral in my brain" (F 340)、"After great pain a formal feeling comes" (F 372)。

8 例外としてはヒギンソンに送った "That after Horror—that 'twas us—" (F 243) の詩がある。実際には詩の一部分しか送っていないが、一八六三年当時、ヒギンソンが戦傷を負い、療養中であったことを考えると、戦争という極限を経験した人物であるヒギンソンに対してディキンソンは、例外的な詩の送り方をしていたとも解釈できるだろう。

引用参考文献

詩と手紙の引用は全て次の版に拠る。以下省略記号に番号を付す。

Fr *The Poems of Emily Dickinson*. Ed. R.W. Franklin. 3 vols. Cambridge, MA: Harvard UP, 1998.

L *The Letters of Emily Dickinson*. Ed. Thomas H. Johnson and Theodora Ward. 3 vols. Cambridge, MA: Harvard UP, 1958.
Citation by letter number.

Barrett, Faith. Ed. *"Words for the Hour"—A New Anthology of American Civil War Poetry*. Amherst: U of Massachusetts P, 2005.

——. "Address to a Divided Nation: Images of War in Emily Dickinson and Walt Whitman." *Arizona Quarterly* 61 (Winter 2005):

67–99.

Bennett, Paula Bernat, Karen L. Kilcup, and Philipp Schweighuser, eds. *Teaching Nineteenth-Century American Poetry*. New York: Modern Language Association of America, 2007.

Blackhawk, Terry. "Flowers—Well—if anybody." Ed. Jane Donahue Eberwein. *An Emily Dickinson Encyclopedia*. Westport: Greenwood P, 1998, 116–17.

Cameron, Sharon. *Lyric Time: Dickinson and the Limits of Genre*. Baltimore: John Hopkins UP, 1979.

Crumbley, Paul. "Dickinson's Correspondence and the Politics of Gift-Based Circulation." *Reading Emily Dickinson's Letters: Critical Essays*. Ed. Jane Donahue Eberwein and Cindy MacKenzie. Amherst: U of Massachusetts P, 2009, 28–55.

——. *Winds of Will: Emily Dickinson and the Sovereignty of Democratic Thought*. Tuscaloosa: U of Alabama P, 2010.

Culler, Jonathan. *The Pursuit of Signs: Semiotics, Literature, Deconstruction*. Ithaca: Cornel UP, 1981.

——. "Why Lyric?" *PMLA* 123.1 (January 2008): 201–05.

Dandurand, Karen. "New Dickinson Civil War Publication." *American Literature*. 56.1 (March 1984): 17–27.

——. "Dickinson and the Public." Ed. Marlin Orzeck and Robert Weisbuch. *Dickinson and Audience*. Ann Arbor: The U of Michigan P. 1996.

——. "Drum Beat." Ed. Jane Donahue Eberwein. *An Emily Dickinson Encyclopedia*. Westport: Greenwood P, 1998, 89.

Dickinson, Emily. "Flowers." *Drum Beat* 2 March 1864: 2.

——. "Flowers." *Springfield Republican* 9 March 1864: 6.

——. "Flowers." *Boston Post* 16 March 1864: 2.

Fahs, Alice. *The Imagined Civil War: Popular Literature of the North & South 1861–1865*. Chapel Hill: U of North Carolina P, 2001.

Ford, Thomas W. "Emily Dickinson and the Civil War." *University Review* 31, 1965: 199–203.

Fretwell, Erica. "Emily Dickinson in Domingo." *Society of Nineteenth-Century Americanists* (Spring 2013): 71–96.

Green, James N. "The Book Trades in the New Nation." Ed. Robert A. Gross and Mary Kelley. *A History of the Book in America*.

Vol. 2. Chapel Hill: U of North Carolina P, 75–127.
Habegger, Alfred. *My Wars Are Laid Away In Books: The Life of Emily Dickinson*. New York: Random House, 2001.
Hewitt, Elizabeth. *Correspondence and American Literature 1770–1865*. Cambridge: Cambridge UP, 2004.
Jackson, Virginia. *Dickinson's Misery: A Theory of Lyric Reading*. Princeton: Princeton UP, 2005.
——. "Who Reads Poetry?" *PMLA* 123.1 (January 2008):181–87.
Kete, Mary Louise. *Sentimental Collaborations: Mourning and Middle-Class Identity in Nineteenth-Century America*. Durham: Duke UP, 2000.
Lehuu, Isabelle. *Carnival on the Page: Popular Print Media in Antebellum America*. Chapel Hill: U of North Carolina P, 2000.
Lorang, Elizsabeth. "American Poetry and the Daily Newspaper from the Rise of the Penny Press to the New Journalism." Diss. U of Nebraska, 2010.
Messmer, Marietta. *Reading Emily Dickinson's Correspondence*. Amherst: U of Massachusetts P, 2001.
Miller, Christanne, "Pondering 'Liberty': Emily Dickinson and the Civil War." *American Vistas and Beyond: A Festschrift for Roland Hagenbuchle*. Eds. Marietta Messmer and Josef Raab. Trier, Germany: Wissenschaftlicher Verlag, 2002, 45–63.
——. *Reading in Time: Emily Dickinson in the Nineteenth Century*. Amherst: U of Massachusetts P, 2012.
Pollack, Vivian. "Dickinson and the Poetics of Whiteness." *Emily Dickinson Journal* 9.2 (2000): 84–95.
Preminger, Alex, T. V. F. Brogan, Frank J. Warnke, O. B. Hardison and Earl Miner eds. *Princeton Encyclopedia of Poetry and Poetics*. Princeton: Princeton UP, 1993.
Richards, Eliza. "How News Must Feel When Travelling': Dickinson and Civil War Media." *A Companion to Emily Dickinson*. Ed. Martha Nell Smith and Mary Loeffelholz. Oxford: Blackwell, 2008, 157–79.
Stearns, William Augustus. *Adjutant Stearns*. Boston: Massachusetts Sabbath School Society, 1862.
紀平栄作・亀井俊介『世界の歴史二三　アメリカ合衆国の膨張』中央公論社、一九九八年。

金澤論文へのコメント

藤原　雅子

「社会に背を向けていた」といわれるディッキンソンの創作活動の背後にも、雑誌の創刊ラッシュやギフトブックの流行といった言論活動の活発化があり、そして南北戦争によるマスメディアの発達がある。インフラの整備により戦闘地と非戦闘地との間の距離は縮まり、非戦闘員である市民にも刻一刻と変化する戦況が伝わった。情報量の増加に伴って情報に反応する人間の精神活動も激しくなり、その動きがまた情報として拡散していく。このように複雑化したメディア状況において詩が果たした役割は検討の価値がある。戦時中にもたらされる情報はいずれも断片的なものであろう。戦争をもとに小説が書かれるとしたら、それは終戦後しばらくの時間を要するのではないか。断片的な情報に対する反応もまた断片的なものになるはずである。戦争について書いた詩が完成品たりえないことをディキンソンは自覚していたのかどうかが興味深い。推敲の有無など、草稿がどうなっているのかも気になる。もちろん、詩を書こうとすれば韻律や押韻について考えざるを得ないが、作品に見られる短いフレーズの使用や文法的混乱は生々しい思考の現場を想起させる。目の前で起こっていることに対し最終的な判断が下されておらず、結果として迫真性と多義的な解釈可能性が生まれているように思う。作品を通じ、公的空間と私的空間のかかわり、作家が〈書く〉こととそれを〈発表する〉ことの意味を再度考えさせられる。

コメントへの筆者の応答

南北戦争を扱った小説は数多くあるものの、ほとんどが戦後しばらくしてからの出版、もしくは直接従軍経験のない次世代によるものが目立つ。従軍経験があるジョン・デフォレストの『ミス・ラヴネルの分離から愛国へ』*Miss Ravenel's Conversion from Secession to Loyalty*（一八六七）は例外であろう。未曽有の大戦を見つめ直し、小説という型にするためにはある程度の時間、もしくは対象か

ら離れた視点が必要だったのだろうか。主題と表現形式との関わりは重い。ハーマン・メルヴィルは小説ではなく、戦争詩歌集 *Battle Pieces*（一八六六）を書いた。彼はなぜ小説ではなく詩の形を選んだのか。またウォルト・ホイットマンはメルヴィルと同じ年に『軍鼓の響き』(*Dram Taps*) を出版した。戦争詩は戦時中にも多く書かれ、北部ではジョン・G・ホイッティアーやジュリア・ウォード・ハウ、南部ではヘンリ・ティムロッドなどがいる。

　ディキンソンが親類・友人たちへ送る「公的」な扱いの詩から外した詩が出来損ないであるとはいえないだろう。実際、彼女が清書して綴じた草稿集 (Fascicles) に入っている詩が多い。推敲についても、たとえば "When I was small, a woman died" (F 518) については八行目に二箇所、十八行目に一箇所、十九行目に一箇所、十九から二〇行目にかけて一箇所、二〇行目に一箇所と、表現の選択肢を添えている。また、同一の草稿内の各詩についての解釈として、ポーラ・ベネットが、兵士、女性、息子を失った母親など様々な立場の者たちの断片的声が集まった有機的な要素を見出す論は参考になる (Paula Bernat Bennett, "'Looking at Death, is Dying': Fascicle 16 in a Civil War Context." *Dickinson's Fascicles: A Spectrum of Possibilities*. Ed. Paul Crumbley & Eleanor Elson Heginbotham. Columbus: Ohio State UP, 106–29.)。

書物の流離譚
――『ロリータ』の大西洋横断的出版ネットワーク

後藤　篤

先駆的なアメリカ・ポストモダニズム小説との呼び声高いウラジーミル・ナボコフ (Vladimir Nabokov, 1899–1977) の『青白い炎』(*Pale Fire*, 1962) の作中詩の一節に、「それは嵐の年だった。ハリケーン・／ロリータがフロリダからメインへと吹き荒れた」という詩行が見つかる (*Pale Fire* 58 [ll. 679–80])。ハリケーンに女性名を付けるアメリカ特有の風習に因んだこの一節には、もちろん、このロシア出身の亡命作家の代表作『ロリータ』(*Lolita*, 1955) の合衆国での発表当時の反響が仄めかされている。一九五八年八月十八日の発売直後、わずか四日で七〇〇〇件近くの予約注文が出版元のG・P・パトナムズ・サンズ社に殺到し、それから三週間足らずで発行部数十万部を軽々と突破。マーガレット・ミッチェル (Margaret Mitchel, 1900–49) の『風と共に去りぬ』(*Gone with the Wind*, 1936) 以来の一大記録を打ち立てた本書は、賛否両論を巻き起こした戦後ベストセラーの一作として、今日のアメリカ文学史にその爪痕を残している。

ところで、小説のあとがきとして書かれたエッセイ「『ロリータ』と題する書物について」によれば、『ロリータ』が着想されたのは、一九三九年か四〇年頃のフランスはパリでのことであったという。当時ヨーロッパ諸国でロシア語作家として活躍していたナボコフは、のちに『ロリータ』へと結実することになる短篇小説「魅惑者」を書き上げたが、周囲からさほど芳しい反応を得られず発表を見送ることにした。その後、ユダヤ系の妻ヴェーラと一人息子のドミトリーを連れてナチスの台頭が始まったヨーロッパを抜け出し、新天地アメリカにおいて創作に用いる言語を英語へと切り替えた作家は、渡米から十年の月日が流れた一九五〇年頃、小説の中心的な舞台をヨーロッパからアメリカへ、そして語りのモードを三人称から一人称へと変え、ようやく執筆を再開したのであった (*AL* 311–12)。[1]

しかしながら、小説の下敷きの一つであるエドガー・アラン・ポー晩年の詩「アナベル・リー」("Annabel Lee," 1849) の一節を取って、新たに『海辺の王国』という仮題が付けられた『ロリータ』の製作は困難を極めた。「一度か二度、未完成の草稿を燃やしてしまおうとして、我がジャニータ・ダークを無邪気な芝生に立っている傾いた焼却炉の影が伸びているところまで連れて行ったことがあるが、破棄された作品の亡霊がこれからの生涯ずっと私のファイルに憑いてまわるのではないかと考えて、思いとどまったのである」とは、あとがきにおけるナボコフ自身の言葉である (*AL* 312)。このエピソードに関してブライアン・ボイドやステイシー・シフによる詳細な伝記を紐解けば、実のところ草稿破棄は三回も試みられており、その度にヴェーラの助言が作家を引き止めたという事実が明らかとなるだろう (Boyd [1991] 170, Schiff 166–67)。だが、ロリータことドロレス・ヘイズという名の十代のアメリカ人少女に向けられた、主人公であるヨーロッパ出身の中年男性ハンバート・ハンバートの情愛《パッション・ラヴ》の物語を描いたこの小説は、こうした作者自身による無慈悲な火刑の試みを免れたのち、その出版をめぐって奇しくも中世の聖少女ジャンヌ・ダルクのごとき受難《パッション》の道を歩み始める。

本稿では、絶えず語り継がれる『ロリータ』と題する書物の流離の物語を今一度語り直すとともに、今なお読者の誤解と偏見を誘い出してやまないこの世紀の問題作と同時代のアメリカの社会的動向との共振関係を検討してみたい。

一　出版の不安

一九五三年末に『ロリータ』を書き上げたナボコフは、翌一九五四年を通して出版社探しに奔走した。一九五〇年代前半のアメリカ出版業界において、小児性愛《ペドフィリア》という社会的禁忌を扱ったこの小説は、とりわけポルノグラフィーを思わせるエロチックな意匠がふんだんにちりばめられた第一部の物語が災いして、極めてスキャンダラスな作品として受け取られたのである (Boyd [1991] 255, 262–64)。[2]

最初に原稿を受け取ったヴァイキング社の編集部主任パスカル・コーヴィシは、この小説を出版すれば関係者全員が刑務所送りになると述べた。続いてナボコフが出版を打診したサイモン&シュスター社の編集者ウォレス・ブロックウェイも、この「紛うことなきポルノグラフィー」(Boyd [1991] 262) をすげなく撥ねつけた。ナボコフの良き理解者であり、アメリカにおける文学的水先案内人たるエドマンド・ウィルソン (Edmund Wilson, 1895–1972) の勧めにより『ロリータ』を査読したファラー、ストラウス&ヤング社の社長ロジャー・W・ストラウスも、この小説に難色を示すばかり。一方で、同じくウィルソンの仲介によって『ロリータ』の存在を知ったダブルデイ社のジェイソン・エプスタインは、作品の芸術性を理解し、刊行に向けての前向きな姿勢を表明した。にもかかわらず同社による『ロリータ』の出版が叶わなかったのは、弁護士としての経歴を持つ社長ダグラス・ブラックが、目に見えたリスクを負うことに断固反対したことによる。当時のダブルデイ社は、他ならぬウィルソンの小説『ヘカテ郡回想録』(*Memoirs of Hecate County*, 1946) が猥褻文書の嫌疑により起訴され、法廷での弁護のために多額の費用を費やしたという一九四〇年代の悪夢にいまだ囚われていた。

もちろん、『ロリータ』の性的主題が持つリスクについては、ナボコフ自身も決して無自覚であったわけではない。

このことは、たとえばニュー・ディレクションズ社の編集者ジェイムズ・ラフリン宛の次の書簡（一九五四年二月三日付）の文面に窺うことができる。

組み立て終えたばかりの時限爆弾があるのですが、出版に興味はありますか。タイプ原稿で四五九頁の小説です。ご覧いただくには、以下のことにご用心を。まず、あなただけがお読みになると確約いただきたい。それが取り決められないうちは、話を進められません。その上で、原稿がお手元に直接届く宛先を教えていただく必要があります。これは私にとって大変深刻な事なのです。作品をお読みになれば、ご理解いただけると思います。

(Nabokov & Bruccoli 144)

純朴な一般読者が一人称で語られる『ロリータ』を読んだ際、「ニンフェット」と呼ばれる十代の特定の少女への愛を高らかに謳うハンバートの言葉は、そっくりそのまま作者自身の赤裸々な告白と受け取られかねない。この頃コーネル大学で教鞭を執っていたナボコフのなかで、『ロリータ』の「爆発」が引き起こしうるスキャンダルは常に離職の危険と分かち難く結びついていた。先に引いたラフリン宛のものをはじめとして、ナボコフが出版を打診するにあたっては常に原稿の取り扱いに細心の注意を払うよう懇願し、ひいては匿名出版を願い出るに至った経緯の背景には、そうした大学側への配慮があった。[3]

しかしながら、数々の出版社を渡り歩いた『ロリータ』の原稿がその都度つれない出版拒否の返事とともに作者のもとへと舞い戻ってきた最大の理由は、こうした「出版の不安」とでも呼ぶべきナボコフの態度にこそ求められる。数々のアメリカ文学裁判を担当した名うての弁護士エドワード・ディ・グラツィアが述べるように、法廷においてペンネームの使用が被告に対して有利に働くことは期待できない。というのも、実名が公表されない限り、「出版社にとって弁護を捗らせるために極めて重要な作者の文学的名声や評判を差し出す方法が何一つない」からだ (de Grazia 247)。処女英語長篇小説『セバスチャン・ナイトの真実の生涯』(*The Real Life of Sebastian Knight*, 1941)、そして評伝『ニコライ・ゴーゴリ』(*Nikolai Gogol*, 1944) と、一九四〇年代にナボコフの作品の出版を手掛けた経験を持つラフリンは、小説が出版社に及ぼすであろう社会的影響への懸念からやむなく『ロリータ』の拒否を言い渡すなかで、この作家特有の癖のある文体のせいでペンネームの仮面の下に隠された正体がすぐに明らかとなると警告した。ナボコフが寄稿者の常連にその名を連ねた高級文芸誌『ニューヨーカー』(*The New Yorker*) の編集担当キャサリン・ホワイトも、掲載はもとより、作家の秘密主義に対して常に否定的な立場を取った。さらに、一度は自身が編集に携わる『パルティザン・レヴュー』(*Partisan Review*) 誌で『ロリータ』の抜粋掲載を提案したフィリップ・ラーブも、作家の匿名性を守り通すことには到底応じられなかった。

周知のとおり、赤狩りの嵐が吹き荒れる一九五〇年代前半においては、前衛文学のような従来的慣習を逸脱する表現活動は、共産主義運動と同一視される傾向が非常に強かった。加えて、ジョン・ディ・セイント・ジョアがいみじくも指摘するように、当時の「アメリカの出版業界はいまだ暗黒の時代にあり、法的制裁と内部検閲に抑圧されていた」(de Saint-Jorre 125)。端的に言えば、『ロリータ』を受け取ったニューヨークの大手出版社は、ナボコフと同様に――あるいはそれ以上に――裁判沙汰を極度なまでに恐れていたのである。『ロリータ』をめぐる「出版の不安」は、ナボコフ個人の強迫観念というよりもむしろ、冷戦初期アメリカ国内に蔓延した社会的病理の一形態と見る方が正しい。

二　旅する書物

かくして『ロリータ』の国外出版の可能性が視野に入り始めた一九五五年初め頃、ナボコフはかつて自作の仏語訳出版に携わった経験を持つヨーロッパの出版関係者に協力を依頼する。一九三〇年代後半、作家がパリ出版業界との結び付きを強めようと躍起になっていた時期に知り合った、このドゥシア・エルガスという名の女性出版エージェントは、すぐさま『パリス・レヴュー』(*The Paris Review*) 誌の編集部に原稿を見せるなど、『ロリータ』のフランスでのデビューに向けて各方面を訪ねて回った。そして、最終的にエルガスが見つけ出したのが、モーリス・ジロディアスと名乗るパリの出版経営者である。

当初エルガスは、ジロディアスをサミュエル・ベケット (Samuel Beckett, 1906–89) の『ワット』(*Watt*, 1953) の出版を手掛け、かつ「エディシヨン・デュ・シーヌ」のような芸術書を扱ったことがある出版人として紹介した。こうした前衛文学を理解し芸術的素養を持つであろう人物が『ロリータ』を高く評価し、その産婆役を買って出たことは、アメリカの出版業界での冷遇に打ちひしがれていた当時のナボコフにとってはまさしく渡りに船であった。経済的困窮に加えて、これ以上の『ロリータ』の刊行延期が今後の創作スケジュールに支障をきたすと判断した作家は、この時ようやく実名公表の必要性を説く出版社側の要求を呑み、すぐさま出版契約を取り交わした。

しかしながら、『ロリータ』の出版準備が粛々と進められていくにあたり、ジロディアスが舵を取るオリンピア・プレスの実態が明らかとなってゆく。確かに、サド侯爵の『閨房哲学』(一七九五) やジョルジュ・バタイユの『眼球譚』(一七二八)、ジャン・ジュネの作品といった数々の際どい作品を英訳で世に送り出したオリンピア社は、前衛文学に対して驚くほど寛容な態度を見せた。それもそのはず、実のところ同社は、数々のポルノ作家を輩出した悪名高き歓楽の館に他ならなかった。ジロディアスの父親は、あの露骨な性描写で知られるヘンリー・ミラー (Henry Miller, 1891–1980) の『北回帰線』(*Tropic of Cancer*, 1934) や『南回帰線』(*Tropic of Capricorn*, 1939) の出版社である、オベリスク社の社主ジャック・カハン。父の意志を継ぎエロチックな作品の出版に手を出したジロディアスは、絶えずスキャンダルの種を求め続けるオリンピア社のそれこそ猥雑な経営方針に基づき、J・P・ドンレヴィー (J. P. Donleavy, 1926–) の『赤毛の男』(*The Ginger Man*, 1955) や『ロリータ』のような性的主題を理由に自国で出版社に恵まれなかった英米小説に諸手を挙げていたのである。二十世紀中葉、同時代の英米発禁文学にとっての避難所たるパリを象徴するこのポルノ界きっての貴公子は、押すに押されぬ性文学の香具師か、はたまた、検閲制度に真っ向から立ち向かった革命の闘士か。

ともあれ、『ロリータ』はオリンピア社の人気ポルノ・シリーズ「トラヴェラーズ・コンパニオン」の一作として、一九五五年九月に念願の日の目を見る運びとなった。『彼女が叫ぶまで』や『ロビンソン・クルーソーの性生活』といったタイトルに挟まれ、刺激を求める英語圏の旅行客や若い軍人たちを待ちながら鉄道駅の売店で細々と売られ始めた、緑色の表紙を持つ二巻本の書物。『情事の終わり』(*The End of Affair*, 1951) で知られるイギリスの小説家グレアム・グリーン (Graham Green, 1904–91) が、当時ほとんど知られていなかったこのオリンピア版に目を留めたことは、本書のその後の運命を左右する出来事であったと言ってよい。同年末、ロンドンの『サンデー・イブニング』(*The Sunday Evening*) 紙のクリスマス号において、『ロリータ』はグリーンが選ぶ「今年の三冊」の一冊に数え上げられたのである。翌一九五六年、イギリスで猥褻図書規制キャンペーンを張る『サンデー・エクスプレス』紙の編集長ジョン・ゴードンが、ポルノまがいの小説を高らかと褒めあげたグリーンを酷評し、グリーン自身もそれに応戦。[4] かくして幕を開けた紙上論争の余波は、この騒ぎによってオリンピア社に注目したフランス政府が『ロリータ』を含めた同社の刊行物二五点に発禁処分を下すという事態を引き起こしたのち、大西洋の対岸へとにわかに押し寄せていった。

そして一九五七年、数年前とは打って変わって今やアメリカ出版業界の垂涎の的となった『ロリータ』の小説全体の三分の二からなる抜粋が、あのダブルデイ社のエプスタインが編集を取り仕切る『アンカー・レヴュー』誌に掲載された。この抜粋の前後にはそれぞれ、『ロリータ』に向けられたポルノ文学の嫌疑を晴らし、作品の芸術性を保証することを目的として書かれたコロンビア大学文学部教授F・W・デュピーの長文評論と、先に引いたナボコフ自身のあとがきが配置された。実質的には作家にとってのアメリカ版『ロリータ』の出版に向けた有益なアドバイザーとしての役割を果たしたエプスタインは、読者の眼前に小説の姿をちらつかせつつもアカデミックな言説で『ロリータ』を包囲するという、いわば「見せつつ隠す」逆説的な出版戦略を打ち出したのであった。

しかしながら、『ロリータ』をアメリカで出版するためには、そもそもジロディアスを説き伏せる必要があった。というのも、パリで出版された『ロリータ』の版権は、作者の断りもなしに作者とオリンピア社の両方に帰するものとされていたのである。エプスタインの尽力により『ロリータ』の出版に乗り出したダブルデイ社であったが、ジロディアスからの版権譲渡に関して費用の面で折り合いがつかず、あえなく断念。ナボコフ自身は当初、エプスタインの手によりアメリカ版『ロリータ』がダブルデイ社から刊行されることを願っていた。だが、当時の合衆国法ではアメリカ国籍を持つ作家が海外で出版した作品の版権には五年間という期限が与えられており、またその一五〇〇部以上の輸入は規制されていた。一九四五年に合衆国へと帰化したナボコフにとって、著作権の喪失はそのままジロディアスによるアメリカでのオリンピア版刊行の可能性を意味していた。そのため、小説が生み出す全ての収益がジロディアスの手に渡ることを危惧した作家は、エプスタインと袂を分かつしかなかったのである。その後、噂を聞きつけ『ロリータ』に飛びついた新進気鋭のマクダウェル・オボレンスキー社も、ダブルデイ社と同じ轍を踏むことになった。

そして、最終的に小説の合衆国での正式なデビューを実現させたのは、版権獲得競争に最も遅れて参入しながらも、その類稀なる交渉術で瞬く間にジロディアスを引き下がらせた、パトナム社の社長ウォルター・ミントンであった。

三　描かれた「検閲」

アメリカ大手出版社による相次ぐ拒否を受けてのフランスへの逃避行と、ロンドンを経由しての本国アメリカへの帰還。かくも複雑な経緯を通じて形成された『ロリータ』をめぐる大西洋横断的出版ネットワークから逆照射されるのが、この小説それ自体がすでにして作中で「『ロリータ』の出版」を物語化していたという点である。[5]

ここで小説に付された架空の「序文」の記述を頼りに『ロリータ』の枠物語を確認しておけば、物語現在の時点でハンバートは殺人罪の罪で収監されており、裁判供述に向けた準備として「ロリータ、あるいは妻に先立たれたある白人男性の告白録」と題する手記――つまり、ナボコフの小説『ロリータ』の本編――を書き上げたものの、初公判の数日前に冠状動脈血栓症でこの世を去る。その遺書には、彼の弁護士であるクラレンス・チョート・クラークなる人物に、手記の公刊に関する裁量権を全て委ねる旨が書き残されていた。そこで、クラーク弁護士の親友かつ従兄であり、性的倒錯を論じた著作による受賞歴を持つジョン・レイ・ジュニア博士が、ハンバートの遺稿の編集者に抜擢されたのであった（AL 3）。

レイ博士が手掛けた『ロリータ』の「序文」では、この精神科医がハンバートの異常性愛の物語に対して下した評価が明確に打ち出されている。残された手記が症例研究の古典あるいは芸術作品としての価値を持つことを少なからず認める一方で、「序文」の著者は、あくまで『ロリータ』から社会的教訓を引き出すことの意義を読者に強く訴えかける。

> たしかに、この著作全体には、猥褻な言葉が一語として見つからない。それどころか、現代のならわしで、凡庸な小説中にふんだんに散りばめられた四文字語を、条件反射で苦も無く受け入れてしまうたくましい俗物たちなら、ここにはそれがないのを知ってきっと激しいショックを受けるに違いない。しかしながら、この逆説的なすまし屋を安心させるために、ある種の心の持ち主なら「催淫的」と呼びそうな場面（この点に関しては、はるかに露骨な言葉が使われているもう一冊の書物に対して、ジョン・M・ウールジー裁判長が一九三三年十二月六日に下した記念碑的判決を参照のこと）を編者が薄めたり省いたりしたならば、『ロリータ』の出版は完全に断念せざるをえないだろうが、それというのも、そこだけを取りだせば官能的だとして不当にも非難を受けそうな場面は、悲劇的物語の展開において必要なものとして機能しているだけであり、その物語がまっすぐに向かう先は、道徳の賛美に他ならないからである。(*AL* 4–5)

フロイト (Segmund Freud, 1856–1939) 嫌いで有名なナボコフのこと、「本書が真面目な読者に与えるはずの倫理的な衝撃」(*AL* 5) を強調するこうしたレイ博士の言葉が、精神分析的解釈のパロディであることは言うまでもないだろう。事実、あとがきのなかでナボコフは、自らが作り出した登場人物に反論を試みながら、自身の芸術観について次のように語っている。

> 私は教訓的小説の読者でもなければ作家でもないし、ジョン・レイが何と言おうと、『ロリータ』は教訓を一切

> 引きずっていない。私にとって虚構作品の存在意義とは、私が直截的に美的至福と呼ぶものを与えてくれるかどうかであり、それはどういうわけか、どこかで、芸術（好奇心、情愛、思いやり、恍惚感）が規範となるような別の存在状態と結びついているという意識なのである。(*AL* 314–15)

後のインタビュー等においても、ナボコフは折に触れて同様の主張を繰り返した。曰く、『ロリータ』とは「美しいパズルの創作《コンポジション》」であり、自身にとっての創作の目的は創作それ自体によってもたらされる「悦び」や「困難」をおいて他にない (*Strong Opinions* 16, 20)。かつて教訓詩を異端として斥けたポーの「構成《コンポジション》の哲学」("Philosophy of Composition," 1846) や「詩の原理」を彷彿とさせつつ、いわゆる「芸術のための芸術 (art for art's sake)」を目指すかのごとく審美主義者的な態度を貫き通したナボコフは、「私はなんら社会的な目標を掲げてもいないし、道徳的なメッセージを発してもおらず、大声で叫ぶほどの一般概念を持ち合わせてもいません。私はただ、優雅な解を持つ謎を組み立て《コンポーズ》るのが好きなだけです」(*Strong Opinions* 16) と、政治社会的な事柄に対する無関心を装って憚らない。

しかしながら、ここまでの議論を踏まえつつ先の『ロリータ』の「序文」からの引用文の括弧内の記述にあらためて目を向けるとき、そこには、こうした発言とは裏腹に絶えず文学を規制しようとする社会的動向に意識を向け続けた、作家の、知られざる横顔を垣間見ることもできるのではないだろうか。というのも、そこで読者に参照が促された「はるかに露骨な言葉が使われているもう一冊の書物」こそ、かの有名な英米高級モダニズム文学の正典、ジェイムズ・ジョイス (James Joyce, 1882–1941) の『ユリシーズ』(*Ulysses*, 1922) に他ならないからだ。

レイ博士の言葉通り、ランダムハウス社による『ユリシーズ』のアメリカ版刊行の際、その性表現をめぐって下された一九三三年の判決は、アメリカ式の猥褻判断の常識に異議を唱えたという点で、まさしくアメリカ出版文化史上に「記念碑」を打ち立てた。従来のアメリカ猥褻裁判においては、文書の目的がどうあれ特定の一節が猥褻と見なしうるかどうかに重点を置く、一八六八年のイギリスでの裁判で提示された「ヒックリン・テスト」が支配的であった。この半世紀以上も前の——しかも外国の——判断基準に従って文学を断罪することを疑問視したウールジー裁判長は、作品が猥褻か否かを部分ではなく全体の効果をもとに判断するという画期的な見方を提示した上で、『ユリシーズ』は「猥褻のための猥褻 (dirt for dirt's sake)」を目指した作品ではないと断言したのであった。

もちろん、ジョイスはナボコフが敬愛する作家の一人であり、作者公認の注釈者アルフレッド・アペル・ジュニアが「『ユリシーズ』と『フィネガンズ・ウェイク』(*Finnegans Wake*, 1939) 以来の、言葉遊びと文学的引喩に満ち溢れた小説」(*AL* xi [Preface]) と称した『ロリータ』においては、物語の随所でジョイスが参照項として用いられている。しかしながら、この「序文」に見られる『ユリシーズ』への言及は、同時にまたウールジー裁判長の判決文への言及をも含意していることからして、単なる文学遊戯の示唆以上の意味を有するものとして捉えるべきだろう。レイ博士が不意に過去のアメリカ猥褻裁判へと筆を滑らせ、『ロリータ』の物語が「自由の国」アメリカの矛盾たる検閲制度の歴史に接続されるその瞬間に、『ユリシーズ』の系譜に自らを連ねる『ロリータ』の、いわば二十世紀英米発禁文学史をめぐる小説の自意識が浮かび上がってくるのである。

まとめ

『ロリータ』の成功により莫大な富を得たナボコフは、一九六〇年頃に再びヨーロッパへと向かい、晩年はスイスの豪奢なホテルで創作に明け暮れた。この時期、作家は英語小説の執筆と並行してかつてのロシア語小説を自ら英語へと翻訳することに情熱を傾けたが、その一方で英語小説のうち、『ロリータ』だけは作者自身の手で英語からロシア語へと翻訳された。一九六七年に発表されたこのロシア語版『ロリータ』に付された新たなあとがきのなかで、ナボコフは本書のアメリカでの出版経緯を次のように振り返っている。

合衆国での本書の命運については、当地では一度も発禁処分を下されなかった（今なお発禁とする国があるにもかかわらず）ということを書き添えておくべきだろう。個人が注文したパリ版『ロリータ』は、アメリカの税関に差し押さえられ読まれもしたが、関税局の顔も知らない我が親愛なる読者は『ロリータ』に合法を言い渡し、本は購入者の住所へと送り届けられたのであった。このことが慎重なアメリカの出版社の疑いを晴らし、それで私は自分に合う会社を選べるようになった。（"Postskriptum k russkomu izdaniyu" 387）

ここで言われているように、一九五六年の一年間でオリンピア版『ロリータ』は実際に二度も税関を通過していた。つまり、イギリスがグリーン＝ゴードン論争に沸いていたこの時点で、アメリカでは密かに『ロリータ』の合法的な流通可能性が証明されていたのである。

しかしながら、ここで是非とも忘れてはならないのが、『アンカー・レヴュー』誌上に『ロリータ』の抜粋が掲載された一九五七年に、「『ユリシーズ』裁判」の見解をさらに推し進めるもう一つの歴史的判決が下されていたことである。サミュエル・ロスによる猥褻図画販売をめぐるこの裁判において、ウィリアム・ブレナン判事は「ヒックリン・テスト」を完全に斥けつつ、埋め合わせとなる社会的重要性を最小限にでも有するものであれば「表現の自由」が保障されるとした。そして、このいわゆる「ロス判決」以降、アメリカの猥褻規制は加速度的に緩和されていった。D・H・ロレンス（D. H. Lawrence, 1885–1930）の『チャタレー夫人の恋人』（*Lady Chatterley's Lover*, 1928）の出版をめぐり、グローヴ・プレスが勝訴したのが一九五九年。そして先に挙げたミラーの『北回帰線』が発禁措置を解かれた一九六一年六月、アメリカの検閲制度は事実上の終焉を迎えた。合衆国における『ロリータ』の出版をめぐる「慎重なアメリカの出版社の疑い」が晴らされた経緯は、こうした来るべき一九六〇年代の性革命に向けた時代のうねり、すなわち同時代のアメリカ猥褻判断をめぐるパラダイム・シフトのなかで捉える必要があるだろう。

今日の文学研究においてナボコフの『ロリータ』と言えば、ポーをはじめとする無数の先行作家への言及が複雑に張り巡らされた、いわゆる「引用の織物」としての性格を持つ小説との評価が確立している。そこに『ユリシーズ』という先行テクストのみならず、「『ユリシーズ』裁判」という歴史的コンテクストをも巧みに織り込んでみせたこの亡命作家は、「芸術のための猥褻（dirt for art's sake）」（Ladenson）を志向しつつ、自らの書物が同時代の司法言説の網目を突き破ることを確信していたに違いない。

注

1　本文中のナボコフの『ロリータ』および「『ロリータ』と題する書物について」の引用頁数はアペルによる注釈版に基づき、*AL* を添えて記す。なお、引用に際しては若島正による訳文（新潮文庫、二〇〇七年）を用いた。

2　『ロリータ』の執筆と出版、そして流通の詳細については、ボイドやシフの伝記（Boyd [1991], Schiff）に加えて、『ナボコフ書簡集』（*Selected Letters 1940–1977*）に収められた出版社宛の書簡、および『ナボコフ＝ウィルソン書簡集』（*Dear Bunny, Dear Volodya: The Nabokov-Wilson Letters*）に収められたウィルソン宛の書簡でナボコフ自身が語った経過報告を参照。

3　たとえば、『ロリータ』の執筆中に書かれたキャサリン・ホワイト宛の書簡（一九五三年十二月二十三日付、ヴェーラによる代筆）では、実名出版が困難である理由として、この小説が一人称で書かれていることが挙げられている。「［……］『一般』読者は、不幸にも、架空の『私』を作者と同一視しがちなのです（これはおそらく、特にアメリカの『一般』読者に当てはまります）」(*Selected Letters* 142)。

4　十代の少女の誘拐物語としての筋書きを持つ『ロリータ』は、アメリカ産のハードボイルドやギャング物の代用品とされた「マッシュルーム・ジャングル」と呼ばれるペーパーバック群によく似た小説として誤解されても不思議ではなかった（若島　六七―七三）。

5　この点については、パリの出版業界との結び付きを焦点化しつつ『ロリータ』の出版経緯を論じたコレット・コリガンの近年の研究においても論じられている (Colligan 253–56)。

引用参考文献

Boyd, Brian. *Vladimir Nabokov: The American Years*. Princeton: Princeton UP, 1991.

——. *Vladimir Nabokov: The Russian Years*. Princeton: Princeton UP, 1990.

Boyer, Paul S. *Purity in Print: Book Censorship in America from the Gilded Age to the Computer Age*. 2nd ed. Madison: U of Wisconsin P, 2002.

Colligan, Colette. *A Publisher's Paradise: Expatriate Literary Culture in Paris, 1890–1960*. Amherst: U of Massachusetts P, 2014.

Epstein, Jason. *Book Business: Publishing Past Present and Future*. New York: W. W. Norton, 2001.

de Grazia, Edward. *Girls Lean Back Everywhere: The Law of Obscenity and the Assault on Genius*. New York: Random House, 1992.

Karlinsky, Simon, ed. *Dear Bunny, Dear Volodya: The Nabokov-Wilson Letters, 1940–1971*. rev. and expanded ed. Berkeley: U of California P, 2001.

Ladenson, Elisabeth. *Dirt for Art's Sake: Books on Trial from* Madame Bovary *to* Lolita. Ithaca: Cornell UP, 2007.

Nabokov, Dmitri, and Matthew J. Bruccoli, eds. *Vladimir Nabokov: Selected Letters 1940–1947*. New York: Harcourt Brace

Jovanovich, 1989.
Nabokov, Vladimir. *The Annotated Lolita.* rev. ed. Ed. with preface, introduction and notes by Alfred Appel, Jr. New York: Vintage International, 1991.
——. *Pale Fire.* 1962. New York: Vintage International, 1989.
——. "Postskriptum k russkomu izdaniyu [Postscript to the Russian Edition]." 1965. Vol. 2 of *Sobranie sochinenii amerikanskogo perioda* [*Collected American Period Works*]. 5 vols. St. Petursburg: Symposium, 2008. 386–90.
——. *Strong Opinions.* 1973. New York: Vintage International, 1990.
de Saint-Jorre, John. *The Good Ship Venus: The Erotic Voyages of the Olympia Press.* 1994. Auckland: Pimlico, 1995.
Schiff, Stacy. *Véra: Mrs. Vladimir Nabokov.* New York: Modern Library, 1999.
金澤智「性表現の規制と解放——文化と階級闘争」亀井俊介編『アメリカ文化史入門——植民地から現代まで』昭和堂、二〇〇六年、一七四—九五頁。
ケンドリック、ウォルター『シークレット・ミュージアム——猥褻と検閲の近代』大浦康介・河田学訳、平凡社、二〇〇七年。
若島正「『ロリータ』と英国大衆小説——グリーン＝ゴードン論争の背景をめぐって」若島正・沼野充義編『書きなおすナボコフ、読みなおすナボコフ』研究社、二〇一一年、六五—八一頁。

後藤論文へのコメント

河原　真也

作中の猥雑な表現をめぐって、出版が難航する場合、その時代の社会背景が関係してくることがよくある。冷戦初期のアメリカにおける諸事情を、『ロリータ』の出版経緯と結びつけた論じた点は興味深い。『ロリータ』の序文など、作品そのものとは別のところに「社会的動向に意識を向けた作家の横顔」が垣間見られるという指摘も、他国の事例を考慮すると合点がいく。たとえば二十世紀前半のアイルランド社会が、検閲という名のもとにポルノグラフィに加え、大衆文化の流入やカトリック信仰に反する離婚や堕胎に関する情報を遮断しようとしたが、作家は国家による芸術への介入を防ぐべく、作品の本筋ではなく、搦手から自らの主張を表明しようとした事実がある。

紆余曲折を経て作品が出版されたという点で、ジョイスの『ユリシーズ』と『ロリータ』には共通点があるわけだが、ナボコフ周辺の状況を見ると、想像以上にジョイスとの類似性があることに驚かされる。パリでエグザイルとして執筆し、その出版に際しパトロン的な人物（ジョイスの場合はシルビア・ビーチ）の助力を得て、フランスでまず出版されたこと。やけになって未完成の草稿を捨てるという行為も、ジョイスは『若い芸術家の肖像』執筆の際に実際にやってしまい、妻のノラがそれを救い出している。ナボコフがこの逸話を意識していたのかどうかわからないが、二十世紀を代表する二人の大作家の影響関係を考える際に、こういった出版事情に目を向けてみると面白い発見があるのかもしれない。

論中で指摘された『ユリシーズ』裁判という先行テクストを織り込んだ作品としての『ロリータ』という指摘は面白いのだが、『ユリシーズ』との比較で論じるのであれば、やはり両先品に共通するもの、例えば主人公である中年男性の夢想など、作品中の人物描写などにも言及があってよかったかも、というのは少々欲張りな要望であろうか。

コメントへの筆者の応答

一九三二年春に初めて通読して以来、ナボコフにとって『ユリシーズ』は二十世紀文学の最高峰であり続けた。作中に登場する「茶色いマッキントッシュの男」の姿に作者ジョイスの影を追う独特な『ユリシーズ』論は、ナボコフがアメリカの大学で行った文学講義のレパートリーとして知られる。ロシア語時代の傑作との呼び声高い『賜物』のような『ロリータ』以外の作品にも、こうしたナボコフの『ユリシーズ』に対する関心の高さを窺い知ることができる。

けれども、ジョイスを思わせるナボコフの作風は、実は彼の出自であるロシアの文学的伝統に深く根ざしたものであったとも考えられる。例えば、ナボコフの文体的特徴の一つである過剰なまでの言葉遊びは、ジョイスというよりもむしろ、十九世紀末から二十世紀初頭のいわゆる「銀の時代」に活躍したロシア象徴派詩人の影響と見る方が正しい。『ロリータ』と『ユリシーズ』との豊かな間テクスト的対話の背後には、ナボコフと複数の地域のモダニズム文学との結び付きが示された、広大な文学地図が広がっているのである。

さて、ナボコフのパリ時代を振り返れば、そこにはしばしばジョイスが顔を覗かせている。たとえば一九三九年、『セバスチャン・ナイトの真実の生涯』の執筆に際して、ナボコフはケンブリッジ大学時代の旧友の姉であるルーシー・レオン・ノエルに英文に関するアドバイスを求めた。その作業が行われた場所こそ、ルーシーの夫ポールが親友であるジョイスとともに『フィネガンズ・ウェイク』に長年取り組んできた、あのマホガニー製の机に他ならない。この幸福な偶然は、コメントで言われるところの「二十世紀を代表する二人の大作家の影響関係」をめぐるアレゴリーと見なしうるだろうか。

最後に拙論を補足しておくと、一九五五年にフランスの出版社を探す段となり、ナボコフはドゥシア・エルガスに対して真っ先にシェイクスピア書店のシルビア・ビーチと接触することを提案した。『ユリシーズ』を世に送り出した人物であれば、必ずや『ロリータ』に理解を示すものと考えたのである。しかしながら、当時のビーチは一線を退いており、残念ながら彼女が原稿を目にすることはなかった。このエピソードにもまた、出版文化史的観点から見たジョイスとナボコフの連続性が垣間見えるはずだ。

【コラム】

一九二〇年代〈ハーレム・ルネッサンス〉のアフリカ系アメリカ人作家たちと出版事情

君塚　淳一

一　一九二〇年代アメリカ

奴隷主人に読み書きを禁じられていた奴隷制時代から南北戦争を経て二十世紀初頭まで、「スレイヴ・ナラティヴ（奴隷体験記）」から始まるアフリカ系アメリカ人による出版物は、一九二〇年代に「ハーレム・ルネッサンス」と呼ばれる時期になると、ようやく〈自伝〉から〈文学作品〉へと、初めて芸術的価値が認知された。

そもそもこの一九二〇年代と言えば、アメリカは戦後好景気で株価は天井知らずに上昇したため、誰もが株式市場に注目し、また投資家たちはニューヨークなどの大都市やフロリダに代表される土地開発ブームと言った不動産にも、こぞって金をつぎ込んだ。この戦後のバブル景気と〈狂乱の〉や〈狂騒の〉とも称される「ローリング・トゥエンティーズ」というアメリカ文化開花の時期には、禁酒法にも関わらず、金さえあれば「スピーク・イージー（闇酒屋）」やパーティで酔い潰れることができた。実はこの歴史上、皮肉にも一番酒が飲まれたとも言われた十年は、酒の密造から店の営業までギャングたちが取り仕切り、アル・カポネのマフィアで知られるイタリア系とアイルランド系などの抗争の元ともなった。大衆文化ではハリウッド映画は益々繁栄し、T型フォードの大量生産、電気が普及するとラジオをはじめ、次々と家電製品が生まれたのも特徴的。一方、女性参政権獲得を機に社会進出を始めた若い女性の中で、流行の断髪に羽飾り付きの帽子、膝まで丈が上がったスカートといった最新ファッションに身を包んだ〈フラッパー〉たちは、既成概念を次々と覆していった。この二〇年代の文化論で現代でも読み継がれる代表的な書が、F・L・アレンの『オンリー・イエスタディ』（一九三〇）であることは誰もが認めることだろう。

さて文学に話を戻し、この時代の白人主流の出版事情をまず再確認するならば、第一次世界大戦で傷ついたE・ヘミングウェイ（Ernest Hemingway, 1899–1961）やF・S・フィッツジェラルド（F. S. Fitzgerald, 1899–1940）に代表される「ロスト・ジェネレーション（失われた世代）」と命名された作家たちがもてはやされた。体験を基にした戦争小説やこの狂乱の時代を描いた小説が脚光を浴びていたのだった。この世代のことについてはマルカム・カウリー（Malcom Cowley, 1898–1989）の『亡命者の帰還』（*Exile's Return*, 1934）を挙げておこう。この二〇年代が「ジャズ・エイジ」とも呼ばれるのは、フィッツジェラルドの著書タイトル『ジャズ・エイジの物語』（*The Tales of the Jazz Age*, 1922）に依るものとも言われるが、当然これはアフリカ系の文化として「ジャズ」が流行し始めた時代であるからだ。フラッパーたちがこのジャズに合わせて当時、踊ったのが「チャールストン」で、この新たに注目されたジャズ、チャールストン、スピーク・イージーが、揃った地域こそ、ニューヨークのハーレムで、中でも有名なクラブである「コットン・クラブ」の名は聞いたことがあるはず。言うまでもなく奴隷が過酷な労働を強いられた南部のコットン・フィールドからの命名だ。この黒人の街ハーレムでジャズをはじめ注目された数多くの黒人の芸術活動の中でも、目を見張るのが作家たちの活躍だ。

二　黒人の街の誕生――南部から北部への移動とハーレムという存在

このハーレムが「黒人の街」になるには、十九世紀末にマンハッタンの高架鉄道が北に延びて裕福な白人の高級住宅地となり、さらに二十世紀初頭には地下鉄の建設でハーレムへの不動産投機は過熱し、むやみやたらと建設が行われたことに始まる。住宅や土地そしてアパートの転売が短期間で行われ、その結果、供給過多となり、不動産市場の暴落、破産を引き起こした。不動産関係者の中には、破産するよりは安価で黒人に貸すことを選び、一方、それで白人たちは逃げ出し、G・オソフスキーの「ハーレム――ゲットーの成立過程」によれば一九二〇年頃には約八万人もの黒人がハーレムに住んでいたという（クラーク　二六一―三二）。この黒人たちのニューヨークをはじめ北部への南部からの大移住は、一九一〇年ころの北部における工業化と、その後の第一次世界大戦で兵士が国外へ出たことで、さらなる労働人口の必要性から、一九二〇年にそのピークを迎えた。

ちょうどそのころ、「アメリカに黒人の夢はなし、アフリカに自分たちの国を築こう」と〈民族主義〉と〈白人からの分離主義〉を標榜し、この「アフリカ帰還運動」で貧しい黒人たちを惹きつけていたのが、ジャマイカ出身のカリスマ的指導者マーカス・ガーヴェイ（Marcus Garvey, 1887–1940）であった。北部の黒人インテリ指導者W・E・B・デュボイス（W. E. B. Dubois, 1868–1915）は、それまで対立していた南部黒人の頂点を極め北部どころか、その著書では世界にも知られていた黒人の教育者B・T・ワシントン（Booker T. Washington, 1856–1915）亡き後、ガーヴェイという新たな敵を見つけることになる。なぜならデュボイスは、アメリカの人種問題解決を「有能な黒人の十分の一」による上部からの世直しを求めているのに対し、ワシントンとガーヴェイは結局、「底辺で蠢く同胞をそのカリスマ性を以て別の形で率いていた」からだ。これまではどうしてもインテリのデュボイス優勢だったが、こんにち、この二人への再評価が進んでおり、特に晩年のワシントンの同胞への民族主義や誇りへの訴えは、ガーヴェイへと継承されると考えられる（君塚　三―五）。

大戦で心も体も傷つき、物質主義と禁酒法による窮屈なアメリカにうんざりした白人の若者は、ロスト・ジェネレーションの連中ように、国籍離脱できればよい。だがそうはいかぬなら、癒しを求めて、アメリカで現実逃避するしかない。現実とは異なる〈プリミティブ〉且つ〈エキゾチック〉な体験を、〈酒を飲んでトリップ〉できる場が、当時のハーレムであったと言えるだろう。それは芸術の最先端を行く当時のパリでさえも同じことで、官能的な〈バナナ・ダンス〉で熱狂的人気があったジョセフィン・ベイカー（Josephin Baker, 1906–75）を例に出せば十分理解できる。当時パリではガートルド・スタイン女史（Gartrude Stein, 1874–1946）やヘミングウェイらもベイカーを見に行き絶賛していたのだった（Stovall, 78–79）。だから、このハーレム・ルネッサンスで若手の詩人としてデヴューしたラングストン・ヒューズ（Langston Hughes, 1902–67）だが、自伝で当時を振り返り、白人客専用で黒人客を締め出すコットン・クラブを非難し、黒人を愛嬌振りまく動物園の動物のように見るハーレムに押し寄せる白人たちを黒人たちは嫌っていたと冷やかに書く（Hughes, 224–25）。ともかくこのブームでアフリカ系の芸術が注目されるのはよしとしても複雑だ。

また一方、白人たちが喜んでハーレムに集っているのことにも、この黒人文化への注目度に対しても静観し、それが黒人の民族意識と繋がることには懸念を感じえなかった者もいた。E・F・フレイジァは『ブラック・ブルジョアジー』（一九五七）にて、このルネッサンスは、ガーヴェイの運動と同様、当時、力を得始めた教養ある黒人有産階級たちからは支持は得られていなかったと指摘する（Frazier, 119–24）。それは両者に〈アフリカ民族的なプライド〉を読み取り、いずれは白人社会との摩擦が起きると、保身から危惧したからだろう。このようなハーレム・ルネッサンスにおいて、作家たちはどのように作品を出版していったのだろうか。

三　黒人作家作品の出版——ハーレム・ルネッサンスという芸術運動の中で

ハーレムにおける文学活動は、白人たちの〈求めていたモノ〉とは裏腹に、黒人たちの中では自分の文化への目覚めと解放に繋がっていた。これは二十世紀に入りさかんになる「汎アフリカ主義」運動との関連性があることは事実である。そしてこの流れに注目を向けさせたのが、アレン・ロックにより編まれた、この時期に新たに登場したアフリカ系作家の作品のアンソロジー『新しい黒人』（*The New Negro: An Interpretation*, 1925）であることはよく知られている。その内容は小説や詩、ドラマ、また音楽や美術評論など数多くの作家の文章で構成されている。作家ではヒューズやクロード・マッケイ (Claude Mackay, 1889–1948)、ジーン・トゥーマー (Jean Toomer, 1894–1967)、ゾラ・ニール・ハーストン (Zola Neal Harston, 1891–1960)、カウンティ・カレン (Countee Cullen, 1903–46)、アナ・ボンタン（一九〇二―七三）ほか、また既述した社会学者で黒人指導者のデュボイスに至る著作までもが収録されている。ちなみに彼らの小説の代表作を挙げれば、ヒューズは『笑いなきにあらず』（一九三〇）、マッケイは『ハーレムへの帰還』（一九二八）、トゥーマーは『砂糖きび』（一九二三）、ハーストンは『彼らの目は神を見ていた』（一九三七）、ボンタンは『神が日曜をくださった』（一九三一）ほか多くある。

「ハーレム・ルネッサンス」とは音楽、美術、文学をはじめ様々な芸術活動に渡る、〈アフリカ系アメリカ人に関する文化活動〉であるが、その特徴はアフリカ系としての誇りと自分たちの世界を曝け出すことで、それがまた同時にそれぞれが巧妙にクロスオーバーされているものであった。これは前出のヒューズ自身がエッセイ「黒人芸術家と人種の山」（一九二六）で述べているように、「現在活躍している、我々若い黒人芸術家たちは、個々の黒い肌に恐怖も恥も感じずに曝け出そうとしている。それで白人が喜べば嬉しいし、嫌でもいっこうにかまわないのだ」(Clarke 42) に象徴されるもので、これを足掛かりにして、自分たちの文化を世界に認めさせることを念頭に置いた彼らしい態度と言える。

作品については、C・D・ウインツが『ハーレム・ルネッサンスとは――アフリカ系アメリカ人のアメリカの伝記』（二〇〇九）の序文で指摘するように、文学では特に、「黒人自身それぞれの芸術的ヴィジョンと多様性を追及することになった」と言えるだろう。そしてこの点において、彼がそこで、ヒューズの前出の体験的詩集「物憂いブルース」（一九二五）のような〈アフリカ系音楽からゲットー生活〉に至る作品や、クロード・マッケイの〈人種差別からなる暴力への非難〉の「死ななきゃならないなら」（一九一九）や〈ハーレム生活の生の描写〉である「ハーレムのダンサー」（一九二二）そしてネラ・ラーセン (Nella Larsen, 1891–1936) の〈人種・階級・ジェンダー〉

を問題にした『流砂』(*Quicksand*, 1928) を挙げているのは、まさに好例と考えられよう (Gates viii)。

またこの運動と同時にさかんにアフリカ系作家を掲載し始めた代表的な雑誌には黒人大学のフィスク大学などが関わった一九二三年創刊『オポチュニティ』(*Opportunity: A Journal of Negro Life*) や、人種向上委員会（NAACP）から出された一九一〇年創刊『クライシス』(*The Crisis*) などがある。これらの雑誌が、文学作品を掲載しているものの政治的主張もその使命としていたことは明らかであり、一方、白人資本で出される雑誌や書が当時の白人の要求に合わせざるを得ぬことも多々あったのは、ジェイムズ・ウェルドン・ジョンソン (James Weldon Johnson, 1871-1938) がエッセイ「黒人作家と白人出版社」で〈白人出版社の定めた作品基準〉があると批判しているとおりだろう（ウィルソン 二六三）。『クライシス』に関して言えば、元来、人種向上委員会の機関誌の意味があったことに加え、編集者のデュボイスは一九五一年に書いたエッセイ中で、その創刊意図を、当時、力があった週刊黒人新聞『ニューヨーク・エイジ』(*The New York Age*) が、敵対するワシントンの友人T・トマス・フォーチュン（ワシントンの助言者兼ゴーストライター）とワシントンのタスキギー校組織が所有していたからと、実はその動機もかなり感情的であったのには驚きだ（ウィルソン xxvii）。

だがこの「政治的主張」の追求や、「白人出版社や白人との関係を壊したくない」出版体系に反し、自由に芸術性を追求し〈黒人のセックス、肌の色、人種主義など〉を描く『ファイア!!』が一九二六年に出された。主要編集者はウォレス・サーマン、共同編集者にはヒューズ、ハーストンまた『オポチュニティ』にも関わるグエンドリン・ベネット（一九〇二―八一）などの名前がある (Thurman 2)。結局、資金面で創刊号のみの刊行で終わり、失敗には終わったが、資金援助という点でのハーレム・ルネッサンスと白人の関係を明らかにしたとも言えるだろう。

四　出版を支えた白人パトロンたちそしてハーレム・ルネッサンス

ハーレムに存在した多くのアフリカ系アメリカ人たちが、パフォーマーとして演じていたクラブの所有者が白人であったように、アフリカ系作家たちの著述の出版に関わる出版社、また作家を含む芸術家たちのパトロンたちもその多くが白人であった。この当時のハーレムで様々な形で芸術家たちを援助したパトロンたちを章立てで紹介した『ハーレムのミス・アン』（二〇一三）の序文でカプランは、この本の執筆意図を書いている。それは「当時の黒人新聞で描かれる彼女たち（白人女性パトロン）のイメージが、人気の黒人男性パフォーマーにゴールドを投げるもので、彼女たちのそんな誤解を解くためであるという。中ではナンシー・キュナード（一八九六―一九六五）、ジョセフィン・コジェル・スカイラー（一八九七―一九六九）やシャーロット・オズグッド・メイソン（一八五四―一九四六）ほかが挙げられている (Kaplan xix)。

ハーストンはハーレム・ルネッサンスを金銭面やその他で、援助してくれた多くの女性を「ニグロタリアン (Negrotarians)」と称していたが、彼女によればこの援助者たちは、黒人たちが人種により社会的に差別を受け、政治改革により、向上すべきと考えた援助であったとしている。このパトロンの中でも代表的な白人女性が大富豪とされるメイソンで、カレンは自身の詩「私の知っているある女性へ」（一九二六）で彼女を絶賛する詩を書いているほどだ (Hill 86)。また、ハーストンがこのメイソンから資金援助をされ、アフリカ系のフォークロアを調査し、それを元にあの『騾馬と人間』(*Mules and Men*, 1935) などを執筆したことは周知のことだろう (Wall 154–55)。

これまで見てきたように、ハーレム・ルネッサンスと呼ばれるこの一九二〇年代後半は、アフリカ系アメリカ人芸術家にとって、その存在が注目され発表の場は広がり価値があったことは事実だ。だがこの運動が白人出版社や白人パトロンの援助を元に存在していたことも、もうあらためて指摘する必要もないだろう。だからヒューズやジョンソンが当時を振り返りこの時期を批判もするのだ。

そして一方、この二〇年代には、南部においてアフリカ系へリンチを行う白人優越主義集団ＫＫＫ（キュー・クラックス・クラン）も復活して猛威をふるっていたし、彼らの労働条件も一向に改善されてはいなかったのも事実である。デュボイスらは「有能な十分の一の黒人が差別をなくす」を提唱していたが、当時の〈貧しいアフリカ系〉が耳を傾けていたのは、二十世紀初頭に「南部でアフリカ系の教育と就職に奔走」していたワシントン、そしてその後の二〇年代には「アフリカ帰還運動」と「アメリカでの分離主義（アフリカ系による時給自足）」を唱えたガーヴェィであったことは、〈ハーレム・ルネッサンスの華やかさ〉とは全く対照的であり、これもあまりに皮肉なことだ。デュボイスのワシントン批判は、彼の教育が白人産業主義に取り込まれている点だったが、ルネッサンスはどうだったのか。しかし、ともかくも一九二九年の大恐慌のはじまりを以て、ルネッサンスは終焉を迎えるが、その後のアフリカ系作家の出現に大いに貢献したことは明らかなことだ。

注

1　本稿では時代性や内容を考慮し、あえて「黒人」と表現している場合もある。

2　本稿は科学研究費にて助成を受けた研究「マーカス・ガーヴェイとハーレム・ルネッサンスの黒人たち――その反目の裏と表」研究課題番号[24520269]による研究成果の一部として発表するものである。

引用参考文献

Allen, Frederick Lewis. *Only Yesterday*. New York: Harpers & Row, 1930.

Clarke, John Henrik. *Harlem U.S.A.* New York: Seven Seas Publishers, 1964.

Frazier, E. Franklin. *Black Bourgeoisie*. New York: Free Press, 1987.

Gates, Henry Louis ed. *Harlem Renaissance Lives: from the African American National Biography*. New York: Oxford UP,

2009.
Huggins, Nathan Irvin ed. *Voices from the Harlem Renaissance*. New York: Oxford UP, 1976.
Hutchinson, George. *The Harlem Renaissance in Black and White*. London: The Belknap P of Harvard U, 1995.
Hill, Laban Carrick. *Harlem Stomp!* New York: An AOL Time Warner Company, 2004.
Huggins, Nathan Irvin. *Harlem Renaissance*. New York: Oxford UP, 2007.
Hughes, Langston. *The Big Sea: An Autography*. New York: Thunders Mouth Press, 1986.
Kaplan, Carla. *Miss Anne in Harlem*. New York: Harpers, 2013.
Lewis, David Levering. *When Harlem was in Vogue*. New York: Penguin, 1997.
Stovall, Tyler. *Paris Noir*. New York: Mainer Books, 1996.
Thurman, Wallace, ed. *Fire!!: A Quarterly Devoted to the Young Negro Artists*. Vol. 1. New York, 1926.
Wall, Cheryl A. *Women of the Harlem Renaissance*. Bloomington, IN: Indiana UP, 1995.
Wilson, Sondra Kathryn, ed. *The Crisis Reader*. New York: The Modern Library, 1999.
君塚淳一監修著・英米文化学会編『アメリカ一九二〇年代――ローリング・トゥエンティーズの光と影』金星堂書店、二〇〇四年。
――「ガーヴェイとワシントンにとっての大衆・教育・自立」『茨城大学教育学部紀要』第六三号（二〇一四）：一―一〇頁。
松本昇・君塚淳一他編『アフリカ系アメリカ人ハンディ事典』南雲堂フェニックス、二〇〇六年。

【コラム】
アメリカの地域読書運動について

山内　圭

「読者ネットワークの拡大」というテーマから最近のアメリカ各地の動向を見てみると注目すべき読書運動が見られる。それは、地域で一冊の課題図書を決め、その課題図書のテーマに合わせた講演会、テーマに関する映画や映画化作品の上映会、関連する写真や絵画等の展覧会、著者および研究者による講演、そして様々な切り口からのディスカッションなどを期間内に行う一連のイベントとする動きである。これは、従前から存在するブッククラブが発展したものとも解釈できるが、読書という活動を軸に地域を活性化しようという新たな動きともとれる。さらに、最近はインターネット上のウェブサイトやブログ、メーリングリスト、そしてフェイスブックなどのソーシャル・ネットワーキング・サービスの利用も加わり、その読書運動はさらなる展開を見せている。

まずは、アメリカ各地で行われているビッグ・リード(Big Read)という運動について概説する。アメリカでは、ビッグ・リードの運動が二〇〇六年から芸術基金(The National Endowment for Arts)の主導のもと始まった。この運動は、二〇〇四年に出された「読書が危機状態に——アメリカ国内読書調査」("Reading at Risk: A Survey of Literary Reading in America")の報告に対処するためのものである。この活動が始められて以来、アメリカ全土の様々な町で展開されている。このプロジェクトは、町で一冊の課題図書を決め、市民にその本を読むように呼びかけ、その書についてのディスカッションや読書感想発表会や読書感想文コンクール等を開催したり、その書の著者や研究者の講演会を開いたり、その書に関する写真展や美術展を開いたり、映画化されている作品であるならば映画鑑賞会を開いたりなど、一冊の書籍を通じて様々な活動を行い、地域活性化と市民の読書を推進する活動である。

二〇一三年現在、このビッグ・リードの課題図書候補として以下の三四冊が挙げられている。

In the Time of the Butterflies (1994) by Julia Alvarez (1950–)
Bless Me, Ultima (1972) by Rudolfo Anaya (1937–)
Fahrenheit 451 (1953) by Ray Bradbury (1920–2012)
My Ántonia (1918) by Willa Cather (1873–1947)
The Poetry of Emily Dickinson by Emily Dickinson (1830–86)
Love Medicine (1984) by Louise Erdrich (1954–)
The Great Gatsby (1925) by F. Scott Fitzgerald (1896–1940)
A Lesson Before Dying (1993) by Ernest J. Gaines (1933–)
The Maltese Falcon (1930) by Dashiell Hammett (1894–1961)
A Farewell to Arms (1929) by Ernest Hemingway (1899–1961)
Sun, Stone, and Shadows (*20 Great Mexican Short Stories*) (2008) editedby Jorge F. Hernández
Their Eyes Were Watching God (1937) by Zora Neale Hurston (1891–1960)
Washington Square (1880) by Henry James (1843–1916)
The Poetry of Robinson Jeffers by Robinson Jeffers (1887–1962)
The Namesake (2003) by Jhumpa Lahiri (1967–)
A Wizard of Earthsea (1968) by Ursula K. Le Guin (1929–)
To Kill a Mockingbird (1960) by Harper Lee (1926–)
The Call of the Wild (1903) by Jack London (1876–1916)

The Poetry of Henry Wadsworth Longfellow by Henry Wadsworth Longfellow (1807–82)
The Thief and the Dogs (1961) by NaguibMahfouz (1911–2006)
The Heart Is a Lonely Hunter (1940) by Carson McCullers (1917–67)
The Things They Carried (1990) by Tim O'Brien (1946–)
The Shawl (1989) by Cynthia Ozick (1928–)
The Stories and Poems of Edgar Allan Poe by Edgar Allan Poe (1809–49)
True Grit (1968) by Charles Portis (1933–)
Housekeeping (1980) by Marilynne Robinson (1943–)
The Grapes of Wrath (1939) by John Steinbeck (1902–68)
The Joy Luck Club (1989) by Amy Tan (1952–)
The Death of Ivan Ilyich (1886) by Leo Tolstoy (1828–1910)
The Adventures of Tom Sawyer (1876) by Mark Twain (1835–1910)
Into the Beautiful North (2009) by Luis Alberto Urrea (1955–)
The Age of Innocence (1920) by Edith Wharton (1862–1937)
The Bridge of San Luis Rey and Our Town (1927 and 1938) by Thornton Wilder (1897–1975)
Old School (2003) by Tobias Wolff (1945–)

ちなみに、この課題図書は随時入れ替えが行われていて、この原稿を最初に執筆した当時の二〇一三年のリストは先ほど挙げた通りであるが、出版前の校正時である二〇一六年一月現在においては、先ほどのリストより

Washington Square (1880) by Henry James (1843–1916)
The Poetry of Robinson Jeffers by Robinson Jeffers (1887–1962)
The Namesake (2003) by JhumpaLahiri (1967–)
The Death of Ivan Ilyich (1886) by Leo Tolstoy (1828–1910)
The Age of Innocence (1920) by Edith Wharton (1862–1937)

の五冊が外れ、

Brother, I'm Dying (2007) by Edwidge Danticat (1969–)
Silver Sparrow (2011) by Tayari Jones (1970–)
The Beautiful Things That Heaven Bears (2007) by Dinaw Mengestu (1978–)
When the Emperor Was Divine (2002) by Julie Otsuka (1962–)
In the Shadow of the Banyan (2010) by Vaddey Ratner (1970–)

のように新しい作品五冊が課題図書リスト入りしている。これらは、すべて現在活躍中の作家による作品であり、著者と読者との関係性を考える意味からも興味深い展開である。

リストを眺めると、時代性・地域性・作者の性別等、アメリカの地域や文化や民族性などを考えた場合、概ねバランスのとれた選書になっていると思われる。また、ビッグ・リードのウェブサイト (http://www.neabigread.org) では、全米的にいつどんな行事が開催される予定であるかを閲覧したり、検索したりすることが可能である。

ちなみに、同じようなザ・ビッグ・リード (The Big Read) という名で、イギリスでは二〇〇三年にイギリス放送協会（BBC）により好きな本についての調査が行われた。二〇〇位までの結果が発表されているので、ぜひウェブサイトなどでご参照いただきたい。

　これは、人気調査であるのでいわゆる大衆文学作品や児童文学作品も数多く入ったランキングとなっている。そこに、いわゆる正典（キャノン）文学が食い込んでいるのが私たち英米文学研究者にとってはおもしろい。また、日本人として興味深いのは、六二位に Arthur Golden の *Memoirs of a Geisha* が、一一九位に James Clavell の *Shogun* がランクインしていることである。またアメリカのビッグ・リードの課題図書でイギリス放送協会のザ・ビッグ・リードにランキング入りしているのは、わずか三冊のみで Happer Lee の *To Kill a Mockingbird*（六位）、John Steinbeck の *The Grapes of Wrath*（二九位）、そして F. Scott Fitzgerald の *The Great Gatsby*（四三位）となっている。イギリス放送協会によるザ・ビッグ・リードはアメリカのビッグ・リードとは同列に考えるべきものではない。

　ここで、再び話をアメリカに戻そう。芸術基金のビッグ・リードと活動内容は類似しているが、それよりも早くから行われている“One City One Book”などと呼ばれる活動がある。そのイベントを実施する自治体で一冊の共通課題図書を読み、さまざまな活動を展開する一連のイベントである。この活動のさきがけは一九九八年にワシントン州シアトルの公共図書館で行われた「もしシアトル中が同じ本を読んだなら」(“If All of Seattle Read the Same Book”) である。その後、全米各地に同様の活動がおこなわれるようになり、“One Book One [City]”、“[City] Reads”、“On the Same Page”、“One City One Story”などの名称で呼ばれている。[City] の部分には、具体的な地名が入り、たとえば“One Book One San Diego”や“Santa Monica Reads”のようになる。さらなる展開として、大学でこの活動を実施するインディアナ大学サウスベンド校の“One Book One Campus”や、複数の自治体で一冊の本を読むイリノイ州のウィネトカ (Winnetka) とノースフィールド (Northfield) が行った“One Book Two

Villages”や、ニューヨーク州のクリフトンパーク (Clifton Park) とハーフムーン (Halfmoon) が行う“Two Towns One Book”、そしてニューヨーク州西部のジェネシー (Genesee)、オーリンズ (Orleans)、ワイオミング (Wyoming) の三つの郡が実施している“A Tale for Three Counties”なども行われている。ちなみに、二〇〇五年アメリカ南部を襲ったハリケーン・カトリーナ (Hurricane Katrina) の被災者を助けようと各地から支援物資とボランティアを乗せたバスが被災地に向かったが、それは、“One Bus One Town”と呼ばれた。

全米各地で行われる“One City One Book”プロジェクトの中で、筆者の住む岡山県新見市の姉妹都市ニューヨーク州ニューパルツで行われている“One Book One New Paltz”を取り上げ、概観してみたい。筆者は、新見市とニューパルツとの姉妹都市交流に関わる中で、この“One Book One New Paltz”について知り、活動の創始者であるニューヨーク州立大学ニューパルツ校のジェラルド・ベンジャミン(Gerald Benjamin) 教授に話を伺ったり、実行委員会にオブザーバーとして参加したり、二〇一二年十一月には、ブックディスカッションを含むいくつかの活動に参加したりしている。

ニューヨーク州ニューパルツはニューヨーク州立大学ニューパルツ校がある大学町である。ニューヨーク・シティから車で一時間三〇分ほどの場所に位置するキャッツキル山地の南にある町である。二〇〇五年から“One Book One New Paltz”のプロジェクトが、読書を通じ州立大学ニューパルツ校内、および地域内のコミュニティを形成し、大学と住民を結びつけるために大学が主導になって開始された。二〇〇五年の課題図書は、Mark Haddon (1962–) の *The Curious Incident of the Dog in the Night-Time* (2003) であった。そして、翌年、二〇〇六年は、Edwidge Danticat (1969–) の *The Dew Breaker* (2004) が課題図書に選出された。三年目となる二〇〇七年は、ビッグ・リードに参加し、Rudolfo Anaya (1937–) の *Bless Me Ultima* (1972) が課題図書候補の中から選ばれた。しかし、ビッグ・リードに参加する場合、いろいろと制限があるようで、翌年はビッグ・リードへの参加をやめて独自開催に戻った。

二〇〇八年にはLaura Shaine Cunninghamの*Sleeping Arrangements* (2000)が選定された。これは、彼女がニューヨーク州出身ということもあり地域出身の作家を選ぼうというこの年の委員会の意向にあったことも理由の一つである。ニューヨーク出身で在住の作家のCunninghamは、自著が課題図書に選出されると、自ら実行委員となり、会議にも出席し、この年のイベント開催中は全ての行事に出席したそうである。作家にとって、自らの作品について人々がどのような感想を持つか、どのように評価するのかは、とても興味深かったことに違いない。二〇〇九年にはWashington Irving (1783–1859)の"Rip Van Winkle" (1819)が選ばれた。二〇〇九年という年はヘンリー・ハドソンが後に彼にちなんで名づけられることとなるハドソン河をオルバニーまで遡った一六〇九年からちょうど四百年ということで、ハドソン河に関わる書というのが選定理由であった。二〇一〇年は、Dave Eggers (1970–)の*Zeitoun* (2009)という作が選ばれた。この書は、先述の二〇〇五年アメリカ南部を襲ったハリケーン・カトリーナに関するものである。二〇一一年には、Sherman Alexie (1966–)による*War Dances* (2009)という作品が選ばれた。

そして、二〇一二年には、Amy Waldman (1969–)の*Submission* (2011)が選出された。この作品は、二〇〇一年ニューヨークでのテロによる世界貿易センター破壊後、跡地の庭園の設計を公募した際、イスラム教徒の建築家の設計案が選ばれたという内容のフィクションである。筆者は、この年の"One Book One New Paltz"に参加し、ブックディスカッション等に参加した。また、この年も著者のWaldmanがニューパルツ州立大学ニューパルツ校において講演会を開催している。

筆者は、この年のイベントのうち三つのものに参加した。この課題図書では同時多発テロの被害者たちの心的外傷後ストレス障害（PTSD）について描かれるが、まずは、その心的外傷後ストレス障害についてのディスカッションであった。ここでは、ベトナム戦争出兵後自ら心的外傷後ストレス障害を経験したという心理学教授がディスカッション・リーダーを務めていた。

次に参加したイベントは、この本の中で話題になるイスラム芸術についてのものであった。まずは、イスラム芸術についての映像を見て、その後に美術専門家による解説等を聞くというものであった。これら二つのイベントは州立大学ニューパルツ校において開催された。

そして、もう一つは、公共図書館で開催された総合的なブックディスカッションである。これには、文字通り老若男女(女性の比率が男性よりも高いが)が参加し、コーディネーターの進行のもと、本についての感想から将来の課題図書にはどのような本がよいかなどに至るまでさまざまなトピックで意見交換が行われた。

そして、この原稿を執筆中の現在、二〇一三年度の“One Book One New Paltz”が計画中であるが、今年度の課題図書はToni Morrison (1931–) の *Home* (2012) となっている。さらに二〇一四年度は、Philip Roth (1933–) の *Nemesis* (2010) が、そして二〇一五年度は Piper Kerman (1969–) の *Orange Is the New Black—My Year in a Women's Prison* (2010) が課題図書に選定されていた。

以上、ここまで主に今世紀に入ってからの読書をめぐる新たな動きについて概観してみた。これは、主に読者側の動きではあるが、当然、著者側でもこの動きに関して無関心なわけではないであろう。アメリカのビッグ・リードの課題図書候補は半分以上がすでに亡くなった著者によるものであるが、存命中の著者のものも含まれている。また、自由に課題図書を選定することができる“One City One Book”では、“One Book One New Paltz”の例を見てわかるように、存命中の作家の作品が多く選ばれている。そして、さらに著者がその町に講演に来たり、または著者自らも実行委員の一員としてイベントに関与したりしている。このような著者による直接の読者との接触体験が、今後の著述活動に何らかの影響を与えることは確かなことであろう。また、先ほど挙げたイギリス放送協会のザ・ビッグ・リードの二〇〇冊には、かなり高い割合で存命中の作家による作品が含まれる。

そして、ここでは直接触れてはいないが、現代は、読者側がインターネット上のコメント、ブログ等への投稿、ソーシャル・ネットワーキング・サービスへの発言等で自由に自分が読んだ本についての感想等を表明でき、著者がそれを自由に閲覧できる時代である。(さらには、著者の側では従来の書籍という形ではなく、オンライン等で作品が発表できる時代でもあることもあらためて指摘する必要はないであろう）。それらのことが、著者の著作活動にどのような影響を与えるかについては、私たち文学研究者の今後の課題となるであろう。

あとがき

本書の出版企画の発端は、欧米言語文化学会年次大会でのシンポジウム「拡大する読者ネットワーク——文学嗜好の共有が作り出す十九世紀文芸思潮」（司会／講師：小林英美、講師：藤原雅子、中垣恒太郎、於・日本大学会館、二〇一〇年十二月十二日）に遡る。編者の一人である小林英美がさらに先行して手がけていた共同研究書『読者の台頭と文学者——イギリス十八世紀から十九世紀へ』（清水一嘉との共編著、世界思想社、二〇〇八年）の蓄積をもとに、従来、過度に「作家」偏重になりがちであった文学研究のあり方を出版文化全般に視野を広げ、文学を取り巻くあり方自体を再検討する試みとして構想された。本出版企画ではさらにその射程は大西洋を越え、英米比較文学研究の趣を持つ壮大な構想となった。

欧米言語文化学会の会員を中心に趣旨の賛同者を募り、寄稿を依頼してから五年を優に超える歳月が経過してしまい、責を負う編者として無能を恥じるばかりである。多様な出版文化を様々な角度から検討する試みとはいえ、多様な出版文化を様々な角度から検討する試みであればこそ本書の生成過程から浮かび上がる要素もあるにちがいないのだが、出版物に対する産みの苦しみを吐露することは学術書の「あとがき」にふさわしいものでもあるまい。舞台裏の事情について触れるのはこれ以降差し控えるが、ともすれば、時期早尚として実を結ばないとしてもやむをえない昨今の出版事情の中で、空中分解も危ぶまれるほど緩慢な進行にもかかわらず、根気強く出版まで導いてくださった音羽書房鶴見書店の山口隆史社長に厚く御礼を申し上げる。

数年がかりの共同研究の成果となる本書の最大の特色として、「イギリス編」・「アメリカ編」と便宜上、名づけた二部構成により、十九世紀初頭からコラムまで含めれば二十一世紀初頭まで、英語圏出版文化を概観するダイナミズムを提示しようと試みた姿勢を挙げることができる。「小説」のみならず「詩」の領域を多く取り込むことができ、「雑誌」をはじめとする「定期刊行物」といった出版形態、「予約出版」から「海賊版」、オルタナティブ系出版、ブック・クラブなどをも含む多様な流通形態、いわゆる「国民作家」の生成をもたらす「読者」の大衆化に加えて表現規制をかいくぐる国際的な出版ネットワーク、「編集者」や「出版社」など出版文化にまつわる多岐に渡る論点が本書には込められている。定期刊行物の観点一つとってみても、定期刊行物が文学を生成させる場として機能しはじめるまさにその成立過程に目を向けることにより、「雑誌」であるか「新聞」であるかを判然とさせることすら難しいという問題が顕在化する。

この類の共同研究の性質上、最初から通読するのは敷居が高いかもしれないが、「コメントと応答」欄を設けることにより、「紙上シンポジウム」とでも称すべき相互交渉を目指した。意外な共通の傾向、文化の対照性など、時代や国籍を越えた比較考察の可能性を様々に見出すことができるのではないか。

「出版不況」が叫ばれる中、その一方で大衆文化に目を向けても、漫画雑誌編集部を舞台にしたテレビドラマ『重版出来！』(二〇一六年四月〜六月TBS系列、松田奈緒子による漫画作品を原作)、「校閲者」に目を向けたテレビドラマ『地味にスゴイ！ 校閲ガール・河野悦子』(二〇一六年十月〜十二月日本テレビ系列、宮木あやこによる小説を原作) などが高視聴率を記録し、出版文化の生成過程や専門化する職能に対する関心が広がってきている。あるいは、映画『ベストセラー　編集者パーキンズに捧ぐ』(二〇一六) にてまさに注目がなされたように、スクリブナー社にてトマス・ウルフ (Thomas Wolfe, 1900–38) をはじめとする燦然と輝くアメリカ作家を世に送り出した伝説的な「カリスマ編集者」マックスウェル・パーキンズ（Maxwell "Max" Perkins, 1884–1947）に本書でも一章を割くべきであった。フランス文学研究の領域では、ヴィクトル・ユゴー、フロベール、ジュール・ヴェルヌ、エミール・ゾラ、ボーヴォワールといった名だたる文豪たちを生み出した「編集者」・「書店」・「出版社」の存在に特化した画期的な研究書、石橋正孝・倉方健作『あらゆる文士は娼婦である――十九世紀フランスの出版人と作家たち』（白水社、二〇一六年）ももたらされている。

こうした他分野での研究、日本をも含む大衆文化での関心の高まりなどをも参照するならば、人文学研究がより一層の活気を伴って、様々な領域に寄与することができることを実感させられるように思う。本書の試みもまた、個々の作家研究においては当然視されている背景知識が、隣接する他分野と交錯させることで有意義な回路を創造できるという可能性を提起するものでもある。深入りすればするほど、さながら迷路のように課題は膨れ上がる一方であるのだが、人文学の奥深さと醍醐味とはおそらく本質的にそのようなものではないだろうか。

この出版企画であれば当然、一章を割かれるべきでありながら割愛せざるをえなかった対象についても枚挙に暇がない。巻末に付した「年表」もまた項目を拾い上げればきりがないが、「年表」を通して見えてくる課題も多い。「印刷技術の発達から電子書籍に至るまでのメディア・テクノロジー」、「識字率や識字教育について」、「雑誌文化の発展史」、「店舗型書店の発展史」、「表現規制と検閲、自主規制の歴史」、「著作権と海賊版」、「文学賞／創作科が文学の発展におよぼす影響について」……。

本書をメルクマールとして、私たち執筆者もまたさらに考察を深めていきたい。出版文化の観点から英語圏文学／比較文学を捉え直す研究がより一層進展していくことを願ってやまない。

（中垣　恒太郎）

1972			「書店ストライキ」（書籍流通マージンの改定をめぐり、12日間におよび書店店頭で一部出版社の書籍・雑誌の取扱を停止した日本の出版史上初のストライキ）
1973			パリ協定（ベトナム和平協定）
1976		著作権法「1976年法」（著作権保護期間は著作者の死後50年まで）	
1988		ベルヌ条約遂行法成立（1989年に合衆国、ベルヌ条約に加盟）	
1990			東西ドイツ統一（ドイツ再統一）
1991			湾岸戦争
1993		世界貿易センター爆破事件	EU（欧州連合）設立
1994	英仏海峡トンネル開通	インターネット書店 amazon 書店開業	南アフリカ共和国、イギリス連邦復帰
1998	北アイルランド和平合意	著作権延長法（「ソニー・ボノ著作権保護期間延長法」）制定	
2001		同時多発テロ発生	
2005	ブッカー国際賞創設 ロンドン同時爆破事件		
2006		芸術基金の主導により読書運動「ビッグ・リード」運動開始	
2007		電子ブックリーダー「Amazon Kindle」発売開始	
2008		サブプライムローン金融危機の影響で、大手投資銀行リーマン・ブラザーズが経営破綻 民主党のバラク・オバマ候補が勝利し第44代アメリカ大統領に決定（就任は2009年1月）、初めてのアフリカ系アメリカ人の大統領となる	
2011		店舗型書店「ボーダーズ」経営破綻	
2015		amazon 書店店舗型書店をシアトルにて開店	
2016		ボブ・ディラン、ノーベル文学賞受賞（シンガー・ソング・ライターとして初受賞）	

参考文献：『21世紀イギリス文化を知る事典』（東京書籍、2009年）

			設 『辞苑』（博文館）刊行
1936	エドワード 8 世即位と退位、ジョージ 6 世即位		
1938		下院非米活動委員会設置「赤狩り」始まる	
1939			第二次世界大戦 (~1945)
1940	チャーチル首相に就任		
1944	バトラー教育法		
1945			国際連合設立
1948			ブリュッセル条約
1949	アイルランド共和国建国		
1950		「全米図書賞」創設	「チャタレイ裁判」（伊藤整訳『チャタレイ夫人の恋人』をめぐって争われた訴訟事件、1957 年有罪判決）
1952	エリザベス 2 世即位		万国著作権条約制定（1955 発効）
1955		オリンピア社からナボコフ『ロリータ』刊行（アメリカ版は 1958、イギリス版は 1959）	『広辞苑』（岩波書店）初版刊行
1957		南ベトナム支援開始 「ロス判決」（サミュエル・ロスによる猥褻図画販売をめぐる裁判）	
1959		D. H. ロレンス『チャタレイ夫人の恋人』出版をめぐり、グローヴ・プレスが勝訴	「悪徳の栄え」事件（マルキ・ド・サド作、澁澤龍彦訳が猥褻文書に当たるとして起訴され、有罪とされた刑事事件）
1961		ヘンリー・ミラー『北回帰線』の発禁措置解除、合衆国の検閲制度が事実上、終焉	
1962		キューバ危機 ケネディ大統領暗殺	
1963		人種差別反対ワシントン大行進	
1967		カウンターカルチャーを象徴する文化・政治的社会現象「サマー・オブ・ラブ」がサンフランシスコを中心に巻き起こる	
1968	「ブッカー賞」創設	キング牧師暗殺 ロバート・F・ケネディ暗殺	プラハの春（チェコスロヴァキア）
1970			「新著作権法」制定
1971		電子書籍をインターネットで無料で公開するプロジェクト「プロジェクト・グーテンベルク」開始	

1904	英仏協商		文芸雑誌『新潮』創刊。現在まで刊行中
1905			上田敏による訳詩集『海潮音』刊行
1907	ラドヤード・キプリング、ノーベル文学賞受賞（イギリスから初受賞） 英露協商により3国（英仏露）協商成立		夏目漱石、一切の教職を辞し、朝日新聞社に入社。職業作家の道に進む。『虞美人草』を『朝日新聞』に連載
1909		著作権法「1909年法」（著作権保護期間は著作者の死後28年まで）	
1910	ジョージ5世即位	雑誌『クライシス』創刊（人種向上委員会 [NAACP]）	日英博覧会 南アフリカ連邦成立
1914	ドイツに宣戦布告		第一次世界大戦（～1918）
1916	アイルランド・イースター蜂起		
1917		ピューリッツァー賞創設	
1918	成人男子普通選挙実施		
1919		ニューヨーク、ハーレムを拠点にアフリカ系アメリカ人の文化芸術運動「ハーレム・ルネッサンス」が活発に（～1930年代）	エジプト革命
1920	アイルランド統治法	女性参政権承認	国際連盟発足 エジプト（イギリスから）独立 ソヴィエト社会主義共和国連邦成立
1922	アイルランド自由国成立	雑誌『オポチュニティ』創刊	
1926		ブック・オブ・ザ・マンス・クラブ創設	改造社『現代日本文学全集』刊行を契機に「円本」全集ブーム起こる
1927	労働組合法成立		日本初の文庫本シリーズとなる「岩波文庫」刊行開始。ドイツの「レクラム文庫」をモデルに安価で手軽に学術的な著作を流通させることを目的として創刊
1928	『オックスフォード英語辞典（*OED*）』全10巻刊行		
1930		シンクレア・ルイス、ノーベル文学賞受賞（アメリカで初受賞）	
1931	イギリス連邦発足		
1933		J・M・ウールジー裁判長による判決により、ジェイムズ・ジョイス『ユリシーズ』の発禁解除	
1935			芥川龍之介賞・直木三十五賞創

1862	第2回大英博覧会開催	奴隷解放宣言	
1867	第2次選挙法改正	ディケンズ二度目のアメリカ訪問	
1868	猥褻物判定「ヒックリン・テスト」導入		
1869	アイルランド国教会制廃止法 【イギリス・アメリカ】大西洋海底ケーブル敷設	大陸横断鉄道開通	「出版条例」(明治政府によって言論統制の一環として出版物の取り締まりのために公布された条例) スエズ運河開通
1870	初等教育法制定		
1873		「コムストック法」(猥褻なものに関する情報が記載された書籍などの郵送を禁じる法律)制定	
1875	スエズ運河の支配権取得		
1877	ヴィクトリア女王、インド女帝称号取得		
1878			第2次アフガン戦争 (~1880)
1880			第1次ボーア戦争 (~1881)
1884	第3次選挙法改正		坪内逍遥により、シェイクスピア作品の完訳『該撒奇談 自由太刀余波鋭鋒』(『ジュリアス・シーザー』)刊行
1885			坪内逍遥、評論『小説神髄』を発表
1886			著作権を国際的に保護する「ベルヌ条約」(文学的及び美術的著作物の保護に関するベルヌ条約)制定
1887	第1回植民地会議		二葉亭四迷『浮雲』発表 (~1889)
1890		フロンティア消滅宣言	
1891		外国人名義の著作権を認める「チェイス法」(合衆国で最初の国際著作権法)制定	
1893			「版権法」制定 樋口一葉の短編小説『たけくらべ』、雑誌『文学界』に断続的に発表 (~1896)。「最初の職業女流作家」とみなされる一葉の代表作
1899			「著作権法」(旧著作権法)制定 第2次ボーア戦争 (~1881)
1901	エドワード7世即位		ノーベル文学賞創設
1902	日英同盟		
1903	女性社会政治連合の結成		

1817	雑誌『ブラックウッド・マガジン』創刊		
1819	ピータールー事件	ハーパー社設立	
1820	ストックトン・アンド・ダーリントン鉄道開通		
1826		雑誌『グレアムズ・マガジン』創刊	
1828		『ウェブスター（アメリカ英語）辞典』初版発行	
1829	カトリック解放令		
1830	首都警察法		
1832			七月革命（フランス）
1833	第１次選挙法改正 イギリス内での奴隷制廃止	雑誌『ニッカボッカー・マガジン』創刊	
1834	新救貧法発布 東インド会社中国貿易独占権廃止		
1835		雑誌『サザン・リテラリー・メッセンジャー』創刊	
1837	ヴィクトリア女王即位	ヘンリー・クレイ上院議員により国際著作権法案が提出されるも成立に至らず	
1838–1848	チャーチスト運動		第1次アフガン戦争 (~1842)
1840	ニュージーランド併合 アヘン戦争勃発		
1842	南京条約締結 著作権法改正（保護期間は出版から42年もしくは著作者の死後7年のいずれか長いほう）	ディケンズのアメリカ訪問	
1845–1849	アイルランド・ジャガイモ大飢饉		
1846	穀物法廃止		オレゴン条約
1848	公衆衛生法	セネカ・フォールズ（ニューヨーク州）にて最初の女性の権利獲得のための会議開催	1848年革命（ヨーロッパ）
1850		雑誌『ハーパーズ・マンスリー・マガジン』創刊	
1851	第１回大英博覧会開催		
1853–1856	クリミア戦争		
1857–1859	インド大反乱	雑誌『アトランティック・マガジン』創刊	
1857			
1858	東インド会社解散		
1861		南北戦争（～1867）	

年　表

年	イギリス	アメリカ	日本・世界
1707	スコットランドとイングランド合同し、グレード・ブリテン王国となる		
1709	最初の著作権法「アン法」制定（1710 施行）世界で最初の本格的な著作権に関する法律		
1712–1855	印紙税法		
1715–1716	ジャコバイトの反乱		
1731	雑誌『ジェントルマンズ・マガジン』創刊		
1745–1746	ジャコバイトの反乱		
1753	大英博物館の創設（開館は 1759）		
1755	ジョンソン『英語辞典』		
1769	雑誌『モーニング・クロニクル』創刊		
1775–1783		アメリカ独立戦争	
1776		アメリカ独立宣言	
1789		最初の連邦著作権法制定	フランス革命勃発
1793	フランス革命戦争にイギリス参戦		第 1 次対仏大同盟 (~1797)
1798	統一アイルランド人同盟の武力蜂起 ナイルの海戦		第 2 次対仏大同盟 (~1801)
1800	アイルランド合同し、グレード・ブリテン及びアイルランド連合王国となる　発効は 1801 年		
1802	雑誌『エディンバラ・レヴュー』創刊		
1805	トラファルガーの海戦		第 3 次対仏大同盟 (~1806)
1807	イギリス内での奴隷貿易禁止		
1809	雑誌『クォータリー・レヴュー』創刊		
1811–1817	ラッダイト（機械打ち壊し）運動		
1812		英米戦争（第二次独立戦争）	
1814	著作権法改正（保護期間は出版から 28 年もしくは著作者の存命中のいずれか長いほう） 『タイムズ』紙が蒸気機関を利用した印刷機の使用を開始		ウィーン会議 (~1815)
1815	ウォータールー（ワーテルロー）の戦い		パリ条約

Mitchell)　12
メルヴィル、ハーマン (Melville, Herman)　243–244, 251, 261
モア、ハナ (More, Hannah)　14, 114, 120
モラン、D・P (Moran, D. P.)　145, 148

ヤ・ラ・ワ

ユゴー、ヴィクトル (Hugo, Victor)　85
ラーセン、ネラ (Larsen, Nella)　285
ラッキントン、ジェームズ (Lackington, James)　27, 31, 38, 109
ラッセル、ジョージ (Russell, George)　142
リットン、ブルワー (Lytton, Edward Earle Bulwer)　66, 80, 98
レーマン、ジョン (Lehman, John)　173–174
レノックス、シャーロット (Lennox, Charlotte)　23
ロックハート、J・G (Lockhart, J. G.)　49
ロベール、ニコラ=ルイ (Robert, Nicolas-Louis)　106
ロレンス、D・H (Lawrence, David Harbert)　167, 275
ロングフェロー、ヘンリー・ワズワース (Longfellow, Henry Wadsworth)　91, 243
ワーズワス、ウィリアム (Wordsworth, William)　7

ハウエルズ、ウィリアム・ディーン (Howells, William Dean) 227
パウンド、エズラ (Pound, Ezra) 158, 160
バタイユ、ジョルジュ (Bataille, Georges) 267
パッテン、ロバート・L (Patten, Robert L.) 76–77
バトラー、エリナー・シャーロット (Butler, Eleanor Charlotte) 14
ハミルトン、ギャヴィン (Hamilton, Gavin) 13
ハント、ジョン (Hunt, John) 119
ハント、リー (Hunt, Leigh) 27, 29, 33, 119
ヒギンソン、T・W (Higginson, Thomas Wentworth) 244, 246–247, 255–257
ブーシコー、ディオン (Bouciault, Dion) 134
フェンノ、J・W (Fenno, J. W.) 15
フォースター、E・M (Forster, E. M.) 55, 59, 66, 159
フォースター、ジョン (Forster, John Forster) 68, 80, 85, 87–89, 92, 237
ブライアント、ウィリアム・カレン (Bryant, William Cullen) 243
ブラックウッド、ウィリアム (Blackwood, William) 50
フランクリン、ベンジャミン (Franklin, Benjamin) 241
ブリス、イライシャ (Blith, Elisha) 216, 218–221, 233
フリント、ケイト (Flint, Kate) 71
プルースト、マルセル (Proust, Marcel) 44, 62
フロイト、ジグムント (Freud, Sigmund) 162, 271
フローベール、ギュスターヴ (Flaubert, Gustave) 55
ベイリー、ジョアンナ (Baillie, Joanna) 13–14, 20
ペイン、トマス (Paine, Thomas) 113–115, 119–121, 131
ベケット、サミュエル (Beckett, Samuel) 65, 267
ヘマンズ、フェリシア (Hemans, Felicia) 20, 30
ホイートリー、フィリス (Wheatley, Phillis) 241
ホイットマン、ウォルト (Whitman, Walt) 222, 241, 243, 261
ポー、エドガー・アラン (Poe, Edgar Allan) 53, 85, 131, 188–189, 192–212, 263, 272, 275
ホーソーン、ナサニエル (Hawthorne, Nathaniel) 199
ホームズ、オリヴァー・ウェンデル (Holmes, Oliver Wendell) 229, 243
ポールディング、ジェイムズ (Paulding, James) 45–46
ポンスンビー、サラ (Ponsonby, Sarah) 14

マ

マクファーソン、ジェイムズ (Macpherson, James) 7
マクリディ、ウィリアム (Macready, William) 88
マケンジー、ヘンリー (Mackenzie, Henry) 82
マシューズ、ブランダー (Matthews, Brander) 101–102
マッキュー、カースティン (McCue, Kirsteen) 21
マリー、ジョン・ミドルトン (Murry, John Middleton) 159–160
マンスフィールド、キャサリン (Mansfield, Katherine) 160, 162
ミッチェル、マーガレット (Mitchell, Margaret) 262
ミューディ、チャールズ・エドワード (Mudie, Charles Edward) 73–74
ミラー、ヘンリー (Miller, Henry) 268, 275
ムア、ジョージ (Moore, George) 138, 148
ムア、トマス (Moore, Thomas) 30
メイスン、ジョン・ミッチェル (Mason, John

サ

サウジー、ロバート (Southey, Robert)　20, 98
サッカリー、ウィリアム・メイクピース (Thackeray, William Makepeace)　60, 77, 79
サンド、ジョルジュ (Sand, George)　85
ジェイムズ、ヘンリー (James, Henry)　91
ジェフリー、フランシス (Jeffrey, Francis)　20
清水一嘉　23, 93–94
ジャクソン、ヘレン・ハント (Jackson, Helen Hunt)　246–247
ジュニウス (Junius)　28, 32, 33, 35
ジョイス、ジェイムズ (Joyce, James)　3–4, 65–66, 132–133, 136, 138–139, 142–143, 145–152, 158, 272–273, 278–280
シング、J・M (Synge, J. M.)　135, 143, 152–153
スカイラー、フィリップ・ジョン (Schuyler, Philip John)　10, 22
スコット、ウォルター (Scott, Walter)　3, 14, 20, 30, 43–62, 65–67, 77, 98, 135, 151, 225, 234
スタンホープ、チャールズ (Stanhope, Charles)　106
ストウ、ハリエット・ビーチャー (Stowe, Harriet Elizabeth Beecher)　98, 103
ストレイチー、リットン (Strachey, Lytton)　159
スペンサー、エドマンド (Spenser, Edmund) 32–33
スレイター、マイケル (Slater, Michael)　77, 82

タ

ターナー、J・M・W (Turner, J. M. W.)　55
ダグラス、フレデリック (Douglas, Frederick) 44, 208
ディキンソン、エミリ (Dickinson, Emily) 41–42, 189, 240, 242–252, 254–257, 260–261
ディケンズ、チャールズ (Dickens, Charles) 3, 68–72, 74–101, 118, 126, 131, 202–203, 208, 211, 237–238
テイラー、ジョン (Taylor, John)　27–38, 41
デュボイス、W・E・B (DuBois, W. E. B.) 283, 285–286, 288
トウェイン、マーク (Twain, Mark)　3, 91, 95–98, 101–103, 189, 214–39
ドストエフスキー、フョードル (Dostoyevsky, Fyodor)　43, 162
トマス・アーン (Arne, Thomas)　6
トムソン、ジェイムズ (Thomson, James)　6
トムソン、ジョージ (Thomson, George) 10–11, 13, 15, 21–23, 25
ドンレヴィー、J・P (Donleavy, James Patrick) 268

ナ

ナボコフ、ウラジーミル (Nabokov, Vladimir) 190, 262–267, 269–275, 277–280
ネルソン、ホレイショー (Nelson, Horatio) 8–9, 22

ハ

パーキンソン、ジェイムズ (Parkinson, James) 113
バーク、エドマンド (Burke, Edmund)　113
ハーストン、ゾラ・ニール (Hurston, Zola Neale)　285–287
ハート、ブレット (Harte, Brett)　222
パーネル、チャールズ・スチュワート (Parnell, Charles Stuart)　132–133
バーンズ、ロバート (Burns, Robert)　7, 11, 13, 15, 18, 23
バウアー、アンドレアス　フリードリヒ (Bauer, Andreas Friedrich)　106
ハウイット、メアリ (Howitt, Mary)　123

索　引

ア

アーヴィング、ワシントン (Irving, Washington) 45, 48, 85, 99, 199, 202
青木健 93–94
アクロイド、ピーター (Ackroyd, Peter) 79
アンデルセン、ハンス・クリスチャン (Andersen, Hans Christian) 85
イェイツ、W・B (Yeats, W.B.) 143
イエイツ、エドマンド (Yates, Edmund) 90
ウィルソン、アンガス (Wilson, Angus) 88
ウィルソン、エドマンド (Wilson, Edmund) 243, 264, 275
ウェスト、ジェイン (West, Jane) 19–20
ウェブ夫妻 (Webb, Beatrice and Sydney) 159
ウルフ、ヴァージニア (Woolf, Virginia) 4, 49, 59, 66, 154–156, 158–181, 183–185
ウルフ、レナード (Woolf, Leonard) 154, 158–162, 167, 169, 180, 184
エッジワース、マリア（マライア）(Edgeworth, Maria) 46, 65–66, 135, 152
エマソン、ラルフ・ウォルドー (Emerson, Ralph Waldo) 85, 241, 247
エリオット、T・S(Eliot, T. S.) 158, 160, 162, 166, 178
エリオット、エベネザー (Ebenezer, Elliot) 123
エリオット、サイモン (Eliot, Simon) 78
オールティック、リチャード・D (Altick, Richard D.) 30, 69, 71–72, 77, 79

カ

ガーヴェイ、マーカス (Garvey, Marcus) 283–284, 288–289
カーライル、トマス (Carlyle, Thomas) 88, 98
カーライル、リチャード (Carlile, Richard) 119–120
カウリー、マルカム (Cowley, Malcolm) 282
川澄英男 93–94
キーツ、ジョン (Keats, John) 2, 27–30, 32–38, 41–42
キャヴェンディッシュ、ジョージアナ、デヴォンシャー公爵夫人 (Cavendish, Georgiana, Duchess of Devonshire) 13–14
キャデル、ロバート (Cadell, Robert) 44, 49–52
ギルモア、マイケル (Gilmore, Michael) 188
グラント、アン・マクヴィカー (Grant, Anne Macvicar) 2, 5–7, 9–12, 14–22, 25
グリーン、グレアム (Green, Greham) 268, 274, 277
クルックシャンク、ジョージ (Cruikshank, George) 55, 81, 118
グレゴリー夫人 (Gregory, Mrs) 143
ケアリー、ヘンリー (Carey, Henry) 100
ケインズ、ジョン・メナード (Keynes, John Maynard) 159–160
ケーニヒ、フリードリヒ (König, Friedrich) 106
ケネディ、ジョン (Kennedy, John) 13
ケント、チャールズ (Kent, Charles) 90
コウルリッジ、サミュエル・テイラー (Coleridge, Samuel Taylor) 7
ゴードン公爵夫人 (Gordon, Duchess of) 11, 13
コベット、ウィリアム (Cobbett, William) 119
コリンズ、ウィルキー (Collins, William Wilkie) 75, 89
コンスタブル、アーチバルド (Constable, Archibald) 5, 44, 50–52

君塚　淳一（きみづか　じゅんいち）

茨城大学教授／アメリカ文学文化（ユダヤ系、アフリカ系作家、大衆文化）
〈著書〉『ハーストン、ウォーカー、モリスン――アフリカ系アメリカ人女性作家をつなぐ点と線』（共編著、南雲堂フェニックス、2007年）、『1960年代アメリカの群像』（共編著、大学教育出版、2006年）、『アメリカ1920年代――ローリング・トウェンティの光と影』（監修、金星堂、2004年）など。

後藤　篤（ごとう　あつし）

大阪大学特任助教／ウラジーミル・ナボコフを中心とする20世紀アメリカ小説論
〈著書〉『アメリカン・ロードの物語学』（共著、金星堂、2015年）
〈論文〉「翻訳のポリティクス――ウラジーミル・ナボコフのジョージ・スタイナー批判をめぐって」『EX ORIENTE』（大阪大学言語社会学会）第23号（2016年）など。

山内　圭（やまうち　きよし）

新見公立大学／ジョン・スタインベックおよび国際姉妹都市交流など
〈著書〉『英米文学の原風景――起点に立つ作家たち――』（共著、音羽書房鶴見書店、1999年）、『楽しく読むアメリカ文学――中山喜代市教授古稀記念論文集――』、（共著、大阪教育図書、2005年）
〈翻訳・解説〉「スタインベックの未収録短編小説について」、『スタインベック全集5　長い盆地 収穫するジプシー』（大阪教育図書、2000年）など。

三原　穂（みはら　みのる）

琉球大学准教授／18世紀イギリス文学
〈著書〉『大人のためのスコットランド旅案内』（共著、彩流社、2015年）、『学術研究と文学創作の分化――18世紀後半イギリスの古詩編集』（単著、音羽書房鶴見書店、2015年）
〈論文〉「編集者と原著者の境界――18世紀後半の英国における古詩編集をめぐる対立」『出版研究』（日本出版学会）第43号（2012年）など。

吉田　えりか（よしだ　えりか）

東京理科大学非常勤講師／ヴァージニア・ウルフを中心とするイギリス文化・文学
〈論文〉"Virginia Woolf's 'Craftsmanship' in Context: The BBC, the Mass Audience and Woolf"『英文学』早稲田大学英文学会　第93号（2007年）、"'The Leaning Tower": Woolf's Pedagogical Goal of the Lecture to the W. E. A. Under the Threat of the War', ***Virginia Woolf's Art, Education, and Inter-nationalism Selected Papers from the Seventeenth Annual Conference on Virginia Woolf.*** Clemson UP. (2008),「ヴァージニア・ウルフ『フレッシュウォーター』――テクストと上演に見られる反演劇性」『ヴァージニア・ウルフ研究』（日本ヴァージニア・ウルフ協会）第27号（2010年）など。

《アメリカ編》

池末　陽子（いけすえ　ようこ）

大谷大学助教／アメリカ文化・アメリカ文学
〈著書〉『ホーソーンの文学的遺産――ロマンスと歴史の変貌』（共著、開文社出版、2016年）『エドガーアラン・ポーの世紀』（共著、研究社、2009年）、『悪魔とハープ――エドガー・アラン・ポーと十九世紀アメリカ』（共著、音羽書房鶴見書店、2008年）
〈論文〉「悪魔とハープ――Edgar Allan Poeの"The Devil in the Belfry"における音風景」（日本アメリカ文学会『アメリカ文学研究』第37号: 1–21、2001年）など。

金澤　淳子（かなざわ　じゅんこ）

早稲田大学非常勤講師／エミリ・ディキンスンを中心とするアメリカ文学
〈著書〉『エミリ・ディキンスンの詩の世界』（共著、国文社、2011年）、『アメリカの旅の文学　ワンダーの世界を歩く』（共著、昭和堂、2009年）
〈翻訳〉ヘレン・ハント・ジャクソン『ラモーナ』（共訳、松柏社、2007年）など。

園田　暁子（そのだ　あきこ）

福岡大学教授／S. T. コールリッジを中心とするイギリス・ロマン派の文学、著作権の歴史
〈著書〉「新聞における「読者」──『モーニング・ポスト』を中心に」、『読者の台頭と文学者──イギリス十八世紀から十九世紀へ』（共著、世界思想社、2008年）
〈論文〉"Coleridge and the Sense of Literary Property"、『英文学研究』和文号第81巻（2004年）、"What Would Blake Say about the Blake Archive and Today's Digitalization?"、*Poetica* 79（2013年）など。

藤原　雅子（ふじわら　まさこ）

早稲田大学非常勤講師／イギリス・ロマン派文学（コックニー詩派研究）
〈共著〉"Cockney Poets and the Canon: the Case of Dryden" *Voyages of Conception: Essays in English Romanticism.* Japan Association of English Romanticism（桐原書店、2005年）
〈論文〉"Leigh Hunt's Liberal Poetics"『イギリス・ロマン派研究』第28号（イギリス・ロマン派学会、2004年）、「文体と政治性──コックニー詩派と"Pope Controversy"の周辺」『英語英文学叢誌』第35号（早稲田大学英語英文学会、2006年）など。

松井　優子（まつい　ゆうこ）

青山学院大学教授／ウォルター・スコットを中心とするイギリス小説、文化
〈著書〉『スコット──人と文学』（単著、勉誠出版、2007年）、『文学都市エディンバラ』（共著、あるば書房、2009年）、『戦争・文学・表象──試される英語圏作家たち』（共著、音羽書房鶴見書店、2015年）など。

水野　隆之（みずの　たかゆき）

早稲田大学非常勤講師／チャールズ・ディケンズを中心とする19世紀イギリス小説
〈著書〉『実像への挑戦──英米文学研究』（共著、音羽書房鶴見書店、2009年）
〈論文〉「ディケンズの『バーナビー・ラッジ』におけるヘアデイルとチェスターの決闘の意義」『英米文化』（英米文化学会）第46号（2016年）、「ディケンズの『憑かれた男』を読む」『Fortuna』（欧米言語文化学会）第25号（2014年）など。

編者・執筆者紹介

【編者】

小林　英美（こばやし　ひでみ）

茨城大学教授／18世紀末から19世紀初頭の詩人を中心とするイギリス文学受容史

〈著書〉『ワーズワスとその時代』（単著、勉誠出版、2015年）、『読者の台頭と文学者』（共編著、世界思想社、2008年）

〈論文〉「ジャネット・リトルの『詩集』の予約購読者の分析——18世紀末スコットランド女性農民詩人とその支援者の実態」『カレドニア』（単著、日本カレドニア学会）第39号（2011年）など。

中垣　恒太郎（なかがき　こうたろう）

大東文化大学教授／マーク・トウェインを中心とするアメリカ小説文化史

〈著書〉『マーク・トウェインと近代国家アメリカ』（単著、音羽書房鶴見書店、2012年）、『アメリカン・ロードの物語学』（共編著、金星堂、2015年）

〈論文〉「チャップリンと1910年代アメリカ——『放浪者』像の生成」『アメリカ文学』（日本アメリカ文学会東京支部会報）第76号（2015年）など。

【執筆者（50音順）】

《イギリス編》

河原　真也（かわはら　しんや）

西南学院大学准教授／ジェイムズ・ジョイスを中心とした20世紀アイルランド小説

〈著書〉『亡霊のイギリス文学——豊饒なる空間』（共著、国文社、2012年）、『アイルランド文学——その伝統と遺産』（共著、開文社出版、2014年）、『ジョイスの罠——「ダブリナーズ」に嵌る方法』（共著、言叢社、2016年）など。

閑田　朋子（かんだ　ともこ）

日本大学文理学部学教授／イギリス19世紀の社会問題小説および定期刊行物

〈著書〉『エリザベス・ギャスケルとイギリス文学の伝統』（共著、大阪教育図書、2010年）、『ヴィクトリア朝の都市化と放浪者たち』（共著、音羽書房鶴見書店、2013年）

〈論文〉“Labour Disputes and the City: Manchester and Milton-Northern”, *Gaskell Journal*, 24 (2010) など。

The Expanding Networks of Readers and the Transition of Literary Environment: British and American Publication since 1790's

読者ネットワークの拡大と文学環境の変化
—— 19世紀以降にみる英米出版事情

2017年5月31日　初版発行

編著者　小林 英美
　　　　中垣 恒太郎
発行者　山口 隆史
印　刷　シナノ印刷株式会社

発行所　株式会社 音羽書房鶴見書店
〒113-0033 東京都文京区本郷 4-1-14
TEL 03-3814-0491
FAX 03-3814-9250
URL: http://www.otowatsurumi.com
e-mail: info@otowatsurumi.com

ISBN978-4-7553-0297-8 C3098

組版　ほんのしろ／装幀　吉成美佐（オセロ）
製本　シナノ印刷株式会社